溶解する文学研究

島崎藤村と〈学問史〉

中山弘明
Nakayama Hiroaki

翰林書房

溶解する文学研究——島崎藤村と〈学問史〉——◎目次

凡例

・引用文中の漢字は、原則として現行の字体を使用し、仮名遣い、送り仮名は原文の通りとした。固有名詞については一部、旧字体を残した。
・引用文中のルビ・圏点などは必要に応じて省略した。
・誤記や一般の表記になじまない場合は適宜ママを付した。
・引用者の注記は（）で括って示した。
・年次の表記は、主として西暦を用いてしるし、必要な場合のみ元号を補った。
・本文中の数字表記は、例えば「一九〇五年」、「二三」などと表記した。引用文中の数字表記は引用文そのままの表記に統一した。なお雑誌・紀要などの逐次刊行物の発行所、巻号については省略した。
・雑誌・新聞からの引用文の表記は、原則としてそれぞれの媒体の表記に則り、全集類などがある場合は適宜参照して、異同を点検した。

序論　〈学問史〉としての文学史

近代の「文学史」が、明確な方法意識を持って記述されてきたのかにはいささかの疑念もあるが、「日本近代文学研究」自体が消滅の岐路に立っている現在、自分がこれまで何を勉強して来たのか、研究のスタートとその立ち位置を見直してみたいという欲求を強く感ずる。ほとんど切迫感といってもよい。はっきり言って、文学史はなぜ求められ、はたして今必要なのかとさえ思う。日本文学、特に島崎藤村という、今ではほとんど読まれることの少なくなった歴史上の作家をめぐって著書をまとめるにあたって、この「文学研究」そのものの危機的状況を等閑視することは出来ない。それを考える糸口として「文学史」が重要になるだろう。自分自身を振り返ってみれば、学部には当然の如くに文学史の授業があったし、大学院の入試では、とりあえず猪野謙二『明治文学史』をさらったりもした。そんな時代だった。

〈第一次大戦〉と〈戦間期〉というコンセプトで、大正から昭和期を問い直す拙著（『第一次大戦の〈影〉』、『戦間期の『夜明け前』』）をまとめたのも、どこかでそんな既成の元号による文学史を組み替えてみたいとの密かな欲望が潜在していたかとも思われる。もっとも〈第一次大戦〉後の文学という位置づけならば、古くは平野謙『昭和文学史』にその萌芽がみられる。「世界的同時性」とは、平野が命名した昭和文学の特質ではなかったか。世界史的に「一九三〇年代」のキーワードが「人民戦線」であったことも周知の事実だ。こうした問題系を平野は「昭和十年前後」と呼んだ。しかし平野の巨視的な視野は、その後、次第に忘却され、元号による文学の区分けがいつしか自明視された。絓秀実が指摘するように、こうした「元号史観と世代による文学史記述が資本主義の問題を隠蔽する」（『ポスト『近代文学史』をどう書くか』『小説 tripper』二〇〇一・秋）装置となる構造的疲弊が伏在した。ナショナリズムと文学史が補完することは言うまでもないが、「文学史」と国語教育の癒着が、それに拍車をかけたことも疑いない事実であろう。

文学史記述がいっそう困難になりつつある現在、そのありようが様々模索されていることも確かだ。もとより簡単な解答が準備されているわけではない。近くは『文学・語学』（二〇一一・七）が、特集「いま、日本文学史、日本語史はどのように可能か」を組み、各時代の論攷が並んでいる。その中では、佐倉由泰が「リテラシーの動態を捉える文学史は可能か」の題で発した問いが重い。佐倉は「動態としての文学史」を挑発的に問いかけている。それは、レトリックとリテラシーとイデオロギーの連関を注視する「文学史」ということになる。その中には、従来の研究史とは違った文学研究を相対化する〈学問史（リテラシー史）〉が含まれるというのだ。隣接する問題系と相反する表現の知のありようが拮抗する「文化環境」を捉え直すためには、なによりも異質なリテラシーの系脈の局面を明らかにし、メタの視点から表現史や文化史を視野に置いた〈学問史〉の意義が重要になる。研究史のくびきから一度離れたい。もう少し広く〈学問史〉の視点で歴史性を回復させたい。本書がめざすのはこうした問題意識である。

私の個人的感懐を少しばかり差し挟めば、学部、大学院で私が拙い歩みを始めた一九八〇年代は、未だに作品論の残映が色濃く残る時代であった。むろんテクスト論や都市論が脚光を浴びつつあったことも事実だが、私が選んだ対象が「島崎藤村」であったことも、そうした思いを強くする一因だろう。藤村が、作品論と文学史の絡みの中で戦後の近代文学研究の導きの糸であったことは、三好行雄、越智治雄らの「文学史の会」が、『若菜集』の作品分析にいち早く着手した事実にも表れている。「藤村なんかやっていられるか」と長年思って来たが、先述の〈学問史（リテラシー史）〉としての藤村には、妙に気に掛かるものがある。いや、藤村はこうした「文学研究」が根こそぎ崩壊していくような時代の中でこそ、再考されるべきではないのか。作品を素朴に読み直せと言いたいのではむろんない。藤村はどのように読まれ、「学問」として認知され、そして消えていこうとしているのか。それが今、問われねばならないと思う。そこで文学史記述をめぐって、大きなトピックとなった「『破戒』／『春』論争」を、まずはじめに呼び出してみよう。なぜなら藤村研究には、敗戦という暗くいびつな自己の内面の発露としての文学幻想が深くからみついており、それこそがこの論争の本質とも関わるからだ。

この文学史上著名な論争の前提として、近年様々に注目されている「国民文学」論にも少しく触れねばなるまい。「国民文学」論は竹内好の〈民族〉の再定義がよく知られるが、日本文学協会、歴史学研究会は、当時、大会テーマに「民族の文学」、「民族の文化」、「伝統と創造」を掲げて議論を活発化していた。いずれも〈日本文学〉を史的に問い直そうとする方向性をはらんだ議論である。ここで盛んに問題視されたのが、〈伝統〉と〈文学史の読み替え〉の問題であった。これらが同時期の中村光夫『風俗小説論』（河出書房　一九五〇）や桑原武夫『文学入門』（岩波書店　一九五〇）の刊行とも深く関わり、史的記述に大きな影響を残した。そこでは日本の「文壇文学」の「遅れ」が指弾され、その象徴として「自然主義」や「私小説」がフレームアップされたのは周知のところだ。花袋の『蒲団』と藤村の『春』の関連性が俎上に上った背景には、そうした問題意識が隠れていた。前田愛は「国民文学論の行方」（『思想の科学』一九七八・五）の中で、「国民文学論が潜在させていたさまざまな主題――近代主義ないしは自我意識中心の近代文学史観への批判、日本浪曼派の再評価、政治的、思想的規範の側からする文学へのアプローチ、文学の読者の問題等――は、昭和三〇年代以降の文学批評や文学史研究にひとつの方向性をもたらした」と指摘している。

現在の学会の出発点とも言える「近代日本文学会」が発足するのも、一九五一年である。日本の近代文学への批判的眼差しとは裏腹に、それが研究対象として自立的な学問領域となり、組織化されていくのもまさに〈国民〉と〈民族〉をめぐる議論が沸騰していた時代なのである。小森陽一は「『歴史社会学派』に関する、歴史社会学派的覚え書」(『社会文学』一九九三・七)の中でいち早く、「『日本近代文学会』において主軸となる研究動向が『国民文学』論争以降の『作家論』から、一九六〇年代後半から七〇年代にかけて『作品論』への転換をしなければならなかったのか」を問いかけている。こうした当時の〈国民〉、〈民族〉という主題浮上の背後には、近代市民社会の確立と、「歪み」としての日本近代の自覚、そしてその「主体性」を問う議論があった事実を忘れてはならない。ここに暗くいびつな自己と述べた本質もかかわる。この中に、くだんの「『破戒』/『春』論争」を置いてみるとどうか。この議論は、従来長く藤村作品の研究史の中でのみ議論されてきた。私はそうしたものに、今、さまで興味を覚えない。問いたいのは何よりも「学問史としての文学史」というテーマなのである。

まず整理しよう。議論の根は、やはり平野謙の戦前の「破戒論」(「明治文学評論史の一齣——『破戒』を繞る問題」『学藝』一九三八・一二)にある。平野は「社会的偏見に対する抗議と自意識上の相剋」を取り上げ、「『破戒』が社会的抗議としての力を現実に把み得たこと」に力点を置く。戦後、これを大きくクローズアップしたのが先の『風俗小説論』であった。中村は『破戒』の社会性を評価し、『破戒』と『春』の間には『蒲団』の出現による屈曲があるというテーゼを展開。『春』は「藤村の花袋に対する降伏状」と位置づけた。こうしたやりとりの中にも一つの史的記述がみられることは疑いない。これに対して『春』構想を、「『蒲団』が発表された一九〇七年九月よりも一年前」とする事実を一九〇六年八月、一〇月の神津猛宛て書簡により立証した勝本清一郎の反論(「『春』を解く鍵」『文学』一九五一・三~四)が提出された。彼は「『降伏』や作者自身の見捨てを云々する説は到底成立し得ない」と明言。ここで議論は作家の書簡を介した、極めて書誌的な衣をまとうことになる。批評的な言辞の中から「近代文学研究」の学としての一つの起源が現れてくる事態と見て取ることが出来る。そして議論の背景に透谷——藤村の社会性を近代日本の源流とする猪野謙二らの「歴史認識」があることも押さえておくべきだろう。ここに介入するのが、三好行雄の論文「人生の春」(『文学』一九五五・九『島崎藤村論』収録)である。三好は、「明治四〇年九月という日付」

の重要度を大きく問題化、『春』はこの時期「旧稿を破棄してあらたに起稿された」のであり、「藤村は『蒲団』のひらいた新鮮な方法をおそらく無視出来なかった」と言う。それは『春』後半に「自己告白的な性格がいちじるしい」事実によっても確認出来るとした。三好のこうした議論は、些細な作品認識の差異の如く見えるが、けしてそうではない。三好は『春』の「自己告白の性格」をむしろ肯定的に捉えている。それは『蒲団』の「新鮮な方法」という一語からも明らかだ。これは極めて重要だ。つまり『蒲団』の告白性を作家、ひいては読者の内的な「主体性」に引きつけ、作品を読み、書くことの〈ドラマ〉を浮上させる作品論の認識論的な出発といえるだろう。そして三好は、こうした藤村における〈人生の春〉に、『若菜集』を編纂していく一つの「伝説」を読み取っている。同時期、越智治雄も「藤村の変貌」(『文学史』一九五四・六)の中で、「人はいかにして生活の危機を克服し新生を得るかという問」いを強調していたことを考えれば、「藤村研究」が近代文学研究の始発期に果たした、ある決定的役割が明らかになってくる。

こうしてみてくると、『蒲団』に近代化の「歪み」や「遅れ」を見出し、日本的私小説の起源を『蒲団』の『春』への影響に見る負のイメージが、「国民文学」論を契機に次第に退いていく様も見えて来るだろう。逆に『破戒』に強い社会性や政治性を見る見解もまた後景化していく。和田謹吾は「『破戒』の史的位置」(『国語語文研究』一九五一・五『自然主義文学』収録)の中で、明確に『破戒』は、「『告白』に重点があるのであって『部落民』はそれを重からしめるための方法」だったと述べていた。こうした問題と交代に前景にせり出してくるものがある。自己告白と作家の内面のドラマを拡大し、普遍性の強い「人間の劇」として私小説を再定位する認識である。〈政治〉に汚染されることのない、文学の自立性と主体性のドラマ——作品論の時代が切り開いたものは、まさに文学の〈読み方〉をめぐる質的変換であった。

こうして藤村作品の〈読み方〉をめぐるモードは、五〇年代以降大きく転換する。作品の前半と後半に大きな

「屈曲」や「断絶」を発見し、それを作家の私生活の中に探る『春』論や『家』論が数多く書かれた。それこそ自我の歪みを投影した文学幻想であったことはもはや明白だ。これは例えば『浮雲』研究などにおいて、作品の構造を「四辺形」や「楕円形」に見て、それを作家の「生の根拠」とリンクさせた分析方法の顕在化とも響き合うものだろう。それは作家と作品との間に精神的な紐帯を見出す作品論の方法が要請した問題意識といえる。文学史記述が、こうした問題と無縁であったとは到底思われない。

ここでさらに考えたいのは、平野謙の藤村の〈読み方〉である。平野の藤村論には、知識人論の響きが濃厚にあり、そこから転向の影を読み取る議論がある。『新生』で犠牲となった姪の節子に対する、平野の過剰な肩入れも彼の大衆意識や庶民感覚のなせるわざだとする見解である。例えば磯田光一「平野謙論」（『戦後批評家論』河出書房新社 一九六九）を見てみよう。そこには藤村をめぐる一つの〈読み方〉が現れている。

『島崎藤村』の初版（昭和二二年刊）には「父上の霊前に本書を献ぐ」という献辞があり、またそのあとがきのなかで、平野は自分の両親について語り、自らを「わが家の歴史なぞ関心のそとに置いていた不孝もの」と呼んでいるが、「近代文学」派の批評家のうちで最初に「父親」と「わが家の歴史」に正当につき当たったのが平野謙であったということは、平野の思想がいかに大衆意識の基底部にまで錘鉛を下ろしていたかを示している。（中略）しかし平野自身があの藤村像を「私自身の精神像と呼び、「『破戒』論から『新生』論にいたる道ゆきは、どんなに辿々しいものであろうと、やはり私自身の文学観の成熟を語ってくれるだろう」（初版あとがき）と述べているかぎり『破戒』を書くために三人の子供を犠牲にした島崎藤村の「悲しい、『必然悪』」の問題は、『新生』論では姪を翻弄した島崎藤村の「悪」の問題としてあらわれる。

作家の「主体」を見るに際して、自身を「不孝もの」と呼び、「『破戒』を書くために三人の子供を犠牲にした島崎藤村の「悲しい、『必然悪』」」と、「『新生』論では姪を翻弄した島崎藤村の『悪』」の中に、「暗い庶民的現実」を見出した平野に目を凝らす磯田。それが作品の〈読み方〉にも関わっているという。『破戒』創出の影で「踏みにじられた」三人の子供達や妻の問題、そして『新生』――平野の私小説批判の中には、私小説を「大衆」の感覚で擁護せざるを得なかった平野その人の「主体性」が関与していたとする磯田の〈読み方〉自体、やはり「主体」の転換を大きくはらんでいるというしかないだろう。これはやはり一つの文学への幻想だ。

ここで重要なのは、何よりも私小説の読み替えに必要とされた「大衆」、「庶民」そして「国民」とは何なのかという問題であるはずだ。それを考える上で柳瀬善治の論文「転向論における『記者的姿勢』(上)――磯田光一『比較転向論序説』の戦略の脱政治性」(『国文学攷』一九九七・九)は参考になる。柳瀬は、「左翼知識人」の論理を相対化するものを、平野が模索していたとする。その証しが、「島崎藤村と転向問題を二重写しに書いた」平野の『破戒』論であり、『新生』論であった。そこに貫かれているのは、私小説の土壌を批判しつつも、根を張っている「庶民感覚」を手放さない平野の藤村論が、「左翼文学者への批判たりえた」とする、磯田流の一つの〈読み方〉である。柳瀬はこうした磯田には、「吉本隆明の『転向論』」が大きく影響していたとみる。なるほど、ここは〈学問史〉的になかなか重要だ。即ち〈文学〉によって〈政治〉を相対化する際の、あの主体転換のパースペクティブである。〈政治〉に汚染されることのない〈文学〉の自立性、そこに読者の「自意識」を投影させ、作家の「内面の劇」を作品から読み取る作品論の時代も、恐らくはこの問題と関わるだろう。

しかし〈政治〉的な観念に回収されない抵抗体としての「国民」や「大衆」を措定し、文学作品はそれを容易に表象しうるという、「文学幻想」が透けていることも今となっては見やすい事実ではある。「文学史」がそれを支える上でなぜ重視されたかも明白だ。

今日、「文学史」を問うことで見えて来るのは、こうした「幻想」を相対化する〈学問史（リテラシー史）〉に外ならないだろう。近代文学研究が消滅の危機の中にある今、もはや無謬の「国民」・「大衆」そして「学問」などいつの時代も期待し得べくもないことだけは明らかだ。本書の中で、第一部はこうした〈島崎藤村〉をめぐる言説と表象を、〈学問史〉という視点から検証した論考を収めた。私自身は、作品論の時代から出発して、テクスト論や文化研究の中をくぐって生きていたことになる。そうした変容していく「文学研究」に、どこか自閉的なやりきれなさを感じてきたことも確かなような気がしている。それは自身の限界でもむろんあるにちがいない。本書の第二部から三部は、そうした変容と溶解を繰り返してきた文学研究の一面を、リテラシーに重きを置いて、考えて来たものに外ならない。〈島崎藤村〉の言説は、こうした「読み書きの技術《リテラシー》」と〈学問史〉を視野に入れたとき、今日世の中と勝負するに足るテーマになり得るのではあるまいか。

　いずれにしても、時代の中で我々が何を読み、何を学んできたのかだけを、こつこつ今後も問い直してみる必要性を感じている。〈島崎藤村〉を通してみえてくる「文学研究」の改編と溶解は、実は極めて私の個人的な、小さな問題に過ぎぬとも言える。果たしてそれはどのくらいの読者の手元にとどくのだろうか。

第一部　〈学問史〉と藤村言説

第一章

〈藤村記念堂〉というフォルム——谷口吉郎の建築と意匠——

一、〈藤村記念堂〉と近代文学

血につながる　ふるさと
心につながる　ふるさと
言葉につながる　ふるさと

けわしい坂道を登りつめて、本陣跡の正面に立つた者の目には、黒い門の奥に、この「ふるさと」の額が白壁を背にして、第一印象として焼きつけられる。地面には、旧中山道の街道筋らしく、しつかりと花崗岩の敷石を敷きつめた。

しかし、この白壁の土塀が障壁となつて、すぐには奥の本陣跡が見えない。土塀の左手には、梅の老樹が枝を広く垂れているので、来訪者の足は、自然とその反対側の右手に向く、すると、突き当たりに、記念堂の玄関が開いている。そこには扉もないので、足は内部に吸いよせられる。

（谷口吉郎「馬籠の記念堂」『信濃教育』一九五三・八）

馬籠の島崎藤村記念館（成立当初は〈藤村記念堂〉）を訪れた者は、まず堂々とした黒塗りの冠木門を潜り、白壁の中央に掲げられた、朱塗りの額と対面する。この「簡素」な建物は、数ある文学館の嚆矢ばかりでなく、その成立にあたり一つの大きなドラマが隠されてもいる。現場に立ち会った英文学者の菊池重三郎著『木曾馬籠』（中

央公論美術出版　一九七七・二）の記述を参考にしながら、その経緯を少しく祖述しておこう。というのも、この運動が、戦後の〈近代文学〉の出発と少なからず関わるからである。当地、馬籠には、郷土出身の藤村を顕彰し記念事業を立ち上げようという動きが、かなり古くからあったようだ。とりわけ一八九五年の大火による本陣焼失を受けて、その跡地を利用して「文庫とか道場とか、あるいは記念碑」を造る気運が高まった。山深い木曾は、地勢的にも「文化的」にも恵まれない土地柄であった。たまたま同地に、疎開していた菊池が、こうした「記念事業」を立案したのは、いまだ藤村の生前であり、密かにその内諾も得ていた。彼がその腹案を漏らしたのは、当時雑誌『文芸』の編集長を務めていた野田宇太郎である。それに帰村していた長男楠雄も加わり、菊池は「馬籠を中心とする木曾谷一帯の風致を文学公園たらしめたい」と考えるに至ったようだ。資材統制と、若者達の出征によって一度頓挫しかけたこの構想は、戦後の混乱期、「なにか善いことをしたい」という素朴な村人の気運の中で再燃した。野田を介して、文学にも造詣が深かった建築家の谷口吉郎をこの動きの中に招き入れた。次節で詳述するが、谷口がその生涯の中で、多くの文学館や記念碑の設計に携わったのは周知の事実である。谷口を訪ねた菊池は、「この事業に関する限り、皆、手弁当であること」、そして彼の理解が得られるなら、この事業は具体的な軌道に乗ることを熱心に説き、こうした「農民の素朴な善意」をもとにした運動に、谷口自身が大きく動かされたことで記念堂建設は具体化に向けて大きく動き始めた。一九四七年はじめ、谷口自身馬籠に赴き、東京から青写真が届いたのは早くもその年の三月下旬であった。それは新聞紙大の大判で、菊池はその精巧さと構想の大きさに、「一瞬、固唾を呑んだ」という。

終戦直後のことである。菊池は知人の朝日新聞渉外事務部の長谷川幸雄を訪ね、建築許可を得るためＧＨＱを訪ねたり、文部省と折衝して「推薦」を得るなど、この運動の当面の推進役として奔走したことが著作からも分かる。地元では、藤村顕彰組織の「ふるさと友の会」が結成、これに戦前から活発な活動を展開していた雑誌『信濃教育』に関わる信州教職員組織が、様々に動いたようだ。そして何よりも大きいのは文字通り「手弁当」でこの運動に参加した馬籠の村民である。建設の中心になり、資材を提供し、山から木々を切り出す作業に従事したのは、小中学生をも含む人々であった。農作業を終えた後、しばしばそれは夜間にまで及んだと、菊池は回顧する。

一九四七年一一月一五日、落成の日の「感動」を、式典に参加した有島生馬は『朝日新聞』の記事（「馬籠まつり」一一・二四）の中で次のように語っている。

式は午前十時大中寅二氏の指揮、東京室内楽団の前奏曲に始まり、谷口博士と菊池会長の間にカギの授与があり、こゝに正門が開かれると、黒べいの奥に白壁の対立があり、壁の中央朱塗りの額には、「血につながるふるさと、心につながるふるさと、言葉につながるふるさと」の三句が読まれた。／門を入つて右手、内庭に面して、簡素、整均、明快な細長い建物がある。こゝに故人に関する記念品が陳列される訳である。

やはり式典に加わり、「初恋」を揮毫した佐藤春夫は、「これわが国のワイマール　大人《うし》が残せし筆のあと　また夢のあと足のあと　遺れるや路や森」と詩篇をもって讃えた。まさにこの建物は「簡素、整均、明快」の代表として戦後建築のトピックとなったばかりか、ゲーテの聖地「ワイマール」にも準えられたのである。またこの〈記念堂〉は、一九五〇年に、隣家の大黒屋の倉庫改築に当たって、島崎楠雄から「藤村の作品原稿はもちろん、その他膨大な研究・参考文献が蒐集されたことによって、見事に面目をほどこした」と菊池が述べるように、藤村資料四千二百点余りが後に寄贈されたことにより、現在まで至る文学記念館のルーツとも言える存在となった。

本章は、この建築秘話を、美談に仕立てるものではない。これをデザインした建築家の谷口吉郎に焦点をあてて、建築と文学を架橋してみる試みである。彼は先に述べたように、建築とともに多くの文学碑、記念館の名作を残し、文学にも深い造詣を持っていた。井上章一は〈記念堂〉を、「藤村の詩魂」を結晶した建築史においても画期的存在としてもいる。(1) それは建築界が、「鉄とガラスとコンクリートの直方体」を特色とするモダニズム建築から、「日本的なもの」へと回帰していく重要な転換点であった。工場をデザインし、近代建築家でありつつ和風建築にも精通していた谷口は、戦後、建築の保存、展示にも尽力し明治村を構想し、その初代館長ともなった。ここには、戦中から戦後にかけて大きな力を発揮した「国民文学」論における「文化遺産」継承という発想も関わっていたに違いない。

建築と文学を架橋することの意義について、八束はじめは、戦間期の「日本的なもの」の再考を訴えている。(2) ブルーノ・タウトによる著名な桂離宮や伊勢神宮の賛美、それに触発された安吾の反論も知られるが、八束は、遠い過去にまでも遡及可能とする古建築への素朴な信念は、戦間期の国家神道とも交差しつつ「国語」の起源を遡る解釈学的な認識論とも響き合うと言う。タウトの提言の背後には、「日本的なもの」を純化させ、それに鞍替えしていくことで戦後へゲモニーを握った、モダニストの戦間期から戦後への動向が隠れていると言うのだ。(3) 戦後になって明確に意識され始める「近代建築」――それはこうした事象に深く規定されている。〈近代文学〉という認識論とて、それに無縁ではあるまい。磯崎新は、こうした西欧近代を乗り越えて独自性を探そうとする「日本的なもの」という問題機制は、(4) あらゆる当時の文化現象のベースに存在するという。こうした動きに鋭敏に呼応した谷口吉郎の意匠と、〈島崎藤村〉をめぐる文化現象はどのように接点を持つのか。それは大衆参加を顕彰するだけで果たしてよいのか。〈記念堂〉建設にも、勤労奉仕や資材統制という時代の影があることも忘れてはなるまい。幸い、この運動に関しては多くの証言や資料が残されている。また谷口も著作集を残すほどに多くの文章をものしている。本章は、それらを辿りながら、戦後の〈近代文学〉をめぐる〈学問史〉的な認識の一つの起点を提示してみたい。

二、谷口吉郎という存在

谷口は、一九〇四年、金沢の九谷焼の窯元の家に生を受けた。彼が後に日本的な建築美の形成者として大成していくのは、こうした生い立ちに深く関わるものと言えよう。しかし彼は、当初からそうした伝統的な意匠を追求していたわけではない。藤森照信は『日本の近代建築（下）』（岩波書店　一九九三・一一）の中で、始発期の彼を「バウハウス派」と規定し、前川國男、丹下健三、坂倉準三らのモダニストとも鋭く拮抗していたと言う。ル・コルビュジェを論じた初期の著名な一文をまず引いてみよう。

さうして新しい材料によき新住宅の民衆化——大衆の幸福を求め、必要型、機能型、目的型、家具型の探求、標準の決定、工業による連続生産等を意図するものである。然も、それは決して空想的な憧憬の華かさに溺るゝものではなく、科学的に実践行動に出んとするものである。（中略）自分達はこのコルビュジエの「睨み」を睨み取ることによつて、進まう。そして、コルビュジエを踏み台として更に発展的階段を登らう。建築と実生活の接触こそ、建築の起電力である。／以上のやうに、彼コルを究理し、理解して、今や自分の前進す可き方向を意識的に握り締め得た以上、今や自分は彼を擱むものである。

（「コルを擱む」『国際建築』一九二九・五）

分離派の装飾性を厳しく指弾し、「建築は人間生活の内充的発展機関[5]」であると述べた谷口が、近代派のコルビュジェの中に「建築と実生活の接触」を見て取ったのは当然とも言えるが、その翌年には早くもコルビュジェ離れとも見られる文章を書いている。そこで谷口は「端的にいへば、その当初の確固性にも拘らず、今や彼は建築を貴婦人化せしめてしまつた」（「ル・コルビュジエ検討」『思想』一九三〇・一二）としている。あくまで「実生活」との連結を志向する彼の建築観は、当初から「日本的なもの」としての風土や生活を目指していたと言えるかも知れない。

一九三八年、帝大を終えた彼は、ベルリンに建築中の日本大使館の設計相談役の肩書きで渡独する。それは学生時代の指導教員であり、日本建築界の重鎮、伊東忠太の指示によるものでもあったようだ。一年余りの在独期間、彼が関心を示したのは意外にも当時ドイツで勃興しつつあった「新古典主義」の建築文化であった。遊学回想記『雪あかり日記』（中央公論社　一九七四・九　初出は一九四四〜四五『文芸』）には次のような記載が見える。

「無名戦士の廟」はこのベルリン大学の隣にある。／世界大戦の時に戦死した多くの将士をまつる霊堂で、この石造建築は、十九世紀の古典主義建築家として有名なシンケル（Karl Fredrich Schinkel 1781-1841）によって設計されたものである。（中略）事実、今のベルリン市は、その中央部にある主な建物の多くを、この十九世紀初期の建築家シンケルによって設計されていた。さらに、今なお彼の設計によって工事を継続しているものさえある。だから、今のベルリン市が世界に誇る都市となり、その外観に特有の性格を発揮するに至ったのは、多分に、シンケルの抱いていた古典主義の意匠心によるものといわねばならない。／なお、その後、二十世紀に至って、ドイツが革新的な建築運動の中心地となり、世界に広くその影響を及ぼすに至ったのも、十九世紀に、このシンケルが古典主義を主張していたからだといい得る。さらに、ナチスの今日に至って、「第三帝国の様式」というギリシャ様式の復古的建築が強い主流となり、それによって、建築のみならず、絵画、彫刻、工芸を一丸として、新しい様式樹立のため、政治力が活発に動きだすに至ったのも、既に十九世紀に於て、このシンケルが古典主義の美意識を主張し、それによってギリシャ的なものとプロシャ的なものを、しっかりと結びつけたためといわねばならぬ。

谷口が渡ったドイツは、「第三帝国」のもとナチスが台頭してくる時代であった。「K・F・シンケル」はその御用建築家であり、谷口は「建設総監」の地位にあったA・シュペーアにも親しく面会していた。在独時代の彼を精査した杉本俊多は、戦後の建築界でこうした復古的なものが徹底して忌避され、「モダニズム」の復権がなされたのに反して、谷口は一貫して、在独期の「古典主義」的な「垂直性を強調する建築スタイル」を戦後も堅持していく事実を重視している。[6] いずれにしても、彼が目にしたのは「十九世紀の古典主義建築家として有名なシンケル」が再評価されてくる都市空間だったのだ。「シンケルの抱いていた古典主義の意匠心」は、当時のベルリンに復古的な強い気運を創り出し、その美意識は「ギリシャ的なものとプロシャ的なものを、しっかりと結びつけた」と谷口は賞賛している。杉本は、この「意匠心」という言葉をキーワードに、谷口の戦前と戦後を繋ぎ、モダニズム自体が本来内包している「ナチス建築への脱政治的眼差し」を読み取ってもいるのだ。

「国土美」(『公論』一九四一・三)なる文章の中で、谷口は早くもあらゆる「様式の発生期においては、素朴な精神的高揚となつて、清純な形式美となつて発生してくる」と述べ、「工学的建設が国土美の建設に果たしている役割」を強調している。また戦後の『清らかな意匠』(朝日新聞社　一九四八・一二)の中でも、「郷土美」という言葉を核とし、それは「人間生活に、清らかな美を求めんとする積極的な意匠心の表現にほかならない」とも述べている。それはつまるところ「国民の胸に郷土愛の泉」となって現れる、あらゆる様式の起源へと建築家を導くものだというのである。あるいは『日本美の発見』(日本放送出版協会　一九五六・一〇)では、日本の建築美の代表として桂離宮、修学院離宮、京都御所を挙げている。これはまさに、タウト以来、日本の「モダニズム」建築家が歩んできた、「日本的なもの」復権の系譜と呼んで差し支えない。これを単なる「モダニズム」の転向と呼ぶことは出来まい。むしろドイツ遊学で発見した、「近代的」なものと「古典美」の接点、そして気候風土と建築の調和の中に、その後の谷口の「簡明な意匠心」を導く原点があったと言えるのではなかろうか。それは戦後の様々な作品群――記念碑では「徳田秋声文学碑」（一九四七）、「木下杢太郎詩碑」（一九五六）、「千鳥ヶ淵戦没者墓苑」（一九五九）、建築物としては「慶応義塾大学第三校舎」（一九四九）、「志賀直哉邸」（一九五五）、「東宮御所」（一九六〇）といった作品として結実した。彼は「日本の建築は、国産の木材を巧みに用いた木造建築である」とし、「柱と梁の構造が、そのスタイルの根本的な要素」であるとしてもいる。こうした谷口における「日本的なもの」を問い訪ねていけば、それは自ずと〈文学〉と接触することになるのは、その作品群を見ても明白である。そしてその起点に〈藤村記念堂〉がある。それは作家島崎藤村の、時代の中のイメージを探るのみならず、戦後の始発期における〈近代文学〉が発した表象を再考する有力な手がかりとなるはずなのだ。

次節では、〈藤村記念堂〉の成立の経緯を様々な資料から跡づけてみたい。

三、〈藤村記念堂〉建設

金がかからず、素朴で、親しめると思つたわたしの記念事業の第一の腹案は、実は膨大な金を要する国土美化運動につながるもののやうである。富裕な外国のことならいざ知らず、この国の、しかも敗戦と貧窮の現実の中では、所詮「夢」であつて、農民の理解をかちうることの容易でないことに思ひ当らざるを得なかつたのは、けだし自然の帰結であらう。／谷口氏に会つて、意見を訊いて見よう、と思つたのはこのころのことである。谷口氏とは谷口吉郎君のことで、わたしは、前年、すなはち昭和二十一年の秋ごろだつたと記憶してゐるが、終戦後の物資乏しい中で催された或る会席で、初めて知り合ひ、藤村記念事業について、共鳴を予め得てゐたのである。

（菊池重三郎「木曾馬籠」『信濃教育』一九五三・八）

「素朴」でしかも壮大な、この「国土美化運動」の構想が本格化したのは、確かに一九四六年秋、「敗戦と貧窮の現実の中」での、菊池と谷口の出会いが大きかったことは言うまでも無い。しかし、前節でも述べたように、その発端はむしろ一九一一年の「木曾教育会」の動きに見いだせる。当時を知る、安藤茂一「藤村記念館の完成まで」(『信濃教育』一九五三・八)によれば、その年は教育会の「創立五十周年」にあたり、その組織が正式に社団法人化されたことの「記念事業」として、「藤村文庫の設立、藤村の歌碑の建設、郡歌の制定」などの企画が持ち上がっていた年である。さらに一九四〇年、紀元二六〇〇年の記念事業として、木曾教育会は文庫の設立に向けて、全会員に月々俸給から積立金を募ることを決定。さらに同年秋には、教育会の代表者二名が、麴町の藤村宅を訪ねている。ここで基本的な合意が得られたほか、藤村の口から「作るならば馬籠の本陣の隠居所を」との具体案が提示されたことを、先の安藤は語っている。それを受けて同年には、藤村記念館委員会が組織され、藤村をめぐる基礎資料の収集が始められた。こうした経緯は、日本の「〈文学館運動〉の萌芽」として、大木志門が論じている。[7] これはまさに、近代文学が「文化遺産」として保存展示されることが、社会的にも認識されつつあった時代の嚆矢としても記憶されるべきものだろう。

一九四三年八月の藤村逝去と戦火の広がりによって、一度は頓挫したかに見えたこの運動も、同年には大磯より馬籠に疎開してきた菊池を加える形で、「藤村記念事業」に関する会合が定期的に持たれるようになり、「隠居所」は当面の会合場所ともなった。戦後に至っても、この火は消えることなく継続され、一九四六年五月には「藤村記念事業並びに施設を行う件」として、神坂村で事業委員会の設置規定が制定。翌年には第一回の準備会が、菊池、安藤らを中心に開かれた。その年の二月一七日には、本陣跡でこの運動の中核となる「ふるさと友の会」の発会式が持たれ、いよいよ運動は現実化へ向けて動き出したということが出来るだろう。松原常雄「藤村資料館落成と回顧」(『信濃教育』一九五三・八)を見ても、「本居宣長・松阪の鈴の屋、松江のラフカディオ・ヘルンの記念館、形は変るがあの倉敷の大原美術館等々を思い浮かべ、でき得るならよく谷口先生からおき丶するシエク《ママ》スピヤ、ゲーテ、シラーの記念の仕方に一歩進めたい」思いが強く馬籠の人々の中にもあったという。

一九四七年三月、谷口から待望の「島崎藤村記念事業馬籠本陣設計計画図」が到着。これを機に、「ふるさと友の会」会員の勤労奉仕による建設が本格的に始まった。その意味でも、この運動はやはり戦前からの継続の中にある。同年八月の藤村忌を経て、一一月一五日にはついに落成式を迎えている。式に参加した亀井勝一郎も、「資料館がこれほどになるとは思わなかった。大原美術館と匹敵する」と述べたという[8]。ここにも敗戦当時の「浄財を集めての一文化事業」が、画期的なものであった事情が分かる。

その設立趣意書には「同志相寄って藤村出生の地を選び、人間藤村の生涯の記念となるものを保存して、後代の人々のために計る目的」をもって建設されたとうたっている。注意すべきはこれが当時の教育界と深くリンクしていた点である。松原は「この仕事の成就した根本動機を見るに何といっても県下学童の浄財が、金額は兎も角として中心をなしていたこと」を大きく見ている。事実、「木曾教育会」では当時、小中高等学校の教員や生徒を募り、そこから零細な寄付金を集めて、資金的原動力としたばかりでなく、地元の営林署にも陳情して、国有林である檜の払い下げを願ったとのことである。新井正彦の言によれば、「木材、土、石、紙に至る建築材料もすべて土地の物[9]」であった。当時を回顧した談話を様々掲載している『藤村記念館五十年誌』（渋谷文泉閣　一九九七・一二）によれば、運動の中心になった一人、大脇鉱平は、「ふるさと友の会の男衆の大半は兵隊帰り」で、彼自身も、「北支、南方、南京」と転戦し終戦を迎え、「翌年の二一年の三月に復員して馬籠に帰」ったばかりであったという。同じく鈴木儀助によると、敗戦にうちひしがれた中、菊池が、「何か後の世の記念になるような事をやろまいか」と、一人一人を説いて回ったことも伝えられている。まさにここには〈復員と動員〉をめぐる、時代の象徴的な事態が現れていることは疑いのないところだろう。この現象が戦争を挟んで立ち上がってきた運動であることは、この上もなく大きいと見ねばなるまい。

建設の頂点は、冠木門のたちあげであった。次の談話を見てみよう。

一番大変な仕事は、冠木門だった。一尺角の柱で今みたいに、電気鉋が有るわけでない。二本仕上げるのに数日かかったと思う。皆、百姓の合間の仕事で、六月は田植えの季節だからそれまでにはとにかく冠木門を建てようということだったと思う。

また、冠木門を建てる時が一番大変だった。すでに二本の支柱を組んだ冠木門を持ち上げる為の二組のウシ（二本の垂木を組んで作ったつっかい棒）をあてがい、一方ではロープを付けて引っ張る。肝心なのは、柱を土台に固定したままで揚げてゆかなければならない。この大事な土台の部分を孝夫サ（小松孝夫）と穣サ（原穣）が受け持って、でかい声で指示し、冠木門がゆっくりと揚がってゆき、垂直に立った瞬間、見ている衆が歓声をあげた事を覚えている。さすがにこの時は、感慨深いものがありました。（牧野要治談）

まさに「冠木門がゆっくりと揚がってゆき、垂直に立った瞬間、見ている衆が歓声をあげた」というこのシーン（図1）は、〈記念堂〉建設の大きなクライマックスであった。谷口は「日本の住の心」（『婦人と暮し』一九七三〜七七）の中で、日本建築における「門」の重要性を強調した上で、そこには「門の内に住む人の性格や趣味」がすべてにわたってうかがえるとしてもいる。さらに隈研吾は、こうした「垂直性という概念」[10]の中に、建築の最も核とも言うべき問題を見てもいる。それは「垂直」こそが、強い「重力」への抵抗を象徴的に示す概念にほかならないからである。〈記念堂〉は、こうした黒く力強い冠木門に象徴される「垂直」の軸と、一転してその横長の記念室に見られる「水平線」の交差するところに、大きな「日本的なもの」を見る者に与える特質が秘められていると見て良

図１『藤村記念館五十年誌』より

いのである。

噂を聞いた文芸家協会、日本ペンクラブが後援を買って出たこともあり、メディアの取材も殺到したようだ。落成の前後はおよそ千人あまりもの人々が馬籠に集まったという。当日は谷口の他、有島生馬、青野季吉、臼井吉見らも参加した。当時を知る一人、小笠原貞司の回想談によれば、「それが出来ると、外から沢山の人が訪れるようになるといったような事」が現実にあった。それ以前、「馬籠を訪れる人などはほとんどいな」かったのが、ニュース映画でも大きく取り上げられ、藤村が馬籠の〈観光資源〉となったこともまた疑いない。同誌掲載の「座談会　ふるさとと藤村」[11]によると、一九五三年には「糸魚川の町長が来て、相馬御風の記念館をたてたいからその参考にこっちのやり方をききたい」との申し出があったと言うし、同年には、近代映画協会監修の映画『夜明け前』(吉村公三郎監督)の本格的なロケも当地で行われた。座談会によれば、特に映画以来来館者は急増し、観覧券の発行をみても「四千人位」にのぼるとも言われている。〈記念堂〉は、明らかに一つの文化的ムーブメントを造りだしていった。

次節では、最後に谷口自身の証言に、建築の実際の分析を絡めながら、〈記念堂〉のフォルムの有り様を見ていくことにしよう。それが〈藤村〉をめぐる表象の一つの重要な原点であったことは疑いないだろう。

四、記念堂というフォルム

> 私は焼跡はそのまゝ残すことが、かえつて記念となるのではなかろうかと考えた。そのために、本陣跡の畠地を整理して、村の川からは砂を運び、焼跡を清浄な砂地とした。畠の中からは、焼けた土台石も出ゝ、それが庭石のように、その砂地に静かな風情を添えた。それに、隣地との境界には奥行七尺、長さ十三間半という細長い建物を造りました。その中に、藤村と「ゆかり」のある人々の作品を並べて「藤村記念堂」とした。作品を掛けた壁の下に腰掛をしつらえ、それに腰掛けて、障子を開ければ、本陣跡の砂地が目の前にみえる。障子には島崎家の定紋を渋いベンガラ色で描いた。この紋章こそ、藤村の多くの作品に特有な性格を与えた「家」であり、青年詩人がそれから離脱せんとした「時代」を意味するものである。
> (谷口「馬籠の記念堂」同前)

谷口は全体は「記念堂」、「記念文庫」、「案内所」、「隠居所」よりなると言う(図2)。冠木門から内部へと進むと白壁が独立している。これは所謂藩塀と称するもので、一種の目隠し壁となっている。生家「本陣屋敷」は、先述の如く一八九五年に焼失し、その跡地に「村の川からは砂を運び」、「藤村と『ゆかり』のある人々の作品を並べて

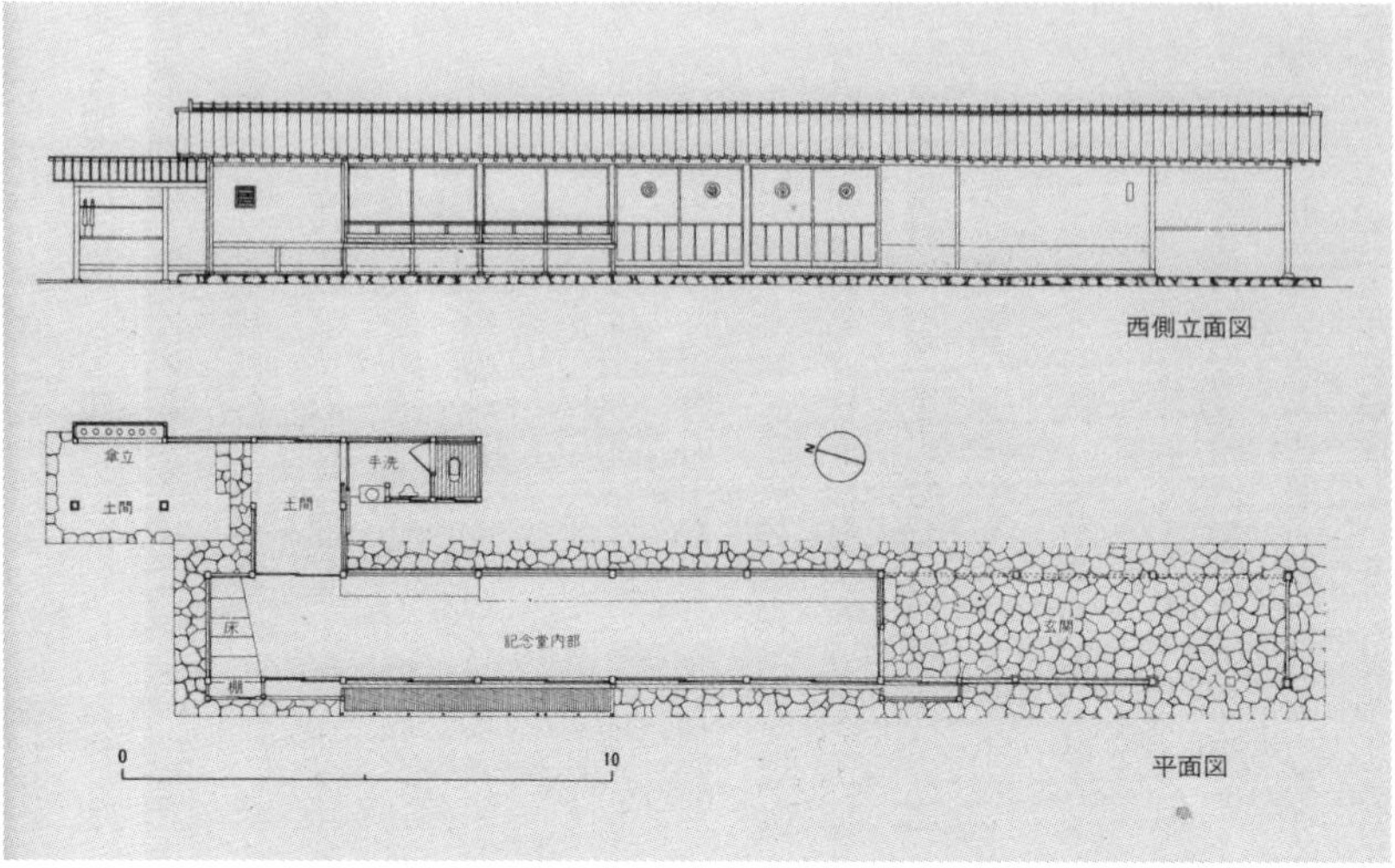

図2『谷口吉郎著作集』第四巻より

『藤村記念堂』とした」という。天井は化粧天井で、檜材の棟木、合掌、梁も露出している。壁も自然のままの土壁。従って「記念堂とは云いながら、この地方の民家」そのものの構造に似ている。また旧中山道に面した路側には、「板塀と冠木門を作つて格式ある『本陣』の跡らしくした」。柱はすべて「檜作りでそれに煤と柿渋を塗つて黒くした」とも谷口は述べている。今日の数ある文学記念館とは全く異質な建物と言うべきだろう。それを彼は「京都にある孤篷庵の茶席『忘筌』」にも準えている。

〈記念堂〉の内部へと歩を進める。室内の幅は「七尺」、しかし奥行きはそれに比して「七間半」もある。奥深い正面の壁には石井鶴三作「藤村座像」が置かれている。これは、菊池の『馬籠　藤村先生のふるさと』（東京出版　一九四六・一二）の記載によれば、藤村の三回忌にあたって、「土地の藤村会が動き」、木曾教育会もそれを後押しする形で、「共同法会」を営む方向で話が進み、楠雄の斡旋で、当日は様々の遺品類が馬籠に集まったという。その中に、石井作の像が含まれていた。菊池によればこの「藤村先生像は疎開先の木曾福島から国民学校の先生が背負つて来た」もので、「法会」の際は菩提寺の「永昌寺本堂の仏壇に安置された」。これが〈記念堂〉の最奥に配置されている。谷口は言っている——「その像に向かつて、室内のあらゆる水平線がパースペクチーブに集中する。棟木、梁、鴨居、敷居、腰掛け、障子の桟、全ての水平線が、視覚的にその像に向かつて集中している」。そのような「放射線の焦点」に、藤村像が安置されているのである。（図3）さらには、〈記念堂〉の開口部も奥に行くに従って狭くなるように設計されている。入口部分には、「四枚障子」が付けられているが、その奥は「肘掛け窓」になっており、さらにその奥に進むに従って「書院型に壁を外部に出張らせ」てある。谷口の言によれば、これらはすべて「像に近づくに従つて、開口部を小さくしたのは、室内に奥行の感じを深めてみるつもり」であった。さらに「像の脇には、小さい四角の下池窓を開け、それによって、スポットのような投射光線を像に当てた」ということである。建築家の藤岡洋保も指摘するように、「藤村文学の特徴を『暗さ』に見た谷口は、記念堂を細長くし、その端に藤村座像を置いて、そこに向かってしだいに暗くなるように内部空間を構成した[12]」とみてさしつかえないであろう。先に見た冠木門の垂直軸とこの藤村座像へと収斂していく「水平線」の交差の中に、〈記念堂〉建築の粋も凝縮されている。そして座像の周囲には、藤村ゆかりの人物の書画がしつらえられた。有島生馬筆の「東方の門絶筆」、安田靫彦作の臨終枕頭の「芙蓉の図」、佐藤春夫筆の「初恋」、次男鶏二画の「恵那山図」などがそれである。谷口はすべての「来訪者は、腰掛けに腰をおろしながら、藤村の作家精神をしのぶ」ことになるのだと言う。〈藤村記念堂〉はまさに、完成されたフォルムで、この「作家精神」と対座することを求めるような仕掛けを施されていた。

〈記念堂〉の外に出ると渡り廊下があり、木造の古民家がある。これは父正樹の隠居所の跡である。さらにその裏には往事をしのぶ古井戸がそのまま残っている。飛び石を伝いながら〈記念堂〉の反対へ出ると、旧中山道に出る。谷口は言う——「敷地の隅にボタンの古株がある。それは火事の跡から芽をふき出したもので、敷石は林の間を通って、土塀の脇から表門に出る。来訪者は再び『ふるさと』の文字を心にとめて昔の中山道に出ていく」。ま

図3『谷口吉郎の世界』より

さにここには〈島崎藤村〉という作家イメージを明確に可視化せんとする強い力学が働いている。柴田ちひろによれば、「谷口は、建築を建物として捉えるのではなく、建築を通して、人や風土により、視覚的に捉えることのできない事柄を建築の中に作り出そうと試みた[13]」とも言うのである。このように見てくると、〈藤村記念堂〉は単なる始発期の文学館イメージを作ったばかりではない。ここに作家の個人名の下に文献を集め、ゆかりの人物による図像を配置し、作家の座像を展示することによって〈近代文学〉の作家像をめぐる強固な認識が成立していると見るのは果たして牽強であろうか。谷口がなによりもここで強調しているのは、「この記念堂の建築工事はすべて馬籠の村人によつて作られた。即ち農民の『手仕事』である」という点にある。

全くの素人の手で建てられた建物である。大工、左官、屋根屋、石屋、鍛冶の仕事、すべてが農民の手による。しかし日頃から水車、農具、馬具を自分の手で作る村人の仕事は、専門の職人も及ばぬほど器用だつた。しかし青写真を初めて見る人たちだつた。／その上、建築材料もすべて土地の物である。木材は木曾の御料林から、花崗岩は谷川から、壁土はすぐ畠の土を、瓦が不足のときは、既存の建物の屋根を板葺きにふき直してそこから瓦を運んだ。障子の紙までが木曾の手漉きである。表門の金具も手造りである。こんな「風土の技術」と、こんな「風土そのまゝの材料」によつて、この記念堂の建築が築きあげられたのであつた。

建築家谷口吉郎をこの山深い木曾の奥地へと強く動かしたものは、ここにあるというべきだろう。「障子の紙までが木曾の手漉き」であり、すべてが「風土の技術」と「風土そのままの材料」によって奇跡的になされたこの〈記念堂〉建設は、戦前から戦後に掛けての一人の建築家の転換点の如きものが凝縮されている。この設計に、関わった建築家の清家清も述べている――「村の青年団が主力で小学生までが手伝って川原から石を運びあげたり、営林署から材木をいただいたりして、みんなで建立したのがこの記念堂である」[14]。谷口は常々この試みを「アルバイト　ディーンスト」と呼んでいた。それは、彼の言に寄れば「中世の昔、アルプスの山奥に、村人が小さい教会堂を築く時も、こんな工事であったろう」という。それはまさに「一切が全く心からの寄進」であったとまで言うのである。藤森照信は、ここに藤村と「ふるさと」との「和解」の形象化を見る[15]。長男楠雄を帰農させたことをもって、藤森は、故郷を捨てた藤村の回帰だとする。そして馬籠の人々が、この〈藤村堂〉に「寄進」した行為の中に、一つの「精神史の足取りを見事に建築化」してみせたというのだ。藤森は、ここに「暗く湿った部分の伝統とモダンな感覚をつなげる」戦後建築の出発さえも見ている。ここでは建築がけして主体となってはいない。藤森は、これが本陣の「焼け跡」に造られたことの意味を重視し、それを丹下健三ら、戦後の一連の記念碑的建造物と表裏の存在と指摘している。あるいは杉本俊多は、この建築の中に「日本の民衆が培った伝統をあたらしい民主主義社会の息吹をもって再活性化させつつ制作された」ものに外ならないとし、「平和国家日本の出発を象徴するような建築作品」[16]とまで見るのである。ことの当否はともかくとして、今一つ無視出来ないのは、谷口とイサム・ノグチとの出会いである。ノグチがはじめて来日した際、出会ったのが谷口であり、彼の慶應義塾三田校舎（万來舎）にノグチが大きく関わっている事実は有名だが、ここにもおそらく「日本的なもの」とモダニズムを結ぶ、戦後の重要な出発があるとみてさしつかえないだろう。

〈藤村記念堂〉のフォルムは、むろん見てきたように谷口がドイツで出会った「シンケル」の新古典主義建築の、一つの具現化された形であったかもしれない。しかしそればかりでないことはもはや明らかだろう。これは建築と文学という、異質な問題系として切り離して論ずる事柄ではあるまい。それがなによりも〈近代文学〉の作家像の構築に深く関わるものだけに、われわれは注意が必要となるはずなのだ。「戦後僕の建築の出発は馬籠の記念堂である」[17]と谷口は言う。見てきたようにギャラリーの水平線のパースペクティブは、すべて藤村像へ向けて集中するように設計され、その間に、様々の作家を顕彰する遺品が交差する。一つの〈作家像〉の構築がここにある。〈記念堂〉を訪れた者は、さながら「鳥居」にも似た冠木門を潜り、堂内の道のりを歩みつつ〈藤村像〉にたどり着く。八束はじめは、この〈記念堂〉には「内部空間」というものがはじめから存在しない、一つの「神社の玉垣」[18]にも類似する奥行きのみの展示空間であると指摘している。ここに工場を作り、コルビュジェに傾倒した、谷口の伝統主義への回帰をみることはたやすい。しかし、これは近代建築家の転向といった単純な事象ではけしてない。「日本的なもの」として、一般には簡素美、無装飾性、風土との調和、左右非対称といった問題がとりあげられる。しかし堀口捨己が早くに「建築における日本的なもの」(『思想』一九三四・五)の中で、それを「日本の民族と国土との特徴を建築の中に、何等かの形で、何等かの意味で持つてゐるもの」と規定していることは小さくない。それは戦前から戦争を跨いで、〈日本〉というものの有り様を純化させた一つの姿を、国民は求めていたということになるのかもしれない。これはモダニズムとか伝統主義といった問題系を超越した理念としてあった。一方、近代文学研究史でいうなら、「国民文学」論の盛り上がりの中、〈島崎藤村〉の存在が日本の伝統ともからめてその有力な出発点となった。平野謙、猪野謙二、瀬沼茂樹、三好行雄らはみな藤村を核にして論陣を張った。藤村が近代文学研究をある意味で牽引し、やや大げさに言えば「日本的なもの」の象徴として、多くの人々を動員しえた時代があったことだけは、〈学問史〉的に確認しておきたい。〈藤村記念堂〉のフォルムは、その有り様の一面を、今も確かに留めていると言えるだろう。

注

(1)『現代の建築家』(エーディーエー・エディタ・トーキョー　二〇一四・一一)

(2)『思想としての日本建築』(岩波書店　二〇〇五・六)三五七頁

（3）拙著『戦間期の『夜明け前』』（双文社出版　二〇一二・一〇）の中でもこうした戦間期と「日本的なもの」について詳述した。
（4）『建築における「日本的なもの」』（新潮社　二〇〇三・四）一一七頁
（5）「分離派批判」（『建築新潮』一九二八・一二）
（6）「ドイツ新古典主義との出会い」（『谷口吉郎の世界』彰国社　一九九八・一一）
（7）「十五年戦争下の〈文学館運動〉」（『日本近代文学』二〇一五・五）
（8）「座談会　第二次藤村記念文庫落成の思い出話」（『藤村記念館五十年誌』一九九七・一一）
（9）「馬籠・藤村記念館に見る個人文学館の在り方と藤村文芸の風土的考察に関わる研究」（科研費研究成果報告書二〇〇四・六）
（10）『新・建築入門』（筑摩書房　一九九四・一一）三八頁
（11）「回想・そしてあの時代（二）」（『藤村記念館五十年誌』前掲）
（12）「意匠への傾倒」（『谷口吉郎の世界』前掲）
（13）「建築家・谷口吉郎の言辞にみる「材料と技術」についての基礎的考察」（『日本建築学会中国支部研究報告集』二〇一一・三）
（14）『谷口吉郎著作集』第四巻解説（淡交社　一九八一・一二）一九三頁
（15）「シンポジウム　谷口吉郎を通して『伝統』を考える」（『谷口吉郎の世界』前掲）
（16）「谷口吉郎　日本的な古典主義の形成者」（『AHAUS』二〇〇五・九）
（17）「座談会　第一次藤村記念堂落成の思い出話」（『藤村記念館五十年誌』前掲）
（18）『思想としての日本建築』（前掲）三五六頁

※谷口の文章の引用は初出を参照しつつ、基本的に『谷口吉郎著作集』（淡交社）によった。
※論中の画像はそれぞれ明示した書物を出典とする。

第二章 丸山静の藤村論――「国民文学」論と〈学問史〉――

一、「国民文学」論と岩上順一

いはば彼（注中山　青山半蔵）は、最下層の庶民達と最上層の武士達との間を結合する媒介体的役割を運命づけられてゐたのである。この中間的位置そのものは、一方では武士階級の内部の漸次的な腐敗や確執や不調和を見抜くことを得さしめた。（中略）鷗外のリアリズムが、その否定者の世代を通過することによつてはじめて、藤村に承けつがれたといふことは、甚だ興味が深い。藤村の『夜明け前』は、芥川のロマンチシズムを媒介として鷗外のリアリズムを承けつぎ、再建したものである。『夜明け前』は、鷗外のリアリズムのあらゆる要素を含有する。しかもそれを、より一層高い形で拡大的に再生産したものである。そこには、鷗外のリアリズムのすぐれた側面と、その欠陥とが、より一層高く明白な姿に於て露呈されてゐるのである。

（岩上順一『歴史文学論』中央公論社　一九四二・三）

島崎藤村をめぐる作品の〈読み方〉に関して、幾つかの断層があるようだ。こうした問題を〈学問史〉的に明らかにしてみたい。その一端は、拙著『戦間期の『夜明け前』――現象としての世界戦争』（双文社出版　二〇一二・一〇）の中にも示しておいたが、本章もその問題意識を継承しつつ、戦中から戦後にかけての所謂「国民文学」論の時代における、藤村の読みの位相を考えてみたい。単純に言っても、戦前の国民歌謡や、その発展的展開の一つ、五〇年代のうたごえ運動の中で、藤村の「朝」や「惜別の歌」を口ずさみ、「椰子の実」に触れた世代はかなり広い。これらの層と、戦後の大学教育の中で、文学部を主軸に急速に広まった所謂「作品論」の中で、藤村作品に接した世代とでは、作品の〈読み方〉に根本的な相違が見られるのは当然だろう。本章では、そうしたいくつかの〈読み方〉の断層の結節点を考えるべく、戦後の「国民文学」論の高揚期に書かれた丸山静『島崎藤村　国語と文学の教室』（福村書店　一九五二・五）に焦点をあわせてみたい。これは主に中学生向けに編まれた藤村の入門書とも言うべく、従来の藤村研究ではほぼ黙殺されてきた著作である。筆者の丸山静（一九一四〜一九八七）は、若くして風巻景次郎、西郷信綱らと同人誌『抒情』を創刊。後に、竹内好らと国民文学論争の中核として新日本文学会で活躍した批評家である。さらに四〇年代に入ると、いち早く現象学的視点を導入した言語論を展開して時枝誠記、吉本隆明らとも雁行した。

ここではその前提として、「国民文学」論の起源とも言うべき戦前における『夜明け前』の〈読み方〉を見ておくことにしよう。先に触れたように、三〇〜四〇年代における国民歌謡やラジオ歌謡の高揚期、藤村詩が再評価された事実は周知のところだが、この時代、『夜明け前』も現在考えるのとは少しく異なった〈読み方〉をなされていた。その代表格と言えるのが、冒頭に掲げた岩上順一の『歴史文学論』における『夜明け前』評価である。三〇年代、藤森成吉『渡辺崋山』、本庄睦男『石狩川』、榊山潤『歴史』などを中核とした、大きな維新史ブームがあった。岩上は、それを睨みつつ唯物弁証法の手法で、鷗外と芥川の歴史小説を「より一層高い形で拡大的に再生産した」作品として『夜明け前』を評価した。そこでは青山半蔵は、「最下層の庶民達と最上層の武士達との間を結合する媒介体的役割」を与えられることになる。こうした〈読み方〉を継承した猪野謙二や片岡良一による藤村評価が、戦前と戦後を架橋するものとしてあるわけだが、本章で取り上げる丸山静も「島崎藤村——作家のたたかいの場所」（『日本評論』一九四九・五　『現代文学研究』収録）の中で、『夜明け前』を「いちがいに私小説と見做してしまうのも、やはり無理なこと」とした上で、平野謙が、その「新生論」（『島崎藤村——『新生』論』『近代文学』一九四六・

一〜二）の中で、この小説の主題を「血統の浄化」に見出し、「自己の血液の追尋」に突きあたり、そのプロセスから「青山半蔵のごとき人物が創りだされた」としているが、そういう解釈は、作品の大半を排除した極めて「私小説的」な偏見に過ぎないと全面的に否定していた。

岩上は戦前から「国民文学」を唱道し、次のように藤村を論じていた。

この作品（『破戒』　注中山）展開の経緯の中に、作家藤村の、個我解放の痛切なねがひをよみとることはもとより可能である。しかし『破戒』は、単に知識人的立場から自我解放の叫びをあげた作品とは決していへないであらう。ここでは自我や個性は、家族的限定に撞着し抵触するものとしてとらへられてゐるばかりでなく、同時に、そのやうな個我が国民的な立場にあつてはたらくための職域に葛藤する。そのことによつて同時に、彼の個我は、あまねく一般国民社会そのものの根底にある伝統的なるもの、いはば一つの国民生活、習慣にも矛盾するのである。

（「国民文学論」『昭和文学作家論（下）』小学館収録　一九四三・六）

藤村は紛れもなく「国民文学」の中核であり、その「個我は、あまねく一般国民社会」に開かれたものであると述べている事実は、一九三〇年代における歴史小説論議と重なる極めて重い問題と考えねばならない。針生一郎は「ルカーチ理論と日本文学」（『ルカーチ著作集7』月報　白水社　一九六九・七）の中で、戦中の弾圧の中、「歴史小説はイデオロギーの面をつよくおしだすことが困難となった時期、リアリズムの好個の実験の場として重要視された」と述べ、そうした歴史小説の背後にある問題として、ハンガリーのマルクス主義思想家G・ルカーチが、当時評価され、若き日の小田切秀雄、西郷信綱、杉山英樹らに大きな影響を与えた事実を指摘している。「バルザックに帰れ」は、当時の流行語の一つだが、その顕著な実例こそが岩上の『歴史文学論』に外ならぬだろう。こうした三〇年代の〈歴史〉をめぐる言説と、読者としての〈国民〉の問題、そして藤村がそれにどのように絡むかについては、〈学問史〉として明らかにせねばなるまい。

次節では、戦後の「国民文学」論争の足跡をたどりながら、そこに著名な藤村の『破戒』／『春』論争を関わらせてみることにしよう。序章とも一部重複するが、丸山の藤村論の位置を検討する上で、欠かせない視点でもある。

二、『破戒』／『春』論争

一九五〇年代——折しもサンフランシスコ講和条約の締結と日米安保の調印に際して、国論が大きく二分された時代があった。〈文学〉が、教育や政治と強く結ばれ、熱っぽく議論された時代である。現在、例えばサークル運動やルポルタージュの手法が、改めて再評価されていることも周知の事実であろう。無着成恭の「山びこ学校」の実践、それを主体的に受け止めた臼井吉見「山びこ学校の問題」（『展望』一九五一・五）があり、竹内好は「亡国の歌」（『世界』同・六）を発表し、「文壇文学」を厳しく批判した。「国民文学」論は竹内の〈民族〉の再定義がよく知られるが、日本文学協会、歴史学研究会は、当時、大会テーマに「民族の文化」、「民族の文学」を掲げて議論を活発化していたし、それらの集約として、一九五二年九月の雑誌『文学』は、特集「日本文学における民族の問題」を刊行。そこに竹内の「近代主義と民族の問題」や丸山の「民族文学への道」、そして西郷信綱「文学における民族」などが掲載された。いずれも、「民族」を基軸に、〈日本文学〉を問い直そうとする明確な方向性をはらんだ議論である。これらが同時期の中村光夫『風俗小説論』（河出書房　一九五〇・六）や桑原武夫『文学入門』（岩波書店　一九五〇・五）の刊行とも深く関わることは言うまでもない。そこでは日本の「文壇文学」の「遅れ」が指弾され、その象徴として「自然主義」や「私小説」がフレームアップされた。花袋の『蒲団』と藤村の『春』の関連性が俎上に上った背景には、そうした問題意識が隠れていた。

前田愛は「国民文学論の行方」（『思想の科学』一九七八・五）の中で、「竹内の国民文学論が潜在させていたさまざまな主題――近代主義ないしは自我意識中心の近代文学史観への批判、日本浪曼派の再評価、政治的、思想的規範の側からする文学へのアプローチ、文学の読者の問題等――は、昭和三〇年代以降の文学批評や文学史研究にひとつの方向性をもたらした隠れたパラダイムである」と明確に指摘している。この「国民文学」論が、テクストの〈読み方〉に投げかけた影は計り知れず大きい。読者論やテクスト論の起源もまた、この時代に求められるが、本章では、さらにその源流である〈近代文学研究〉のありかたをめぐる議論に集中してみよう。現在の学会の発端とも言える「近代日本文学会」が発足するのも、こうした「国民文学」論争の渦中の一九五一年であるからだ。日本の近代文学への批判的眼差しとは裏腹に、それが〈研究〉の対象として全国的な学問領域に取り込まれ、カノン化されていくのも、まさにこうした〈国民〉と〈民族〉をめぐる議論が沸騰していた時代なのである。「歴史社会学派」の再検討が、藤村研究にも重い意義を持つことは、先のルカーチと「歴史小説」をめぐる議論から推しても明らかだが、ここでは『破戒』／『春』論争への関わりの上から、次の島村輝の発言を注視しておこう。

これに対して戦後の文学論に現れた方法はほとんどすべて、ヨーロッパの近現代文学をモデルにして日本の近代文学の歪みを照らすという方法をとっており、民族という要素は思考の通路に入っていない。左翼イデオロギーからの批評も、その意味ではやはり一種の「近代主義」であるということになる。竹内の定義する「近代主義」とは「いいかえれば、民族を思考の通路に含まぬ、あるいは排除する、ということ」になる。

（「浮沈する『国民』と『文学』――『国民文学論争』という問題系」『文学』二〇〇四・一一）

島村輝は、『風俗小説論』に顕著に見られるように、戦後の文学論のベースにあるのは「ヨーロッパの近現代文学をモデルにして日本の近代文学の歪みを照らすという方法」であり、そこには「民族という要素は思考の通路に入っていない」という重要な問題を抱えていた。こうした、当時の〈国民〉、〈民族〉という主題浮上の背後には、近代市民社会の確立と、「歪み」としての日本近代の自覚、そしてその「主体性」を問う議論があった。そこには日本近代の「歪み」や「遅れ」を、日本のリアリズムと重ねて克服していこうとする指向性が露わに感じられる。ここに小林秀雄などを源流とする、「私小説論議」が関わることは自明である。さらには、日本の近代化の「特殊性」を強調した戦前の講座派マルクス主義の議論も投影されていたことだろう。このような認識を根こそぎ見直そうとの意識が、「国民文学」論の背景にはあった。

こうした五〇年代の議論の中に、『破戒』／『春』論争を置いてみるとどうか。近代文学研究史のなかでも著名なこの議論は、今日、〈学問史〉として再考する余地を残しているように思われる。それは先に触れたごとく『蒲団』の影響と私小説の是非を問い、まさに日本近代の「歪み」を立証する恰好のモデルケースであった。整理してみよう。議論の根は、やはり平野謙の戦前の『破戒論』(「明治文学評論史の一齣――『破戒』を繞る問題」『学藝』一九三八・一二)にあった。平野は「社会的偏見に対する抗議と自意識上の相克」を取り上げ、「『破戒』が社会的抗議としての力を現実に把み得たこと」に力点を置く評価をしている。戦後、これを大きくクローズアップしたのが『風俗小説論』であった。中村は『破戒』の社会性を大きく評価し、『破戒』と『春』の間には『蒲団』の出現による屈曲があるという著名なテーゼを展開。『春』は「藤村の花袋に対する降伏状」とした。

これに対して『春』構想を、「『蒲団』が発表された一九〇七年九月よりも一年前である」とする事実を一九〇六年八月、一〇月の神津猛宛て書簡により立証した勝本清一郎の反論(「『春』を解く鍵」『文学』一九五一・三～四)も名高い。彼は「影響や『降伏』や作者自身の見捨てを云々する説は到底成立し得ない」と明言。ここで議論は作家の書簡を介した、学問的、書誌的な衣をまとうことになる。「近代文学研究」の学としての起源がこのあたりに求められるとみる所以だが、議論の背景に透谷——藤村の社会性を近代日本の一つの〈起源〉とみる勝本と、『移動の時代』（『中央公論』一九五六・六）等で、その限界を指摘した中村の認識的相違があることも押さえておくべきだろう。ここに介入するのが、三好行雄の論文「人生の春」（『文学』一九五五・九『島崎藤村論』収録）である。これについては本書四章で詳しく検討した。

こうしてみてくると、『蒲団』に近代化の「歪み」や「遅れ」を見出し、日本的私小説の起源を『蒲団』から『春』の間に見出す意識が、「国民文学」論を契機に後景に退いていく様が見えて来るだろう。逆に『破戒』に強い社会性や政治性を見る見解もまた後景化していく。和田謹吾は「『破戒』の史的位置」（『国語語文研究』一九五一・五『自然主義文学』収録）の中で、明確に『破戒』は、「『告白』に重点があるのであって『部落民』はそれを重からしめるための方法」と述べていた。こうした問題と交代に前景化してくるのは何か。明らかに自己告白と作家の内面のドラマを拡大し、普遍性の強い「人間の劇」として私小説を再定位する認識である。〈政治〉に汚染されることのない、文学の自立性と主体性のドラマ——作品論の時代が切り開いたものは、まさにこうした文学の〈読み方〉をめぐる質的変貌であった。むろんそれは三好の言う「出口のない部屋」（『作品論の試み』あとがき）としての、内的な〈劇〉であったことも自明である。そこに藤村固有の暗い屈折が投影されたことは疑いない。こうして、「国民文学」論の時代を契機として、藤村作品の〈読み方〉をめぐるモードは大きく転換する。それは見てきたように〈文学〉の自立性と、読者個人の主体性を結びつける、個のドラマへと変質していくのである。作品の前半と後半に大きな「屈曲」を見出し、それを作家の私生活の中に探る『春』論や『家』論にみられる方法——それは作家と作品との間に精神的な強い紐帯を発見していく作品論の方法が要請した問題意識といえるだろう。今は、それを一度括弧に入れる必要性がありそうだ。こうした藤村をめぐる〈読み方〉の質的転換を意識化するために、次節では丸山静の藤村論を俎上にのせよう。その前にまず、丸山の「国民文学」論を辿っておく必要性がある。

三、丸山静の藤村論

わが国において、近代リアリズムの方法が、私小説という一種格別の形においてしか成立しなかった、というよりは、私小説が成立することによって、近代リアリズムの方法が流産せざるをえなかったことの必然性が、いままでイデオロギーの問題としてではなく、文学創造の固有の場所において、はっきり捉えられていなかったのではなかろうか。（中略）私小説とはどういうものか、一言でいえば、自分を語って他人を含みえない、あるいは個人を語って社会的根源に到りえない創作方法に外ならない。（中略）リアリズムとは、まさにこの矛盾を近代社会における人間関係の基本的な矛盾として把握し、この近代社会固有の悪を虚構（フィクション）という独得の手段にたよって克服しようとし、そうすることによって個人と社会、内部と外部の対立を超えて、人間本来の統一的全体を恢復しようとするところに成立した、いわば固有の文学的方法に外ならない。

（丸山静「民族文学への道」『文学』一九五一・九）

「国民文学」論争の渦中で書かれた、丸山の著名な論文である。ここで彼は、私小説が日本において成立したことによって、「近代リアリズムの方法が流産」したという。そもそも私小説とは「個人を語って社会的根源に到りえない創作方法」である。従って「リアリズム」は本来、こうした近代社会に内在している「人間関係の基本的な矛盾」を、それとして把握し、「虚構（フィクション）」によって克服していくものであるという。つまりこうした社会的対立を超えて、「人間本来の統一的全体を恢復」するものでなければ文学はならぬと言う。ここに、あるべき近代化と個人の確立を標榜する理想主義が顔をのぞかせている事実は紛れもないが、先に見た『風俗小説論』などの、従来の〈日本〉を「歪み」や「遅れ」として、近代化を急ごうとする見解とは微妙に異なっていることに気をつけたい。つまり私小説を「社会性」――国民に到りつけない限界として定位し、そうした「他者」の喪失という主題を立てて、その地点から私小説を再定位しようとする意識が感じられる。佐藤泉は、「一九五〇年代国民文学論――『民族』の多義性」(『軍記と語り物』二〇〇七・三)の中で、丸山の問題意識に言及して、「従来、『私小説』とは日本の近代作家が十分な近代精神を持たなかったことを象徴する概念だった」が、丸山は国民の現実と無関係な所で近代化した文学者たちが、「社会性を失ったところに私小説が成立したのではないかと、定義を転倒させている」と言う。私小説を、あくまで国民としての〈読者〉のレベルで議論していこうというのが、丸山の「国民文学」論の特質であった。

それでは丸山は、島崎藤村をどのように捉えていたであろうか。彼は「プロレタリア文学の展開」(『岩波講座 文学6』一九五四・三 岩波書店)の中で『破戒』について次のように述べている――「丑松は、どこからにせよ、ひとつの『行為』をみずから生み出さねばならず、『行為』を生み出すことが、彼の性格構成の端緒になり、丑松という人間がそこから具体的に始ってゆくであろう」。瀬川丑松は、「行為」を通じて自己の本質と出会うキャラクターであるという。例えば、丑松は志保を愛しているが、それを一つの「行為」として打ち明ける事が出来ない。これはむろん丑松が自身の身の上について、告白という「行為」に容易に踏み切れない事情と相関している。常に自己の真情を偽らねばならぬほど、苦痛に満ちたことはあるまい。丸山はそこに「『上からの近代化』がひきおこす人間の自己疎外」が、せっぱつまった「人間的場所」において、鋭く顕現するのだという。しかし一度「行為」に踏みだそうと決意した丑松は、自分に与えられる「絶対の場所」において、現実の中に「たたかいの可能性」を発見し、新しい「行為」を生み出してゆく。そしてこのような「行為」(告白)を通して、丑松は日常性の場を抜け出して、「行為」と現実との交互作用の場に立つことになる。丸山は「新しい人間の創造とは、こういうことではなかろうか」というのである。そして「行為」を通じて「新しい人間の創造」を繰り返す「真の文学」によって、いかにして「典型的なもの」を再建することができるかが問われるとする。具体的には近代社会の矛盾そのものを主題として、それを克服するための可能性をきりひらいてゆく。それこそが近代文学だというのである。そして『破戒』は、最終的には丑松が自己のつきあたった「絶対の場所」において、必然を自由に転化させうるような「行為」を生み出すにまでは到らなかった所に、その本質的限界もあったとする。しかし自由と必然がはげしく対立している近代社会において、本質としての「典型的なもの」を構成してゆくためには、このような「行為」の発見が、是が非でも必要となるのだとまとめている。

ここに見られる丸山の見解には、戦中から戦後にかけて転向知識人を中心に大きな支持を得たG・ルカーチの「リアリズム論」の影響が指摘出来るのである。日本におけるルカーチ受容を検討した深江浩の論を見てみよう。

私小説が成立することによってリアリズムが流産したという独特の把握。ではリアリズムとは何か。それは「典型的情勢の中における典型的性格の創造」とエンゲルスにならって言うことができるであろうが、そもそも「『典型的なもの』が定立することができないというのが、つまり、近代社会における『典型的情勢』である」という「逆説的シチュエーション」の中で、「文学はいかにして『典型的なもの』を再建することができるであろうか」という画期的な問題提起。この自ら提起した問題によって、辛うじてリアリズムを生みだし得た作家たちの発掘。

（「日本の文学批評にとってのルカーチ」『季報唯物論研究』二〇〇三・一一）

私小説による近代リアリズムの「流産」という現実。そして当のリアリズムとは、「虚構」を通じて個人と「社会」の対立を超えて、「人間本来の統一体」を蘇らすことであってみれば、「文学」はいかにそうした「典型的なもの」を再建できるかにかかってくる。その「典型」こそが、言ってみれば「行為」を通じて自己と向き合う国民的人間像の創出につながることにもなる。これはまた、いかにも社会主義リアリズムの反映論ともうつるが、こうした文脈の中で藤村を捉える〈読み方〉が、「国民文学」論の時代において確かに存在した事実を認めることが、まず先決だろう。

ここでもう少し具体的に、丸山の藤村論を追いかけることにしよう。「島崎藤村——作家のたたかいの場所」(『日本評論』一九四九・五『現代文学研究』収録)には次のような一節がある。

丑松はたたかいの場所に投げだされても、自分がいまたたかうべき、そのたたかいの性格さえ見きわめていないし、また彼のなかにはそのたたかいに必要な、いかなる武器も用意せられていないのである。かくて彼がたたかいの意欲においていかに熾烈であろうとも、じっさいには彼はいつまでもたたかいの手前に在り、けっしてたたかいの渦中の人物にはなってゆかず、たたかいの主体を確立してゆかないのである。(中略)この『破戒』だけは、まさしくその『下』からの心で書かれているところが、その傑れた点ではないだろうか。たとえば、『破戒』より後に出た花袋の『田舎教師』(一九〇九年)がもっぱら一田舎教師の運命を追及しているにもかかわらず、主人公の『上』への心にひきずられて、当時の地方の小学校の内情などをほとんど発き出すことができなかったのにくらべて、『破戒』のなかには、いまでもまだ通用しそうな、教員室における新旧勢力の対立、町の有力者と学校との結びつきなど、そうした内幕がかなりよく追及されているだけでも、この小説には、「歴史的意味」を超えて、小説としての典型性が見出されるのではなかろうか。

ことはまたしても『破戒』に関わる。ここでは丑松の「たたかい」が、圧倒的に前景化していることが注視される。「丑松はたたかいの場所に投げだされても、自分がいまたたかうべき、そのたたかいの性格さえ見きわめていないし、また彼のなかにはそのたたかいに必要な、いかなる武器も用意せられていない」といった具合だ。これはむろん藤村が透谷から受け継いだ「戦闘的精神」を起源とするが、右の文章ではそうした「透谷以来の近代的人間の要求」が、藤村自身の「浪漫派的なあり方への自己否定を媒介」として、はじめて「下からの庶民的なものに結びつ」く可能性が開かれたと論ずる。『若菜集』の問題意識もここから導かれてくる。即ち「浪漫派的」なものを否定的媒介として、「庶民」と結びつく「たたかい」こそが強調されるのである。先に見たように瀬川丑松は、歴史的制約を超えて国民の「典型」を創出する批判的リアリズムの礎石であった。

ようやく我々は丸山の藤村論、いや「国民文学」論の時代の藤村をめぐる〈読み方〉の入り口にたどり着いたようだ。今日の藤村研究では完全に黙殺された一冊の書物をここで紹介したい。丸山静著『島崎藤村　国語と文学の教室』がそれである。これは「国語と文学の教室」と銘打たれた、中学生向けの文学入門書であった。しかしこれを若年向けと侮ることは出来ない。本シリーズのもくろみが、後書きの一部に披瀝されている――「わが国文壇、明治、大正の期に大きな息吹と、新しい形態（ジャンル）をもたらして伝統の文学を揺り動かした人々とその作品。鷗外、藤村、漱石、一葉、啄木、龍之介の人々。われわれは今、彼らが時代の文学に何をもたらし、いかに生きたか、作品をとおして、もういちど新しく味わってみたい。社会生活の豊かな常識と香り高い教養、趣味を身につけて、人間の完成を期したい」。同シリーズは、完成されたものだけみても、鷗外に杉森久英、啄木に杉浦民平、有島に伊豆利彦、徒然草に永積安明、民話に西郷信綱、近代詩に猪野謙二、物語に近藤忠義といった面々が名を連ねており、「国民」に開かれた新しい文学像が模索されていた事実が分かる。本書はまえがきのほか、「詩と青春」、「『破戒』をめぐって」、「『自然主義』をめぐって」、「『太陽』という言葉」の章よりなる。本書の位置づけの一つの柱は「青春」の書としての『若菜集』である。そこでまず取り出されるのは「初恋」だ。第二聯――少女が「やさしく白き手をのべて　林檎をわれにあたへ」るという文字通りの「行為」を、丸山は重く見る。こうした一つ一つの「行為」がなくば、『若菜集』は成り立たなかったと言うのである。つまり「初恋」においては、「言葉が行為にみちびかれつつ詩の世界をつくりあげ」そこに、あらゆる文学の原初があるという。しかし時代を下って「おくめ」のような作品になると、事態はたちどころに複雑になってくる。そこでは「言葉が行為に入れかわって先に立とう」としており、そのぶん詩としての発展は滞りがちになる。さらに「春の歌」に到ると、もはや「行為というようなものは消え失せ」ただ自然に対する「詠嘆」のみが反復されるようになる。丸山は、「日本の近代の『青春』は、このように本質的に大きくゆがみをふくんでいた」と指摘するのである。しかし考えてみれば、そのような「ゆがみ」をうたいあげることの出来た『若菜集』こそ、かえって青春の歌声として、かけがえのないものであった。こうした「ゆがみ」を強調した言説は、本章が辿ってきた私小説をめぐる議論と相同的な関係にあると言えよう。『若菜集』の屈曲を押さえた上で、丸山は「わたくしたちがふたたびいま『民族の青春』をうたうべき時になってきているとき、こんどこそゆるぎない朗々たる歌声をつくりだすためにも、『若菜集』のゆがみをわが身のうえにひしとかえりみる必要がある」と宣言する。一つの「行為」に導かれて、詩が「民族の青春」を歌い上げる可能性が示唆されている。ことは小説に関しても敷衍しうる。三章の『破戒』をめぐる箇所から、少し抜き書きしてみよう。

近代小説においては、あくまでひとりの主人公の運命が追及されていながら、同時にそれがひろく読者の内心の要求を集中的にとらえたところの、いわゆる「典型」（決定的に完成されたもの）にまで達することのできるのは、それはひとえにこの世にたいするたたかいの「可能性」が、こうした虚構にたよることなしには表現できないほど、それほどぎりぎりのところまで探求されているからだといえましょう。したがって、また、こうしたたたかいの「可能性」がどこまでもきびしく探求されているからこそ、小説という虚構の世界もいきいきとした実在性（リアリティ）をもって、読者のなかに生きることができるわけであり、このことは、小説の主人公というものはいつもなんらかの意味におけるたたかいの場所に身を投げ出しているときにのみ、小説の主人公でありうることを示すものだと考えられます。（中略）『破戒』においては、小説というものがともかく「たたかいの可能性」を追及する場所になっており、それゆえ、そこでは「虚構」によってしか表現されえないようなものが表現されようとしているといいました。けれども、くわしく見てきたように、主人公丑松のせおった「運命のはげしさ」にたいして、それをほんとうにつきぬけてゆくことのできるような「可能性」を作者は見つけだすことができませんでした。

若年者向けといって、けして手を抜いたものにはなっていない。ここでも先の「典型」論が展開され、表現行為にいたる主体としての作家藤村が重視されている。「典型」を要約すれば次のようになるだろう――「『典型』（決定的に完成されたもの）にまで達することのできるのは、それはひとえにこの世にたいするたたかいの『可能性』が、こうした虚構にたよることなしには表現できないほど、それほどぎりぎりのところまで探求されているからだ」。こうした「たたかいの可能性」が、きびしく探究されているゆえに、小説という「虚構」がリアリティを獲得しうるのだとする。『破戒』は、その意味でも、こうした「たたかいの可能性」をぎりぎりの部分で追及する作品世界であるというのである。

しかし時代はそうした「国民の下からの人間的な目ざめをおさえつけ、それを排外主義の方向へ、日露戦争の方向へそらせ」てしまった。これにより、次第に本当の「たたかい」は困難になり、その精神も見失われていく。丸山はこうした後退戦としての藤村のその後を位置づけつつ、「『春』が『たたかいの記録』であったとすれば、『家』は『抵抗の記録』である」とした上で、「自然主義の方法というものは、たたかいではなしに抵抗を描くのに、もっともふさわしい手法である」（四）とまとめている。このように表現行為にみられた「たたかい」は、次第に「抵抗」へと様変わりしていった。

こうした「たたかいの可能性」によって、国民の民族的性格を描き、「行為」する主体としての「典型的」キャラクターを作品から読み取る丸山の背後にあるのが、先に見たG・ルカーチの唯物史観であることも立証することは容易だ。例えばルカーチの「ブルジョア叙事詩としての長篇小説」（『短篇・長篇小説』熊沢復六訳　清和書店　一九三七・六）には、次のような言葉が見える――「人間が行動する時にのみ、人間の真の本質や、人間の意識の真の形態や、真の内容は、社会的存在を通じて表現されるのであつて、それは、人間がそれについて知ると否とにかかはらないことであり、また例へ人間が意識の中にそれに関して変化し易い見解を持つてゐるとしてもさうなのだから」。エンゲルスは著名な『バルザックへの手紙』の中で、それを「典型的状勢に於ける典型的性格」[2]と呼んでいる。またルカーチの『バルザックとフランス・リアリズム』（針生一郎訳　岩波書店　一九五五・六）には次の如き記述もある。

リアリスティックな文学観の中心となる範疇と基準はこうだ。典型とは、性格と情勢に関していえば、普遍的なものと個別的なものとを有機的に統括する、独特の綜合である。典型が典型となるのは、その平均性によってではなく、また――それがどんなにふかめられたものにせよ――その単なる個別的性格によってでもない。典型が典型となるのは、歴史上のある時期の、人間的にも社会的にも本質的・決定的な諸契機が、ことごとくそのうちにあつまりからまりあうことによってであり、典型の創造者がこれらの諸契機を最高の発展段階において、それらのうちにひそむ可能性を極限的に展開しながら、人間や時代の総体性の頂点と同時に限界が具体化されるような、極端なもののもっとも極端な表現でしめすことによってである。だから、真に偉大なリアリズムは、人間や社会を単に抽象的・主観的な見地からみてえがくのではなく、運動している、客観的な総体性においてえがくのだ。

こうした「典型」という用語の使用一つ取ってみても、その三〇年代からの反響は疑いない。しかしそうした問題のみで、丸山の藤村論を片付けられるだろうか。島崎市誠は「『国民文学』論ノート――論争から取り残された問題について」（『近代文学研究』二〇〇五・三）の中で、丸山の表現行為に見られるのは、従来の自意識で固まった私小説には無かった、「自己を悪として自覚する意識」――反省的視点だとする。こうした意識を媒介に「行為」によって社会と広く関わる言葉の探求が試みられていたのではなかったか。『やまびこ学校』の生徒たちの可能性が、所謂「文壇文学」のアンチテーゼとして期待されたごとく、シリーズ「国語と文学の教室」で模索されていたものも、「中学生」を通してみた、新たな作家像の刷新であったはずだ。「国民文学」論の中で探られていたものは、まさに反省的視点による社会との繋がりであった。これはそうした議論が封印された後の、作家論や作品論からは見失われた問題と言えるだろう。

祖父江昭二は、「国民文学論の再検討の試み」（『文学』一九五五・二）の中で、「国民文学」論の今日的可能性として、社会に共有される「文体の問題」を指摘しているが、丸山はその後、六〇年代に入ると、M・バフチンやM・メルロ＝ポンティの表現論をいち早く紹介した著書『はじまりの意識』（せりか書房　一九七一・八）を刊行し、言語への意識を先鋭化した。こうした動向は、同時期の吉本隆明、亀井秀雄らの仕事とも深く関わってくるだろう。丸山の再評価が待たれる所以だが、しかし彼の唯物弁証法を基礎とした国民文学の提唱を、全面的に賞賛出来るかというと微妙な問題もまた残される。深江浩は、「国民文学論をどう考えるか——思想的側面から」（『日本文学』一九六五・四）の中でこんな指摘もしている——「歴史を創る主体である『一般日本人』と自己とを結びつけるためには自己否定を通じてする以外にはないという認識が示されている。ここに「国民文学」論が到達した、文学＝インテリゲンチャと『一般日本人』＝国民との結合のしかたを示す最も深い認識があったと私は思う。しかし同時に、今から顧みて、『一般日本人』（国民）が矛盾ぬきでオプティミスティックに把握されていることも否めない。だからこそ、自己否定の先に自己実現の世界を予想することができたのである。丸山静氏にして、当時、弁証法が予定調和の観念によって浮かされていたように思う」。表現行為の否定的側面を強調することにより、作家像を刷新し、私小説の隘路から抜け出そうとする丸山の認識は、作家と読者に関わる新たな像を結ぶ端緒となりえたかもしれぬが、そこにまた「予定調和」の罠が潜んでいたことも注意せねばならない。これは「国民文学」論を今日問う上で、大きな課題と言えるだろう。

最後に補足的に、こうした「国民文学」論と前後する藤村論（藤村の〈読み方〉）の変質について触れておかねばなるまい。〈作家〉や〈作品〉をめぐって、「国民文学」論が読者の無意識にいかに働きかけたのかを、改めて問題化する必要があるはずである。

四、平野謙と藤村論

ここで考えたいのは、平野謙である。平野の藤村の〈読み方〉に対する、さらなる〈読み方〉が、「国民文学」論と前後して登場してくるのはいかにも興味深い。そこに丸山が微妙な影を落としていたとみることは出来ないか。というのも、高橋啓太が「竹内好の『政治』と『文学』——国民文学論を中心に」（『日本近代文学会北海道支部会報』

二〇一〇・五）の中で、「丸山の『リアリズム』批判は、平野の『モティーフ』論に対する批判として機能する」との指摘をしているからである。先に見たように、丸山の射程の中には私小説の再定位がもくろまれていた。それは「主体」をめぐるパースペクティブの転換に関わる。私小説を近代的な主体性の「歪み」や「遅れ」とする議論があったわけだが、従来は作家が近代的な「主体性」を持たぬところに私小説が生成されたとしたのに対して、丸山が取り上げた反省的「リアリズム」の問題は、こうした「近代化」の産物としての「主体性」を一度解除し、作家が「国民」と向き合わぬところに私小説が胚胎したという議論になる。高橋の言葉で言えば「主体をオブジェクトレベルに置き、メタレベルでその主体を自己喪失の産物とみなすというパースペクティヴ」ということである。こうして丸山は、「一般日本人」の現実を置き去りにしたまま独善的に実現された擬似的な近代性を象徴する問題として、私小説を捉えようとしていた。平野らの所謂「近代文学」派の価値観にとって、作品を創り出す「モチーフ」こそが絶対的な意味を持ったのに対して、丸山は「一般日本人」との関わりの中に「主体」を位置づけ、作品を生み出す「モチーフ」もそこから導出されるとした。

平野の藤村論には、知識人論の響きが込められており、そこから転向問題の影を読み取る議論がある。[3]『新生』で犠牲となった姪の節子に対する、平野の過剰なまでの肩入れも彼の大衆意識や庶民感覚のなせるわざだとする見解である。次の磯田光一の『平野謙論』を見てみよう。そこには藤村をめぐる重要な転換が見られる。

『島崎藤村』の初版（昭和二二年刊）には「父上の霊前に本書を献ぐ」という献辞があり、またそのあとがきのなかで、平野は自分の両親について語り、自らを「わが家の歴史なぞ関心のそとに置いていた不孝もの」と呼んでいるが、「近代文学」派の批評家のうちで最初に「父親」と「わが家の歴史」に正当につき当たったのが平野謙であったということは、平野の思想がいかに大衆意識の基底部にまで錘鉛を下ろしていたかを示している。(中略)『新生』論の問題は当然、『破戒』論の延長上にあるものとして考えられるべきものである。『破戒』を書くために三人の子供を犠牲にした島崎藤村の「悲しい、『必然悪』」の問題は、『新生』論では姪を翻弄した島崎藤村の「悪」の問題としてあらわれる。(中略)かつて理想主義者としての平野を後方から牽引していた暗い庶民的現実の力の増大、少なくとも庶民的現実の力への認識の深化といったらよいかもしれない。

(「平野謙論」『戦後批評家論』河出書房新社　一九六九・九)

磯田は作家の「主体」を見るに際して、そこで犠牲となった「暗い庶民的現実」に目を凝らす。それが藤村作品の〈読み方〉にも関わっている。『破戒』創出の影で踏みにじられた三人の子供達や妻の問題、そして『新生』――平野の私小説批判の中には、私小説を「大衆」の感覚で擁護せざるを得なかった平野その人の「主体性」が関与していたとする磯田の〈読み方〉は、やはり「主体」の転換をはらんでいる。ここで重要なのは、私小説の読み替えに必要とされた「大衆」、「庶民」そして「国民」とは何かという問題であるはずだ。それを考える上で柳瀬善治の「転向論における『記者的姿勢』(上)――磯田光一『比較転向論序説』の戦略の脱政治性」(『国文学攷』一九九七・九)は参考になる。柳瀬は、理想と政治の狭間で苦悩した「左翼知識人」の論理を相対化するものを、平野が持っていたとする。その証しが、「島崎藤村と転向問題を二重写しに書いた」平野の『『破戒』論』であり、『『新生』論』であった。そこに貫かれているのは、繰り返すように私小説の土壌を批判しつつも、根を張っている「庶民感覚」を手放さない平野の藤村論が、「左翼文学者への批判たりえた」とする、磯田の〈読み方〉である。柳瀬はこうした磯田の平野論には、「吉本隆明の『転向論』もしくは『状況とは何か』に代表される『大衆の原像』論」が関わっていたとみる。即ち〈文学〉によって〈政治〉を相対化しようとする、あの主体転換のパースペクティブである。そしてこうした認識の転換の背後に、「国民文学」論があることももはや自明ではないだろうか。〈政治〉

に汚染されることのない〈文学〉の自立性、そこに読者の「自意識」を投影させ、作家の「内面の劇」を作品から読み取る作品論の時代が、もうすぐそこに控えていた。しかしこうしてみてくると、柳瀬がさらに言及するように、〈政治〉的な観念に回収されない抵抗として一元化された「国民」を措定し、文学作品はそれを容易に表象しうるとした、「『文学』という表象行為への信頼」、いわば「文学者信仰」というもう一つのイデオロギーが露呈していることも、もはや疑いの無い事実だろう。

本章で敢えて丸山静の、半ば忘却された藤村論を取り上げたのには意味がある。見てきたように、それは「国民文学」論から作品論へと、〈読み方〉をめぐるシフトチェンジの狭間に現れた書物であった。作品を通じて作家の内的なドラマを追跡する作品論の方向に、藤村をめぐる〈読み方〉は以降収斂し、近代文学研究の大きな柱ともなり得たわけだが、その前提には〈学問史〉的に、こんな〈読み方〉もあったのだ。丸山静の藤村論は、〈読み方〉をめぐる重要な断層を示すものとして、今改めて問い直す価値を秘めたテクストと言えるだろう。

注

(1) 鳥羽耕史『一九五〇年代』(河出書房新社　二〇一〇・一二)、水溜真由美『『サークル村』と森崎和江』(ナカニシヤ出版　二〇一三・四)などに詳しい。

(2) マルクス・エンゲルス『芸術創造に関する一般的諸問題』(瀧崎安之助訳『マルクス・エンゲルス芸術論』岩波書店一九五七・一二)には次のような指摘が見られる――「リアリズムとは、細部の真実を意味するばかりでなく、典型的な事態のもとにおける諸々の典型的な性格を真実に即して再現することを意味します。ところで、あなたの人物たちは、そこに描かれているかぎりでは十分典型的であるといえます。けれども、これらの人物をとりかこみ、これらの人物を行動させている事態は、おそらく、おなじだけ典型的であるとは言えません」。

（3）　杉野要吉『ある批評家の肖像』（勉誠出版　二〇〇三・二）などは、一つの知識人論として平野謙の転向問題を徹底して追及している。

第三章　〈底辺〉から歴史を見る――田村栄太郎の『夜明け前』批判――

一、維新史をめぐる光景

自分の作の批評に対してこれまで私はあまり答へたこともない。作そのものをもつて答へとしたい、私はその方針でずつと今日まで進んで来た。しかしある専門の研究者から素材の扱ひ方に就いて注意を与へられるといふは別の場合であつて、田村栄太郎氏が私の『夜明け前』に就き三回にも亘つて本紙上にその意見を発表せられたのを読んだ時、一応は自分の思ふことを書きつけ、正された誤謬のうち改むべきものは改めて、それを答へにかへたいと思つて来た。（「田村栄太郎氏が『夜明け前』の史的考察に接して」『都新聞』一九三一・一・二四〜二五）

藤村が「良き教師」と呼び、『夜明け前』を書くうえで「氏のやうな人をこそ私は探してゐた」とまで言う田村栄太郎。今日ではほとんど忘却されつつあるこの歴史家の、『夜明け前』批判を召喚することで見えて来る光景とは何だろうか。藤村は田村を「非常に篤学な交通史の研究家」と呼び、その厳格な言辞に明らかに一目置いていた。「批評に対してこれまで私はあまり答へたこともない」にもかかわらず、彼が珍しく本気で「自分の思ふことを書きつけ」、指摘された「誤謬のうち改むべきものは改め」たいとまで答えているのである。本章は、これまで様々な形でなされてきた『夜明け前』論の言説の中に田村の歴史観を投げ入れ、それを通じて戦間期の〈歴史認識〉の一斑に光を当てようとするものである。具体的には助郷や伝馬制に関わる『夜明け前』の言説を取り上げることになるが、ことはそれにとどまらない。いわば時代の中にある〈歴史〉を見る眼の如きものを、相対化していく作業こそが課題になるはずである。

まずここでは、戦間期の〈歴史〉をめぐる光景をいくつか素描しておこう。田村の個人的な来歴は後に詳述するとして、それは明治の山路愛山、竹越三叉らを起源とする在野の史論家、民間史学者の一人ということになる。そうした民間の〈歴史〉への関心が一気に沸騰するのが戦間期と言ってよい。関東大震災が失われた〈維新〉への気運を呼び戻す契機となり、尾佐竹猛や木村毅らが集って明治文化研究会を結成した。近世以来進められていた藩による修史事業を引き継ぎつつ、それを国家規模に拡大させた帝大歴史編纂係や内閣修史局、それらを官学アカデミーが後押ししてきた事実も見逃せない。これらと絡み合い、大正期の政治講談を発端とした大衆文学の隆盛もある。こうした気運のベースにあるものは、庶民の中に根強くある勤王史観であろう。『維新歴史小説全集』（改造社一九三五〜六）の刊行、貴司山治、海音寺潮五郎らが糾合した実録文学研究会と雑誌『実録文学』の創刊なども響き合う。私がこれを戦間期というスパンで捉えようとするのも、第一次大戦後のドイツで、郷土文学（Heimatliteratur）をはじめとした歴史小説ブームが起っているからだ[1]。世界戦争と〈歴史〉の喚起という現象と、日本の関東大震災による破壊と歴史回帰は、恐らく同じ戦間期の問題系と言えるだろう。尾崎秀樹はこうした問題を予見しつつ述べる――「九・一八事変前後から大衆文学の作家の中に、歴史を遡って自分の血をたしかめようとする動きが生まれる。島崎藤村の『夜明け前』の執筆などがある種の影響を与えるが、長谷川伸の紙碑を刻むような一連の仕事もその延長に位置づけることが可能だ[2]」。父祖の血筋を探りながら〈維新〉を見定めるような動きとして、尾崎は外村繁『筏』や本庄睦男『石狩川』、中山義秀『碑』、久保栄『のぼり窯』にも説き及んでいる。こうした現象と、羽仁五郎、服部之総ら講座派の動向、田中惣五郎や田中貢太郎らと眺めてくると、自然田村栄太郎の存在も視野に入ってくる。さらに戦中の岩上順一『歴史文学論』、高木卓や榊山潤らの歴史文学論争へも拡がっていくことになる。岩上は鷗外、芥川と対比しつつそれを止揚する巨大な力を『夜明け前』に見出している。「歴史の現代化」を志向した芥川の書き方とは異質な「歴史のプロセス化」がそこにはあると言うのだ。階層的に「中間的位置」に立つ青山家は、言わば維新を全国規模で把握しうる絶好のポジションにあった。こうした岩上に対して、ほぼ正反対の位置から『夜明け前』を撃ったのが服部之総と言うことになるだろう。[3]岩上や服部の歴史意識については、また別角度で検討せねばならない。いずれにしても自己をも歴史化していくような遡及的な力学がここに働いていることは疑いない。成田龍一は一九三五年という時間に焦点をあわせながら、そこに〈近代〉批判と表裏しながら「日本の起源の物語」が夢想されてくる事情を指摘している。[4]つまりそれは「国民国家の転換期」であり、「歴史の概念や歴史の語り方においても変化」が見られる時代だというのだ。維新を知る古老からの聞き取り調査により体験＝回顧としての歴史が多くの史家によって探られ、一方では文学の有効性の回復を企図しつつ長編歴史小説が紡がれる。こうした歴史をめぐる物語が、この時代に編まれる所以も、それを書くことを通じて近代化によって喪われつつある維新の敗者の存在を呼び戻せるという夢想が機能していたからに外なるまい。田中彰は、「日本本来の純粋な姿」を志向する「皇国史観維新論が横行」してくる状況を詳細に辿ってもいる。[5]

過去への遡及的な力学とは、こうした戦間期の言説空間の中で編成されたものに外ならないが、『夜明け前』がそれと輻輳的な関係にあったことはいうまでもないだろう。小林秀雄がこの作品に「翻訳出来ぬもの」を見出し、それを書いたのが紛れもなく「日本人」であることを指摘したのは名高いが、[6]青山家をめぐる一つの小さな〈村の記憶〉が、国家レベルの大きな共同体の記憶として再編されてくる問題は、より慎重な調査と検討が必要となる。それは幕末維新のいくつもの出来事の集積体である。助郷制度の破産、牛方争議、山林事件、それぞれに夥しい資料の蓄積があったことは既に鈴木昭一らの手によって解明されつつある。その一方で交通や移動の観点から、『山の民』や『大菩薩峠』といった作品とも対比されて来た。差別された山林生活者や小作人描出の姿勢、そしてひいては〈維新〉に対する抵抗のあり方そのものまでもが議論の対象となってきた。先の成田は戦後の史学の中で「民衆（サバルタン）」をめぐる調査が進展した状況についても触れている。[7] 従来、下級武士や豪農、豪商を中核とした幕末維新史の枠組みが見直され、博徒や侠客といったアウトローに着目した再検討や、歴史の闇の中に埋もれてきた障害者、娼婦、囚人、抗夫、女工らの側から歴史を再編する作業も進められている。こうした民衆史の起源に先の田村栄太郎がいる。そのはじめの著作が『日本農民一揆録』（南蛮書房　一九三〇）であり、代表作の『一揆・雲助・博徒』（三笠書房　一九三五）や『近世日本交通史』（清和書店　一九三五）や戦後の『やくざ考』（潮流社　一九四八）へと至る、その眼差しは民衆の底辺と交通の接点に向けられている。

いずれにしても本章では田村栄太郎の存在を一つの補助線として、『夜明け前』批判をめぐる〈学問史〉の言説の糸口を示したい。具体的には彼の批判を読み解きながら、それに藤村がどのように応接して本文を書き換えていったかを検証する。はじめにみたように、藤村は田村を交通史の「良き教師」と呼び、その批判に真摯に向き合おうとしていた。『中央公論』初出本文と、後の単行本『夜明け前』とでは、明らかに田村の批判を受けて改変した箇所が存在する。具体的には助郷と伝馬制にかかわる記述がそれである。そうした問題を通じて、藤村が〈交通〉という問題とどのように関わろうしていたかが明らかになるだろう。まず、次節では今日忘れられた田村その人の来歴から明らかにしていかねばなるまい。

二、田村栄太郎という歴史家

田村栄太郎は一八九三年九月、群馬県高崎市喜多町の人力車宿の主人の子として生まれた。家業柄自ずと「車夫、雲助」と接触し、近くの柳川町には有名な「花柳界」もあり、そこに出入りしながら育った。田村は言う――「人力車の親分の子供です。その時分は、車引の親分というのは、人間と馬の中間ぐらいの存在だったのですよ。そういう家に育ったのです。だから歴史上の人物、たとえば百姓一揆をおこしたような百姓は歴史上の人物から外れているでしょう。だけれどその百姓よりも下の車ひきがわたしの生いたちの家です。だからわたしは平凡な、歴史上の人物になれないものばかり選んだ(8)」。高崎商業を卒業後、独学で河上肇などの著作を読みあさり、群馬の農村運動家の一人として成長していく。県下の社会主義者弾圧事件として知られる「群馬共産党事件」（一九二三年）に連座、以降敗戦まで特高の監視下に置かれた。まさに革新の上州人の血を受け継いだ存在ということが出来る。一九二九年、家業を捨て上京。藤森成吉の『磔茂左右衛門』に資料を提供するなど、もっぱら一揆と助郷の研究によって独自の史学を形成していった。彼は言う——「磔茂左右衛門というのは義民でしょう。ところでいまのメーデーを義民がやれるかといえば、やれないでしょうね(9)」。田村が一貫して批判するのはこうした「英雄化」された民衆史観である。しかも「地方文書《じかたもんじょ》」と呼ばれる生《なま》の一次資料の分析を踏まえた独自の民衆史を切り開いた。その後、『都新聞』の「大波小波」欄にコラムを執筆。第一作の『日本農民一揆録』では、農民運動を世直し・強談・一揆・乱・強訴・愁訴の六つのレベルから詳細に検討している。

その後、講座派の桜井武夫が編集する雑誌『歴史科学』創刊と共に在野の史家としてこれに加わり、先述の『一揆・雲助・博徒』にまとめられていく上州絹一揆や農村一揆の検討と交通史の調査を交差させていく。彼の意識は常に「科学性」と「大衆性」に即した歴史の書き換えに向けられていた。本書序文の一節をみてみよう。

最近の大衆文芸と映画には、博徒を素材としたものが多いが、これに対して史的批判をせぬため、その歪曲が甚だしい。だがこれは作家が勝手に歪曲捏造したとばかりは云へない。そこには歴史的な根柢がある。幕末には攘夷、佐幕の両派も博徒を利用しやうとしたし、明治になつてからも、藩閥は博徒を利用して政党員を圧迫し、政党員も又これを利用して対抗した。ブルヂヨアにも亦利用価値があつた。博徒の任侠宣伝は、支配階級から生れたのである。作家はこれを発展させたに過ぎない。然し此等支配階級の触れ得ない処が一ヶ所ある。それは親分子分の階級性である。これを認識する時は任侠観は破産せねばならぬ。私はこの階級性を重視した。次に雲助と飯盛女郎であるが、これは謂ふまでもなく徳川時代のプロレタリアの代表的な両性である。このプロレタリアについては、エロ、グロの趣味的な書が少くないが、要するにブルヂヨアの悪趣味にすぎない。これを階級的に観、且つこれらのプロレタリアを武士支配階級が必要とした事実を観察したのが本稿である。

「大衆文芸と映画」、あるいは「エロ、グロの趣味的な書」によって「歪曲捏造」されてきた博徒や雲助を「階級性を重視」しながら再検証すること、そして「財政々策を中心としての内部闘争、それから起る処の一揆」の問題について、具体的な文献に基づいた最初の研究がここにある。その一方で政治的には労農大衆党や唯物論研究会にも関わりがあったようだ。彼の史学の基本線を芳賀登は、戦中に跋扈した「農本主義的仁政に深い反撥を一揆研究の中で身につけた」と指摘している[10]。百姓一揆に端を発した田村の研究はこうして、一貫して歴史の闇の部分に光をあてながら出生とも関わる交通史へと収斂していくことになったわけだ。

一方、戦中には転向者の「擬態」としての地方の産業調査、増産運動などが活発化した。資本主義の原初形態としてのマニュファクチュアの検討が必然性を持ったのである。この時期田村は『日本工業文化史』(科学主義工業社 一九四三)や『日本の産業指導者』(興亜書房 一九四四)といった著作を残している。また『日本の風俗』収録の一連の風俗史の研究もある。玉川信明はこれらについて田村流の「技術をもった職人」への着目であり、単に「迎合的、つけ焼刃的におこなわれたものではない」と評価している[11]。また戦後は、新たに結成された歴史学研究会、民主主義科学者協会、地方史研究協議会などで忌憚の無い発言を残したものの、生涯アカデミズムとは一線を画した立場を貫いた。戦後の著作には『裏返し忠臣蔵』(民報社 一九四八)、『実録小説考』(雄山閣 一九六〇)などがある。

児玉幸多らの戦後の交通史の研究も田村の延長上にある。こうした田村史学の限界については、先の芳賀が「あまりに国史学への反逆を意識しすぎた。そのために一国的把握におちいりすぎている」と整理している。

その田村に藤村との接点がある。先に見た『夜明け前』批判である。折しも彼の処女作の『近世日本交通史』が刊行される少し前に当たる。田村は述べる――「わたしの本が出る前に、島崎藤村の『夜明け前』が出ました。作者のねらいはなんだっていいんだけど、制度だけは正しく書いてくれなければ困る。そこでこの本に書かれている交通制度はまちがっていると批判したのです。すると藤村があやまってきた。交通史を知らないで書いたのですね」[12]。ここで言う「藤村があやまってきた」というのが、本章冒頭の一文であった。『夜明け前』に批判的な眼差しを向けた文章としては最初期にあたる。またそれは経済史、交通史の立場からの当時の先端的なものであった。例えば村山知義による著名な舞台版『夜明け前』が上演された。田村はそこには「宿場の情」があまりにも足りないと見る。それは原作そのものの持つ弱点であり、藤村が宿場の破綻した後に育ち、宿場を農村と同視している証であるとも述べている。藤村と田村はその後、幾度か書簡をやりとりしながら関係を深めたようだ。何よりもそれは藤村が、田村の指摘を受けて『夜明け前』を書き換えている事実に明白だろう。次節ではこの田村の『夜明け前』批判――「『夜明け前』の史的考察――主として伝馬助郷制度に就て」(『都新聞』一九三二・一・九、二〇、二二)と、「再び『夜明け前』を評す――社会経済史的考察」(『都新聞』一九三二・二・九～一二)をとりあげて検討する。田村の批判は主に助郷と伝馬制にかかわるものだが、見てきた如く、ことは幕末維新史の交通をめぐる重要な問題提起であった。

三、〈交通〉と歴史

封建遺産が云々されたる現代に於て、全く封建遺産の跡を残さぬものは交通機関である。所謂「明治維新」は政治的改革であると共に、交通革命でもあつた。政治的改革に封建的なものが残つてゐても、交通革命には残るものがない、しいて求むれば、崩壊したあとの旧宿場の跡にすぎない。現代の史学者は、先輩の著述及び封建遺制の事物によつて、封建社会を逆推することが可能であるけれ共、伝馬制度ばかりは不可能であり、鉄道、自動車によつて逆推しがたい。故に封建交通史の研究は、最も遅れて居る研究であり、いまだ伝馬制度を遺憾なく知り得る書がない。／私が盛んに農民一揆の資料を蒐集して居た頃、一揆資料と共に集つたのが交通資料であつたけれどもどうにも理解が出来ない、良参考書もない、そこで交通史の研究を思ひたつた結果が、たうとう古代まで溯るに至つた。

（『近世日本交通史』序文）

田村は明治維新を明確に「交通革命」と位置づけ、残るもののない「革命」を「伝馬制度」の中に探ろうとしている。そして「農民一揆」の研究と共に自然と集まってきたのがこうした「交通資料」であり、二つは切り離せないとする。「農民一揆」は、前述の如く昭和初期においては「革命」の原初的形態と目されていたわけで、交通問題としての伝馬制こそ、そうした当時焦眉の課題であったことが分かる。ここではまず荒井秀規編『交通』（東京堂出版　二〇〇一・六）を使いながら、基本的な用語の整理を試みておくこととしよう。

江戸期の宿駅制度は、幕末にいたって次第に破綻していった。一八六七年に幕府は人馬や旅籠の賃銭の改訂や無賃人馬の廃止などの救済策を打ち出したが、不充分なものでしかなかった。翌年には宿駅の組織立て直しに着手。

宿役人や助郷総代などの呼称を廃止し新たに伝馬取締役を設置。人馬の継立の取りまとめを行った。維新になり、軍事輸送機関の整備にともなって、新政府は助郷の改革にも着手したが、助郷そのものの免除や不払いが横行した。本章でとりあげる宿駅や助郷間における賃金に関わる係争が、交通史を考える上で大きな問題であるのが理解されよう。そもそも「伝馬」とは律令時代に郡ごとに設置された官馬のことであり、それに対して宿駅に置かれたのが駅馬である。こうした馬を乗り継ぐというのが、基本的な〈交通〉であった。これが庶民にまで及ぶのは鎌倉期であり、次第に大名は領国の農民に伝馬役を課すようになっていき、街道筋での運輸交通の基礎となった。すなわち以降の伝馬とは主に公用の客を次の宿駅まで運搬する馬のことであり、あわせてそのための人足にも適用された。さらに下って江戸期においては公用に余った人馬を駄賃を支払うことによって、私用にも用いるようになっていった。ここに近世期における交通の飛躍的な発達の要因があったとみてさしつかえない。これを賃銭の側面から見れば、伝馬の利用は当初は将軍や幕府の役人の発行する朱印状・証文を所持するものだけであり、これはあくまで無賃であった。それ以外の人足や馬の私用はあくまで有賃、つまり駄賃馬である。伝馬の利用は支払う駄賃の金額によって無賃、御定賃銭、相対賃銭とわけられており、そのいずれを用いるかは旅そのものの目的によって決定された。

逆に見れば宿駅に課せられた大きな任務は、こうした人馬によって旅人を次の宿駅に送り届けることであった。言うまでもなく大名の通行や、和宮下向のごとき臨時の大通行に際して、幕府はふれを発して近隣の村々から馬を調達して対応した。こうした村における人馬を担当する者を助郷役と称する。即ち助郷は伝馬を補完することをその役目としたわけである。大通行に際しては、宿駅と周辺の村々に「増助郷」と称する増加負担が義務づけられていた。こうした甚大な助郷の負担が幕末における宿駅、農村の疲弊と崩壊に繋がっていった。また、助郷と農民との間の様々の軋轢や紛争に発展したことも紛れもない。

ここで田村の『夜明け前』批判のポイントにあたる和宮下向と助郷に関わる問題についても整理しておかねばなるまい。中山道はむろん東海道と並ぶ主要街道であり、近世期は参勤交代もあって交通量も増し繁栄したが、末期になると宿駅や助郷村は無賃、低賃の輸送を強要され次第に財政的にも窮乏していた。ここに降ってわいたのが一八六一年の和宮下向であった。行列の人数は京方約一万人、江戸方は出迎え人数も併せて一万五千にも及んだ。小林幹男はこの幕末の一大イベントが交通史の側面からみてもまさに空前の出来事であったと指摘している。

伝馬や助郷の負担は、宿駅と助郷村、そして農民たちにとって、大変大きな負担であり、農民たちはその負担に苦しみ、悲痛な訴えを幕府や藩役所に繰り返している。特に幕末期の「和宮の下向」は、宿駅や助郷村の農民に図り知れない負担を強いることになり、翌々年の助郷の増加がさらに農民に対する重圧となった。しかし、この農民の苦悩や悲痛な叫びは、断片的にしか伝わってこない。結局、この不満の蓄積は明治2年(1869)の川西騒動などの形をとって爆発することになった。

(「和宮の下向と助郷に関する研究」『長野女子短大研究紀要』一九九九・一二)

この大行列と翌々年の文久二年の幕政改革にともなう交通量の大幅な増加が、伝馬や助郷の負担として街道周辺の農民を直撃した。従来から助郷村では、無賃、低賃の伝馬役を強制され、不足分を一方的に補填することを求められてきた。助郷村と宿駅の紛争が頻発し、それは明治に入ってからの「川西騒動」として爆発するという。中山道太田宿の古文書に寄れば、「助郷人足が七八五六人、馬二八〇疋、寝具・ふとん七四四〇枚」にも及んだ。街道や宿駅の道普請だけでも膨大な額にあたる。小林の調査では、当時和宮下向にともなう助郷は「村高一〇〇石につき人足二二人、馬一疋を差し出すことになっていた」という。彼はこの通行こそ、「幕末期における助郷の問題を考察する上で、極めて重要な問題」であったと指摘しているのである。『夜明け前』においてこの通行が描かれるのは、上巻六章にあたる。

和宮様御降嫁のことが一度知れ渡ると、沿道の人民の間には非常な感動を喚び起した。従来、皇室と将軍家との間に結婚の沙汰のあつたのは、前例のないことでもないが、種々な事情から成り立たなかつた。それの実現されるやうになつたのは全く和宮様を初めとするといふ。おそらくこれは盛典としても未曾有、京都から江戸への御通行としても未曾有のことであらうと言わるゝ。今度の御道筋にあたる宿々村々のものがこの御通行を拝し得るといふは非常な光栄に相違なかつた。

木曾谷、下四宿の宿役人としては、しかしたゞそれだけでは済まされなかつた。彼らは一度は恐縮し、一度は当惑した。多年の経験が教へるやうに、この街道の輸送に役立つ御伝馬には限りがある。木曾谷中の人足を寄せ集めたところで、その数はおほよそ知れたものである。それにはどうしても伊那地方の村民を動かして、多数な人馬を用意し、この未曾有の大通行に備へなければならない。（六ノ二）

「未曾有」という言葉が幾度も繰り返される。街道を覆う不穏な空気が吉左衛門や金兵衛にも迫ってくる。小説のこの和宮下向に田村が着目したのは、交通史の専門家としてまさに当然であった。田村は先の論攷「『夜明け前』の史的考察」の中でまず指摘する――「通読して見て、珍しい労作だと思つたが、制度の誤解から来たと思はれる種々の理解し難い処や、混乱してゐる処や、説明なしで掲げられてゐるやうな処があり、為に人物の描写も不徹底極まるものがある」。とりわけ「交通制度」、中でも「木曾の伝馬宿と助郷」の問題にそれが著しいと言う。そもそもたとえ「一人一疋でも助郷人馬を無賃で使用する事は出来なかつた」のであり、農民が極めて「低廉な賃金で強制的に徴発される」のは見てきたとおり常識であった。田村は「伝馬宿が常備人馬を使用せず、直に助郷に労役を転嫁する」ことによって、幕末の伝馬宿と助郷の対立関係は深刻なものとなっていったとする。「此れ等の人々を、島崎氏は如何に取扱つたか」を田村は厳しく問うていくのである。まず以下の吉左衛門と半蔵のやりとりを彼は注視する。雑誌『中央公論』初出に次のような記述がある。

「結局、助郷といふものは無給ぢゃ無理でせう。賃金勤めとでもする外に、適当な方法はありますまい。」とまた半蔵が言ふ。

「それさ。」と寿平次も吾が意を得たといふ風に、「わたしも今それを言ひ出さうと思つてゐたところでした。一体、二百人の、四百人のツて、そう多勢の人足を通行のたびに出せといふのが無理ですよ。」

「そりや、助郷の賃金勤めも結構なことは結構だがね、払へなかつたらどうする。さうは公儀の財政が許すまいし、諸藩の財政だつても許すまいて。」と吉左衛門が言つて見せる。

（六ノ二）

ここでは助郷に「賃銭」はないことになっており、従って「刎銭」もなければ助郷と伝馬の根源的な「対立」も解消されてしまう。すなわちこの会話では「大名初め無賃で助郷を使役したこと、なる」のであって、これでは「賃銭」をめぐる葛藤も生じない。田村は続ける。こうした「伝馬制度の根本問題に付て充分の理解なく、何処かでこんがらかつて、有賃になつたり無賃になつたり」しており、登場人物の意識の層に揺れがある。だからこそ「半蔵は、少しも問屋役らしい処がなく、其れは丁度現代の工場主の倅が、自工場の同盟罷業の職工に団結せよと応援してゐるやうな処や指導者に敬意を表してゐるやうな処がある」というのである。まさに半蔵は問屋と庄屋と本陣を兼ねると称するが、その意識はまず、「問屋」としては「滅茶苦茶だ」と喝破している。また本陣当主であるということは「大名の参観交代がなくなると失業」してしまうわけだが、半蔵の「生活は更に問題となつて居ない」のである。和宮下向にしても、その賃銭、手当について充分な理解が無く、引用される文献と会話に著しい齟齬をきたしている。つまり文書によれば伝馬宿と人足役と馬役の者が借り受けるはずになっているのが、その前後では助郷の手当となるなど、一貫性が乏しい。これは作者に「交通史の予備知識なく」、主人公の半蔵の造形に無理が生じていると結論づけているのである。『夜明け前』が当時の転向知識人に大きな共感を呼びおこし、『夜明け前』現象が起こった事実は以前詳しく拙著の中で検討してきたが[13]、田村の指摘にそうならば、藤村自身「交通史の予備知識」の欠落を、こうした「現代の無産階級運動」に寄り添うことですり替えていたと見ることも可能ではあるまいか。

いずれにせよ、藤村は田村の批判を受け入れて、六章を大きく書き換えていたわけだが、それは次節で具体的に検討したい。ここではさらに田村が放った『夜明け前』批判の二の矢「再び『夜明け前』を評す」を瞥見しておくことにしよう。ここで田村は「社会経済史」の視点から作品を再検討していく。まず作中に現れる「生糸売込」と「金貨買入」の一件について論ずる。これらはいずれも海外貿易の開始と共に発生した欧米との金銀の価値の落差によって生じたものであり、「贋金」の流入により信州一帯に維新期に大きな「一揆」が多発したのであるが、藤村の筆はそうした広がりには及んでいないとする。こうした「社会経済史」の視点から見て最も重要なのは「民衆の騒擾」であり「農民一揆」の問題である。田村は、『夜明け前』は「エイヂヤナイカ御札降り」や「牛方ストライキ」にはじまる「維新政治革命の出来事は、殆ど余す処なく取入れられてゐて」、現代において充分な「資料としての価値」は有していると一面で高く評価している。その上で八章の記載に言及していく。

参覲交代制度の変革に伴い定助郷設置の嘆願に関する件がその一つであつた。これは宿々二十五人、二十五疋の常備御伝馬以外に、人馬を補充し、継立を応援する定員の公役を設けることであつて、この方法によると常備人馬でも応じきれない時に定助郷の応援を求め、定助郷が出てもまだ足りないやうな大通行の場合にかぎり加助郷の応援を求めるのであるが、これまで木曾地方の街道筋にはその組織も充分に具はつてゐなかつた。それには木曾十一宿のうち、上四宿、中三宿、下四宿から都合四、五人の総代を立て、御変革以来の地方の事情を江戸にある道中奉行所につぶさに上申し、東海道方面の例にならつて、これはどうしても助郷の組織を改良すべき時機であることを陳述し、（以下略）（八ノ二）

田村は「定助郷の設置」に関する問題に付いて「島崎氏に質問して見やう」、とした上でこの「定助郷」というのはあくまで東海道にある助郷の名称で、伝馬宿の人馬不足の場合、問屋役が直接に徴発しうるものであるという。中山道ではこれを一般に「大助郷」と称した。さらに不足の場合は「加助郷又は当分助郷といふものを設置して補助機関とした」のである。そして一般にはこうした助郷は賦課のたびごとに道中奉行の特許を得る必要のある制度で、木曾各宿にはこうした付随助郷の制度自体がなく、数宿が一致して共同使用をしていたという経緯があり、それによる紛争が絶えず、やむなく「助郷設置を願出た」というのが実態であるとする。つまり『夜明け前』の記載はおしなべて「木曾の助郷制度が如何なるものかゞ漠然」としており、紛争そのものの「訴願の原因が解らない」としているのである。

以上、『夜明け前』に描かれた助郷制度を中心にして、田村栄太郎が交通史の立場から放った批判をつぶさに検討してきた。ことは子細に及ぶものの、『夜明け前』を〈交通〉の視点から撃つのは極めて重要な意義を持つものと考えねばならない。現に藤村はこの田村の批判を受け止め、「問屋役半蔵」の造形について単行本の段階で書き換えを行っている。次節では最後にこうした雑誌『中央公論』版と新潮社単行本に加えられた改删の跡を辿っていくこととしよう。

四、藤村の改刪

戦後、『夜明け前』を最も根源的に批判したのは恐らく服部之総の「青山半蔵――明治絶対主義の下部構造」(『文学評論』一九五四・二)であろう。服部は歴史家としての立場から、まず「あれほどこまかに本陣=庄屋=問屋史料を作中に消化しているこの作者が、同じ青山家の『郷士』としての側面」については大いに欠落があることを疑っている。さらに亀井勝一郎との対談の言葉を引用しながら、『夜明け前』の根本的な欠陥として「父とその時代を客観的に描き得なかった」ことであり、さらには「維新というものを正しく掴み得なかったところ」だとしてもいるのである。服部は本質的に藤村は木曽の農民のくらしとその運命にかんしてあまりに暗いとする。本当の意味で父とその時代について、客観的には描き得ていないというのだ。彼は戦前、花王石鹸の創業者長瀬富郎について調査するうちに、半蔵のモデルに思い当たり、ひいては平田派の「得意時代」が明治三年までという重大な錯誤が小説の根柢にあるとの見解に至ったという。明治五年以降、平田派の祭政一致の教義を世に知らしめる大教院が創設されたわけである。国学は明治絶対主義をイデオロギー的に下支えしたのであり、その意味で、藤村の歴史観はあまりに「維新への郷愁」に彩られすぎており、「政治的なもの」に対して開眼していないとするのが服部の読みである。

『夜明け前』に流れる平田派国学が、ある面、豪農、豪商、官僚に寄り添ったイデオロギーであったとする服部の見解は、今日おおむね首肯されるべきものであろう。それはあくまで人足や馬方の視点に立つ田村栄太郎の、交通史観からの『夜明け前』批判によってもある程度裏付けることが可能だろう。冒頭に掲げた「田村栄太郎氏が

『夜明け前』の史的考察に接して」でも、藤村は『夜明け前』の「誤謬」をあっさりと承認している。そればかりか自分に「伝馬制度の根本問題に就いて充分の理解がない」として、田村を評価していた。さらに田村が追及した作品六章の「助郷有給の問題」を、極めて重要な論点と認め、結局の所、自分は和宮下向以前までの「伊奈助郷」の本来のありかたを基本的に「無給」と判断し、それを広く伝馬役や諸人足にまで敷衍させていたとする。こうした「無給の義務労役」で押し通そうとしたがために、様々な「無理が出来た」のであって、「伝馬制度の根本」についてまったく「自分の探求の浅かつたこと」を藤村は認めているのである。六章での助郷と宿役人との交渉問題に就いても実は「増助郷のことであるべきだ」とする。ここで問題はより根本的な次元に入っていく。「伝馬宿と助郷村々との対立関係」に関して、半蔵が本質的に「搾取者側の位置」におかれるとしたならば、彼はその気質からしても「もつと苦しまねばならない筈」であり、その点で半蔵はあまりにも「無反省」で、究極的に『夜明け前』の欠点は「問屋としての半蔵が成つてゐない」点にあると田村は述べていた。この問題にしても藤村は「私もいろいろ考へさせられた」と述べるに留めている。藤村の反駁としては、庄屋と本陣を兼ね、しかも農業を背景とした半蔵にとっては「必ずしも問屋を商売といふ風にのみ考へず」むしろ、父祖伝来の「家業」としての意識こそが強かったのではないかというわけだ。さらに藤村は田村の批判を受け入れつつ、「本陣当主としての半蔵が何故に生活に無頓着であるか」をこそ本作を通じて明らかにせねばならないと結んでいる。

いずれにしても、それが交通史という視点で〈歴史〉を捉える際の重要なポイントであることだけは確かだろう。助郷や伝馬制の問題は、その意味で揺るがせに出来ない『夜明け前』の勘所なのである。以下、本節では、主に第六章の和宮下向をめぐる助郷問題を中心に、初出『中央公論』版と単行本の記載の比較対照作業を試みて、藤村が学び取った足跡を明らかにしてみたい。まず六章一の改删された単行本の記述から引用してみよう。和宮下向を前にして、農村の疲弊、交通の破綻について寿平次が、助郷総代として様子を探りに来た扇屋得右衛門と会話する場面である。

一体、助郷人足が宿場の勤めは一日であつても、山を越して行くには前の日に村方を出て、その晩に宿場に着き、翌日勤め、継ぎ場の遠いところへ継ぎ送つて宿場へ帰ると、どうしてもその晩は村方へ帰りがたい。一日の勤めに前後三日、どうかすると四日を費し、あまつさへ泊まりの食物の入費も多く、折返し使わるゝ途中で小遣銭も掛り、その日に取つた人馬賃銭はいくらも残らない。殊更遠い村方ではこの労役に堪へがたく、問屋とも相談の上で御触当の人馬を代銭で差し出すとなると、この夫銭がまた夥しい高に上る。村々の痛みは一通りではない。なかなか宿駅常備の御伝馬ぐらゐでは夥しい入用に不足するところから、助郷村々では人馬を多く差し出し、その勤めも続かなくなつて来た。おまけに、諸色は高く、農業には後れ、女や老人任せで田畠も荒れるばかり。こんなことで、どうして百姓の立つ瀬があらう。何とかして村民の立ち行くやうに、宿方の役人達にもよく考へて見て貰はないことには、助郷総代としても一同の不平をなだめる言葉がない。（六ノ二）

ここは雑誌初出では実は数行の簡単な記述で片付けられている——「おまけに諸色は高く、衣食は足らず、児を養ふことも出来ないものはそれを苦しんで、をろし（堕胎）、まびき（陰殺）をすら敢てする。こんなことで、どうして百姓の立つ瀬があらう。二百何十年来の御定とは言ひながら、今迄通り手当もなく、唯義務で働けといふやうなことでは、助郷総代としても一同の不平をなだめる言葉がない」。単行本で藤村が盛り込んだ助郷人足の労役の耐えがたさは、「常備の御伝馬」くらいでは足りようもなく、「村々の痛みは一通りではない」ともある。こうした「助郷側」に立った記載は疑いなく田村の批判を受けて書き加えられた箇所の一つであろう。

また「増助郷」と「定助郷」に関わる次の記載も単行本で加えられた部分である——「取りあえず寿平次らは願

書の草稿を作りにかゝつた。第一、伊那方面は当分たりとも増助郷にして、この急場を救い、あわせて百姓の負担を軽くしたい」。あるいは半蔵と寿平次の会話にはこうもある。

「結局、助郷というものは今のまゝぢや無理でせう。」と半蔵は言う。「宿場さへ繁昌すればいゝ、なんて、そんな筈のものぢやないでせう。何とかして街道付近の百姓が成り立つようにも考へてやらなけりや嘘ですね。」「そりや馬籠ぢや出来るだけその方針でやつて来たがね。結局、東海道あたりと同じやうに、定助郷にでもするんだが、こいつがまた容易ぢやあるまいて。」と吉左衛門が言つて見せる。

「一体、」と寿平次もその話を引き取つて、「二百人の、四百人のッて、さう多勢の人足を通行のたびに出せと言ふのが無理ですよ。」

（六ノ二）

ここは前節で見たように、雑誌初出では「結局、助郷といふものは無給ぢや無理でせう。賃銭勤めとでもする外に、適当な方法はありますまい」という半蔵のセリフがあり、それを受けて父の吉左衛門が「そりや、助郷の賃銭勤めも結構なことは結構だがね」となる。この箇所は明らかに藤村が和宮下向以前は助郷を「無給」とし、それをさらに伝馬役や人足にもあてはめて「無給の義務」としていたことに対する田村の批判を受けた改删と見て良い。前に指摘した如く、これは田村によれば交通制度の根幹に関わる「誤謬」であり、総体としてこの時代の助郷や宿役人については「増助郷」を視野に入れるべきとの問題に関わる。つまり前代未聞の和宮下向にあって、それ以前の助郷の負担では明らかに補いきれず、半蔵は助郷自体を行う村を増やす「増助郷」を願い出ることになったわけである。

本章でとりあげてきた問題は果たして些細な〈歴史〉の一断片と片付けることが出来るだろうか。田村が、『夜明け前』始発時に放った批判の矢は、今日巨大な作品の影に埋没したかの如くに見える。しかし『夜明け前』が交通と媒介の交差する空間としての宿場を主題とし、幕末から維新という宿駅自体が大きく動揺する時代を描いた以上、助郷と伝馬制という当時の交通の枢要な課題に迫った田村の批判は、『夜明け前』を越えて、時代の中の〈底辺〉の角度から歴史を見る眼を我々に示唆していると言わねばならない。藤村が描いた半蔵の悩みは、果たして歴史の闇、そして〈狂気〉の本質に届いていたのだろうか。問屋としての半蔵が描けていないという田村の批判は、何よりも本陣当主であり、「搾取者」であった半蔵の立ち位置にも関わる。「一揆・雲助・博徒」の視点から〈歴史〉を見る田村栄太郎からすると、交通とは紛れもなく、〈歴史〉から排除されてきたものたちによって担われていた事実を我々に突きつけていると言うべきだろう。

注

（1）濱崎一敏「ナチ文芸理論における文学概念」（『長崎大学教養学部紀要』一九八七・一）などに詳しい解説がある。
（2）「民間史学から受けつぐもの」『歴史文学論　変革期の視座』（勁草書房　一九七六・八）二四頁
（3）「青山半蔵――明治絶対主義の下部構造」（『文学評論』一九五四・一）
（4）「明治維新像・一九三五年前後」（『江戸の思想』一九九八・六）
（5）『明治維新観の研究』（北海道大学図書刊行会　一九八七・三）二五七頁
（6）「『夜明け前』合評会」（『文学界』一九三六・五）での発言。
（7）『近現代日本史と歴史学』（中公新書　二〇一二・二）六六頁
（8）「歴史外の立場をつらぬく」（『歴史評論』一九七〇・一）
（9）注（7）に同じ。

(10)「反骨の歴史家田村栄太郎と無名者の歴史研究」(『地方史研究』一九七〇・二)
(11)『田村栄太郎』(リブロポート　一九八七・八)一三七頁
(12)注(7)に同じ。
(13)拙著『戦間期の『夜明け前』』(双文社出版　二〇一二・一〇)で詳しく論じた。

第四章

三好行雄と〈学問史〉――アカデミズムと「国民文学」論――

一、三好行雄の出発

僕も「日文協」に加わったわけですが、そうは言っても、僕の場合は、東大支部の仕事にと言ったほうが厳密なんですけれどもね。だから、第三者的な批判はできにくいわけですが、「日文協」自体、戦前の国文学の伝統を批判的に受けつぐという問題意識を明確にしていたかどうかというのは、出発時の人的構成を見ても今になると疑問だと思うのです。（中略）もっとも「日文協」の問題というのは、ちょっと簡単には片づけられませんがね。／戦後の国文学の抱えているいちばん大きな問題というのは、戦後の国文学が、実は戦前、戦中の国文学との対決とか否定とか、という契機を抜きに出発している、というところにあるのではないか。

（三好行雄・磯貝英夫・佐竹昭広・益田勝実・清水茂・近藤潤一座談会「われわれの学問」『文学』一九六九・八）

「われわれの学問」という、この座談会の問いかけは、今となっては新鮮だ。当時気鋭の「助教授」が、大学紛争時代の中で、言わば〈学問史〉を見つめ、その始発を問いつつ、「アカデミズム」とは何かという学生からの疑義に答える緊張感が漲っている。「文学研究」という学問が、危機的状況にある現在、こうした「研究者」自身の立ち位置を率直に問い直してみる作業が求められていないか。危機感を煽っているわけではない。それをエッセイや回想記としてではなく、努めて論文という形式によって明らかにしてみたいのである。その入口に、研究者・三好行雄がいる。三好の作品論が六〇年代から所謂「国文学」ジャーナリズムを中心にアカデミズムの中で大きな力を発揮した事実、そしてその功罪については、『三好行雄著作集』（筑摩書房　一九九三）や『近代文学研究とは何か——三好行雄の発言——』（勉誠出版　二〇〇二）が刊行された時代、既に議論となった。今、それを蒸し返してどうなるのかといった考えもあるだろう。しかし、当時と現在では、「文学研究」の置かれている状況がまるで違っている。ここでは、三好行雄の研究の起点を問いつつ、一方で「島崎藤村研究」というものの源流について、一つの仮説を立ててみたい。なぜ研究者・三好行雄の出発は島崎藤村だったのか。同時に、三好の研究を、出来る限り初出誌に帰って、同時代の言説の中で読んでみたい。研究者の論文を初出で読むという行為は、ある意味でタブーと言えるかもしれないが、敢えてそれをしてみることで、「文学研究」の時代における役割や機能、アカデミズムの現場が孕んでいた問題性も明らかにできるのではあるまいか。

座談会で、三好は自己の研究の出発について比較的率直に述べている。(1) それが「軍用機」を製造する工学系のものであったこと、そうした「有用性」に関わる学問から、言わば「無用の学」への転向があった背景には、むろん戦後の動乱期の中において、「航空力学のような実学を志向していた」ことの反動として、「敗戦という状況の中から、なかばは他動的な形でやってきた」という発言もある。しかし、そうした変容していく時代の中で、三好が、「国文学研究者としての自覚が生まれた時期というのは、はっきりした時期の区切りは、僕の場合にはわからないのですけれども、昭和三十年以後の数年間であることは確か」とも語っている事実に注目したい。それは、越智治雄や野村喬らとの「文学史の会」という同人組織による「研究会」を定期的に持ち、ここでの学びの体験が大きくものをいった事実も広く知られている。その組織が「文学史」と命名されていた事実については、後に検討せねばならぬが、こうした「無用の学」への転回が、文学研究は、「現実にかかわる直接の有効性において徹底的に無力なんだという認識」と響き合っている事実は注意されねばなるまい。しかし同時に「昭和三十年前後」の一時代、三好が「日文協」の「東大支部の仕事」に関わっていた事実も拭えぬ問題としてある。それは言うまでもなく、

「日本文学協会」を中心に、竹内好らが提唱した「国民文学」論が大きな盛り上がりを示していた時期に外ならない。

そしてことは「島崎藤村」と関わって来る。中村光夫が『風俗小説論』（一九五〇）で提起した『春』は『蒲団』への「降伏状」という図式以来、文壇で大きく展開されたのが著名な「『破戒』／『春』」論争であった。これについては本書序論でも少しく述べておいた。「島崎藤村」の存在は、言わば当時の文壇文学を大きく巻き込んで、「日本文化」の近代性を問う存在としてクローズアップされていたのである。そして『若菜集』の問題がある。それは単なる近代詩の出発としてだけではなく、言わば当時労働者大衆の中で巻き起こっていた「国民詩」を歌うことの意義と交差して、やはり大きな注目の的であったのだ。それは「藤村」をめぐる〈学問史〉を問うだけでなく、文学研究の一つの時代的側面を探ってみる可能性を示唆している。

そこでまずはじめに、三好行雄が書いたごく初期の文章の一つ、猪野謙二『近代日本文学史研究』書評（『国語と国文学』一九五四・一二）から、見ていこう。猪野の著書が、戦後の近代文学研究に果たした役割の大きさについては、既に多くの指摘があるが、三好はその中の「日本近代文学の主体――透谷から藤村へ」と題された論考にとりわけ注意を払っている。

竹内好氏らによる問題の提起いらい、いわゆる「国民文学論」は、戦後の文壇におけるもつともめざましい論争のひとつとなつた。そして、日本文学協会がおなじ問題の一環として、文学遺産（伝統）の再評価とその創造的な継承をとりあげたとき、いくぶんかたよつたかたちではあつたが、国文学の分野にもさまざまな反響がみられた。もちろん、試行錯誤めいた混乱やゆきすぎをとがめたてれば、それもまた可能であろうし、事実、悪意いつぽうの中傷や揶揄がなかつたわけではない。が、そうした保守的な嘲笑とは別なところで、現実の要請を正確にみさだめてこたえてゆこうとする姿勢は、否定しうべくもない大きな前進をしめしている。——たとえば、猪野謙二氏の『近代日本文学史研究』もそのひとつである。

「国民文学」論の中で、三好が着目する事柄の一つは「文学遺産（伝統）の再評価とその創造的な継承」といったスローガンである。『日本文学』一九五三年五月号をみると、大会テーマに「日本文学の伝統と創造」が掲げられ、杉山康彦は「民族の問題は文学にとって先ず伝統の問題」であり、「古典的遺産」との対決と継承を重要な文学研究の課題としていたのである。[2] 三好の認識もその延長線上にあるだろう。そこにあるのは、「『上からの近代化』路線を、『大衆的基盤からの近代化』（丸山真男）にきりかえてゆくための抵抗の論理である」とも言われている。丸山真男の言葉が出てくるところにも一つの時代を感ずるが、当時こうした「文化遺産（伝統）」を問い、「近代化」に一定の「抵抗」をしめし、しかも「大衆」と関わっていく存在として、三好は「封建的な形式を『たたかいの拠点』とみる見解は、おそらく藤村（『若菜集』以下の詩集）のばあいにいつそうふさわしかつた」と述べているのである。この発言は、現在の「藤村研究」の中から失われてしまったものとして、やはり貴重な問いかけである。三好は、猪野の次の言葉を引いている。「藤村によるこれら文学伝統（中世的詩語・詩型）の再発見……『民俗の言葉』の発掘と再生の中にこそ、そして、このこととかれのはげしい近代え《ママ》の志向との矛盾それ自体の中にこそ、『若菜集』のあざやかな詩的形象化の秘密があつた」。そしてその中から、猪野が見出した図式が、「透谷における『予言者』は藤村にいたって一個の『芸術家』への転身を完成した」という著名な言説であった。しかし、三好はさらに付け加えて、こうした『若菜集』における「伝統継承」をあきらかにするためには、もうすこし具体的に、詩集の成立過程をたどってみる必要があるはずだともいう。ここに、先述した「文学史の会」における初期の研究課題となる『若菜集』の成立過程と、その詞藻の検討といった問題が浮上したのは明らかだ。また、同時に三好は、

「『予言者』から『芸術家』え《ママ》の転身をいうまえに、いわば『生活者』としての道をあゆむ藤村がかんがえられてもよい」とも付言している。ここに、三好が「国民文学」論の中で学んだ、「生活者」といった視点が既に現れている。その内実として、「生活の場における封建的な『家』との対決」がある。そのことなしに、『若菜集』にうけつがれている「文学遺産」が、まぎれもない「たたかいの拠点」となった事実は推し量れないというのだ。それは何よりも「国民的な現代詩を創造しようとする詩人」にとって、「藤村の限界」こそが、克服されねばならないからである。ここに三好の作品論の原点ともいえる『若菜集』論の内実がはしなくも吐露されているとはいえないか。

小森陽一は、「研究領域としての近代文学界そのものは『国民文学』論争以降に形成され[3]」るとし、近代日本文学会が創設されたのが一九五一年、ちょうど「国民文学」論争のただ中であった事実を重視している。所謂「歴史社会学派」のマルクス主義的イデオロギーからの脱却志向が、「作品論」と「文学史」構想を浮上させたことも、日本の文学研究の一つの常識である。

そうした曲がり角で行われた、もう一つの座談会がある。「日本文学研究における戦後」（『日本文学』一九六五・三）と命名されたそれには、草部典一・平岡敏夫・尾崎秀樹・紅野敏郎・長谷川泉・大石修平といった、若い研究者が顔を揃えている。

紅野　日文協の出発当初はどうなのですか。そもそもそういう役割を日文協は持っていたのじゃないでしょうか。

長谷川　あれは大同団結ですからね。いわゆる外国文学者も、批評家も、歴史家も、思想家も入るしということで、非常に広い結集になったわけですね。（中略）

平岡　昭和二十六年に入りますと、民族という問題が入ってきますね。そうなってくると、自由民権運動そのものの分析も、民権と国権というものの絡み合いという形で捉えてくる。そこで文学そのものの考え方も、今まで考えていた文学というものと違った要素が入ってきた。日文協などでもそこに非常に大きな曲り角といいますか、現在それが挫折しているかどうかわかりませんが、そういう点は戦後研究の場合に非常に問題になると思うのですが。（中略）中野さんのいわゆる文学史書きかえの問題は、現在いわれている書きかえの問題とは違うと思うのです。あの場合は、透谷、二葉亭、独歩という線でそういう人民史観ですか、そういった形で文学史を書きかえすべきだという意見ではなかったでしょうか。現在はそういうのではなくて、紅葉、露伴、戯作などをぜんぶ含めた形で捉えられるような、そういう総体的な文学史というのを考えているので、（中略）

尾崎 竹内さんの場合にも、後進国におけるナショナリズムの問題、近代化の問題をどうするかの問題提起と同時に、文学史の書きかえが、かなり強い形でだされていたと記憶しています。あのドロドロしたものを総体として批判的に文学史の中に組み込んでいけないものか。（中略）

草部 その場合に、かなり政治主義的な形でまとめたのは、民科の芸術部会でまとめた「国民文学論」であるいう形の中でなにわ節などを発見していく。

「日文協の出発」は、長谷川の言に寄るまでもなく一種「大同団結」であった。草部が指摘する「民科」（民主主義科学者協会）は、一九四六年に発足した進歩的な自然科学者・社会科学者・人文学者の総合的組織である。そこに平岡が述べるように「昭和二十六年に入りますと、民族という問題が入って」くる。それによって「自由民権」といった歴史の捉え方が変化してきたとも言う。これを「文学史の書きかえ」として議論するのは、やはりこの座談会が行われた一九六五年の視点だろう。平岡はそこに戦中期における中野重治の一連の「文学研究」を、「起点」

として見ている。尾崎もそれに呼応しながら竹内の「ナショナリズムの問題、近代化の問題をどうするかの問題提起と同時に、文学史の書きかえ」を視野に入れる必要性を強調している。これはけして「日文協」のみの課題でない。平岡は次のように言う――「『日本近代文学』の第二特集で、曲り角になるような作品で、しかもあまり注目されていないような作品を、複数の人間で論じてみて、そして文学史そのもののイメージをつくってみたらという案があるのです」。これは、実際に『日本近代文学』第二集・三集・四集と連続して、〈特集　近代・現代小説論文学史再検討のために〉（一九六五～六六）という形で残っている。そこで採り上げられた作品は、「書生気質」「照葉狂言」「思出の記」「生」「虞美人草」、「抗夫」「異端者の悲しみ」「神経病時代」「美しい町」「苦の世界」「邪宗門」「暗夜行路」、そして「浅草紅団」「家族会議」「冬の宿」「故旧忘れ得べき」「石狩川」「汽車の罐焚き」「鳴海仙吉」「真空地帯」「美しい女」といった作品群である。まさに日本近代文学研究の始発において、注目されていたのは、一連の文学作品を「文学史再検討」のために読み替える作業でこそあったのだ。それに際して、「民族と大衆の問題」が重視されたことは、「人民史観」の存在を指摘する先の座談会からも明らかだ。それは六〇年代から七〇年代にかけての、注目すべき文学研究のトピックスを挙げていくだけでも充分だろう。「大衆小説」研究を牽引した尾崎は言うまでもないが、三遊亭円朝、政治小説の復権。木下尚江、田岡嶺雲の再評価。「発禁作品集」の刊行、「最暗黒の東京」「日本之下層社会」の検討などがすぐさま思い浮かぶ。読者論やメディア論がその中から産声をあげたのも知られる所だが、前田愛は「読者論小史」（『近代読者の成立』有精堂　一九七三・一二）の中で、「竹内の提起した国民文学論が、この民族解放の新路線に組みこまれ、共産党の文化政策の重要なテーゼ」として繰り返し論議されたと指摘している。こうした「文学研究」の源流を辿っていくと、笹沼俊暁が、『「国文学」の思想』（日本図書センター　二〇〇六・二）で触れるように、戦中期の「国文学」の存在に行き着くことにもなる。笹沼は、風巻景次郎の存在を指摘しながら、日本社会にはその後進性ゆえに「国民」ないし「国民文学」が存在していないとする姿勢は、当時のマルクス主義史学の学説と共通する見解だったとしてもいるのである。

ここで三好行雄の存在に戻ってみたい。三好の唱えた「作品論」は、こうした一連の「国民文学」論と対極的なように見える。しかし次の発言に着目してみたい。


ある状況に対峙している個としての作家が、その状況に対する決定として選び取ったみずからのアイデンティティの確認として作品が書かれている。そして、いわばその状況と対峙する生のあり方を作品を通じて探っていこうとする、ということになります。（中略）あるいは言語から生活を復元するという方法なんです。何がどう書かれているかということを通して、なぜ書いたかという問題を探りたいというところから出発しているのです。一つの作品が、つねに作者の影を帯びたものとして眼前にある、その作品と作家の相関を明らかにしたいという、そういう方法を貫いてきたわけですね。（「対談『作者』とは何か」『国文学』一九九〇・六）

三好の初期のキーワードの一つに「生活者」という視点があった。ここで後年まで三好が手放さないのは、まさに「言語から生活を復元するという方法」に外ならない。ここから「文学史」の問題も浮上する。「生活」や「歴史」を重視する認識はやはり「国民文学」論を起源とするものと考えてよいだろう。例えば「共同討議　国民文学と国民教育」（『日本文学』一九五四・一二）では、「生活との結びつき」の章が掲げられ「自分の生活の現実」を見つめ直し、「新しい生活を作り出す運動」を益田勝実が提言していたのだ。

この章では、三好の「作品論」を、その初出に帰って読んでみたい。そこから見えて来るのは紛れもなく一九五〇年代の「文学研究」をめぐる光景である。戦後の批評シーンにおいてそれが重要であることは、近年夙に考究されている。「文学研究」や「教育」とてそれに無縁なはずはない。佐藤泉は、戦後においては単純な古典賞賛ではない論理が必要とされ、古典文学は近代小説を越える「民衆の声」として再定義され、新たなカノンが発見されたという。中世の語り物や『平家物語』がその一例である。また佐藤が言う「『教科書的』文学史[4]」が戦後の文学研究を長く規定した事実も重い。漱石や鷗外が文明開化への「抵抗と解放の言説」として、「権力のナショナリズム」と対峙されてフレームアップされてきたことは明らかだろう。

そうした「国民文学」論を一つの起点とした場合に、「島崎藤村研究」はどのように位置づけることが出来るだろうか。「藤村論」の起源を、唯やみくもに過去に辿ってみても意味はあるまい。次節では「国民文学」論を光源として過去を照らした場合、「藤村研究」はどのように見えて来るのかを検討していくことにしよう。

二、藤村研究の「国民文学」論的起点

近代における文学研究の出発を検討するとなると、議論は茫漠としたものになる。所謂「国文学」アカデミズムや、同時代評もそれ自体むろん「研究」と呼べる。しかし、〈学問史〉的にみて、しかも先の「国民文学」論を光源とするなら事態は今少し限定されてくるだろう。まずは、先の座談会「日本文学研究における戦後」における紅野敏郎の発言から見てみよう。

例えば、戦後の近代文学研究は、戦前の柳田さん、神崎さんなどの明治文学談話会、塩田さんなどの明治文学会、あるいは戦争末期の大正文学研究会、その外いろいろの先輩の方々の踏み固めてきた地盤を、どのように摂取し、それをどうのりこえようと苦心したのであろうか。そういう戦後の近代文学の研究の出発点というものを、この際明らかにしなければならないのじゃないか。(中略)戦前における大正文学研究は、宮島さんを

別格とすれば、大正文学研究会あたりから、そろそろ客観化されてきたと思います。

紅野が指摘する柳田泉、神崎清らの「明治文学談話会」、塩田良平他の「明治文学会」そして戦争末期に左派系の人々により、「隠れ蓑」的にスタートした「大正文学研究会」。これらは、震災による「明治回顧」であったり、人民史観による「文学史の書きかえ」であったり、「大正作家」への聞き取りであったり、その目的とするところは幅広いが、このあたりに戦争を挟んで「近代文学研究」の一つのスタートが見て取れる。ちなみに、平野謙も「座談会　作品論をめぐって」（『国文学』一九六八・七）において次のような注目すべき発言を残している――「私に島崎藤村の『新生論』というのがございました、『新生論』はあの『暗夜行路雑談』が下敷きなんです。だれもいわないけどね」。また岩波書店刊行の『座談会　明治文学史・大正文学史』（一九六一～六五）でその議論をリードしたのは、みなこうした戦前の「研究会」に関わった人々である。「藤村研究」とてそれに無縁なはずはない。「明治文学談話会」の研究誌「明治文学研究」では、早い時期から透谷・啄木の特集号を組んでその研究を推進したことも知られている。それは例えば、藤村生前に出された初期の本格的な書物の一つ、山崎斌『藤村の歩める道』（弘文社　一九二五・七）と比べて見るとき明らかだ。山崎は藤村について、「尊い像（すがた）」と呼び、それへの「拝跪の後にこの執筆を始めた」とその「はじめに」で述べている。同時代において「研究」的スタンスの違いは歴然であろう。

そして「島崎藤村全集」が再刊されたのは、戦後すぐ。新潮社からである。一九四八年四月の雑誌『新潮』には、島崎楠雄・蓊助による「『島崎藤村全集』刊行に就て」なる一文が掲げられている。冒頭に「藤村全集は待たれてゐる」と言う。焦土の中で書物を失った人々にとって、戦後に継承する「不屈な近代人の全貌を知りたい」との欲求からこれは起こったというのだ。同時期に、島崎楠雄は藤村の書簡類を整理し、次々と活字化する作業も進めていた。[5] こうした「藤村研究」の出発を戦前へと辿って見たとき、二冊の書物にぶつかる。秋田雨雀編『島崎藤村研究』（楽浪書院　一九三四・一〇）と伊藤信吉『島崎藤村の文学』（第一書房　一九三六・二）がそれである。伊藤は同著について後年次のように述べている――「プロレタリア文学運動から脱落、逃亡した私は、一種の没落的心理で郷里の日々を過ごしていた。それは精神的緊張を欠いた一種の浮遊的暮らしの日々だった。そのようにして精神の飢えがしだいにはげしくなったそのとき、偶然にも『破戒』にめぐり合ったのである」。[6] 転向と藤村の出会いについては、かつて拙著『戦間期の『夜明け前』』で詳述したので繰り返さないが、プロレタリア文学の崩壊が「人民戦線」と「国民文学」という、「連帯」の夢想を知識人に呼び出した事実はやはり重い。この二冊の書物は、いずれもそうした左翼体験をベースにしている点で、他の「藤村研究」とは明らかに異彩を放っている。

まず、秋田雨雀編『島崎藤村研究』から見ていくことにしよう。巻頭に掲げられている秋田自身による論攷「偉大なる人生記録者」では、藤村は「堅実なリアリスト」として規定されている。

　リアリストとしての島崎藤村氏の再生の時代を私達は目撃してゐる。輝かしいローマンチストとしての彼が、最も堅実なリアリストの作家となつたその過渡期の苦悩の時代を私達は知つてゐる。（中略）自然主義作家としての島崎藤村氏は、封建イデオロギイに対する闘争、及び封建イデオロギイの破壊に役立つた諸思想の変遷、変革によつて、その支柱を失つた家庭生活、新しい文化建設に伴なふ思想的苦悩、古い道徳に対する自然的叛逆の思想を、自己及び自己の周囲の生活の実体を透して具象化して行つた。『破戒』『春』『家』『新生』『嵐』及び『夜明け前』までの太いリアリズムの線は、一貫した彼の生活の記録と見ることが出来るであらう。

秋田が『夜明け前』を発表当初から高く評価し、村山知義ら若い左翼知識人と結びつける働きをした事実はよく知られている。ここでも秋田は藤村を明確に「封建イデオロギイに対する闘争」の中に位置づけている。また後に触れるように、伊藤信吉にとっても秋田はまさに藤村への導きの糸であった。次の伊藤の文章を見てみたい――「秋田雨雀の文章によれば、フェリドマンの手による『破戒』のソヴエ《ママ》ト訳は、一九二七年（昭和二）末にはすでに完訳されていたというが、その出版は一九三一年（昭和六）だった。ここに引例したのは、そのソヴェト訳『破戒』に付せられた「『破戒』の史的意義」と題する序文の一節である。／雑誌『明治文学研究』（昭和九・三）に掲載された谷耕平のこの訳文を、私は昭和十年になって読んだ[7]」。『破戒』をロシア語に初めて翻訳したのは、このN・フェリドマンなる人物だが、その媒介となったのは秋田であった。伊藤によれば、この翻訳については飯倉片町の藤村宅をはじめて訪問した際に、藤村自身から聞かされたという。雑誌『明治文学研究』で、伊藤が読んだという当該号にあたると秋田の一文、「『破戒』の露訳者フエリドマン女史に就て」が掲載されている。

　フエリドマン女史は、レニングラード東洋語学大学で日本語及び日本文学を学んだ人で、コンラード博士の生徒でした。フエリドマン女史の日本文学を研究された時は、レニングラードでも、モスクワでも日本文学の研究熱の最も盛んな時代で、その時代に日本語及び日本文学を学んだ人々は、後では皆なソヴェートの東洋文化研究の機関に属して働いてゐます。（中略）最後に一言つけ加へて置きたいことは、ソヴェートが何ういふ気持で『破戒』を翻訳出版したかといふことです。『破戒』の出版されたころのソヴェートは、社会的には第一次五ケ年計画の進展中であり、文学の方面では、文学の政治性、党派性といふことが、強く主張されてゐた時です。その時代に、日本の自然主義勃興時代の文学を翻訳出版するといふことは、一寸意味をなさないやうにも思はれます。然し、ソヴェートでは、一方新しい時代の文学を創造するために、各国の優れた文学を絶えず吸収して行く仕事をつゞけてゐました。外国文学の翻訳は横の運動であり、自国の優秀な古典文学の出版、研究は縦の運動です。後者はソヴェートでは「文学遺産継承」の問題といはれてゐます。『破戒』の出版にはさういふ意味があると思ひます。

訳者のフェリドマンは、「レニングラード東洋語学大学で日本語及び日本文学を学んだ人」という。それはモスクワでも日本文学熱の盛んな時代で、社会的には「第一次五ケ年計画」が進行中であった。海外文学の翻訳も当時隆盛で、それは秋田の言葉に寄れば「『文学遺産継承』の問題」ということになる。この議論こそ、先に確認したように戦後の「国民文学」論時代に再燃したスローガンでもあったわけだ。「島崎藤村再評価」をめぐってこうした認識が背景にあることは重要だろう。

同著には、他に講座派を代表する批評家篠田太郎の「島崎藤村と自然主義」も掲載されている。この論で注意したいのは、例えば「田岡嶺雲が評論に於て十九世紀文明を罵り、貧民の味方として立ち、又社会的文芸の必要を叫んだことや、徳冨蘆花の小品にこの階級の問題を取り扱ひ、不当にして虐使され、又は等閑視されてゐる人々への満腔の同情と上層者への憤りがある」といった、明治期の「初期社会主義」と藤村が関連づけられている事実である。また「木下尚江の社会主義小説」への言及もある。これらの作家も、戦後、再度光が当てられることになる。他に同著では、白柳秀湖「藤村氏の詩及び小説と初期の社会主義運動」が注目される。ここでは「社会主義」のルーツに『若菜集』が位置づけられている。「僕は藤村を抱いて平民社に趨り、平民社のあつまりには、きつと藤村の詩を吟じた。僕の処女出版『離愁』それにつぐ『鉄火石火』『黄昏』の三篇には、誰にしても藤村の影響の最も著しいのを看取することが出来る筈だ。僕は『古い社会主義者』と一概にいはれて居るが、その処女出版には社会主義の影響よりも、寧ろ藤村の影響の方が濃厚である。追はれたる社会主義者として藤村にかくれたのではなく、藤村の詩をしつかりと抱きかゝへて、社会主義思想に入つて行つたのだ」——この指摘は現在から見ても新鮮だ。

藤村詩と社会主義は異質な感がなくもないが、「自己告白」の一つの契機として「詩」が果たした役割はやはり看過できない。ここにも「国民文学」の起点として、『若菜集』が注目された所以があると言うべきだろう。

伊藤信吉についてはごく簡潔に触れておきたい。『島崎藤村の文学』は、藤村研究史の中でもことのほか重要なものだが、それは戦前に出された初の本格的な単著というに留まらない。例えば、伊藤の転向体験を踏まえて、彼が藤村と行き当たったことを示す記述が随所に見られる。例えば、次のような。

無産階級的あるひは社会主義的文学は、『破戒』に先立つてすでに幾らかは発芽してゐた。内田不知庵は雑誌『労働世界』（大阪から発行される）その他に、「暮の二十八日」「波枕」「落紅」などを一九〇〇年前後（明治三十年代初期）に発表し、一九〇四年（三十七年）に到つて、木下尚江は長篇『火の柱』を『平民新聞』に書き、次いで『良人の告白』等を発表した。

ここでも『破戒』を、「無産階級的あるいは社会主義的文学」の中に据える位置づけが明白だ。やはり「内田不知庵」や「木下尚江」への言及もある。これが戦後の例えば野間宏の『破戒』評における「社会小説」としての規定へと連接していくのは極めて見やすいだろう。

このような一連の事象を、近代における文学研究の一つの起点として捉えることは出来ないだろうか。繰り返すように、「起点」の位置づけは、何をもって「光源」とするかによって自ずと異なるが、「国民文学」論と島崎藤村を交差させることで見えて来るものは、こうした一九三四〜六年にかけての、戦間期の左翼知識人の動向だろう。内藤由直は、『国民文学のストラテジー』（双文社出版　二〇一四・二）の中で、こうした動きを総括して「プロレタリア文学運動が崩壊した後、再出発する起点として国民文学」が考えられていた事実を重視している。そう考えると、戦後の始発期の研究者に、こうした戦前を問う志向が欠けていたことは見逃せない。この節では、藤村研究を従来の「研究史」ではなく、言わば〈学問史〉として、問い訊ねてみる一つの試みであった。

次節では、『若菜集』を「国民文学」の中に据えてみたい。本書の中に収めた論攷「『若菜集』の受容圏」の中でも言及したように、藤村詩は当初から、まさに「国民文学」として広く口ずさまれ、歌謡としても歌われ、多くの模倣歌が造られた。一九五〇年代、それは再燃した。労働者の運動参加を促す活動の一環として、それは「勤労詩」「サークル詩」と呼ばれ、今日戦後文化運動として改めて脚光を浴びている。事実二つを結びつける指摘が残されているのだ。当時、「文学研究」や「学会」は、まだ多くの「民衆」とともにあったことに注意しよう。

三、『若菜集』と「サークル詩」

一九五五年、三好は当時の「研究動向」を「総括」した次のような文章を残している。ここに先の「サークル詩」と『若菜集』研究を結びつける貴重な指摘がある。引いてみよう。

まずだいいちに、「伝統と創造」という提言のなかで、研究者の主体喪失の危険がかんじられる。文学伝統と文学創造は——または誰かが訂正したように「創造と伝統」であってもかまわない——すくなくとも現代の段階において、素朴な接続辞で直結はできないようである。わたしは、たとえば、二七年一一月の大会報告で草部典一氏が「近代詩の形成」を報告し、藤村の詩をめぐる討論の過程で、突然サークル詩の問題がもちだされ、そのゆえに討論が空転したあの情景をおもいだしている。その無媒介性の反省として、翌年の大会は、創作方法としてのリアリズム論を中核にすえておこなわれたが、そこでも「文学史家に作家への指導的発言を要求」し、「文学史的研究が……作家の創作との密接な交互作用においてなされねばならぬという基本的前提と、実際の研究手つづきとの性急な混同」（針生一郎氏の発言の、「大会報告集」）がみられた。（中略）二九年度の大会において、永平和雄氏は「国民文学論の課題」について報告し、きわめて精細な整理、展望をはたしながら、その抽象性を指摘され、また三好行雄は「藤村の詩について」報告し、仙台の孤絶性を中心にして「若菜集」の成立を論じたが、「国民文学創造に対するあいまいさ」と「実証性という観念性」を批判された。

（「日本文学史研究の展望　近代文学・現代文学Ⅱ」日本文学協会編『日本文学講座Ⅰ　日本文学研究法』東大出版会　一九五五・二）

これは戦後の「文学研究」を、〈学問史〉として考察する上で、やはり見逃せないものだろう。三好は言う、「二七年一一月の大会報告で草部典一氏が『近代詩の形成』を報告し、藤村の詩をめぐる討論の過程で、突然サークル詩の問題がもちだされ、そのゆえに討論が空転したあの情景」と。ここには「政治と文学」をめぐる研究者三好行雄の苦い自省の念も込められているだろう。それは「『伝統と創造』という提言のなかで、研究者の主体喪失の危険」が内包されていたという指摘と当然関わって来る。しかしこの章で考えたいのは、あえてこの時代を復活させ文学研究やアカデミズムを再考してみることである。三好の研究がそれと無縁ではなかったことは、文中でも指摘されるように、一九二九年の「日文協」の大会において永平和雄の「国民文学論の課題」についての報告とともに、三好は「藤村の詩について」といった『若菜集』成立をめぐる発表を行っているからである。これが彼のもう一つの出発点となった。それは大会では「国民文学創造に対するあいまいさ」と「実証性という観念性」を批判されたと言うことでもある。

当時の「日文協」の雰囲気を知る証言が、雑誌『日本文学』の中に残っている。白井一郎「伝統と創造　一九五二年度秋季大会に寄せて　近代の部」（『日本文学』一九五三・一）がそれである。煩をいとわず引いてみよう――「近代の部では草部典一氏が『近代詩の形成』の問題をめぐって報告された。報告は、今日めざましい勢で働く民衆の手でつくられ、よまれうたわれてきている詩の創造的なひろまりの状態を、国民文学運動の一環として、つまり国民詩創造への道としてつかまへ、その立場から近代詩の成立の状態を明らかにしようとしたものである。（中略）林尚氏から、サークルの現状の報告があり、サークルの詩人たちが近代詩の伝統の継承をどのように行おうとしているかについて問題が提出された」。『若菜集』はこうした戦後文化運動の空気の中に存在した時期が確実にある。藤村は、まさに「待たれていた」のだ。あるいは、同誌の「編集後記」には、次のような言葉も見えている――「『京浜の虹』があまれたころ、職場での歌声としてのさまざまな詩集が、あちらこちらに生まれ、それは専門家の詩になれた人々にとつて目を見はるような新鮮さで出て来た」。『京浜の虹』（一九五二）は、代表的な「勤労詩集」である。文学がこうした気運の中に存在し、「研究」とてそれを無視する形ではあり得なかったのである。中谷いずみは、「一九三〇年代後半に周縁化された人びとが書き手として発見」され、「文学」の中に取り込まれ表象されていく過程を丹念に追いかけている。[8] 戦後文学と、文学研究も、そうした流れの中にあった。まさに「〈書くこと〉を志向する人びとをプリミティブな存在として他者化」する延長線上に、こうした「サークル詩」があり、『若菜集』はその起源として位置づけられ論じられた。

さて、こうした『若菜集』と「国民文学」論の時代的気運を、もう少し具体的に検証してみる必要性があるだろう。ここでは、さきほどからしばしば名前の挙がる草部典一の言説を三好の同時代の研究言説として見ていくことにしたい。草部は、長く都内の高等学校で教鞭をとった後、静岡大学でも文学と教育を講じた。当時の雑誌『日本文学』や『文学』に多くの論攷を残している。まずは「国民文学論をめぐる問題点」（『国文学』一九六五・一一）と題した論をみていこう。「日本文学協会の方では、全体として政治路線に乗った国民文学論に心情的に相わたりながら、研究上の課題としてこの問題を展開した。五二・五三年度の大会テーマとしてとりあげ『日本文学の伝統と創造』二冊にまとめられたものをはじめ、個々の研究者の論考にこの問題はさまざまに反映した」と彼は当時を回顧している。繰り返すように「日本文学の伝統と創造」というスローガンの中で、多くの研究言説が紡がれていたのである。「一九一〇年代の思想と文学の論理——鷗外と啄木を中心に」(『文学』一九五九・八)などの論攷も、「大逆事件」「閉塞的な暗い明治国家」と啄木・鷗外の存在を対置し、一時代の文学観の典型を示している。草部はまた多くの藤村論を執筆してもいる。「島崎藤村」（『国文学』一九六〇・五）では、やはり「透谷から藤村へ」という図式が中心化される。これは猪野謙二が、戦後早くにしめした問題であった。「民権運動が絶対主義権力のまえに妥協・敗退してゆく現実」の中で透谷は、その運動によって培われた「市民的理想実現のためのたたかいの場所」を、「実世界」から「想世界」に求めて文学に入っていったと草部は述べている。「国民文学の創造の可能とその現実化の契機を、主体的にうちたてるという画期的な仕事」をはたそうとした透谷は、その仕事半ばで仆れ、それを明治社会の中で、実現したのが藤村ということになる。そして透谷の「孤独な魂のいぶきが抒情化されてながれ出てきた」ものとして草部は『若菜集』を位置づけるのである。透谷の「やり場のないどん底にうずまいていた浪漫的感傷」は、藤村においてはじめて解放されたというわけである。

次に掲げるのは、三好に先立って、日文協の一九五二年度秋季大会で草部が『若菜集』を論じた文章である。

作成立の歴史的地点における伝統と創造、および学問・批評の伝統と創造という、この二つの視角をうちに含んでの、本来的意味における過去の文学伝統と今日から明日へかけての創造、つまり二つの視角を含んだところの三重の構造をもった「伝統と創造」としてつかんでおくべきだと考えるのである。(中略)藤村の詩業に戻っていえば、それはその詩業の従来の詩論的・詩史的解明を解明してゆくことになり、そこから明日への課題を発見し引き出すことを課題としてゆくべきものである。これがここで今後の課題としていっておきたい一つのことである。（「藤村の詩業をめぐって」『日本文学』一九五七・一）

まさに先に述べた「伝統と創造」のスローガンを忠実になぞったものと言えるだろう。藤村の「詩業」はそうしたモチーフを典型的に示すものであり、民衆の「明日への課題」を発見するために創作されたということである。また、別論で草部はこうした藤村詩における「伝統」について具体的に発言している。「藤村は近代詩のリズムをつくり上げる時に当って、どうしても避けられない伝統的抒情詩への全面的検討を迫られていたわけである。（中略）旧い言葉を自己の肉感を通して新しく再生させてはいるのであるが、その新しさは和歌的な着想と措辞、七五調の文語律、擬古典語の駆使、などというところをつき破った場所にもたらされたものではなかった[9]」。三好の『若菜集』をめぐる精緻な修辞分析の背景にあるのは、実はこうした気運であったはずだ。

また色川大吉にも、この時期『若菜集』論がある。「若菜集の成立——明治精神史の一問題」（『文学』一九四九・五）がそれである。色川はまず「フランス革命、それは独立的産業資本家階級を先頭とする全被抑圧者人民の下からの徹底的なる変革の嵐であった」と言う。それは、「人間の解放と、自我の尊厳」を宣言した「近代民主主義への巨大なる進歩」であった。そうした視点から、色川は「ワーヅワス」と『若菜集』を対比する。ここに歴史的視点で〈学問史〉を考える新鮮さがある。文言の古さだけにとらわれてはならないだろう。「学問」を歴史的に通覧する〈文学読解《リテラシー》〉を、再浮上させてみることで見えて来るものは、やはり現在の「研究」の現場でもあるはずだ。

さて、次節ではいよいよ三好の『若菜集』論をみていくことになるが、先に述べたように、その論を初出と単行本で比較する。そうした作業によって、研究としての「作品論」が成立する場面を見定めることが出来るのではないか。その前に、当該論文のもとになった日文協、一九五五年秋季大会における口頭発表を聞いた人物による「報告」が残されているので、それに言及しておかねばなるまい。

本年度の日文協大会で、東京近代部会の三好行雄さんから、「藤村の詩について」というテーマで、きわめて洗練された報告がなされた。朗詠調に流されたのは、大衆を前にしての報告として、惜しかったけれども、内容や推論に聞くべきものが多く、私などは、むしろ楽しい思いであった。さて報告のあと、討論に移って、丸山静さんと報告者との間に、藤村の詩が肉感的あるいは官能的であるかどうかといった討論がかわされた。私は本年度の大会には、ただ拝聴するつもりで出かけたので、黙っておればよかったのであるが、ついこの討論にさそいこまれて、藤村の詩を、その当時の青年としてどんな風にうけとったかについて短い発言をした。(中略)ただ文学というものを、「国民の文学」という立場でとりあげている大会の主旨からいって、田舎の寒村にくすぶっていた一青年が、藤村の詩をどう受取っていたかという事実は、国民の文学という大きいテーマを協会が掲げているだけに、文学がかえって一部都会人的な眼光でながめられ、机上の学問として取扱われがちな傾向に対してささやかながら一つの参考になりはしまいか、という気持からのことである。(中略)大会で問題になった、藤村の詩にある新しさが、人間性解放に伴う肉感乃至官能にどの程度よっているのかということも、当時の青年であったわれわれの受け取り方からいえば、この純情に貫かれた、むしろ清純な感じであったことを挙げておきたい。(荒木良雄「藤村の詩について」日本文学協会編『国民文学の課題』岩波書店 一九五五・一二)

これも、一時代まえの文学研究が置かれていた雰囲気を確認する上で、極めて貴重な証言というべきだろう。まず、三好の発表が多くの「大衆を前にしての報告」と明記され、それがあまりに「洗練され」、「朗詠調」であったことへの違和感が見え隠れしている事実である。ここには「研究」というものが、当時あくまで「大衆」の熱気とともにあった事実を知る手がかりともなる。事実報告者は、「『国民の文学』という立場でとりあげている大会の主旨」を踏まえて、三好に「田舎の寒村にくすぶっていた一青年が、藤村の詩をどう受取っていたか」について質問したともいうのである。また、丸山静も三好に対して「藤村の詩が肉感的あるいは官能的であるかどうか」議論が交わされたとも指摘している。ここでの「肉感的」の内実について、報告者はさらに大衆の「人間性解放に伴う肉感乃至官能」の義であるとも付け加えているのである。この報告は、三好の『若菜集』論と並んで、日本文学協会編『国民文学の課題』（岩波書店）の中に収められている。こうした生々しい会場のざわめきは、「作品論」が前景化する中で隠されてきたのではないだろうか。「作品論」としての『若菜集』論の現場をまずは明らかにしてみる必要性を感じる。それによって「文学研究」が失ったものも見えて来るからである。

四、作品論と「国民文学」論

「作品論」が、主に大学の文学教育の中で「市民権」を得、急速に拡大していくのは六〇年代以降であることは確かだろう。この時期、三好自身、精力的に「方法化」を模索していたが、その流れをはじめに少し追っておくことにしよう。「作品論の方法」（『国文学』一九六八・七）と題された文章では、既にそうした意識が顕著である。そこではまず「作品論を書く」という問題を意識化し、なによりも「文学作品は本質として対自存在である」とする。つまり、つねに読まれる存在として作品がある以上、「作家の自己」を問わねばならぬとして、それが常に「他との相対的な関係」の中にあるとしている。ここには作品を読み、書くことのドラマを現象学的に追い、既に五〇年代における大衆的熱気は感じられない。しかしこうした政治的に慎重な姿勢は、初期の文章の中にも既に明瞭に現れていた。「近代文学研究上の一考察」（『解釈』一九五五・四）では、「文学の下部構造（社会機構や政治機構）との関連を問題にする場合にも、外延科学（社会学・経済学等）の成果をそのまま借用して文学に適用することは避けられるべき」と述べている。とくに「近代史」の場合、その適応にはひとまず慎重でなくてはならないとする。むしろ三好がここで重視しているのは、「具体的な作品の内面分析を通じて歴史性・社会性の反映を抽出する」ところにあるとしているわけだ。その意味で、彼の意識はやはり当初から強く「作品」と「作家」に向けられていたと言うことができる。しかしそれはあくまで現在からの視点であり、そこにはいくぶんの段階性があった事実も指摘しておかねばならない。

こうした「作品論」の時代を一面で強く牽引したのが、雑誌『国文学　解釈と教材の研究』（学燈社）であった。『作品論の試み』が単行本化された直後、一九六八年七月号は特集「作品論への招待」と命名され、様々な視点から作品分析の光が当てられ、「文学史」もその中の一項目として扱われている。ここでは、三好の巻頭言の他、「座談会　作品論をめぐって」が配され、江藤淳・平野謙・吉田精一による「作品論」談義が展開している。

吉田　一九二〇年ごろから、エリオットは別としても、フォースターとか、ミューアとか、ラボックとか、リチャーズとかいうような人たちが出まして、あるいはニュー・クリティックのひとつの先蹤になったのかもしれませんが、文学作品の構造、視点、文学作品それ自体の分析を通じて、《ママ》の研究という、新しいクリティックの方法がかなり強力になってきたと思うんです。（中略）

平野　自分があるちゃんと一定の作家論の、つまり作品論の方法をもっていてやるんじゃなくて、結果としてはそうなりますけれども、できるだけそういう点は心を開いて、無心に作品からくるものを享受して、それによってさまざまな試みをしたいということね。（中略）

吉田　そういうことになると、必ずしも精神病理学にかぎらないで、すべての作家について一応、普遍的な方法というようなものを措定して、それを一種の道具みたいに使ってやっていくというのが、ニュー・クリティックの方法ですが、そういうものを否定されるわけですね。

平野　まあそういうことになりますね。

吉田の発言の中には「フォースターとか、ミューアとか、ラボックとか、リチャーズとかいうような人たち」、所謂ニュークリティシズムへの言及や、エリクソンら「精神分析的」批評への言及が見えており、平野がそうした「作品分析」とは一線を画す立場を伺わせている事実も興味深い。しかし繰り返すようだが、この時点には五〇年代の「国民」、「大衆」、「文化遺産」といった意識は既に微塵もないことは明らかである。三好の『作品論の試み』が、『解釈と鑑賞』に「現代文学鑑賞一　奉教人の死」という形で連載を開始するのは一九六一年一二月。そこで、既に三好は次のように述べていた――「私は作品研究についてあるイメージをもつている。イメージというより理想の幻像に近いが。二、三の場所で書いたこともあるが、根本は作品論のみによる作家論は可能かという疑問につながり、したがつて問題は作品分析の方法論の確立にまで遡及する。『分析』と呼んでもよいし『解釈』と呼んでもよいが、作品を一箇の独立した世界として捉え、その内的構造を解明することで作品の主題（テーマ）と、そのテーマを必然とした作家の意図（モティーフ）を正確に知悉すること」であるという。この「テーマ」や「モチーフ」といった言葉の顕在化の中に、既に「作品研究」を志向する明確な意識が読み取れるだろう。「自己告白」を作家の内面のドラマに繋げ、普遍性の高い「人間の劇」を浮上させる「作品論」のベースにあるのは、戦前の「国文学」の中に既にある「解釈学」的思考だが、三好は、恐らくそうした問題意識をも視野に入れながら六〇年代の「作品論」の時代を領導していっただろう。「印象批評」に頽落することをぎりぎりの地点で回避する、現象学的志向は、やはり六〇年代を背景にしたものというべきだ。

しかし、「作品論」をあまりこうした「原理論」として議論するのは、今日にあってはむしろ不毛だろう。後にも言及するように、それは多分に大学における文学教育とリンクしながら一種「イデオロギー」として拡大していった面のほうがむしろ強いからだ。ここでは具体的に三好の初期の『若菜集』論と、それが「作品論」の時代の中で単行本化されるプロセスの差異をこそ明らかにしておきたい。

まず見ていくのは「藤村の詩について――主として『若菜集』の成立をめぐって」(日本文学協会編『国民文学の課題』岩波書店 一九五五・一二)である。三好は述べている。「藤村の近代的な抒情と伝統的な韻律・用語とのむすびつきに、はたして否定的な契機のみを考えてよいのだろうか、そこには、もっと別な意味での、詩人の主体的なたたかいをながめるべきではないでしょうか」――「主体的なたたかい」の言葉にまず注意が向く。これは単行本になる過程で消えていった部分である。次のような指摘もある。「上田敏らとのこのような対決は、従来『透谷から藤村へ』の展開でしばしば問題にされてきた、いわゆる『破壊・否定の苦』から『肯定の苦』への転換とも決して無縁ではなかったはずです。民権運動の革命的な要求に根ざした透谷のたたかいは、周知のごとく、『実社会』のまえに『想世界』を対置し、やがて『実世界』の拒絶が、現実的な基盤の喪失とつながって、死にまで追いつめられてゆきます」。ここにも猪野論への意識は明瞭だ。しかし猪野の「透谷から藤村へ」という図式を踏まえて、三好はここでは次のように、それを展開していくのである。

猪野謙二氏は、透谷から藤村へのうつりゆきに、「予言者」から「芸術家」への転身を見ようとされています。まことに卓見だと思いますが、なお蛇足めいてつけくわえさせていただけるならば、その「芸術家」としての完成の前夜に、やはり日本の風土に根ざし、生きのびようとする「生活者」の意識を見ておかねばならないと思います。わたしは、エキゾチシズムからの背反とかさねて、「生活者」への転身を考えておきたいのです。

三好が押さえるのは、先程みてきたように「芸術家藤村」の姿ではない。それは言わば「上田敏」との「対決」の中で克服された問題意識とも言えるだろう。三好がそこに見るのは透谷の「実社会」を踏まえた「生活者」への「転身」である。この「風土に根ざし」た「生活」志向は、述べたように恐らく三好が「作家」を手放さなかった根源の問題と深く関係するだろう。こうした視点は、ほぼ同時期に書かれた「人生の春――島崎藤村ノオト」(『文学』一九五五・九)にも既に指摘が見える。「『若菜集』にはじまる藤村の文学――その主題的展開――が、『家』の成立によってひとつの完成と帰結を見いだしているようにおもうのだ。それは生活者としての自己に根ざしつつ、かれを追いつめる危機の根源を発見するためのながい遍歴である」。藤村が、『若菜集』の記憶をふくめた仙台時代を、「人生の春」と呼んだ事実を三好は重視する。『春』構想は、「芸術」ではなくて「人生の春」として完結するというのがその主旨であり、小説の帰結を人生に還元するところは、やはり『風俗小説論』の影がある。同時にそれは、中村光夫が捉えた反近代的でネガティブな「私生活」のイメージを払拭している。「生活」を「伝統」に連接することで、それと対決する「実作者」の存在がクローズアップすることになるのである。

『若菜集』論に戻ろう。「生活」の背景に藤村が浮上する意味については、次のような言葉もある。「七・五調や雅言の『やまと言葉』、藤村のいわゆる『民俗の言葉』(初版詩集序)が、日本の風土にいきづく生活の鼓動を反映して、いわば民族的なうたの形式だったことはうたがいえません。(中略)恋から生活へ――それは青春の狂熱から覚めて、もっと強力な家の重荷につきあたることでした」。ここに当時の「文化遺産」の「継承と創造」という「国民文学」論のテーマの伏在を読み取ることは恐らく可能だろう。それは猪野や草部の一連の『若菜集』論とも響き合うものだ。そして『若菜集』はつねに自己回帰する発想を前提にし、時として「モノローグ」へ傾斜し、「私小説的な風化」ときびすを接しているとも三好は付言している。

こうした五〇年代の日本の近代化をめぐる問題意識は、明らかに六〇年代の「作品論」の時代の中で、後景に退くものである。単行本化される過程で、論は書き換えられ、代わりに正面にせり出してくるものがある。「『若菜集』伝説」である。この言葉は、ある意味、象徴的だ。

規範を創造した芸術家には必然の矛盾にすぎないと見ることもできる。しかし、この回想を詩における理想の挫折というふうに翻読すれば、「若菜集」によって実現したのは、〈芸術の春〉ではなくて〈人生の春〉であったという信条が、あえていえばみずから編んだ「若菜集」伝説として、藤村のなかに確実に生きていたのも事実である。たとえば、「若菜集」以前の体験を「春」に描いたとき、小説の最初の構想が仙台を人生の春と見るおなじ自覚にそってととのえられたことはひろく知られている。(中略)藤村がこう語ったのは大正十三年の四月である。まさしく栄光にみちた「若菜集」時代のレゲンダがここにある。

(「詩人藤村」『島崎藤村論』至文堂　一九六六・四)

この作品と人生をリンクさせ、作品を書くことでその生涯を補完していく、言わば「人生の春」構想は、単行本化の過程で大きく「栄光にみちた『若菜集』時代のレゲンダ」という形で中心化されてくるのである。それにともなって、初期の「伝統と継承」のテーマは後景化し、かわりに作家における「原構想」の問題が現れる。それはテーマとモチーフといった、〈政治〉に汚染されない読むことと書くことをめぐる普遍的なドラマとしての創作と結びつく。例えば次のように——「「おくめ」における行為の挫折はあきらかであろう。原構想はドラマティックな展開の可能性をはらみながら、結局は少女の、ということはつまり詩人のモノローグを多く出ることができなかった。この詩が官能への回帰をもって終わらねばならなかったところにも、『若菜集』の本質的な詩法の特性と限界があらわである」。「行為」は常に「挫折」によって芸術になる。問題はここではあくまで芸術における「詩法の特性」の次元になっていく。

「人生の春」論にしても単行本版は象徴的だ。「自己体験を核として、藤村は信条的な『若菜集』伝説をみずから編んだわけだが、『春』の原構想はそのレゲンダにまるごと乗っかっていたともいえよう」——この「伝説」「レゲンダ」の内実を改めて問う必要はあるまい。また「書くことによる自由」とも言われている。これはまぎれもなく「文学神話」の確立でこそあっただろう。「作品論」の時代が用意したものがここに集約されている。まさに『若菜集』の「自己告白」による解放は、作家の創造（書くこと）に反転された。三好はそれを「島崎藤村」の中に見出したことになる。言ってみればやはり藤村こそが「国民文学」論としても「作品論」としても選ばれたと言ってよい。文学作品から、「日本の近代化」の暗部を見て取る私小説否定論の代替として、この藤村における『若菜集』再編成を「文学神話」の起点として三好は据えたと言うべきだろう。彼は言う、「『若菜集』を再構築する試みである。抒情詩の不毛を自覚し、散文へ転じてから七年、『春』の創作意図の根柢におなじ祈念が隠されていたのはうたがいない」と。

紅野謙介は「作品論」について指摘している。三好は「作品を作品として自立させる認識論的な切断をおこなったうえで、今度は作品を論じる手続きにおいて、作品の外の資料体からさまざまなデータを持ち込んでいた[10]」。そうした「操作」は、言わば、人生と創作がリンクした藤村においてこそ有効に機能したと言うべきだろう。

最後に急ぎ足で確認しておきたい。三好自身が、「文学研究」は文学史の体系によって完結する「認識の純粋運動[11]」とも呼んでいた事実についてである。ことは「作品論」の閉塞感に裏打ちされていたことは言うまでもない。そうした「文学史」志向は、やはり「反近代」の意識とともにあった。ここにも、先に指摘した如く「国民文学」

論の時代の残響をみてとることは、恐らく容易に違いない。「近代文学史の構想――をめぐっての断片的感想」（『国文学』一九七一・一二）には成島柳北から、荷風、鷗外、漱石を結ぶ、佐藤泉が「『教科書』的文学史」と命名した図式が顕著に現れている。

そのとき、柳北の〈前近代〉は〈反近代〉に転じたというのがわたしの理解なのだが、それを更に敷衍していえば、文明開化を嫌厭した柳北が旧幕臣としての〈忠厚の倫理〉（越智治雄）に強く動かされていたのは否定できないにしても、そしてまた、東京の形骸文明を呪詛する荷風の内奥に、青春を賭けて抱きとった西欧の〈理想的近代〉の幻像を隠していたのは確かだとしても――だから、両者の〈反近代〉の質的な距離は決定的に遠い、といえばいえるのだが、にもかかわらず、柳橋の情緒を奪う物質文明の〈悪〉を嗅ぎつけた柳北の感性もしくは美意識と、東京の雑駁な都会文明にさかなでされた荷風の感性もしくは美意識とは、実はぴったりと重なる部分が多かったのではないか。荷風が西洋に見た〈理想的近代〉のイメージは、美的に円環を閉じた調和世界の幻にすぎぬ。／明治四十年代に、荷風のみならず、森鷗外・夏目漱石らのすぐれた知識人＝思想家が、いっせいに文明開化批判に転じたことはよく知られている。

むろん「文明開化を倦厭」した「忠厚の倫理」の影に、「理想的近代」のイメージが刻印されている。ネガティブな「反近代」を「伝統」に接合することで読み替える構想である。こうした論理は、やはりある種の政治性と倫理を隠していることは言うまでもあるまい。時代を通底していくモチーフについて、三好は「主調低音」という象徴的な言葉で述べている。「反近代――近代文学史におけるひとつの系譜」（『綜合文化』一九六〇・一二）には、次のような一節がある――「日本近代文学史の本流に見えかくれする、気質的な反近代の系譜を指摘することができるのである。私見をもってすれば、それはたとえば二葉亭四迷、北村透谷、森鷗外、夏目漱石らをピークとする。そして、そのおなじ流れにそって、問題は単に気質的な『文明開化』批判からはなれて、理想的近代像の成立とからみ、『東洋と西洋』の分裂と調和の大きな主題にまで発展していったようである。明治四十年代に、この問題は鷗外、漱石、荷風らをつらねる重要な主調低音となった」。

唐突に見えるかも知れぬが、ここに丸山真男の「執拗低音」の問題をみてとるのも無駄ではないように思われる。「近代主義者」の如くみなされてきた丸山に、こうした「歴史」の底辺にあるものへの意識があった事実は、近年とみに注目されるところだが、そこにはやはり本章で議論してきた五〇年代における、民族的伝統の見直しや歴史意識があることも確かだろう。米谷匡史は、「丸山もまたこの『伝統』と『近代化』をめぐる問題系を意識していた」とし、伝統と切りはなされた近代社会を批判し、そこに「抵抗」の精神を見ていると指摘する。[12] それは、古代の記・紀神話を素材としながら、「古層」論として定式化された。そしてそれは「執拗低音」として流れつづけ、さまざまな外来思想を「日本的」に変容させ、その普遍的な規範性を希薄化させる要素を帯びてもいるというのである。本章冒頭で引いた、猪野への書評の中で、三好は丸山の大衆と近代化に言及してもいた。「鷗外、漱石、荷風をつらぬく主調低音」という言葉の中には、こうした「近代／反近代」をめぐる五〇年代的思考の反映をみることは困難ではあるまい。

ただそこには、まぎれもなくナショナルに閉じた戦後日本という枠組みが見通せることも付言しておかなくてはならないだろう。「近代主義」を脱却するかに見えた「国民文学」論が、その「国民」自体のカテゴリーに触れることはなかったのも周知の事実だ。三好の志向した「作品論」は、見てきたように「国民文学」論を経た「文学研究」のアカデミズム化の過程と、「政治と文学」という枠組みからの脱却を目指したものであったに違いない。それは、彼が示した「サークル詩」への強い倦厭の中に、既に胚胎していただろう。「政治と文学」の問題を相対化するためプリミティブな他者として「大衆」が呼び出されたのは事実にしろ、かつて文学研究が五〇年代の未分化な文化運動の熱気と、「大衆」のざわめきとともにあった事実を、今、思い出してもよいはずだ。三好行雄における「国民文学」論は、それをわれわれに教えている。さあ第二部へ進もう。作品論とも関わるリテラシーを論ずべき時だ。

注

(1) この座談会の三好の発言には「誌上参加」との付記がある。
(2) 「民族遺産と国民文学」(『日本文学』一九五三・九)
(3) 「『歴史社会学派』に関する、歴史社会学的覚え書」(『社会文学』一九九三・七)
(4) 『戦後批評のメタヒストリー』(岩波書店 二〇〇五・八) 一〇六頁
(5) 「父藤村の思ひ出と書簡」(『芸林間歩』一九四六・九〜四七・二) などがある。
(6) 「『島崎藤村の文学』出版をめぐる回想」(復刻版『島崎藤村の文学』日本図書センター一九八三・八)
(7) 「島崎藤村——私の中の一人の作家」(『解釈と鑑賞 別冊 現代のエスプリ』一九六六・五)
(8) 『その「民衆」とは誰なのか』(青弓社 二〇一三・七) 一三八頁
(9) 「藤村と雅言に関する覚え書」(『日本文学』一九五四・六)
(10) 「イデオロギーとしての作品論」(『社会文学』一九九三・七)
(11) 「作家論の形の批評と研究」(『岩波講座・文学9』岩波書店 一九七六・四)
(12) 「丸山真男の日本批判」(『現代思想』一九九四・一)

第二部　初期藤村とリテラシー

第五章

『若菜集』の受容圏——〈藤村調〉とリテラシー——

一、「国民詩人」としての藤村

国民的詩人は、その国民の持つてゐる情操とか、思想とか、伝統的趣味とか、その国民特有のユーモアとかいふものを正しく代弁する者でなければならないのは無論であるが、その中で一番必要なことは、その国民が言ひ現はさうと思ひながら、言ひ現はすことの出来ないものを最も早く見て、その国民のために語るものでなければならない。その時にその代弁者の声を最も早く聞いて、それに合唱するものはまたその時代の青年でなければならない。（中略）いろな作家がその時代々々にその国民の為めに歌つて呉れる。然し島崎先生の『落梅集』や『若菜集』『一葉舟』ほど盛んな高い調子で、日本人のために歌つて呉れたものはない。

（秋田雨雀「最初の国民詩人としての島崎藤村氏」『人間』一九一二・四）

秋田雨雀の言を改めて引くまでもなく、〈学問史〉的にも「国民的詩人」として藤村を称揚する評価はかなり広く存在するだろう。それは国民の「言ひ現はすことの出来ないもの」に形を与える「代弁者」であり、それに続いて「合唱するものはまたその時代の青年」であるとされてもいる。こうした評価自体はけして特異なものではなく、「若き至純な青年の心に始めて国民的抒情詩の典型を示した最初の作」（川路柳虹）[1]として『若菜集』を捉える言説は、蒲原有明の著名な再評価以来大正期にはほぼ決定されていたものの如くである。むろん清新な〈抒情〉によって時代に刻印された『若菜集』をめぐるこうした言説は、多分に後代藤村自身が『藤村詩集』を編み上げて行く過程の中で創り出された気配が強いものだが、『若菜集』をめぐって確かにその〈声〉に呼応し、「合唱」した多くの「青年」が当時存在していた事実も紛れがない。「明治のはやい青春にあった哀歓と苦悩と感傷」（三好行雄[2]）といったような、まさに〈個〉の感情表出としての〈抒情〉が「国民」とリンクしていくリテラシーの上での接点を、本章では考察してみたい。言わば〈抒情〉が一種の制度に固定化し、文学研究がそれをフォローしていく問題を解明してみる所に、本章のねらいがあるのである。それはアプリオリに「国民」を前提に考えることではむろんない。従来明治初頭の所謂「叙事詩の時代」と、三〇年代の「抒情詩」とは言ってみれば対極的な問題意識の中で議論されるケースが多く、『若菜集』の限界をそうした観点から導く向きもある。しかし事はその様な公・私の枠組みに単純に回収され得るものであろうか。河合酔茗の『新体詩作法』（博文館　一九〇九・六）によれば、「明治三十年以後の詩壇は藤村の感化が最も著」しく、「此を模倣するもの多く、所謂藤村調の語が一時天下を風靡した」とある。それは具体的には「抒情詩ことに恋愛詩の流行[3]」という現象となって実現したわけだが、本章では一つの手続きとして、当時の有力な投稿誌であった『文庫』の検討を通じて、所謂この「藤村調」の実態を明らかにしてみたい。それはすなわち〈抒情〉がいかなるパターンとして定着し受容されたかを知ることであり、また〈詩〉が一つの時代の感情表出の媒体としてどのように形式化されたかを検証することにもつながるだろう。こうした問題は一方でまた、作品が一種の〈複製〉と化していく契機を明らかにもしてくれるはずである。すなわち『若菜集』が〈青春〉や〈愛欲〉を描いたものである以上、それは自ずと〈性〉が時代の中にどのように受容され、一種の記号化〈商品化〉をはかられていったかを示す指標ともなるはずだ。〈複製〉を読者の欲望を形にする鏡とするなら、問題は単に芸術の俗流化として回避するわけにはいかない重要性を帯びてくるだろう。だれもが芸術の創造主体となりうる条件が整い始めたという受容の大衆化現象は、ひいては作品の評価そのものに変質を迫ることにもなるからである。逆に言えばこうした検討を経ることで、それが『若菜集』の今まで見えて来なかった独自性を照らし出す機能を果たすだろうことも当然期待出来るわけである。さらには、こうした〈複製〉と〈オリジナル〉といった自明化された二元論的思考そのものの起源を問い返す契機にも、それはなりうるのではあるまいか。

以上の問題意識の上に立って、まずは雑誌の検討に入る前に『若菜集』をめぐって交わされた「朦朧体論議」を糸口としつつ、同時代の〈詩〉の概念を少しく検討しておきたい。

二、「朦朧体論議」と〈詩〉の概念

外山正一は著名な『新体詩抄』序文の中で、「人に分かるが専一と、人に分かると自分を極め、易く書くのが一ツの能」と述べている。ここには彼の所謂イデオロギーによる国民啓発の発想がその背後にあることは疑いがなく、日清戦後の軍歌ブームなどを背景に朗読体や口演体の詩が様々に模索されていた事実も周知の所である。一方井上哲次郎はこうした動きを背景に「国民文学の勃興を促がす一大現象[4]」の到来を声高に宣言していたし、高山樗牛は「我国民は口なきの国民なり。（中略）是れ正に国民が発言の自由を有すべきの時に非ずや[5]」と、新しい〈詩〉の時代を称揚してもいた。彼らにとって〈詩〉とはまさに「国民」を等しく「合唱」させるに足る重要なメディアとして存在していたはずなのである。外山らが韻律や伝統的詩語を大胆に無視し内容（詩想）中心主義をとった事は確かだが、それは必ずしも彼らが形式に無頓着であったことを意味するものではあるまい。事実彼らは〈声〉による「合唱」を前提とした、様々な詩形態の模索を試みてもいたわけである。

一方こうした動きに対して、鷗外の「矢田部、外山等の新体詩は詩に非ず[6]」との批判的立場がすぐさま想起される。ヘーゲルを持ち出すまでもなく、浪漫主義芸術の最高の美の形態を〈詩〉に求める認識は普遍的に存在するだろう。「ポエチカル」であることが芸術作品の美的形象において不可欠の事態であるとの認識は、俗語使用の問題ともからめて当時二葉亭らにも強く意識されていたところである。[7] しかしここで注意せねばならぬのは樗牛らの声高なイデオロギー性と対置されることで、しだいに〈詩〉の概念の囲い込みが進行していたのではないかという点である。すなわち理解不能のものを、「朦朧」の一語で総括する論理が働き始めるわけだ。明治二〇年代から三〇年代へ向けて、『若菜集』成立の背景として「朦朧体論議」が重要性を帯びてくる所以である。まずよく知られた戸川秋骨の評から見てみたい。

若し長き方にてはおえふ、鶏など、短かにては、懐古、傘のうち、などを始めとして、数篇を誦読すれば、自から他と異りて、まことに詩らしき詩なるを知るべし。今新体詩とて、世に称へらるゝもの、大方は其の思想散文的にして、たゞ之れを律語としたるのみなるが多し。独りこの集に於ては、着想第一に詩的なり。（中略）われ等をして云はしめば、詩は必ず朦朧なるべきものなりとす。一字一句煉磨し修飾し、文交錯し転替す、必らず明瞭なる能はず、蓋しかくの如くならずんば、強大なる感情を起す能はざればなり。われ等は散文に於いても、はた素より詩に於ても、今の文体の余りに朦朧ならざるを怪しむ。然れども思想の朦朧は之れを咎めざるを得ず。藤村氏の朦朧はこゝにあり。

（「塵影」『読売新聞』一八九七・一〇・一八）

『若菜集』に下されたこの「詩的」「詩らしき詩」との評価が、その「思想」の「朦朧」さと不可分のものであった事実は注意を要する。それは他の同時代評からも窺え、「わからぬ処あるには閉口せり」[8]とか、「詞意朦朧、読むこと数回にして漸く解得するもの」[9]等の表現がそこには頻出している。それは従来からも指摘されてきた韜晦した表現様式に関わる問題であることは言うまでもないが、それを作家主体に還元する前に今少し『若菜集』をめぐる

「朦朧体論議」を瞥見しておかねばならない。

樗牛は雑誌『太陽』に無署名で「朦朧体の末路[10]」なる一文を寄せているが、所謂大学派を横目で見つつ彼は「格調に執着するの弊は真情の流露を妨げ（中略）思想の朦朧を致す」とまず規定し、「朦朧派は其情を飾るに文を以てす。之れ胸より胸に伝ふべきものを、口より口に伝へむとするなり」とした上で、『四つの袖』を俎上に載せ「朦朧派の病弊を最も明に表白したるもの」と断じている。ここではなによりも詩想の「朦朧」が形式主義批判とリンクしている点に留意すべきであり、『若菜集』は大学派と併置されることで詩語や韻律の形式性を攻撃されたわけだ。この場合樗牛の「真情」が『若菜集』のそれと性質を異にするだろうことは自明だが、「朦朧」として批判されたその詩想が一種の〈形式〉の力を借りつつ、逆に読者の中に明瞭な像を結ぶ可能性はありえないだろうか。こうした「朦朧体論議」を通して見えて来るのは、イデオロギーと明確な対置を強いられることで、〈詩〉が逆に文学的な次元で囲い込まれ制度化されていく起点の如きものである。「朦朧」なるがゆえに、それはかえって多くの読者の欲望を回収し、肥大化していくことで一種の共感の共同体を生成することになったのではあるまいか。事実『若菜集』の同時代評をさらに細かく見ていくと、「朦朧」との評の一方でその「叙情は皆恋愛の外に出づるなし[11]」であるとか、「恋と鬢のほつれとの外[12]」に取り立ててみるべきものがない、といったモチーフを単純化した誤読が既に存在している事実が見えてくる。ここには後に検討する『若菜集』受容の一元化を促す契機が既に現れていると言ってもよい。ともかくも〈抒情〉の成立が新たな読者の生成に対応しつつ、一つの共同体を確立する事実にここでは留意しておきたい。

さてこうした議論に対する藤村の明確な意見は残されてはいないが、高山樗牛、外山正一らの「朦朧体」批判に関して一つの姿勢を示したのが島村抱月であった。彼は『新体詩の形に就いて[13]』なる一文の中で、「詩とは、いふまでもなく、美象を言語文字に結び付けたるものなり、されば詩人の技倆は、まづ美象を主観のうちに形づくり、而して之れを、言語文字の手段を仮りて及ぶべきだけ円満に発表するにあり」とした上で、「想といひ内容といひ、相寄りて此の想を成就する種々の分子を外形といふ」と樗牛らの形式批判に鋭く釘をさしている。すなわち抱月にとって「美象」とは、「外形」を伴ってはじめて実現するものであり、また「外形」によって「読者の心に美的活動を盛ならしむ」ところに「新体詩」の意義を見て取っているわけである。「内容」から「形式」へのこうした視点の転換は、当時の時代状況から見てむしろ必然的なものであったかもしれない。[14] いずれにしてもこうした形式を通じての「読者」との共感は、「朦朧」の積極的意味を彼の前に開くことになるわけだ。「朦朧体とは何ぞや[15]」と題された文章の中で抱月は、「想の罪を体に帰せんとす」る一派を厳しく退けつつ次のように述べている。

今、吾人の美を観するに当たり、静に顧みて個中の行蔵を尋ぬれば天地味外の妙趣、悠然として一身心頭を浄化し去らるゝの感あり。常識は乃ち断じて思へらく、雋永にして而も激烈ならず、是詩情の特質なりと、或は之れを名づけて朧といふ。此に於てか朧と詩趣とは至密の関係を着し来るなり。

ここで抱月は、従来否定的な概念で使われて来た「朦朧」を「詩趣」とリンクさせ、「美象」につなげることで、大胆な価値転換を試みていると言えよう。これは後の象徴主義論議のいわば先取りとも言えるが、抱月はさらに論を進めつつ「朦朧」を「読者観者の追求」、あるいは「補足」によって達成されるものとしていくわけだ。ここで「朦朧」は樗牛らと対置されることで、逆に一つの美として積極的に取り出され、形式を通じて新しい読者との共感が目指されていることは自明であろう。しかし最後に留意せねばならないのは、抱月の論にあるような、「美象」が形式によって外化するとの認識がはらむ一つの転倒についてであろう。むしろ形式こそが逆に「美象」を創り出し、形式こそが「読者」を創造していく面があるのではないか。樗牛らによって「朦朧派の病弊を最も明に表白したるもの」とまで揶揄された『若菜集』が、どのような形式にもとづいて新しい読者を創出していったのか。今日『若菜集』の受容圏が探査されねばならぬ所以もここにある。

三、『文庫』の投稿欄

一八九六年、藤村は様々な思いを胸に仙台へと旅立った。当時の仙台が東北学院、宮城女学校等を中心に、雑誌『東北文学』『芙蓉峰』の刊行や労働会活動のもっとも盛んな時節であったことは既に藤一也の詳細な調査[16]が教えてくれている。事実『東北文学』を瞥見してみれば、「文学会」における演説や新体詩朗読などの様子が熱っぽい調子で紹介されてもいるわけだ。こうした状況の中、藤村が新進の「新体詩人」として少なからぬ期待と好奇の眼差しで迎えられたろうことは想像に難くない。また現地での様々な交流に関しても先の藤の論に詳しい。そこには紛れもなく中央とは違ったもう一つの〈文壇〉が成立していたのである。[17]それが清新な活力をもって中央の〈文士〉を刺激したろうことは、当時来仙した岩野泡鳴、高山樗牛らの存在を考慮すればわかる。こうした一地方都市における熱烈的な〈文学〉――とりわけ〈詩〉への取り組みは、その背後に当時の無名の地方文士達の、激しい中央への上昇志向が隠されていた事実を我々に知らせてくれる。[18]〈詩〉とはまさに彼らの「鬱勃」たる欲望を解放するメディアでもあったはずなのだ。文学研究において、仙台という場所は単なる作家藤村の芸術の夜明けをつげる空間とされてきたのだが、そこに展開されていたもう一つの〈文壇〉の存在に着目してみる時、『若菜集』受容のドラマも見えて来るはずだ。

さて『東北文学』に載ったささやかな記事の中で、「地方より続々投書し来る百文的文書を容赦なく十把一からげにして之れを無形の文庫に押込めたる[19]」と評された雑誌がある。『文庫』がそれである。この雑誌が『少年園』

として一八八八年に発刊され、のち誌名を変更しつつ一九〇〇年代には『明星』『新声』等と並ぶ有力誌として評価されるに至った経緯は贅言を要しまい。またその投稿欄（鶯歌燕舞）から多くの詩人がデビューを果たした事実も周知の所であろう。『少年文庫』時代の「宣言文」には、「本誌は全国尋常中学校、尋常師範学校を程度とせる、各地少年学生の機関雑誌ともいふべきものにて、篇中採録せるものは皆少年の手に成りし文芸上の作に係れり」とある。また同誌の一九〇五年四月一日号に掲載された「明治文壇側面史――『文庫』の歴史」（記者筆）なる一文を見ると、次のようにある。

即ち文壇に従来、職業となつてゐる所謂文士なる階級の外に、日本全国到るところの地方に、文学に志す人々がある、その人々は周囲の境遇や、個人の事情などからして、文学は好きであるけれど、取り付く縁もない、機会もない、折角の趣味の源泉を、草莱の中に伏せて、物質といふ炭素瓦斯で、汚濁さしてしまふのは実に遺憾であるといふところからしてこの数量からいへば、零砕の、文人以外の文人を、一個処に吸収するための磁石をかざしかけたのは、実に本誌であった。

まさにここには、『文庫』という雑誌のリテラシー的な機能が如実に語られていると言っても過言ではない。それは「全国到るところの地方」で、「取り付く縁」を求めている青年達の欲望を「吸収するための磁石」であったわけだ。本章では、この『文庫』投稿欄に掲載された無名の詩篇の数々の調査を通じて、一九〇〇年前後に現れて来る所謂「藤村調」なるものの実態を明らかにしてみたく思う。この際、時期的に『若菜集』刊行以前のものでも、初出段階での影響も考慮し検討の対象とした。むろん作自体の巧拙については一切議論しない。繰り返すが本章がめざすところは、あくまでも『若菜集』受容の検討にあるのである。

以下幾つかのパターンに分けてその特質を追尋したい。まず用語や語法面で『若菜集』の詩篇との類似が指摘出来るものからとりあげてみる。

「春の夢」　（一八九七・四・二〇）

幽芳

恋

しろし召さずや我胸の、
燃ゆるおもひを浅間山、
こがれ焦るゝやけいしの、
それにはよしやあらねども。
たのしき恋のこゝろをば、
君がなさけに知りてより、
あゝあゝ熱き胸の火の、
たきぎと我はなれるかな。（以下略）

これに関しては、詩の後に添えられた記者による批評文の中で「藤村の仮声を遣ひたる」ものにすぎぬと手厳しくコメントされているが、[20]冒頭の「しろし召さずや我胸の、」などは、すぐさま例えば「おくめ」の「しりたまはずやわがこひは」を想起させるし、「胸」「胸の火」あるいは「君がなさけ」等も藤村詩に頻出する用語である。これを例えば「おくめ」と対比させることで見えて来るものは、「おくめ」における女性仮託の要素が完全に脱落して、「我」から「君」への一元化された恋愛詩と化している事実であろう。同時に必然的に「おくめ」に存在する、「嗚呼口紅をその口に」や「千筋の髪の波に流るゝ」等の女性身体に関わる指標も排除されることになる。あるいは原詩に見られる彼岸への志向も解消され、極めて現世的に平板化しているとも言えよう。同様の問題が見られる詩を外に指摘してみよう。

「残んの雪」　（一八九七・五・五）

狩水

語らぬよ。
わがこの熱き胸の火の、
ながの唇にもゆるとき、
そは色あせて青かりき。

わがこの熱き一しづく、
なが手に落ちて結ぶとき、
そは力なくふるえたり。

わがこの堪へぬさゝやきの、
なが耳もとにもれしとき、
なが眼に露の玉をみき。（以下略）

ここでも「四つの袖」との対応関係は明瞭である。「をとこの気息のやはらかき／お夏の髪にかゝるとき／をとこの早きためいきの／霰のごとくはしるとき／をとこの熱き手の掌の／お夏の手にも触るゝとき」で始まる「四つの袖」は、言うまでもなく近松の浄瑠璃をふまえつつ清十郎の誘いを受け入れていくお夏の官能が描き出されているわけだが、ここでも事態は「胸の火」、「さゝやき」といった記号に単純化され、「〜とき」の繰り返しにのった、スタイルに変換されてしまっているわけだ。同時に「お夏清十郎」の物語形式は排除され、やはり先程と同様「わが」と「なが」の間のメッセージ伝達に一元化されてもいる。原詩において「お夏」の視点をとることで、男としての「清十郎」の欲望がある程度相対化されていた構造が、「残んの雪」ではあからさまな「わが」――男性の言説のみが前景化されてしまうのである。こうした模倣詩はまさに枚挙に暇がないのであり、批評文は「読者を幻惑して其価値を誤らし」め「読者が劣情を覗ふ」（一八九七・五・五）態の恋愛詩のブームを厳しく牽制してもいるわけだ。いずれにしてもそれは極めて抽象化された記号としてコード化され、一つの〈恋愛〉の言説として量産される状況にあったことだけは確かなようだ。

あるいは現世的といった点では次の二つの詩なども挙げられる。

「行く水」　（一八九七・四・二〇）

すゞしろのや

ながれゆく水の、
　あとをおひて、
しばゝ語らむと、
　ふたりあゆむ。

空はれわたりて、
　いとしづかに、
星かげきらめく、
　ゆふぐれどき。（中略）
ながれ行く水の、
　あとをおひて、
かたりしゆふべを、
　いかでわすれむ。

「古反古」　（一八九八・二・二〇）

村雨

わが恋

行末とほくちきりたる、
せをもち給ふ君なれば、
なべて涙にもろきてふ、
女の君におはすれば。
あつき情にほたされて、
一言たにもわがために、
きゝて給はゝあはれわが、

清けき恋のけがれやせん。
（中略）
君だにあはれ一ことの、
なくさめたにも給はらば、
われはゆかましよみまでも、
やさしき君か手をとりて。

長い引用となったが、ここでも藤村の「逃げ水」等との類縁関係は歴然としていよう。「わが恋」においては、「せをもち給ふ君」との禁忌の恋という設定において、また「われはゆかましよみまでも、」との結末部の類似においても明らかだ。しかしここにはむろん「逃げ水」が実現した讃美歌引用による重層化されたタブー意識や暗いエロティシズムの表出は望むべくもない。そこでなぞられているのは、言わば喪失を前提とした恋愛の暗い情緒性であろう。それは批評文も指摘するような「清」「汚」の二語に収斂される性質のものなのである。一方の「行く水」は「すゞしろのや」――言うまでもなく伊良古清白初期作だが、ここにもやはり同様の問題が指摘出来る。つまりここでは、「水」をめぐる「ゆふぐれどき」の情緒と、「ふたり」の歩みに単純化された受容が見られるわけである。以上、用語上の問題を通して見えてくる『若菜集』受容の特質は、極めて抽象化された記号による〈恋愛〉情緒の表出にあったと言える。そこでは身体性は巧妙に排除され、夥しいプレテクストとの葛藤も拡散しているわけである。

次に詩形態の上での問題を吟味してみたい。藤村詩の中には所謂問答形式を採用した詩篇が幾つかあるが、次の作品はその点で注目される。

「いさゝ川」　（一八九七・五・二〇）

春潮

ふたつ影

春

日にぬるみゆく春の水、
梅をめぐりて流るとき、
春花どりの音にいでゝ
しずかに潮の満るとき。

姉

よへるがごとき、
春のよに、
きみとかたらば、
梅がゝに。

妹

しづかにみつる、

潮の音に、
ともとうかばゞ、
はるのうみ。　（以下略）

以下、詩は四季の情緒を「姉」と「妹」の対話を通して浮かび上がらせていく構成をとるが、こうした点において後に「合唱」の総題にまとめられる藤村の「暗香」「蓮花舟」「葡萄の樹のかげ」「高楼」などの対話詩篇がすぐさま想起されよう。事実以降の部分で夏には「蓮のはな」、秋には「ぶどうのふさ」が点描されるといった念の入れようである。批評文はこれを「模倣なり」と断定した上で、「藤村は藤村として妙なるべく、春潮は春潮としてこそ面白けれ、自家の立脚地を忘れて、妄りに人の作を模擬する」ことを厳しく戒めてもいるわけだが、とりわけ水との対応関係に着目すれば「蓮花舟」が挙げられよう。この二作を対比して気付くことは、藤村詩に流れる「近親の同性愛の表現」（吉本隆明[21]）が完全に無視され、四季それぞれの移り行きを姉妹各々の印象で整理した形に切り替えられている点である。「ひとめもはぢよ／はなかげに／なれが乳房の／あらはるゝ」といった原詩のもつ濃密な身体表現と禁忌のニュアンスは払拭され、「蓮のはな」「ぶどうのふさ」「春のよ」といった記号のみがここでも感情表出の媒体として受容され、問答体をとることで一種のめりはりがつけられている。しかしこうした受容相を一つの鏡とすることで、かえって藤村詩の持つ可能性が我々の前に浮かび出てくることもまた確かである。ここでもう一篇、問答体の詩のバリエーションを取り上げてみる。

「別れの歌」　（一八九八・六・五）
梢村

春は色そふ花に酔ひ、
秋は楓の下草に、
おく白露を友として、
いく夜を我は泣きにけん。（中略）

いも

あゝこし方を、
　思ひいで、
けふはかなさを、
　なげきては、
とほきわかれに、
　たえかねて、
われはしなんと、
　思ふかな。

われ

春の花さく、
　ころをひは、
月江上の、
　秋をわび、

かれて色ます、
　恋草の、
きえても行かぬ、
　我思ひ。（以下略）

　以下「われ」と「いも」の延々と続く問答を通じて、「人妻」となっていく「いも」への「胸のもゆる火」が表出されてくる。ここでも「若草」「糸すゝき」「葡萄葉」などが描出されつつ四季を暗示し、ある種の情緒によって二人をくるんでいく手法である。この場合もやはり問答体は単なる作者の情感をのせる都合の良い器に転化しているとみねばなるまい。さらに詩中には次の一節も見えている――「りんごはたけの片道を、／たどるも忍ぶ心地して、／君と逢見しそのかみは、／みどり色濃きわけ髪か」。こうした明らかに剽窃としか思われぬ表現を一笑に付すことはたやすい。事実批評文も「例の藤村調」と一蹴しているほどそれは露骨である。しかしこうした夥しい量の所謂「藤村調」が、ある時代確実に青年達の欲望を回収しイメージを生成する〈恋愛〉の器として確立していたことだけは、リテラシーの面で確認しておかねばならないはずだ。

「藤村調」の受容圏は、しかしけして〈恋愛〉だけに留どまるものではない。次の詩を最後に検討しておきたい。

「秋宵吟」　（一八九八・二・五）
　　　　水哉生
　　秋の歌。
あきは来りぬ、

秋はきぬ、
あつさになやむ夏の日は、
きのふか過ぎて桐の葉を、
さそひそめたる秋のかぜ。（以下略）

以降、冒頭のリフレインが執拗に反復されるわけだが、ここでも『若菜集』中の「秋のうた」や「春のうた」が踏まえられていることは自明であろう。こうした形態の詩自体、当時の『文庫』投稿欄でいくらでも確認出来るわけで、藤村詩は恋愛のみならず四季を歌うスタイルをも、確立させていたとみねばなるまい。さらに詳しく見ていけば「傘のうち」との類似が指摘出来る「一つ傘」（一八九八・一・五）や「雨」（一八九七・四・二〇）、あるいは「天馬」などとの詩想上の関連が認められる「鳴鳳遺琴」（一八九八・五・二〇）等、検討を始めればきりがない。以上藤村詩がいかなる記号に還元されパターン化されることでリテラシーの上で時代に受け入れられたか、またそれは何を排除した所に成立したものであったかが自ずと浮かび上がって来たはずである。逆に言うなら、それは極めて一元化されたものとなることによって、はじめて時代の欲望を盛る強固な装置たり得たのだとも言えよう。問題は個々の優劣の議論ではなく、この様な〈複製〉こそがむしろ読者のイメージを支配し、〈オリジナル〉の価値さえも次第に決定していった事実である。次節ではこうした鏡によって照らし出されてくる『若菜集』の特質を中心に、さらに検討を加えたい。

四、〈藤村調〉の内実

前節における『文庫』投稿欄の検討を通じて見えて来たものは、『若菜集』から受容されることなく排除された物語性や女性仮託の問題[22]であろう。これらを吉本の如く単純に作家の「自我の鬱屈」に還元し、否定的評価につなげることはもはやあまり生産的ではあるまい。例えば、『若菜集』中には「お夏清十郎」や「梅川忠兵衛」といった人物への仮託――〈変身〉[23]が見られるのは周知の所だが、例えば今尾哲也は『変身の思想』（法政大学出版局　一九七〇・六）の中で歌舞伎の実例を縦横に引きつつ、その可能性を「直線的なテーマ主義」を解体し、その基盤にある「近代主義的な発想の仕方そのもの」を異化する方法と捉えている。すなわちそれは「本体と仮体とのあいだ」の様々な変換を通じて、いつしか「本体」そのものが内包する差異を顕在化させてしまうことになるわけだ。古典演劇にしばしば見られる「やつし、異装、身代わり、双子、取替え」などのパターンも、今尾流の言い方でいえば「実体の、存在規定からの、質的限界をこえての、当為への超越」に外ならぬということになろうか。こうした文脈でいけばプレテクストとしての古典引用の問題も、〈学問史〉の上で異質な評価軸が検討されねばならぬだろう。

一方先の『文庫』の投稿欄は母体が元々『少年園』だったことを反映して、大半が男性投稿者によって占められていたと見てよいだろう。事実前節での検討でも藤村詩の女性仮託は、〈恋愛〉の言説の下「われ」から「いも」への一元化された〈声〉に転換されていたわけだ。ここで投稿欄には非常にめずらしい、女性の視点から捉えられた詩篇を一つ取り上げておくことは、『若菜集』の女性仮託の位相を考える上で無駄ではあるまい。

「女」（一八九八・五・五）

野水

いづれこの世に仮の身の、
かりの骸をいかなれば、
か弱きものとなしいでゝ、
男女と隔てけむ。

「愛」も「情」もなにしらぬ、
男ごゝろにあそばれて、
はかなき夢に枕する、
女の身はもなにならむ。

女ごゝろの優しさに、
たよるわが世の男等が、
いやしき欲を充つるため、
牲とこの世に生れしか。（以下略）

筆者「野水」は、この時期多くの投稿を行っている男性詩人である。ここでは確かに表現の拙さは目立つものの、「愛」や「情」の言葉の下「女ごゝろの優しさ」に甘える男に対し、己を「いやしき欲を充つるため」の一つの「牲」とみる視点は、同時代の夥しい〈恋愛詩〉を相対化する魅力を秘めている。事実これ以降の部分でも、「思あがれる」男の心を「心のかぎり迷はせ」るといった過激な言葉が連ねられているわけである。ここには「葡萄葉」もなければ「胸の火」も燃えてはいないが、『若菜集』受容がいかに一元化された男性の視点の下になされて来たかを照らし出す、一つの鏡の機能を果たしてくれるのではあるまいか。この筆者は例えば「八重紫」（一八九八・七・二〇）といった詩では俗謡を大胆に駆使して、男に追われ「蝦夷」へ落ちて行く女の姿を捉え出してもいたのである。あるいは俗謡という点でいうなら、同時期の『文庫』中よく知られている横瀬夜雨「お才」（一八九八・六・五）なども、その女性仮託の面から再考される必要性があるのではないか。藤村詩の女性仮託が秘めている、イメージ化を拒絶する起爆力も、こうした同時代の様々な表現とつき合わせてみることによって、よりはっきり浮かび上がって来るように思える。すなわち女性の視点をあえて選択することで、逆に男の側の欲望の所在が露呈してしまうといった事態が考えられよう。例えば「おきく」における「くろかみながく／やはらかき」や「みだれてながき／鬢の毛を」といった、「おきく」の身体に関わる表現は、明らかに男性の眼差しによって捉えられたものでもあるわけで、女性の視点をとることでそれがかえって外化してしまうわけなのだ。いずれにしても『若菜集』受容において脱落したものの位相を確認しておくことこそが、読者の中に生成された「国民的詩人」としての藤村のイメージに、ある種の裂け目を与える契機になるだろう。以下次節では、最後に『若菜集』受容のその後を展望しつつ、こうした「国民的詩人」の成立をあとづけておきたい。

五、抒情詩作法とリテラシー

一九〇〇年代の『若菜集』受容とリテラシーを考えて行く場合、最後に落とせないのが、各種の作法書と教科書の問題であろう。本章冒頭で雑誌『文庫』の中心記者だった河合酔茗の『新体詩作法』を挙げておいたが、他に著名なものでは大和田建樹の『新体詩早学び』（修学堂　一九〇六・一〇）、山田美妙『新体詩歌作法』（青木嵩山堂　一九〇二・一〇）、岩野泡鳴『新体詩の作法』（修文館　一九〇七・一二）などがある。以下一九〇〇年前後に限っても、中郁秋香『新体詩歌自在』（博文館　一八九八・一二）、石橋愛太郎『新体詩指南』（大学館　一九〇〇・四）、鹿島桜巷『新体詩独習』（大学館　一九〇五・九）、三宅衎星『韻文の作り方』（積善館　一九〇六・一）等々、実に夥しい量の作法書が刊行されており、まさに〈新体詩〉が恰好の表現媒体として深く浸透していた事実が分かる。これらの書物はそれぞれスタイルも方法論も異なってはいるものの、大きな特色としては書名にも示されている如く「自在」に「作り方」が「独習」出来るよう、様々な工夫が凝らされている点が挙げられる。例えば大方のものは巻末に詩語の類例を季節、人事等によって整理した一覧表が設けられている。また丁寧な作例等も付されており、初心者でもこうした単語を、作例を参照しつつさながらパズルの如く組み合わせることで〈新体詩〉がいくらでも量産出来る寸法なのである。石橋愛太郎の『新体詩指南』の序文には、「本文には類語作例参考を以てし範例として当今新詩人の作の花天月地中にあるもの、名を掲ぐ希くば余照せよ」ともある。先に見て来た「藤村調」が生成される基盤も、このような所に存在していたのである。あらゆる〈個〉の表現が、数年を経ずしてたちどころにマニュアル化され、メディアの中で大量に再生産されていく事実は、まさに今日的な複製化の端緒を内包しているはずなのだ。例えば三宅衎星の『韻文の作り方』には、「抒情的韻文は、韻文界の大権力なり、（中略）殆ど詩の全部を領す」との一文さえ見えている。〈個〉の感情表出の媒体であったはずの〈抒情詩〉は、ここで一種の「権力」と化し詩の世界を制覇したのである。

一方一九〇〇年代以降、多くの『中学国語読本』に所謂近代作家の作品が登場するようになる。[24] そこには一八九四年の「尋常中学校ノ学科及其程度改正」などの影響が指摘出来るが、『若菜集』から採用されているのは主に「春の曲」である。例えば芳賀矢一編『中等教科明治読本』（冨山房　一九〇五）、三土忠造編『訂正中学国語読本』

（金港堂　一九〇六）、佐々政一『新撰国語読本』（明治書院　一九一二）等がそれを扱っている。また大正期に入ると「新暁」（芳賀矢一編『三訂帝国読本』）、「春の歌」（吉沢義則編『新日本読本』）、「明星」（保科孝一編『大正国語読本』）などの採用もみられる。これらが当時どのように教えられていたかは早計には判断出来ないが、大半が〈春〉をめぐる「生のあけぼの」を歌い上げたものだけに、恐らく季節と人生を重ねた純粋化された〈青春〉のイメージとして受容されていたのではあるまいか。『若菜集』が広く喧伝され、近代文学の曙として研究されてきたのも、疑いなくそうした〈青春〉のイメージによることは確かだろう。そこでは当然のことながら〈性〉や肉体を指し示す記号や詩篇はさらに排除されてしまったのである。こうして「朦朧」が〈青春〉として見事に一元化され純化されることで、当時の若者の欲望をそれは巧みに回収したと言えよう。むろん教科書にはこの外に「千曲川旅情の歌」「労働雑詠」「椰子の実」などが、多く採用されていく事も確かである。これは千田洋幸が「読者との〈共同性〉の回復」[25]として捉える、『落梅集』における〈うた〉の問題とも当然関わって来るだろう。先に私は「藤村調」の特質を喪失を前提とした情緒と〈恋愛〉イメージの記号化として規定したが、こうした〈青春〉特有の欠如感が一つの情緒として読者に共有された時、それは逆に共同体を志向する微妙な心性を内包したことになるのではあるまいか。「藤村調」に自己同一化した当時の多くの読者（作者）は、リテラシーの上でその記号を通じて共感を結んでいったはずなのである。〈抒情詩〉の持つ「イデオロギー的機能」（亀井秀雄[26]）は、まさにこうした「藤村調」の中に顕現していたとも言えようか。

注

（1）『鑑賞と評釈　藤村詩集』序文（文海堂　一九五〇・一二）

（2）「詩人藤村――『若菜集』の世界」（『島崎藤村論』筑摩書房　一九八四・一）一〇頁

（3）「新体詩壇」（無署名）（『帝国文学』一八九八・一）
（4）「日本文学の過去及び将来」（『帝国文学』一八九五・一〜三）
（5）「我邦将来の詩形と外山博士の新体詩」（『帝国文学』一八九五・一〇）
（6）一八八九・一〇・一二有美孫一宛書簡
（7）絓秀実「俗語革命と『詩』」（『日本近代文学の〈誕生〉』太田出版一九九五・四）などに詳しい論及がある。
（8）「若菜集を読む」（奥三州）（『帝国文学』一八九七・一〇）
（9）「藤村の『若菜集』」（橘香）（『新声』一八九七・一〇）
（10）『太陽』一八九七・九
（11）注（8）に同じ
（12）「若菜集の詩と画」（『日本』一八九七・九・二七）
（13）『早稲田文学』一八九五・一一〜一二
（14）絵画においては、例えば横山大観らの没線描法が「朦朧派」と称されたことはよく知られている。ここにも形式への着目がある。
（15）『早稲田文学』一八九六・五
（16）『島崎藤村の仙台時代――『若菜集』をめぐって』二部四章（万葉堂出版　一九七七・九）
（17）雑誌『東北文学』などには「五城文壇」なる言葉がしばしば見えている。
（18）地方読者の問題を通じて藤村のテクストを論じたものに拙稿「『千曲川のスケッチ』の読者――『中学世界』という媒体」（本書第十章）がある。
（19）『東北文学』一八九七・六・二〇

（20）河合酔茗は「『文庫』と記者」（『文庫』一九〇五・一）の中で「自分の作に対する記者先生の評言と謂へば、一字一句も忘れずに暗記したものである」と批評文のもった価値を説明している。
（21）「日本近代詩の源流」（『現代詩』一九五七・九～五八・一二）
（22）例えば後藤康二は『若菜集』の持つ「物語の仮構性」を積極的に論じている。（「『若菜集』の主体表現について」『語文論叢』一九八〇・九）
（23）例えば『変身する――仮面と異装の精神史』（国立歴史民俗博物館編　平凡社　一九九二・八）なども〈変身〉の多様な様態に論及している。
（24）『旧制中等学校教科内容の変遷』（ぎょうせい　一九八四・三）によれば、当時「正岡子規、森鷗外、島崎藤村、土井晩翠、徳冨蘆花、などの近代文学作品が教材として登場」した事実が指摘されている。また「中学国語教科書」については『旧制中等教育　国語科教科書内容索引』等を利用した。
（25）「『落梅集』――〈うた〉の行方をめぐって」（『媒』一九九一・七）
（26）「抒情詩の成立――近代詩史の試み六」（『文学』一九八四・一一）
※雑誌『文庫』からの引用は初出により漢字を新字に改めた。

第六章　〈小諸〉という場所——島崎藤村における金銭と言説——

一、「簡素」のテクノロジー

「簡素」と大書された藤村の軸に接した経験のある者は、恐らく数多いに違いない。馬籠の記念館にも掲げられたこのあまりに人口に膾炙した書は、まさに文字そのものの「簡素」さともあいまって見る者を静かに呪縛する。藤村の一生を貫くこの徳目は、明治三〇年代以降、作品はもとより数多くの随想や書簡に至る言説の中で頻繁に反復された。それは時には「自分といふものを書きあらはす上に『簡素』を重んずる必要がある」（一九一三・一・五佐久間芳子宛書簡）といった〈読み書きの技術《リテラシー》〉をめぐる倫理に及び、または「簡素な生活に甘んじて来た芭蕉」（『飯倉だより』）といったような、文人の生活原理への同一化の言辞ともなって登場する。「質素」「素朴」「簡潔」等のタームに置き直されつつも、それは彼の〈書くこと〉と〈生きること〉全体を貫流し拘束する一つの〈力〉として戦後の文学研究の言説も静に拘束してきたと言えるかも知れない。いや、ことは一人藤村のみの問題に留まらない。蒲原有明は「質素と規律とを重んじた」藤村の生きざまを、「先駆者としての一生」[1]として位置づけてもいる。こうした「簡素」の力学が、一つの生活実態としていかに多くの人間を拘束する原理たりえたかは、この際改めて確認するに足るテーマであろう。それはあまりにシンプルであるが故に、意識に上りにくく普遍性を獲得しやすい。しかも意外なことに合理性と容易に手を結ぶことで、近代的な産業社会の原則とも符合し得るのだ。言ってみればそれは「簡素」のテクノロジー[2]として、近代社会の中で周到に作り上げられたものではなかったか。こうした言わば目に見えない微視的な〈力〉の実態を、本章では出来る限り具体的に検証してみたい。その手掛かりとして、まず次の『千曲川のスケッチ』序文から見ておくことにする。

「もつと自分を新鮮に、そして簡素にすることはないか」
これは私が都会の空気の中から脱け出して、あの山国へ行つた時の心であつた。私は信州の百姓の中へ行つて種種なことを学んだ。田舎教師としての私は小諸義塾で町の商人や旧士族やそれから百姓の子弟を教へるのが勤めであつたけれども、一方から言へば私は学校の小使からも生徒の父兄からも学んだ。到頭七年の長い月日をあの山の上で送つた。私の心は詩から小説の形式を択ぶやうに成つた。斯の書の主なる土台と成つたものは三四年間ばかり地方に黙して居た時の印象である。

都会育ちの知友吉村樹《しげる》に宛てた書簡の形態をとるこの序文は、さりげなく「簡素」という徳目をメッセージとして繰り込んでいる。『千曲川のスケッチ』が『中学世界』という雑誌を発表媒体として生成された問題は本書でも論及するが、明治期中学校という制度が若者たちの中央へ向けられた欲望を巧みに組織する機能を担っていた事実を考慮すれば、こうした「簡素」という徳目がそうした欲望を回収する装置たりえた事実が見えてくる。そしてなによりも注意したいのは、こうした「簡素」の源流が、一つの「山国」――〈小諸〉を舞台として作り出された点である。従来の文学研究の中で、そこは作家島崎藤村における「詩から小説」への転換を告げる、言わば神聖なるトポスとして特権化されて〈学問史〉の上では論じられて来た。そこには「慎重な準備の時間」（瀬沼茂樹[3]）が流れ、「決定的な覚醒と断念」（三好行雄[4]）が劇的に交差する空間としてあったわけだ。具体的にはラスキンの『近世画家論』を踏まえた雲の観察のありようが「スタデイ」として検証され、一方三宅克己ら画家との交流の実態やダーウィンをはじめとする自然科学書、及び一九世紀ヨーロッパ文学の読破等が、小説家誕生をめぐる前史として検討されてきた。言わば〈小諸〉という苛酷な自然環境の中での葛藤が、〈書くこと〉を意味づける求道的な歩みとして検証され、神話化されてきたと言っても過言ではあるまい。その意味で〈小諸〉は近代文学の一つの起源たりえたわけだ。しかしそうした事実は事実として、一方で〈小諸〉がなによりも当時の産業社会成立期における典型的な商業都市であった問題は、概ねこうした研究の中から排除されている。言わば文学成立の陰に働いた、このような〈金銭〉の在り方が隠蔽されてきた事実を本章ではあえて取り出してみたい。また藤村個人においても、後に触れる『破戒』という一つの「事業」成立に関して、まさに〈金〉の問題こそが抜き差しならぬ障害であったわけなのだ。銀行家にして文化人でもあった神津猛との著名な書簡のやりとりの中で繰り返し語られていたのは、他ならぬこの〈金〉の問題であった。近代文学研究の中で、ともすれば小説家誕生をめぐる苦難のドラマとして物語られがちのこうした議論の陰には、藤村における〈金銭〉と〈言説〉をめぐる不可分の関係性が隠されていたのではあるまいか。

一方〈小諸〉という場所を考えた場合、小諸義塾存廃問題をめぐる地方都市における〈教育〉のありようも看過し得ない。そこに働いたもう一つの〈力〉の存在に目を凝らしてみる時、藤村が義塾教師として多くの生徒の言語指導にあたっていた事実が改めて注目されてくるはずだ。本章では、従来等閑に付されてきた藤村の具体的な生徒への作文添削指導の実態や、当地で出されていた文学青年達の同人誌への参画の在り方を明らかにしつつ、この地方都市における〈読み書きの技術《リテラシー》〉の生成過程を、藤村における〈言説〉の生成と関わらせながら論じていきたい。学校の存在を資本主義社会における文化秩序を生成、維持する装置として位置づけるなら、そこで展開された言語共同体の成立作業は改めて注目せねばならぬ重要性を帯びているはずなのだ。

言ってみれば経済と文化がクロスする空間としての〈小諸〉を取り出してみることで、そこに働いていた〈力〉が『緑葉集』から『破戒』へというプロセスの陰にある、藤村における〈言説〉の生成にいかなる作用を及ぼしたかが明らかになってくるはずだ。それは特定の場所を特権化する現場主義や安易な還元論に与することではない。むしろ表現が立ち上がってくる場の在り方を注視していくことである。またこれは単に藤村個人の小説家誕生の物語を補完するのではなく、近代資本主義成立期における文学的言説のありようそのものを問う糸口ともなるのではあるまいか。いささか欲張った見通しを掲げつつ、以下具体的に状況を跡付けていきたい。

二、〈小諸〉という場所

〈小諸〉という小都市の沿革を考えた場合、とりわけ江戸から明治にかけてその中核を成したのは疑いも無く商工業である。〈小諸〉が古い伝統を持つ城下町であった事実は、「小諸なる古城のほとり」を改めて想起するまでもなく明らかであろう。同時にそこは街道の要所としての宿場町であり、信州の玄関口に位置する物流の中継点でもあったわけだ。大井隆男は、こうした「物資の集散地」としての〈小諸〉の性格を「消費都市」[5]として端的に押さえているが、単に城下の武士の生活を賄うのみならず、古くより信州全体と江戸とをつなぐ金銭と物資流通の拠点であった事実は重要であろう。一九〇五年一一月、小諸町がPRのため刊行した『小諸繁昌記』（星野香山他著）なる一本を見ると、多数の商家の写真によってまずその「繁昌」の実態がおしはかれるが、中の一文は小諸商業の第一の特色として「資本豊かなるを以て重に現金取引主義」をとった事実を指摘している。こうした「現金」直売の徹底が、明治の近代化の中で「小諸の商業が益《ますます》活気を添え」た要因であると言うわけだ。事実製糸業や醸造業の発展と見合う形で、一八八一年には早くも「小諸銀行」が開設され、一九〇〇年代には県内の多くの銀行が支店を構える金融都市でもあった。「旧主人」の一家が銀行家であった事実を捉え、紅野謙介は正確に「劇場型社会」[6]としての〈小諸〉に言及しているが、それはまさに加速化される近代化の中で、〈金銭〉の流通によって劇的に転換をとげた都市に他ならなかったのである。事実明治期「小諸買物」という言葉を生み出すまでに、その経済力は県内有数の存在であった。こうした事情は一八八〇年の電信の設置と、一八九三年の信越線開通によって、さらに中央とのパイプを確かなものとしていったわけだ。

ここで留意しなければならぬのは、こうした小諸商人達の経済力を支えていた彼らの身上、「商人道」とでも言えるものの実態である。藤村自身、先の『千曲川のスケッチ』の中で「極端に佐久気質を発揮した人」として、一章を割いて論じている豪商「柳田茂十郎」の存在がここでは注意されよう。『小諸繁昌記』では彼を称して「文明的商人」との言葉を与えているが、その「文明」の内実としては「質素倹約を主とし」、自ら「率先して斬髪」となり「商略は店員と共に合議」した事実を伝えている。その「質素」ぶりは藤村の言では、「客に呼ばれて行つて一座した時でも無駄には酒を飲まなかつた」として紹介されてもいる。柳田を代表とするような小諸商人の徳性として、『繁昌記』が強調するのが、こうした「質素、勤勉、忍耐」といった理念なのである。ここで留意すべきはこの様な儒教的徳目が、いわば近代的な金融資本成立の中でそれを隠蔽し美化する機能を果たした事実である。渋沢栄一をはじめとする明治期の著名な実業家達が「商人道」として繰り返し語り続けたのも、まさにこうした徳目にほかならなかった(7)。それは〈金銭〉の暴力性を「虚業」の名の下に巧みに隠し、社会奉仕を一種の「陰徳」として喧伝する新たな成功者の物語を生み出したと言えよう。さらに付け加えるなら、こうした「質素」の徳目が近代的合理主義経営を推進する上で格好のモラルたり得た点である。その意味で小諸商人に窺えるこうした過剰な「現金」への固執と、「質素」の徳目はけして矛盾するものではない。

ここで注意したいのは、『千曲川のスケッチ』をはじめとして藤村がこの様な小諸商人の実態に実に適切に言及している点である。

小諸のやうな砂地の傾斜に石垣を築いて其上に骨の折れる生活を営む人達は、勢ひ質素に成らざるを得ない。寒い気候と痩せた土地とは自然に勤勉な人達を作り出した。こゝの畠からは上州のやうな豊富な野菜は受取れない。堅い地大根の沢庵を噛み、朝晩味噌汁に甘んじて働くのは小諸である。十年も昔に流行つたやうな紋付羽織を祝儀不祝儀に着用して、それを恥ともせず、否むしろ粗服を誇りとするのが小諸の旦那衆である。けれども私は小諸の質素も一種の形式主義に落ちて居るのを認める。（中略）小諸の商人は買ひたか御買ひなさいといふ無愛想な顔付をして居て、それで割合に良い品を安く売る。（「屠牛の一」）

むろん藤村において、〈小諸〉での「質素」の問題は農業への関心を抜きにしては論じ得ないが、一方で「商人」の生活の内実に踏み込んでいる事実は興味深い。問題なのはその「質素」が、一種の「形式主義に落ちて居る」との指摘である。こうした言及は、まさに「質素」や「簡素」といった徳目が、隠蔽のテクノロジーとして組織されたものであることを示唆している。そしてこの「形式主義」との言は、そのまま藤村自身の「簡素」の信条へも向けられねばなるまい。すなわち藤村の「簡素」の徳目それ自体が小諸商人のモラルと実は相通じる、極めて近代的なテクノロジーの産物に他ならないという問題である。柳田の生活態度を「極端に佐久気質を発揮した人」として共感を隠さない藤村の言辞は、「簡素」の下に隠されている〈金銭〉の力の存在を我々に垣間見せてくれるだろう。

こうした儒教的基盤を持つ商業道徳と、木村熊二のプロテスタンティズムが折り合うのはある意味で当然である。次節で言及したいのはこの様な小諸商人の教育への関わりである。藤村自身「学問の普及といふことは斯の国の誇りとするもの」（「山に住む人々の二」）と述べるように、彼らが「教育風亦大に見るべきあり」（『小諸繁昌記』）として、早くから学校教育に前向きであった事実は留意される。小諸義塾の財政基盤がこうした商人達によって支えられていた事実、また〈中等教育〉と〈実業教育〉といった一九〇〇年代の制度改正の渦中で翻弄された事実——これらは〈小諸〉という場所に働いていた今一つの〈力〉として注目せねばなるまい。

三、金銭と学校

〈金銭〉と教育の接点を考えていく場合、注意されるのは例えば天野郁夫の、明治期における学校教育が「存在しない中産階級を創出する役割[8]」を果たしたとの指摘である。すなわち「共通の文化、共通の教養」が目に見えない階級を実態化したわけだ。天野は実証的調査にもとづきつつ、「パンと教養」が常に不可分の関係としてある所に日本の教育の本質を指摘している。言わば教育によって形成された文化自体が、産業社会成立における抜き難いファクターであった事実は重要だろう。具体的に言うなら小諸義塾が開校した一八九三年という年がまた、信越線の開通の年でもあったという符合そのものがこうした事情を象徴的に語っている。また学校設立のみならず、熊二自身アメリカ仕込みの産業を数多くこの地に紹介していた事実を考慮するなら、義塾の存在そのものが〈小諸〉における産業的発達と実はリンクしていたことは認められてよいだろう。当時高等小学校を卒業した青年達の受け皿がない状況と、明治女学校を離れ今一度自然の中で家塾の形態での出直しをはかろうとしていた熊二の意図が一応嚙み合う形で、それは開校した。実際には小諸在住の青年小山太郎の懇請の形で実現したわけだが、談話室等をも備える瀟洒な西洋二階建ての校舎自体、当時の〈小諸〉では極めて人目を引く存在だったろう。当初は熊二自身が直接教鞭をとり、英雄待望論をぶっては青年達の野心を巧みに引き付けていたようである。一八九八年に彼自身が出資して開発した中棚鉱泉と、それをもとにした別荘「水明楼」の開設趣意書を見ると、熊二がこの地を一つの理想郷として組織しようとしていた事実が見えてくる。一方義塾そのものは開校以降、図書館の建設、校舎の増築とまさに順風満帆に進むわけだが、そうした建築の実質費用が全て町からの寄付によって賄われていた点は重要である。一八九五年、町会は補助金一〇〇円の出資を決議するし、一八九七年にはその結果として義塾監督委員を選出、その経理運営に町の〈力〉が全面的に及ぶ事態となっていくわけだ。こうした事実一つとってみても、義塾の存在自体が〈小諸〉の産業資本の傘下にあったことは疑いがない。まさにそれは産業資本と文化資本のあわいに成立したという他はないのである。

今一つ注目すべきは、国家レベルでの激しい中学校設立ブームの問題である。一八八六年の「中学校令」の公布にともない、長野県は県立中学を新制に改編。一八九一年の条例改正によって、一県で複数の中学設立が許可されると、各地で激烈な認可合戦が展開されたようである。さらに「高等学校令」(一八九四年)により学校社会は完全に制度化された。『長野県教育史』(教育史刊行会編　一九八一・三)によれば「三十二年以来七か年で、県内各地域にわたって県立八中学校が布置」されたともいう。当時県内の師範学校を中心に出されていた雑誌『信濃教育』を瞥見すれば、中学進学が自ずと初等教育熱に拍車をかけていた事実が分かる。この様な明治後半期の中学進学をめぐる過熱した状況を見る時、冒頭でも言及した藤村の「簡素」のテクノロジーの持つ意味が改めて明瞭になって来るだろう。それは青年達の欲望を巧みに組織すると同時に、制度の中に繰り込む装置でもあったはずなのだ。こうした状況の中、小諸義塾を中学校に制度変えしようとの動きが議会を中心に活発化するのは、ある意味で当然であった。当時の『佐久新報』の記事には、「同町有力家諸氏は小諸義塾を私立中学にせんと町会議員等の協議会の結果、委員を撰定し出県請願の手続におよびたり」(一八九九・七・一)とある。また義塾出身の山浦瑞洲は、回想の中で次のように述べている。

私の入学したのは明治三十五年頃のことですが、小諸町には中学校がなく中学は隣郡の上田町(今は市)まで、汽車の便はあつても五里の間を通はねばならぬのでした。処が此の私立小諸義塾が、塾長も其の奥さんも人格学識の高い方と地民に信ぜられて、上田の中学へ通はせるまでもないと、子弟を此の義塾へ入学させる傾きがあつたのです。（「小諸時代の藤村先生」『文章往来』一九二五・四）

こうした指摘に沿ってみると、義塾そのものの存在が〈小諸〉という場所に働いた思惑と力関係の網目の中に次第に組み込まれていく状況が見えてくる。林勇は『私立小諸義塾沿革誌』（沿革誌刊行会　一九六六・八）の中で当時の議事録を詳細に検討しつつ、「町の理事者や議員中の有識者」の間にあった「下心」を指摘してもいる。のみならず『沿革誌』における丹念な義塾の金銭出納の推移を見ていけば、義塾そのものが当時の資本の論理にいかに囲繞されていたかがおしはかれるというものだ。

さらに義塾をめぐって問題となるのが、一九〇〇年前後「活況を呈した」（『長野県教育史』（長野県教育史刊行会　一九八一・三）私立学校に関する情勢である。長野県下では上田英和学校、大同義塾等、当時続々と設立された私学が一八九九年の「私立学校令」によって正式に認可を得、同時に規制の枠組みに組み込まれていくわけだ。義塾自体もその例外ではない。「本塾ハ尋常中学校並ニ実科中学校ノ学科ヲ斟酌シ及ヒ其程度ヲ短縮シ高等小学校ヲ卒業セル生徒ノ為メニ来学ノ便利ヲ与ヘントス」という当時の「義塾規則」を見ても分かるように、家塾としてスタートした小諸義塾は、一八九九年を期に近代学校教育機関としてのシステムを急速に確立させていく。つまり学科編成も制度化され、教員数も倍増する中に藤村は赴任したのである。『千曲川のスケッチ』に描かれる修学旅行などの光景は、まさにこの様な西洋的な学校教育がもたらした産物でもあった。このような近代教育機関の中で、藤村の果たした役割が検討されねばなるまい。こうして町からの補助金も増額され義塾の最盛期が訪れる。一九〇一年には、町内資産家の娘に「学業技芸」（学習舎規則）を与える「女子学習舎」が作られ、藤村も教鞭を執っているわけだ。しかし皮肉な見方をすれば、まさにこうした瞬間に義塾の命運は決したといっても過言ではないのである。

最後に学校をめぐって言及しておかねばならないのは、日露戦争を契機とした殖産興業の時代の中で急速に発展してくる実業学校の問題である。やはり一八九九年に公布された「実業学校令」第一条には、その目的として「工業農業商業等ノ実業ニ従事スル者ニ須要ナル教育ヲ為ス」とある。また新渡戸稲造は当時の北佐久教育大会での講演の中で、今こそ「実業家と教育家とは関係して調和しなくてはならぬ」[9]と力説してもいる。事実、県内でも各種の実業学校を甲種へと昇格させるべく改編作業が積極的に推進され、その多くは県立として移管されることで組織基盤の安定化を図った。これらはいずれも地域産業活性化の名目で全国規模で進められた事業である。商業都市〈小諸〉がこうした情勢に巻き込まれぬはずはない。町会は一転して従来からある補習学校の廃止と、商工学校の設立を画策するに至るわけだ。問題は義塾そのものの存在が、こうした論議と抱き合わせで論じられて行った事実である。つまり折からの戦争へむけての経費削減の名目で補助金は著しい減額を余儀なくされ、経営基盤を町に依存していた義塾は、たちどころに存立の危機に見舞われる結果となった。義塾史をめぐる重要資料として一部翻刻されている小山太郎の当時の日記によれば、「町会に小諸義塾費否決の目的を以て町民煽動不穏の挙あり」（一九〇三・三・六）[10]ともある。さらに一九〇五年の部分には「小諸義塾存廃問題にて物議囂々たる」（九・二四）との一文も見られ、義塾そのものの存立をめぐって、〈金銭〉を絡ませた暗闘が展開されていた事実が見えて来るわけだ。

こうした「小諸義塾を抹殺する目的」でなされた多くの「策謀」[11]には、実業家のみならずキリスト教排斥をねらった教育者の思惑も関与していたようである。実際「耶蘇教の機関学校」との流言もなされ、騒然たるうちに義塾は閉校に追い込まれていった。当時の熊二の日記を参看してみると、「小諸義塾を商工乙種学校に変更之議相談会ニ而決セリといふ　井底の痴蛙その為す処常ニ如斯可嘆なり」[12]（一九〇六・一・一六）、あるいは「百方詐術を構へ終ニ敗頽に至らしむるを以て快よしとし或ハ自ら掠奪策を企る人ハ鄙むへき人なり」（一・二九）ともある。熊二の悲憤も頷かれるものの、客観的に事態を見る時、縷説してきたごとく〈小諸〉という地方都市における義塾の存在そのものが、近代的な産業システムと教育制度の網目の中にあったという他ないことも確かなのである。日記を見ると補助金削減の中、教員の月給も大幅に引き下げられ、熊二自身金策の為、日々銀行を訪ね歩いていた事実がわかる。こうした中一九〇六年三月、義塾は閉鎖され塾舎全体を小諸町に移管し、一部を新しい商工学校の校舎として利用した他は多く後に売却されたという。熊二の日記には「十年の苦心の義塾も今日にて全く滅亡す」(二・二〇)と記されている。産業社会からの要請に応じて生み出された義塾が、まさにその〈金銭〉の圧倒的な力の前に壊滅していくのもあながち理由のないことではない。義塾全体が全て貨幣によって換算、売却され、商工学校に衣替えした事実をとってみても、産業と文化の分かち難い関係の一端を知る事が出来るだろう。また教育の問題とてそれに無縁ではありえない。武重薫は、義塾閉鎖の要因として「統制教育主義の一つのシステムに当嵌めずには置かないと云ふ様な風潮[13]」の存在を指摘しているが、義塾そのものがこうした〈小諸〉という都市に働いた〈力〉の中にあった事実は繰り返し強調しておきたい。

こうした〈金銭〉のもつ圧倒的な暴力性のただ中に藤村その人が置かれていた点は、単に伝記研究のレベルを超えて重要である。『新片町より』に収められた一文には「八年の間、私は地方に於ける教育事業の困難を目撃した」(「浅間の麓」)とある。窮迫していた義塾を訪れ援助の手を差し延べた若き実業家神津猛との間に、これが縁となって以降金銭貸借を含めた深い関係が生じるのは周知の所だが、その神津への著名な書簡(一九〇五・三・五)には次のようにある。

一、甚だ勝手なる申分ながら、兄にしてもし生を信ぜられ、生の事業を助けむとの厚き御志もあらせられ候はゞ、向後三年のあかつきに御返済するの義務を約して、(尤も幸にして叢書の売れ方よくば其より以前にも)補助費として四百円を御恩借致したきこと。

一、確実にして信用ある書籍の出板は、必ず得るところありとの当今の読書界と聞及び居候。第一の叢書「破戒」と、第二の「短篇集」とを出板するの運びとならば、優に御恩借をつぐなふの余裕ありと信じ居り候こと。

右は実は当地の有力者にも計りて、心配して貰ひたき考へも候ひしかど、賛成するかはりに、当地に長く留任せよなど言はれても困り候上に、御承知の如き当地の事情にては人の口もうるさく、且つ文芸保護の念もなき人々に依頼するは心苦しく、一意兄をたよりに御願ひ致せし次第に御座候。

藤村の「当地の有力者」への露骨な嫌悪感は、「文芸保護の念もなき人々」の一節に明瞭であろう。別の箇所では「文芸の事業に何等の興味なき人々」[14]とも言われる。しかしここで注目したいのは、そうした感情とは裏腹に自己の作品出版を一つの「新しき事業」として繰り返し位置づけるありかたである。「確実にして信用ある書籍の出板」が、社会全体にとって重要なる「事業」であり、それは実業家のなす「事業」と優に比肩しうるとの認識がそこには働いている。これはむろん透谷の影響もあろうが、藤村が自己の芸術を語るタームを、こうした実業家の使用する言語から引用した意味は深いとせねばなるまい。藤村にとって詩からの離脱――新たな文芸とは社会に広く流通する「事業」として言説を組み替える行為であったはずなのだ。こうした「事業」の基盤として、なによりも今〈金銭〉の力が必要であったことは疑いがない。小説成立の基盤はまず〈金〉の問題だったわけである。藤村が『破戒』出版をめぐって、妻冬子の父で資産家として著名な秦慶治とも頻繁なやりとりを行っていた事情もよく知られるところだ。一方書簡中には「文芸の事業に深き感興と同情とを寄せらるゝ兄」といった発言も見られる。金融資本確立の中で、また文学も囲い込まれていく。文人実業家であった神津を勧誘する手立てとして、こうした言説がなによりも有力であった事は確かだろう。神津こそ銀行家でありつつも、考古学から写真、禅にまで関心を広げ、地方において〈産業〉と〈文化〉を仲立ちした人物だったわけだ。こうした藤村と神津の関係も、『破戒』序文での「恩人」との言の陰に隠された、〈金銭〉の問題を軸にして再考してみる必要性があるだろう。それは〈小諸〉という商業都市において、なぜ教育が必要とされたかの問題とも当然関与しうる。〈金銭〉の力の前に跡形もなく売却された夢があったとするなら、その〈金銭〉によって今まさに生み出されようとしていたもう一つの夢もある。『破戒』という「事業」の背後に隠された金融資本の実態を考えてみる時、藤村における〈小諸〉が単なる自然の中でのスタディ空間などではすまされぬ実態が浮かび上がってきたはずだ。

以下次節では、藤村における言説と教育のありかた、そして「簡素」の徳目そのものがこうした貨幣経済の周到な裏返しであった事実を検証したい。

四、藤村の作文教育

これまで私は状況論や環境論に偏した議論を続けたことになろうか。本章での意図は、既成の文学研究の枠内での〈小諸〉認識を再検討してみることで、それをどうリテラシーの問題へとつなげるかにある。〈小諸〉での教育者としての藤村像に関しても、これまで数多くの調査や回顧談が存在する。しかしそれらはあくまで言説の在り方とは無縁の次元で、言わば作家の伝記を補強するエピソードとして論じられてきた。その意味で、島崎藤村は近代文学研究の中核的作家たり得た。ここではそうした既成の調査から浮かび上がってくる藤村の、〈小諸〉における教育のありようを再検討し、一九〇〇年代における言説編成の議論に関わらせてみたい。前節でも触れたごとく、藤村の〈小諸〉来住は一八九九年。義塾の制度改革と踵を接する形で、国語、英語担当の専任教員として招かれたわけである。当時の教員スタッフの一覧を見ると、「国語、英語」担当者は藤村一名。すなわち〈言語〉を扱う学科を彼が一手に担っていたことになる。林勇『島崎藤村と小諸』（新文明社　一九〇二・七）によれば、授業では『国文軌範』（落合直文編）や『校註徒然草』（佐々木信綱校註）、『校註土佐日記』（同）等の当時の国語教科書が使用された由である。林は当時を回想しつつ、村田春海の『知足庵の記』をめぐる藤村の教育法を次のように記している。

「島崎先生はいとも物静かに、先づ一節を読んで行く。（中略）終ると語句の解釈が初まる。あはれは発語といつて別に意味はない。ああという程のもの、ならはしは習慣という意――という工合に解釈して、最後に解釈しながら、静かに読んで行く。小学校の時のように、生徒に読ませるということはなかつた。」――こうした〈読み〉と〈解釈〉を連動させた教育方法は和歌などにおいても同様である。

へだつなよわが世のなかの人なればしるもしらぬも草のひともと（北条氏康）これなどは、「我が世の中の人なれば、知るも知らぬも隔つなよ、草の一本よ」と、句を置き換えてみると分る。――と解釈法を教えるのであつた。

林のこうした言が、単なるうろ覚えの回想でないことは、氏の今一つの著書『写真資料集　小諸時代の島崎藤村』（信濃路　一九七三・九）に掲げられた、当時使用の教科書類の夥しい書き込みを見れば分かる。すなわち藤村における古典講読は、まず語釈を中心に「句を置き換えてみる」――「解釈法」の教授であった事実に注意すべきであろう。つまりこうした方法は自ずと現在使用される言語自体への関心を促し、以下論及していく作文指導とも実は連動する問題なのである。当時出版されていた萩野由之著『中等教育　作文法』（博文館　一八九二・八）によれば、国語授業における「訳文ヲ以テ文字ニ慣レ、サテ後ニ新ニ思構スヘキ文章ニ著手スル」ことが極めて有益である事実が記されている。〈読むこと〉と〈書くこと〉が相関的な関わりの中で生成されていく実態がこうした所からも窺える。

この様な指導法は、見たとおり必ずしも藤村固有のものとは言えない。しかし留意したいのはそれが「島崎先生の例の美しい言葉」、「詩人によつて講釈」（林勇）された時に生じる効果である。それは「しみじみと国文の面白さに浸り、一日々々の成長感を覚えて行く」ものであったという。むろんここには回想特有の潤色も働いているだろうが、当時〈新進詩人〉の言葉がそれだけで言わば特権的に多くの青年の心を引き付けていた点は考慮に価する。事実、先の山浦瑞洲によれば「先生の文名は其の頃の私等の印象にもありました。（中略）だから先生の受持の時間は何となく嬉しかつた」[15]という。また武重薫によると当時の藤村作品はほとんど「暗誦せん計りに読んで」[16]いたとのことである。藤村来住の折りには、当地の新聞もこぞって〈気鋭の詩人〉の到来を歓迎する記事を掲げていた事実をも鑑みれば、こうした文学者の言説が、言わば卓越した表現者の言語として、それだけで一つの規範を生み出しかねない状況が理解出来よう。[17]その点で我々は、〈文学〉の持つ力を侮るわけにはいかないのである。

こうした状況を踏まえつつ検討してみたいのが、藤村が当時行った〈作文〉に対する添削指導の実態である。林によれば「島崎先生は生徒の提出する作文については決して投げやりにすることはなかつた。詳しく点検して一人々々評をつけて返した。」という。今日それらの一部が残存し、全集（一七巻）にも収録されている。まず注目したいのは一九〇一年四月、義塾二年の唐沢政知の「一週日記」と題した作文ノートへの朱書の評文である。

一、一日は細叙、一日は省筆、かくして必要のことは漏さず、不用のことは記さゞるをこの日記文の特色とす、注意して見るべし。
一、文章は美麗ならんよりは趣味の深きを尊ぶ、思想の精しきを尊ぶ、又た気象の大なるを貴ぶ、又た品の高尚なるを尊ぶ。

一、大なる文人の生涯は又た大なる文章なり。
一、文章に二要素あり、一、注意。二、熱心。
一、この文は客あるにまかせ急ぎて蕎麦の馳走をなしたるごとし、又た時間に後れじと停車場へ馳せ行く旅客のごとし、読みて甚だ不快なり注意すべし。
一、日記文も又た記事文の一体なり。（中略）
一、文章には小刀細工を要せず、正宗の銘刀にて竹を二つに割るごとく作らんと心得べし。

まず留意すべきは、藤村が〈作文〉課題として「日記文」をことの他重要視していた事実である。それは引用中の「細叙」「省筆」「不用のことは記さゞる」といった言葉とも対応するような、文章中から徹底して「美麗」な要素を「小刀細工」として排除し、日常的な言語使用に結び付ける発想である。しかもそれが逆に「趣味の深」さや「品の高尚」さを招来するといった決定的な発想の転換が潜んでいる点がさらに重要であろう。そしてその背後には、文章そのものを「大なる文人の生涯」に結び付ける認識が隠されてもいる。「簡素」な文章と、「簡素」な生きざまが連結する瞬間がここにある。

また今一つ残っている塩川べんの『作文帖』への添削では、「染物註文の文」という書簡文の課題に対する作文の批評として——「簡単にして意尽したり、書簡は先の人を考へて文体を種々に用意すべきものなれば、商家などへ註文の文は誰が見ても分るやうに用語も明瞭平易なるを選びて記すべし」と述べ、最後に得点を与えてもいる。ここでも「誰が見ても分る」「簡単にして意尽した」文章、しかもそれは「商家などへ註文の文」という、徹底して無駄を省いた言葉のエコノミーに則ったものが理想とされていたことが分かる。言ってみるなら言葉の持つ両義性や過剰性を極力排した、「卑近」にして「達意の文章」（林）こそが奨励されたわけだ。それはなによりも社会に広く・早く流通、交換されることを至上の目的とするだろう。

こうした問題を作文教育一般の文脈で議論するなら、滑川道夫の整理では一八八〇年代の古典を文範とした「形式主義作文」から所謂「自由発表主義」[18]への過渡期として位置づけられよう。事は初等教育レベルとなるが、当時ドイツ帰りの気鋭の国語学者だった上田万年の『作文教育法』（冨山房　一八九七・一〇）には、その目的として「日々の便利を足す」ことを旨とした作文教育こそが、「一国人民の感情及び思想」の養成として急務であると記されている。一方高津鍬三郎『中等教育の学校に於ける作文教授の実況』[19]なる一文では、「文体構造の正否、見解の当否、事実の真偽、字体の正否、仮字遣ひ、送り仮字、語格の正否等を検」する添削指導が今こそ「必要なり」としてもいるわけだ。それは地方の場合では方言の「聞き苦し」さを改良し、「東京語」による「国語の統一」[20]の必要性とも自ずと結び付くだろう。こうした文脈の中で見てくると、教育者として藤村が徹底して推し進めた言葉のエコノミーに則した言語指導の持つ重要性が見えてくるだろう。さらに重要なのは、再び林の言を借りれば、当時の青年達が皆率先して「作文を添削して貰いたいことの衷情を訴え」、評価によっては「島崎先生に認められたという誇り」を持ったという事実である。〈文学〉がいかに当時の青年の欲望をかき立て、さらにはそれを回収し得たかが、こうした添削指導から浮かび上がってくる。つまり「省筆」「達意」を旨とする言葉のエコノミーは、先の引用中にもある「文人の生涯」と連動することで、「簡素」の美学の中に容易に収斂され、欲望そのもののありかを時に隠蔽していったわけだ。そこに発揮されたリテラシーをめぐる〈力〉の大きさは、こうした添削文が今日まで長く大切に保存されていた事実からも理解出来よう。

最後に触れておくべきは、一九〇三年、上田の中学生を中心とした文学青年達によって刊行されていた『信州文壇』なる地方誌の存在である。『島崎藤村事典』の該当記述によれば、それは「明治三十六年二月創刊、第八号より『九皐』と改題して三十七年一月までに十二号を刊行（以下未詳）。成沢金兵衛の編集。長野県小県郡上田町七一七番地の信州文学会（第八号よりは「信州同志会」に改称）発行。」とある程度で、長野県内の各種図書館等に照会したが現物を確認出来なかった。ただしそこでの藤村の公募作への批評の一部は全集（六巻）に収録されている。藤村ははじめ投稿詩欄の選者の要請をうけ、一度は断るが再度の要請で「小品文」欄ならばとの条件で引き受けている。ここでも課題としてまず出したのは「一週日記」であった。その開講の辞には次のごとくある。

一言、読者諸君と募集に応ぜられた投稿家諸君に告げたい。幾多未知の諸君とこの信州文壇誌上に相見えるの機を得たのは、僕のよろこびに堪へぬところで、僕が不肖を顧みず諸君と研究をともにしようと思ひ立った——其方法の一つとして企てたのは、この小品文の募集である。僕は諸君を信ずる。諸君が熱心と興味とを文芸の上に寄せらるゝことを信ずる。信ずればこそ、こんなことも思ひ立ったので、諸君の研究の同伴者として、互に手を携へて遣って見たい。（以下略）

（一九〇三・五）

読者に「諸君」と呼びかけつつ、「互に手を携へ」「同伴者」として初心に文芸の「研究」をやってみたいといった言葉は、ここに成立しつつあった〈文学〉をめぐるささやかな共同体の存在を我々に垣間見せてくれる。そしてそれは、常に若者達の「熱心と興味」によってこそ支えられねばならないと言う。また同じ文章の中で藤村は、詩人として得た「名の如きは虚名である」とした上で、「書生らしい勇気」をもって「諸君の手を握る積りだ」とも述べている。こうした発言に当時の青年達が驚喜したろうことは十分に推測出来る。〈文学〉をめぐるこうした共同体は、ささやかであるがゆえに強い牽引力と普遍性を獲得し得るとも言えようか。

さて具体的な評文だが、今日確認出来る限りでは翌号に掲載された次の一文が注意を引く——「百樹氏の行商日記は浮華なところが一点も無い。堅実で、無造作で、着眼もおもしろい。花笠氏のものも捨てがたくはあるが、この行商日記の飾りがなくて而も味のあるところを採ることにした」。先の課題「商家など へ註文の文」とあったが、ここでもまた「行商日記」というテーマのありかたそのものが、文章の経済性を明らかに示唆している。「堅実で、無造作」なその文体への評価も注目されよう。文章作法において「商家」、「行商」といったテーマが重視されていた事実は看過しえない。同じく翌六号に掲載の評文には次のようにある。

無名子の作は瑕瑾の多い、幼稚な、初心な、まだ十分に自分の思うところを言ひ尽すことの出来ないやうなものではあるが、――長く忍耐して研究の年月を重ねたなら、随分美しい花を咲かすべき芳芽の一つである。（中略）試みに、あの文章を読んで見給へ。あるところは未だ小児のやうな口吻で、言はゞ片言のやうな文章で、実に幼稚な筆づかひではあるが、然し思ふところを思ふやうに書いて見ようといふ可憐な正直な熱心が溢れて居るではないか。その熱心が一種の深い注意となって、明かに物を見よう、明かに思想を尽さう、この思想を尽すにはあらゆる表情の方法を考へて見て、最も自分の心に適した言葉ならば、多少の外見には遠慮することなく、思うまゝに書き顕はして見よう、と斯ういふ正直な（正直なのは大胆なので）可憐な（可憐なのは衒ふといふ心がないからで）熱心が溢れて居るではないか。（以下略）

ここでも評価の対象となるのは、「幼稚な、初心な」しかし「可憐な正直な熱心」の現れた文章である。つまり「明かに物を見よう」とする「自分の心に適した言葉」の重要性がそこでは繰り返され、最後に「先づ諸君の前に英語の所謂『ナイヴ』を勧めたい」と結んでいる。該当作を確認出来ないのは残念だが、ここでも自然で伝達性の高い日常言語への注目と「達意」の重視が窺えよう。そして同時に、〈書くこと〉が個人の内面形成に連動するといった発想も窺われる。つまり交換可能な言語によって、交換不可能な〈内面〉が生成されるといった逆説がここには孕まれていると言わねばなるまい。こうした地方青年をめぐる〈読み書きの技術《リテラシー》〉の獲得に藤村が深く関与していた事実は、はたして瑣末な議論であろうか。いやそこに垣間見えてくる言語共同体——極めて流通性が高く、しかも青年達の欲望を巧みに回収する「簡素」な言語のありようは、まさに〈小諸〉という商業都市の中から必然的に生成されたものに他ならない。すなわち世の中に広く流通する正統な言語規範が確立されることは、自ずとその地域における社会的利益の問題とも相関するはずなのだ。それは作家個人の問題で言うなら、山田有策も指摘するような、(21)初期の「藁草履」や「旧主人」において作全体に関わる肉体性を帯びた語り手が、後の「水彩画家」へ向けて次第に消去され、地の文と会話による緊密な言語世界が構築されていく問題とも関与しうるだろう。美文を含めた、言葉の持つ過剰性が周到に排除され、代わってニュートラルな〈文学〉をめぐる読者との共同体が生成されていくのである。

本章はこうした従来の文学研究の陰に隠蔽されてきた、経済資本を取り出してみることで、それが文化に変容していくメカニズムを探ってみたわけだ。〈小諸〉という場所の中から生み出された「簡素」のテクノロジーは、文学共同体における言語流通の形で、以下『破戒』という「事業」成立の確かな基盤となったのである。

注

（1）「先駆者としての藤村」（『芸林間歩』一九四七・一）

（2）紅野謙介は「書物のリアリズム」（『書物の近代』筑摩書房　一九九二・一〇）で、『破戒』の書物成立の基盤にこうした「簡素」の力が働いた事実を詳細に論及している。（一〇七頁）

（3）『評伝島崎藤村』（筑摩書房　一九八一・一〇）一五四頁

（4）『島崎藤村論』（筑摩書房　一九八四・一）一一八頁

(5)『小諸商人太平記』(櫟出版　一九八七・一二)一二頁

(6)「島崎藤村『旧主人』論」(『語文』一九八七・一二)

(7)こうした〈実業〉の徳目に関しては、拙稿「『家』の視角――〈家業〉と〈事業〉」(本書第十二章)でも言及した。

(8)『学歴の社会史――教育と日本の近代』(新潮社　一九九二・一一)一〇〇頁

(9)「実業家と教育家との協力」(『信濃教育』一九〇七・五〜六)

(10)小山周次『小諸義塾と木村熊二先生』(私家版　一九三六・一〇)

(11)前掲　注(10)

(12)『木村熊二日記』(東京女子大学付属比較文化研究所　一九八一・三)

(13)『藤村の小諸時代』(信州文化協会　一九四七・四)六三頁

(14)明治三〇年代、原稿料の問題等とも関与しつつ、所謂文士の生活実態が「文芸保護」の形で様々論議されていた事実は留意される。

(15)前掲「小諸時代の藤村先生」(『文章往来』一九二五・四)

(16)前掲　注(13)

(17)義塾出身者の中から教育者が多く輩出されている事実は重要である。

(18)「作文・綴方の歴史　序説」(『作文教育講座』六巻　一九五五・七)

(19)「國學院雑誌」(一九〇〇・一〇)

(20)秋野太郎「東京語の勢力」(『信濃教育』一九〇〇・九)

(21)「藤村研究ノート――『緑葉集』の世界」(『東京女子大学論集』一九七五・九〜一九七六・三)。また金子明雄は初期作品における「『中心』的な系」を相対化する「周辺」を、表現上分析している。(「『旧主人』をめぐる〈物語の周辺〉

――島崎藤村の小説表現」『立教大学日本文学』一九九一・七）

第七章 神津猛のパトロネージ――〈小説〉の資本論――

一、〈書くこと〉の資本論

一九〇六年――この年を前後して創刊された夥しい数の文芸誌。この事実は作家における〈書く〉という行為に、いかなる影を投げかけたろうか。ちなみに、一九〇六年には『文章世界』『趣味』第二次『早稲田文学』などが、また前年には『新古文林』、翌年には『新思潮』他が陸続と刊行されている。こうした文学読者の拡大は、否応無く近代的な〈文学者〉という概念の形成とも関わり、また出版制度の確立は印税問題とも絡みながら表現行為の変化を招来したはずだ。それは文芸時評の開始にあたって、作品の〈商品価値〉を「一ページあたりの単価」[1]として厳密に算定してみせた蓮實重彥に倣うまでもなく、まさに一つの商行為として作品が「原稿用紙」一枚の「単価」に換算され売買される時代の到来とも言えるだろう。事実『中央公論』をはじめとして、文芸誌の枠を超えた当時の様々な雑誌メディアの中で、こうした「文士」の経済事情に言及した論の数に驚かされる。例えば、後に詳述するが『中央公論』誌上には、佐々醒雪の「文士生活と書肆」（一九〇六・三〜四）と題する注目すべき論考がある。ここで醒雪は、文芸誌創刊が必ずしも「文士」の懐を満たすものでない事実を、雑誌の実質購買値、ページ数、作品本数、印刷費、広告費等から詳細に実証してみせている。考えてみれば世界の市場化、資本主義化が進行する中で〈文学〉のみがそれを免れる保証は何処にもない。いやむしろこうした問題が、従来の文学研究の俎上に上ることが少なかったのは、一重に「文学を量や数で計ってはならないという善意の連帯」[2]が働いたからにすぎぬのではあるまいか。この時期、文芸誌が競ってその誌価を抑え、人気作家の原稿取りに狂奔するのも、言ってみれば文化への欲望を抱いた読者が、リーズナブルな価格でそれを享受することを求めはじめた証左とも言えよう。

こうした読者に支えられて職業としての「文士」が自立していくわけだが、一方でこのような状況が困窮する「文士」救済にはなんら寄与しなかったという事情もある。そうした作家を支援、救済する企業人や政治家が登場するのもこの時代の特色と言えるかもしれない。後に見る、大倉喜八郎や西園寺公望の問題がそれに当たろう。藤村が大倉財閥と太いパイプを保持していた事実もよく知られている。むろん商人が、一種エディター的感覚を発揮して表現行為に積極的に参与した事実は、江戸時代以前から存在するだろう。[3] しかし問題はそこから自ずとずれてくる。そもそも彼等は何故〈文学〉に投資したのか。経済システムの中、〈文学〉が商品として流通していく過程で、いつしかそこに内在する新たな「価値」が見出だされていたのではないか。それは次第に文化として無謬の「価値」を帯び、テクストとは別個に生産されていった。企業人が好んで文化投資したのも、いってみればそのステイタスを身に帯びることを欲していたからに他なるまい。ひところマスコミを「メセナ」、「文化商品」などの言葉が賑わせた時代があった。行政や企業が文化に投資することを競った狂熱が冷め果てた時点から、言わばその起源ともいえる明治期のパトロネージの問題を、一人の「文人実業家」の言説に注目しつつ見ていくことは出来ないか。「神津猛」こそそれに最もふさわしい。一九〇六年――『破戒』出版を契機に藤村と神津が交わした夥しい書簡は、今日までテクストとして具体的な吟味を加えられることもなく、言わば一つの「献身的支援」として神話化されて来たのではないか。

以上の観点から、本章は雑誌『中央公論』における、商行為としての〈文学〉を論じた幾つかの論考と、神津――藤村の間に交わされた書簡及び神津日記を交差的に読み込みつつ、言わば日露戦後の時代に於ける「〈小説〉の資本論」を提起してみたい。まずは『中央公論』における醒雪の論を具体的なたたき台としながら、同時期の出版制度と〈文学〉の関わりを検討してみよう。

二、佐々醒雪のいらだち

一九〇六年九月六日の『東京朝日新聞』を繰ってみると、次の大きな見出しが目に飛び込んで来る。「電車賃値上に激昂したる群衆　電車を襲撃」——折しも予定されていた街鉄、東電、外濠線の運賃一律「一銭」値上げに反対する市民「一万以上」が日比谷公園に集結、警戒中の警官に「示威運動」を阻止されるや、「進行中の東電第十二号車に向つて襲撃を開始」したというものだ。まさに「一銭」が群衆を「暴徒」に変えたわけだ。ちょうど一年前、「賠償金」の多寡に激昂した群衆が同じ日比谷に結集した事件も想起される。それは言うまでもなく日露戦争の戦費が、地租をはじめとする二十種以上の租税として国民の懐を直撃した事実を背景とするだろう。その意味で一九〇六年とは、「金銭」の問題が抜き差しならぬ形で露呈した時代であったとも言えるわけだ。

そこで試みに、この年発行されていたいくつかの文芸誌の正価を調べてみたい。それは『太陽』の三〇銭あたりからはじまり、『文藝倶楽部』と『新小説』が二五銭、『早稲田文学』が二〇銭、『帝国文学』が一五銭、『新潮』が一三銭といった具合である。こう列挙してみれば『中央公論』の一五銭という金額が、こうした雑誌間の熾烈な価格競争の中で、ぎりぎり一杯の数字であったことが推測されてくる。同時期例えば博文館は、『中学世界』をはじめとする所謂「十銭雑誌」を続々創刊させ人気を得ていたわけだ。手元の『中央公論の八十年』（中央公論社　一九六五・一〇）の記述によれば、一八九九〜一九〇〇年当時『中央公論』はまさに「悲境のどん底にあり、毎月の印刷部数は千部で、そのうち三百が寄贈」、そして大量の売れ残りは「むなしく玄関に積み上げられ、やがてそのまま屑屋へわたる」有り様であったという。こうした低迷を救い、強力な梃入れを敢行したのが高山覚威と滝田樗陰であったことは周知の所だろう。彼等の基本的編集方針は、なによりも「雑誌に小説を掲載」することであった。

一九〇三年一〇月の「編輯録」には「本誌発行部数の遽かに増加」した要因として、明確に「新たに文芸批評を加へた」事実を上げている。実際一九〇五年の二百号記念特大号は二百余頁の大冊で定価三〇銭にもかかわらず、五千部を発行しほぼ売り尽くしたという。「小説」への欲望が高まっていく時代の状況が理解されよう。

さてこうした状況下における、メディアと作家の関わりを考慮する上で格好の一文がある。先にも触れた佐々醒雪の「文士生活と書肆」がそれである。醒雪はこの論全体を大きく出版流通システム、原稿料、読者の三点に絞り込みつつ、その歴史的展開を踏まえ「現在」を詳細に論じている。その客観性の高い緻密な立論は、明治における〈文学〉の「経済」性解明への端緒を開く意味からも、極めて資料的価値の高い文章と言えよう。以下その叙述を適宜紹介しながら、「文士」と「金銭」の関わりを探ってみたい。

醒雪はまず（上）において「日本の文士生活には二様の方法がある」として、「お弟子の月謝や点刪料や選評料が生活の源泉」のような「俳諧師狂歌師」といった「お師匠様的の文士」と、所謂「原稿料取り」の存在とを厳密に区分している。そして江戸期における「八文字屋自笑と江島屋其磧との争に、原稿料の証拠が歴然と見える」とする。以下（上）では、江戸期の「稿料」の問題を詳細に検討していくわけで、それ自体江戸文学研究者としての醒雪の面目を示す興味ある分析なのだが、議論を明治後半に絞る意味からも今は省略にしたがうほかない。いずれにしても醒雪は江戸から明治への移行を紛れも無くメディアの成熟の中に見ており、（下）ではこうした状況の中で「立派に中流社会に立つて行く文士があることを、明治の慶事とせねばならぬ」としているわけだ。すなわち明確な一人の「原稿料取り」として、「二十行二十字の原稿が一円二円或は三円といふ値で以つて売れ行く」という現状を、昨今「未曾有の現象」として捉えているのである。しかし醒雪の論の真の狙いは実はこの先にある。続けて彼は、これは「実は一面の観察」であり、「原稿一枚が、何時でも一円紙幣」に「交換し得る」作家の数は、実際の所「頗る覚束ない」のであり、このところの「新雑誌発生の好況」も、かえって原稿の買い叩き現象を引き起こしたにすぎぬと言う。即ち「博文館にも金港堂にも春陽堂にも、まだ印刷せられない原稿」が山積み状態であり、それが「見切り物的に買ひ倒」され、実情としては「小銀貨にも交換しえない原稿」を日々「文士」は生産しているというわけだ。また新たな「投稿家」の登場により、「自称文士」の数も増大し、創作の場のバランスも崩壊したと言う。畢竟、彼等は何らかの「兼業」に走らざるを得ず、「単に筆の先で生活して居るといふのは、殆んど十指にも足らぬ」という有り様を、醒雪はしきりと「天下の慇然」と慨嘆している。ここまでの論旨から窺えることは、なによりも「原稿」が金銭に置換される――〈原稿料の時代〉の生み出した問題である。そこでいよいよ醒雪は「文士志願の青年諸氏」への忠告も込めて、「本屋の内面から其の収益の有様を検べて」いくわけだ。

醒雪はまず「現在の日本の戸数」を約「八百何十万」と仮定し、その中での文芸誌の需要を「百戸に一冊」と見積もってみる。しかし「文学書類といふと、まづ半分か乃至は三分の一までは東京で売れる」という実情に照らすと、東京の戸数「ざつと四十二三万」のうち文芸誌の購読戸数は甘く計算しても「十軒に一軒あるかないか」。となればその「四万軒中の四分の一に必ずお気に入らうといふのは容易の仕事でない」のも歴然とするだろう。ならば「東京市中に一万部が売り切れない」のも当然のことで、実際のところは全国でも「三万売れるは上々吉」であり、「その三分の一の一万が稍成功した雑誌といつてよい」ということになる。そこで醒雪は、まずこの「一万を標準」に「定価を二十銭」とした上で、いよいよ肝心の「本屋の計算」にとりかかるわけだ。ここではともかく醒雪の議論に耳を傾けてみよう。

一万部の定価が二千円、小売屋に卸すに八がけ（二割引）として、これに運賃を払ひ、見本や献本其の郵税から、返り荷、掛け倒れ、資本回収までの日歩などを集めて一割と見ると、本屋の手取りはざつと三割引の千四百円と見積らねばならぬ、内元値の千円を引いて、四百円が純益といけば結構だが、まだ〳〵広告費編輯費を引き去つて、其残りが初めて本屋と文士とに分割せられるのだ。

こうした状況に加え醒雪は、昨今では「定価の半分以上は紙印刷製本画料彫刻等にかけねば見すぼらし」くなって来た事情や、「雑誌の広告、小売屋の立看板」の費用、果ては「原稿や挿画の催促から、版屋印刷所などの往復、それに体裁を調へる、余白を埋めるなど」の諸経費までも厳密に差し引いて、「いよ〳〵残つて三百円」と算定している。これをさらに本屋と「切半」すれば、「原稿料といふのは百五十円」となってしまうだろう。さらにこの「二十銭雑誌」の標準ページ数を「二百頁」として、「其の半分以内が一段組で、一頁九百字前後、他の半分以上が九百六七十字から千字、一冊の原稿が四百字のもの四百七八十枚を要する」とすれば、「投書や埋草」を省いても「一枚平均三十七銭五厘にしかならない」という。しかも一枚数円になる「大家」の分をさらに割り引けば、「第二流以下は真に南京米にもありつけない」有り様となるわけだ。仮に本屋が「利を見やうとはしない」で、当初の「三百円」をそのまま原稿料としたところで、たかだか「一枚七十銭」がやはり「最高額」で、実情としては「五十銭に上るかどうか、それも覚束ない」といった計算に落ち着かざるを得ない。さらに醒雪は「単行本」の場合にも言及し、やはりこれも「二三千部売れて一割の印税をとつたところで、二三百円。やはり原稿料に見つもれば一枚が一円以下」となると言う。それどころか新聞や雑誌掲載の作を単行本化する行為自体が、所詮「第一流の特権」であり、つまるところは「一日三枚宛かいても百円に足らぬといふ結論」になる。例えば松岡譲の『漱石の印税帳』(朝日新聞社　一九五五・八)によれば、漱石生前の印税総額は「二万五千円から二万七千円程度」であったという。これに朝日からの収入を合わせれば、年収は相当のものとなるだろう。実際、竹腰幸夫は書簡等を手掛かりに一九〇六年の漱石の年俸を「約四千九百四十四円程」(4)と算出してもいる。このあたりを一つの上限とし、下は同じ年「月給八円の代用教員」となった啄木などを想定するならば、確かに醒雪の計算した「百円」の意味もある程度理解されて来よう。
こうした数字そのものも、近代的な出版制度確立期における興味深い資料と言えるが、むしろ我々が留意すべきは、醒雪にこうした詳細な計算をさせたものはいったい何であったかという点であるはずだ。無論数字自体は常に相対的なものに留まる以上、この「百円」を今日の視点で安易に意味付けるのは危険であろう。その点で、次の一節にはこの文章に込めた醒雪の心情を窺うことが出来そうである。

ところが、翻て他の社会を見ると、実業家といふ資本家は別として、真に腕一本 口一つで拤いで居る官吏とか教員とか、其他画家彫刻家などの類で、一月に百円位の収入のないものは、殆んど一人前ではない。ことに官吏とか教員とかいふものに至つては、何等の異才天稟があるではなく、只人間一人前の頭脳さへあれば、甚しい馬鹿でない限は——官立学校でも卒業して四五年経つ間には、自づと百円位の月給は高等官何等とともに下賜せられる。

ここに現れているのは紛れもない「屈辱感」である。別の箇所でも醒雪は「文士の一頁一円は、誠に御安値至極」であり、「真に情ない話」と嘆いて止まぬわけだ。そしてさらに注目すべきは、こうした「屈辱感」が「文士」の「異才天稟」が世に正当に評価されないところに発している点だろう。社会的に見ても、「文士」の月収が飛び抜けて劣悪であったとは言い難い。また先にも述べたごとく、金銭は常に相対的なものである以上、むしろ我々が注視すべきは、そこに「屈辱」という余剰価値が付与される瞬間であるはずなのだ。
ここで一例を上げるなら、一九〇八年に自殺を遂げた川上眉山の存在が気にかかる。その死を巡って、『東京朝日新聞』がいち早く「生活難」説を指摘し、その収支に関して詳細な分析を試みたこと（「眉山自殺の真因」一九〇八・

六・一七）については、既に伊狩章の興味深い調査がある。(5) それによれば、『朝日』は「眉山氏の原稿料は書肆により て差あれど一枚約一円にして近来一円二十銭」と見積もり、それから判断してもせいぜい「収入月額は五十円に上らざる可し」という。これに対する月々の支出を、『朝日』は家計から遊興費まで細かに算出し「月額は略八十五円を要す」として、その差額を疑問視しているわけだ。むしろここで重要なのは、この様な「生活難」説に対して文壇が一斉に異を唱えた事実である。例えば『新小説』（一九〇八・七）の「故眉山氏追憶録」からその幾つかを拾ってみれば、石橋思案は自分しか知らぬ作家の隠された「煩悶」を指摘し、巌谷小波は「夢幻的」な眉山の性格に原因を求めている。同じく丸岡九華も「金銭の事とか、或は他の原因から自分の死を急がれるといふやうな事はない」と断じた上で、これも「夢幻的発作」とその死因を推測するのである。あるいは広津柳浪の場合にしても、眉山は終始一貫「金の要らなかつた人」であり、当然「生活難や家庭に於る事情でない事は確言される」と言うわけだ。事実、当時その死を巡って「発狂説」「芸術難説」「酒乱説」などの憶測が飛び交った点については、先の伊狩の論に詳しい。いずれにせよ、ここで注目すべきは「原稿」は言うまでもなく、芸術家の「死」さえもが、〈貨幣〉によって意味付けられ流通される。それならそこから改めて〈貨幣〉に置換しえない〈文学〉性を発見し奪還していこうとする新たな動きについてである。これは醒雪の、あの苛立ちとも実は通底するものだろう。醒雪が「官吏とか教員」に対して、明確に「文士」を対置して見せたのも、紛れもなくその「異才天稟」の問題であったはずなのだ。作家や作品の背後に、こうした「文学」性を発見していく眼差しは、実は経済の問題と不可分の関係にあった事実になによりもここでは留意したい。

そこで醒雪の苛立ちと屈辱をさらに明確化する為にも、我々は同時期の『中央公論』をはじめとする諸誌の中から、「文士の生活実態」を巡る論議をさらに参看していかねばなるまい。それは「文士」が、一人の芸術家としてその「才能」を言挙げされていく問題とも密接に関わって来るだろう。

三、『中央公論』と文士問題

低迷をかこっていた『中央公論』が、小説欄の増設によって窮地を脱したことは先にも述べた。その推進役を果たしたのは、言うまでもなく若き滝田樗陰であったわけだが、この時期、樗陰は世の「文士」の実態に触れて、こんな一文を残している。

見よ、文士以外の人の今日の文士を見る、大抵軽薄なる、信用の置かれぬ、ヅボラなる人間として相場を極め居るが如き有様也。是れ甚だ慨すべし。而して世人のかゝる見解を有するに至りたるも、確かに文士の一部に約束を約束と思はず。いゝ加減に其場の挨拶をなし、破約して他の迷惑となるも、恬として顧みざるが如きもの少からざりしより由来したること多きに居るべきを思ふ。（中略）此れ未だ文士間に約束を重視するの思想乏しく、些かの事情あり、少許の障害あれば即ち破約するを意とせざるが為め也と。

（「文士の一諾」一九〇七・三）

ここでの樗陰の主張は単純明快である。即ち、「今日の文士として今一層其社会的地位を高め」る為にはまず、「文士」自身が「契約」の概念を持つこと――この一語に尽きるというわけだ。「文士の尊厳」を繰り返し力説して止まぬ樗陰の言説の裏には、まさに近代的な「出版制度」の中で〈書く〉ことが求められる時代の問題こそが示唆されていたはずである。「約束を約束と思」わぬ「文士」に対する樗陰の憤りは、何よりもその編集者としての体験に裏付けられていただろう。それは商業主義の中で大量に流通していく〈作品〉が存在しはじめた反面、そこからドロップアウトしていく「文士」の有り様が当時注目されていた事実とも関わる。「三文文士の末路」（桑圃生一九〇六・四）なる一文には、「乱作を重ね」つつ「遂に唯只一片の麺包に飽かんが為に幾多青年男女の犠牲を作」って顧みぬ多くの文士の「末路」が切実に論ぜられている。ここで強調されるのは、「清貧の文字」が今やあまりに空洞化した事実であり、以降「文芸に熱せる青年」への「大覚悟」の要請が語られていく。しかしこうした声高な警告とは裏腹に、文士の「貧」なる状況――「妻は病床に泣き児は飢に泣く、而して身も亦一張羅のまゝ将に文芸の園を追はれんとす」る有り様が、却って世の「青年男女」の心を捉えようとしていた事実が浮かび上がっては来ないか。それは孤高の芸術家の清貧イメージが、独自の価値観を生み出していく端緒であったと言えるかもしれない。そう考えて来ると、この時期、若くして「窮死」した多くの文士の存在が再発見されつつあったことに気づかされる。

一九〇六年九月の『新古文林』は「明治文士の悲惨なる最後の状況」なる特集を組み、斎藤緑雨、原抱一庵、平尾不孤、北村透谷らの「窮死」の状況を近親者や知己に語らせる試みを行っている。例えば緑雨を論じた坂本易徳の文章では、「世に容れられずして悲惨の最後を遂げた」その生涯が詳細に論じられていくのである。また抱一庵についての遅塚麗水の一文にはこうもある。

> 貧は彼の天才を発揮せしめたが、又彼を早世せしめしも貧である、余は彼の得意なる時代（もあつたが）を知らぬ、只貧なる生涯をのみ知つて居るので、彼が死状を聞いた時、もう深き〳〵同情を以て弔つた。

ここでは「貧は彼の天才を発揮せしめ」とある如く、「貧」が明確にその「天才」性とリンクされ、さらにそれを「早世」の問題にまで敷延することで、若き死者の存在は聖化されていくのである。藤村が『春』の中で孤立する透谷の苦悩を「青木駿一」として描き上げたのも一九〇八年のことであった。またこの『春』の叙述が、一九〇二年刊行の『透谷全集』の本文と密接な関わりを持つ事実についても本書で論及したが[6]、世に容れられず「窮死」した文士の生きざまを一つの「天才」として再発見していく試みが、様々な形で進行していた事実を思わざるを得ない。言わば流通していくものとは対極的に、それに抗うポーズを誇張しつつ、流通に載らないものが余剰としての富を獲得していくわけだ。

ここで再び樗陰の言う「文士」の「社会的地位」の問題に戻るなら、言わば不可視の価値体系とでもいうこの「天才」性を、いかに社会の中で明確に保証していくかが当然課題となるだろう。次の一文などは、その最も安直な例である。

吾人は小説家や詩人は必ず其天才を有して居なければならぬものだと思ふ、(中略)天才でない以上は文壇に不必要である、いつその事商家の広告文の作者にでも為る方が可い、吾人の注文とは即ちこれで、切に小文士先生方の文壇を退かれんことを希望する。故に現今の大家といはれる某々氏等が委員となつて、年一回全国の文士希望者から其処女作を集め、之を検して天才のある極めて少数のものに文士といふ称号を与へる事にしたら可からう。

(美中天「文士の称号を与えよ」『中央公論』一九〇五・一〇)

ここでも「小説家や詩人は必ず其天才を有して居なければならぬ」ことに変わりはない。問題はそれを保証する手段として、「大家」が「委員」となって「文士といふ称号」を授けよという議論の展開である。当時多くの投稿誌などによって、大量の「自称文士」やその予備軍が編成されていたことは疑いがない。出版制度の確立が一概に「文士」の懐を豊かにし得なかった点も先に言及した。とすればこうした「天才」性や「文学」性の称揚が、その

「不遇」な現状に対する「屈辱感」を徒に煽り立てていたことにも注意しておきたい。こうして見てくると、〈書く〉行為がまさに貨幣経済とともにあり、同時にそれに収斂し得ない価値として新たに見いだされた「天才」性が喧伝されていく過程が浮かび上がって来るだろう。

　それを可視化する装置として、「称号」はいかにも凡庸に過ぎたが、こうした「天才」性と商行為を架橋するものとしてパトロンの存在に注意を向けてみる必要はないか。「文士保護」の問題は以前からしばしば議論されて来たものの、巨大な富の蓄積を果たした実業家達が本格的に〈文化投資〉に乗り出すのはこの時期である。むろん江戸期以来様々のパトロンが、〈文化〉の場を生成するディレクターとしての役割を果たして来た。またそれは近代における大量消費経済成立の過程で、次第にその存在意義を失いつつあったはずだ。つまり芸術を求める大衆読者の成立は、芸術家のパトロンからの自立を促し、流通性がパトロンを駆逐したかの如く見えるわけだ。しかしこの一九〇六年前後に、再びこうしたパトロネージの議論が沸騰するのはなぜなのか。それこそ他でもない、こうした流通性に対置する余剰としての価値——「文学」性や「天才」性が一つの文化としての値うちを持つことで、言わばその理解者であるパトロンの存在自体にも、独自の意味が生じたのではないか。一例を挙げよう。永井荷風は『来訪者』（一九四六・九）の中でこう述べている。

　明治三十三四年の頃だと記憶してゐる。石橋思案が文藝倶楽部の主筆であつた時、富豪大倉喜八郎が同誌に好小説を掲げた作家に、賞金五百円を贈ることを謀つた。然るに当時の操觚者は文士を侮辱するものとして筆を揃へてこの事を罵つた。

荷風が「明治三十三四年の頃」とするのは誤りで、これは明治三十九年（一九〇六）の出来事である。実際当の

『文藝倶楽部』には、石橋思案の手になる「明治の実業家　大倉君の美挙」なる一文が掲載されている。それによれば、思案は当時雑誌『太平洋』誌上に、「商界の一奇傑　大倉喜八郎君足下」と題する一文を掲げ、その中で「日本文学者の貧弱を縷述」した上で、「応分の喜捨を得んことを嘆願」したわけだ。すると早速「明治三十九年七月十九日」、「水哉坪谷君を介して、一度会見」する運びになったという。以下、思案は当日の大倉の「博愛仁慈」なる対応ぶりを詳細に述べ立てつつ、「五百円」の寄付を受けた感激を、「僕の歴史中記憶すべき日」と記している。しかし荷風も述べるとおり、以降文壇では専ら「文士を侮辱する」行為として激しい批判が沸き起こったわけだが、思案の言説自体よりも、むしろそれを「卑屈」と罵る世評の中にこそ、当時の「文士」の置かれていた状況が見て取れるだろう。それは何よりも〈金銭〉に搦め捕られた芸術の危機として理解されていたはずなのだ。

一方、〈政治〉のレベルでもこうした「文士保護」が俎上に上って来る。所謂「文芸院」問題がそれである。[7]一九〇六年六月の『太陽』には、長谷川天溪の「文芸院の設立を望む」と題した一文が見えている。

> 仄かに聞く、東京学士会院は、東京学士院と改称せられ、同時に、之れに対して美術院なるもの設置せらるべしと。（中略）尚ほ一方には、文学者をも其の中に加ふべしとの意見を有する人ありとか。国家の力を以つて、美術院なる者を組織するは、最も善く時勢に適したるものなり。吾人は其の一日も早く発表せられむことを望む。国家が芸術を重ずる《ママ》と共に、芸術家を尊敬する方法を立てむとするは、嬉しき事なり。

天溪は、従来文芸における「保護奨励の道は殆ど全く閉され」てきた実情を嘆きつつ、今こそ「文芸院」が組織され、「文学上に功績ありし人々を迎へて会員」とすれば、社会の「芸術を重ずる」機運は一層高まるだろうとしている。また『新潮』の一九〇八年六月号の「文士と社交」なる特集でも、寄稿している小栗風葉、柳川春葉、近松秋江らに共通する視点は、これまで「上流社会に出入すること」が困難だった「文士」たちも、今後はその「書斎的生活より脱」し、「政治家とか実業家とか云ふやうな者から、折り〳〵招待を受け」るべき時節だという認識である。その点で「西園寺侯の文士招待会」も、「文士の社会上地位を外部から高める」上でまさに「賀すべき事」とされたわけだ。これは先の大倉問題と一面で矛盾するように見えながらも、実は「芸術家を尊敬する方法」としての「奨励」ならば、むしろ積極的にそれにありつこうとの本音が覗いている。さらに注意すべきは、天溪がこうした有識者からなる「文芸院」が積極的に「出版物の検閲」を実施するなら、今日のような「公平を欠」く検閲制度の是正につながるとしている点である。天溪のこうした認識の背後にも、芸術を無理解な役人の手から取り戻し、自分達の中に囲い込もうとの思いが働いていたはずだ。「公平」の基準は文士のみが認知し得るというわけだ。しかしこうした天溪の議論が、言わばもろ刃の剣であることはもはや疑いがないだろう。

この様に見てくると、〈書く〉行為が紛れもなく〈経済〉と〈政治〉の問題と不可分であった事実にあらためて驚く。こうした議論に真に自覚的だった数少ない作家と言えば、やはり漱石だろう。一九〇六年の手帳にはこうある。

文士保護ヲ説ク。文士保護ハ独立シ難キ文士ノ云フ言ナリ。独立スルノ法ハ自己ノ作ヲヨク売レル様ニスル事ナリ。世間ノ趣味ヲ開拓スルニアリ。保護ハ旧幕時代、貴族時代ニ云フベキ事ナリ。個人平等ノ世ニ保護ヲ口ニスルハ恥辱ノ極ナリ。退イテ保護ヲ受クルヨリ進ンデ自己ニ適当ナル租税ヲ払ハシムベシ。

「文士」が「独立スルノ法ハ自己ノ作ヲヨク売レル様ニスルナリ」とはいかにも漱石らしい。それは簡明にして、しかも「職業作家」としての圧倒的な自負に支えられていたわけだ。そう考えると、冒頭に掲げた佐々醒雪の「文士生活と書肆」の中で、最終的に醒雪が「読書社会を拡張することが唯一の方法」と説いていたことの先見性も見えて来るだろう。あるいは西園寺主催の所謂「雨声会」問題にしても、それは従来言われるような政治に対する芸術の擁護といった観点からのみ議論されるべきではあるまい。いやむしろ「芸術」性なる概念が、一種の隠蔽装置として何を見えなくしたかをこそ考慮せねばならぬはずだ。漱石がここで語るのは、けしてその様な硬直した概念ではあるまい。「独立」とは、何でもない「適当ナル租税ヲ払」うことだと言うわけだ。常に内在するとされる「芸術」性が、言わば商品として、他との差異の中で「価値」を生み出す〈作品〉の物質的側面を明らかに隠して来たとするなら、その「価値形態」を何よりも今、白日の下に晒してみることこそが求められているはずだ。

最後に一つの実例として、作家島崎藤村と実業家神津猛の間に交わされた、大量の書簡の検討を通じて、こうした「文学」に内在する価値がいかに普遍化されていったかを検証したい。

四、神津猛のパトロネージ

前節までの検討で、『中央公論』を中心とした一九〇六年前後における〈書く〉行為の社会性とでも言える問題を提起して来た。ここではさらに具体的な例として藤村――神津関係に光を当ててみたい。その前に神津猛なる人物とは何物か、大まかな説明が必要だろう。即ち『破戒』をめぐるその「献身的支援」は、文学史的にもやや神話化されて来たきらいがあるからである。その人となりについては島崎楠雄・神津得一郎編『『破戒』をめぐる藤村の手紙』（羽田書店　一九五三・七）に付された有島生馬の序文が、最も要を得たものと言えよう。それによれば、神津家は佐久の地で俗に「赤壁御殿」とも称される「豪族」であった。猛は「若くして家督を相続」し、後には「志賀銀行頭取」の地位に着くわけだが、一方では「考古学に造詣深く、一面宗演師に帰依して坐禅し、好んで篆刻や作句」をも嗜んだという。また「写真技術」の腕前は、後に『破戒』挿絵の参考資料を提供するほどのものでもあった。そこからは、言わば典型的な「文人実業家」の相貌が浮かび上がって来る。こうした二人の出会いは、当時「やつと二十二歳」であった神津が、町からの補助金削減により非常な経営難に陥っていた小諸義塾を尋ね、昵懇の間柄だった木村熊二に「五十円」の寄付を申し出たのが契機となった。さらに神津の妻「てう」の叔母が、当時藤村を家庭教師としていたことから両者の関係は急速に深まる。時に一九〇五年の事である。以降神津の藤村崇拝の念は強く、生馬によれば当時の「藤村の通信一つでもが失はれ」ることなく、「書簡全部が年代順に横巻七部に仕立上げられ」、葉書は別に「二冊のアルバムに装塡され」、しかも「表裏がそのまゝ見得るやう工夫」がなされていたという。

生馬はこうした事実を踏まえつつ、「藤村は好個のメディチを猛氏に見出し」た言うが、まさにルネッサンス初期の大富豪「メディチ」の名が象徴するとおり、今日神津の存在を一人のパトロンとして議論してみる必要性がありはしまいか。つまり一人の実業家を、藤村はいかにして自己の芸術の信奉者、奉仕者へと変えていったか――その書簡に見られる説得と勧誘のレトリックを以下多面的に分析し、「芸術」性「文学」性の内実をいくばくか明らかにしてみたいのである。またこうした藤村の神津宛書簡に働く力学を解明するには、同時に神津日記の記述を傍らに置いてみることが必要となろう。即ち書簡の記述の持つ効果を、出来る限り相対的に計ってみることが目下の課題となるわけだ。

以下、藤村の神津宛書簡を幾つかのポイントに分けて検討してみたい。まず第一に窺えるのは、神津を芸術の場の中へ誘導していく言説についてである。

①写真二葉辱く存候。好紀念。失礼ながら「アマチュア」の製作としてはなかなかの上出来と拝見致候。

②別に生の前途に展けつゝある新事業につきて、兄の同情と助力とを得度きの念に満ちたるにて候ひき。
（一九〇四・一二・五）

③たとひ文芸の事業に深き感興と同情とを寄せらるゝ兄とは頼み乍ら、こはあまりに無遠慮なるわざなりと考へ、遂に生は語る能はざりき。
（一九〇五・三・五）

④兄をして世の人の得知らぬ事業の一つを成せりと思はしむるも、或は無意味なる補助と感ぜしむるも、そは生が今後の努力如何に有之候。
（同）

⑤われらの苦心と努力とは人の想像の外にあり、おかしくも早合点の世のさまと存候。
（一九〇五・三・八）
（一九〇五・六・二二）

⑤に「われらの苦心と努力」が「人の想像の外」であると言うように、そこでは何よりも『破戒』が、明確に神津との共同事業であるとの認識が披瀝されている。それは借金依頼の著名な書簡の中でも、まず「確実にして信用ある書籍の出板は、必ず得るところあり」とした上で、「生の事業を助けむとの厚き御志」（一九〇五・三・五）が期待されている。そこで神津は、「世の人の得知らぬ」「文芸の事業」に「深き感興」を抱く、〈選ばれたもの〉とされたのである。書簡のいたる所には「心の友」、「兄の美しい精神」（三・三一）、「至情の声」（三・八）といった言葉がちりばめられ、こうした〈選ばれたもの〉との共同事業としての性格が次第に顕著になっていく。そうした共同性を補強する材料となるのが、①に見られる「写真」である。後に「御願ひいたしました農夫の写真につきては、いづれ小生拝趨の上にて御撮影を乞ひ度」（二・二六）とあるように、それは『破戒』挿絵の下図として活用されることで、単純な金銭的協力を離れた「文芸の事業」としての性格をより高める効果を持ったであろう。またこうした言辞が、神津の「文人」としての一面を巧みにくすぐったろうことも想像に難くない。以上のように考えて来る

と、パトロンは単なる外的な経済装置としてのみ位置づけられない。むしろそれは「芸術」の創造に不可欠な〈選ばれたもの〉であり、文化装置としての機能を果たすことが強く期待されていたわけだ。こうした歴史的なパトロネージの有り方を、恐らく藤村は意識していたに相違ない。神津宛書簡の中にはこんな言葉も見られる――「西の国の詩人の上をも見るに、斯の人を得るためにゲエテは活き、斯の人を得ざりし為にシェレイは死せり（中略）兄にして文芸に志あるものを助け、励ますが為に、兄の生涯に一つの（世の人の得知らぬ）事業を成せりと見給ふ日もあらむ」（三・五）。「ゲエテ」や「シェレイ」の名を掲げながら、ここでも「文化」の理解者によるパトロネージの意義が力説されている。

こうしたささやかな書簡の記述の中にも、文学生成に関わる重要な現場がある。それはごく私的で限定されたものであるが故に、逆にある普遍性を獲得し得るとも言えようか。つまり出版制度が確立され、産業として自立していく中で、なぜ藤村が「自費出版」という、敢えて最も流通性の乏しい形態にこだわったのかという疑念が当然湧いて来るはずだ。やはりそこには、何がしか流通を拒むものへの独自の信頼が隠されていたと見ねばなるまい。次に検討すべきは、こうした場の中で、文学に内在する価値観が育まれていく問題についてである。

①「文芸の貴きを知りてこれに貸すに力を以てするは、人間が此世に対するつとめの一つ」とや。
（一九〇五・三・八）

②生も例の長き物語の為に、満身の精力をそゝぎ日夜筆硯に親しみ居候。
（一九〇四・一二・五）

③例の机はいつでも御序の時にとりにお遣し下さい。御申遣迄もなく、をかしき文句を机の裏に認めて置きました。実際かの机は小生が詩文に親しむ時の友ばかりでなく、年の暮のいとなみには餅切り板の代用をしたのです。
（一九〇五・三・三一）

④只今別封「早稲田文学」一部御送りいたしました。　　　　　　　（一九〇六・一〇・八）

①に見られる様な「文芸の貴」さを喚起する言説が、書簡中繰り返し現れることは言うまでもない。またそこでは同時に作品完成に向け②「満身の精力」を傾注する作家の姿が執拗に提示され、情報自体の信憑性が強化されていくわけだ。それは藤村が小諸から東京へと創作の場を移しても変わらない。いや、貧困の中で「一句にても一行にても無駄を減じて、全編に精神の貫徹するを第一と心懸け」（一九〇五・一二・一三）る作家のイメージは、不在なるがゆえに更に高められ美化されていくと言うべきかもしれない。そうした二人の「絆」を象徴するひと品が、小諸を去る藤村のもとから神津に手渡されていた。③に見られる「机」がそれである。それは「あのきたない机には履歴がありますす」（一九〇五・六・七）とされるように、まさに「『破戒』の半分以上はあの机で書」かれ、また「欧州近代の文芸と思潮とに七年ほどの間、日夕心を励ましたのもあの机」として意味付けられるのである。別離に際し、「机の裏」にはそっと藤村の手になる「をかしき文字」が認められた。書簡の一切を丁寧に保存していた神津が、この「机」をどんな気持ちで受けとったろうか。神津日記の中には「明治に於けるこの世界的文学者の七年間の好伴侶たりし机は、余が貰うことに約束した」（一九〇五・三・五）という昂ぶった調子の記述が見られる。「机」――それは「文学的労作の生涯を思出」す一つのよすがとなるだろう。

ちなみに『文章世界』の一九〇七年八月号には、「机に向ふ時の感」なる特集の下に十八人の作家の「談話」が掲載されている。例えば小栗風葉は、「徹夜の趣味」と題して「昼夜も別かず、机に向」かう際の「他人には解り悪い」創作の苦心を述べ、「感興」を引き起こすための工夫や書斎における「机辺」の状況を語っている。他にもこうした「机」の問題に言及した田口掬汀の「机に向つて酔ひたい」や柳川春葉の「机辺の火気」などと題された一文もある。これに限らず、同時期の『文章世界』を繰ってみると、「名家の書斎」と題された探訪シリーズをはじめとして、毎号巻頭には著名作家の「書斎」や「原稿」の写真が掲載されている。また藤村自身、一九〇六年一一月号に「書斎と光線」と題する「談話」を載せてもいるわけだ。こうして見て来ると「文芸誌」が広めたものが、単に作品それ自体に留まらぬことは明らかだろう。それは〈文士〉のライフスタイルのイメージを多様な形で流布させていたわけだ。ここで注意すべきは上京した藤村が、神津のもとへ頻繁にこうした「文芸誌」を送付していた事実である。④に掲げた『早稲田文学』の他にも、『明星』（一九〇五・六・七）、『芸苑』（一九〇六・一・五）、『文章世界』（一九〇六・一〇・一六）などが確認出来る。また他に誌名は判然としないが、ほぼ毎月藤村が何らかの雑誌を神津のもとへ届けていた事が分かる。さらに生馬は、神津を積極的に柳田国男や独歩、花袋、晩霞らと引き合わせた事実を捉えて、藤村が「猛氏の趣味涵養に努めんとした跡も明か」と指摘してもいる。こうして神津は藤村の導きの下、〈文学〉という場の中へ次第に引き込まれていったわけだ。むろん、この間『破戒』刊行へのプロセスは逐一、詳細に神津のもとに報告され、彼の心を逸らすことはない。また打ち続く妻子の死が、結果的に創作行為の苦難とその神聖さを高める効果を果たしたのも皮肉であった。

　神津宛書簡を巡って今一つ留意すべきは、こうした藤村の多様な説得のレトリックが〈文学〉を価値づける上で、世人——とりわけ「小諸商人」へのあからさまな嫌悪の言葉を伴って成立した事実である。「文芸の事業に何等の興味なき人々」、「文芸保護の念もなき人々」（一九〇五・三・五）といった言葉は、明らかに「文芸の事業に深き感興と同情とを寄せらるゝ兄」と対置されることで意味を帯びてくる。そうした「卑俗」な連中は、「日に原稿紙三十枚位は書くか」といった情けない質問を文士に浴びせることで、「斯ういふ人に二年越の苦労を話したとて、真実には受けません」と嘲笑されてしまうわけだ。「小諸経済」のただ中で、藤村が独自の言説を編成した問題については、本書の中で作文指導の内実を検証しつつ確認した。[8] 今パトロネージの問題に関してさらに付言するなら、高山宏も説くようにヨーロッパ中世のパトロンがしばしば「絶対王政をにおわせる『父』[9]」として作家の前に君臨し、その庇護が時に耐え難い束縛に転化した側面を忘れることはできない。すなわちいかに「文化装置」としてあろうとしても、その「金銭」の持つ圧倒的抑圧は、パトロンをいやが上でも一人の権力者に仕立て上げてしまうわけだ。そう考えると、藤村書簡の言説がこうした「金銭」の暴力性を巧みに糊塗し、「経済」性を〈文学〉性によって隠蔽する機能を持っていたことはもはや明らかであろう。いや文学を「経済」性によって計る行為を卑しむ認識は、実は現在の我々の中にも未だに根深く巣くっているはずだ。藤村の言説の持つ呪縛力はけして等閑視出来るものではない。

最後に、残された神津日記[10]の検証を通じて、そうした藤村の言説の持つ〈説得〉の効果を確認しておきたい。まず注意すべきは藤村との出会いの当初、そのイメージは「性質が余り才気に走り過ぎる」、「才気を振廻し過ぎる」（一九〇三・一二・五）といった形で、必ずしも肯定的なものとは言えなかった点である。それは多分に熊二からの影響もあろうが、こうした評価が約二年後には「当今文壇に於けるこの天才」（一九〇五・三・五）、「明治に於けるこの世界的文学者」といった調子へと明らかに変質していく。その過程で起こった問題を日記より拾ってみたい。例えば「島崎、丸山の両氏は余の書斎で遊ぶ」（一九〇四・一〇・一六）、あるいは「氏から依頼の秋の収穫の写真を上げたりして、色々話した。何れも文芸上の話」（同・一二・一七）といった如く頻繁に両者が接触し、芸術談義に花を咲かせていた事実がわかる。時にそれは「執筆中の長編小説に就いて」の議論に及び、藤村は書きかけの草稿を示しながら、その「装丁に就いて」「挿画に就いて」、または「『破戒』の大略の筋」（同・三・四）にまで踏み込んだ話しがなされた。しかもその合間には「出版は自費出版にする」むねや、「凡そ四百円位要る」といった金銭上の問題にもしっかり言及されていたわけだ。また「島崎氏から来信」の記述も頻繁に現れ、とりわけ先の「ゲエテ」と「シェレイ」をめぐる書簡の一節はそのまま日記中に引用されてもいる。

ところで君と未だ交り浅き身ではあるが、君が文芸に深い感興と同情とを寄せられる事を知った。実は他にも小諸などで相談しようと思ったが、その為に留任せよなどと言われるのも嫌だし、それに文芸に同情を持たぬ人達にはかるのもつまらぬゆえ、君にこの事を相談するのだ。向後三年を約して返済することとして、金四百円を補助して呉れぬか。泰西の名士ゲエテは人を得て活き、シェレイは人を得ずして死す。文芸を重んずるの意あらば、何分にも頼む、という手紙。如何にせばよいか。（中略）これを如何に斯道の為とはいえ、これだけの大金を貸すということは出来兼ねるので、遂、寝るまで返事の言葉を考え得なんだ。（一九〇五・三・六）

この借金依頼の日の日記が、ほぼ藤村書簡からの全面引用である事実になによりも注意したい。そこでは藤村の言葉を読み、なぞることで自己を書簡の記述に即して「君」と客体化していく中で、次第に神津自身の「自己」が見失われ、替わりに「文芸を重んずるの意」という言葉が一種脅迫的なまでに彼を拘束していく事実が分かるのである。さらに留意すべきは、なによりも神津自身が一人の実業家として「我家の財政に対して、もう少し信用を作る」必要があった点だ。つまりこの援助が「必ずしも回収出来るや否や確かでない」こと——その危険性を彼自身は既に熟知していたのである。にもかかわらず、神津は支援を承認する。それはなぜか。この日の日記から窺えるのは、「文芸に同情を持たぬ人達」という、これも藤村書簡からの引用句の重みであろう。約一年前、義塾の経費削減問題が浮上し、藤村の退職が議論された際、その日記には「小諸町の金持連中は何をしているのであろうか」（一九〇四・三・二一）という義憤の声が記されていた。その点でも神津にとって、この一句はまさに己を呪縛する決定的な〈力〉となりえたのではなかったか。

以降、大正期のフランス渡航費に至るまで、膨大な金が神津のもとから藤村へと手渡された。それは今日『破戒』序文の中にある「恩人」の一語によって相殺されたかのごとくである。また一方神津が、この後あたかも藤村その人の「生」をなぞるが如く、相次いで子供を病いで失う事実についても殆ど知られることがない。そしてその度に日記では「島崎氏が去年三人の小児を失ったこと」(一九〇七・一・一六)が反復・追想されていくのである。

一九〇七年六月二六日の日記には、また「西園寺侯から島崎氏の処へ来た手紙を一通貰った」というさりげない一文が見える。ここには、あるいは「雨声会」[11]に招待を受けた名士を友とすることへの、神津のささやかな誇りが見て取れるかもしれない。西園寺——藤村——神津というこの三者関係の中に、自己の作品が商品として大量に流通することを「自費出版」という形で頑なに拒んだ作家が、一方で「世界的」な「天才」として流通してしまう皮肉を見てとるのは、あるいは穿ちすぎだろうか。いや、出版制度の中で果てしなく流通していく〈文学〉があるとすれば、逆にそこから孤立してみせることで価値を生成する〈文学〉もまた存在し得るだろう。「自費出版」にあくまで拘った作家が、一方で次回作『春』では「新聞小説」という方法に打って出る。神津宛の書簡には「新聞社よりは創作上に関する一切の自由を与へ、新聞向きといふ顧慮を要せざること、板権《ママ》は著者にあること」(一九〇七・九・二二)なる明確な記述が見られる。「自費出版」と「新聞小説」——いってみれば読者をめぐって明らかに矛盾する二つの形態が、『春』では同時に実践された。それは限定され私的なものこそが、実は最も普遍性を獲得し得る逆説そのものを暗示するかのようだ。そしてこれは文学が、実は資本主義経済の価値形態を巧みに隠しつつ流通・交換されていく時代の幕開けでもあったのである。

注

(1)『絶対文芸時評宣言』(河出書房新社　一九九四・二)一四頁
(2)注(1)に同じ
(3)田中優子は「江戸文化のパトロネージ」(熊倉功夫編『日本の近世11　伝統芸能の展開』中央公論社　一九九三・三)の

中で、パトロンによる「共有の場の形成」の問題に関して詳しく論じている。（一四三～一七六頁）
（4）「夏目漱石の金銭哲学」（竹腰幸夫他編『文学に見る経済観　近代作家十人』教育出版センター　一九八六・三）
（5）「川上眉山の死——明治文士の経済生活」（『日本近代文学』一九七〇・五）。また中山昭彦「死の歴史＝物語——明治後期の〝文学者〟の死の報道」（『季刊文学』一九九四・夏号）もこうした問題に関わる。
（6）拙稿「『春』の叙述——〈透谷全集〉という鏡」（本書第十一章）
（7）和田利夫『明治文芸院始末記』（筑摩書房　一九八九・一二）には、この問題に関する詳細な検討がある。
（8）拙稿「〈小諸〉という場所——島崎藤村における金銭と言説」（本書第六章）
（9）「パトロンの系譜と機能」（電通総研編『文化のパトロネージ』洋泉社　一九九一・四）
（10）神津日記の引用は『藤村全集』別巻所収のものを利用した。
（11）藤村自身は一九一〇年一一月の「雨声会」に出席している。

第八章 「水彩画家」の光彩――〈ローカル・カラー〉論――

ローカル、カラーが作品の上に重んぜらるゝやうになつたのも、矢張、新文芸の自然の影響であり結果である。真に迫るといふ立場から言ふとローカル、カラーは実に重要なものになる。（中略）ロオ《ママ》カルを出すといふことは人物と社会とを描くことである。ロオカルを出すことを考へずに、到底真に迫る小説は書くことが出来ない。

（田山花袋『小説作法』博文館　一九〇九・六）

一、〈ローカル・カラー〉

一九〇〇年代、所謂〈ローカル・カラー〉・〈地方色〉といった言葉が、当時気鋭の画家達を中心にして、文芸の領域でも広範に用いられた。それは明治三〇年代初頭の民友社系作家による、多分に審美化された〈故郷〉像を相対化しつつ、まさに「真に迫」った「人物と社会」の関わりを標榜する試みに他ならなかったはずである。これは二つの戦争を契機に、日本固有の景観美が科学性の意匠をまとって声高に唱道されてくる時代の側面とも恐らく照応するだろう。それゆえにまた帰国後の高村光太郎が、後期印象派宣言とも言うべき「緑色の太陽」（『スバル』一九一〇・四）をもって、激越な口吻で「僕は其の地方色といふものを無視したい」と、石井柏亭一派を論駁せねばならない必然性もあったのだ。[1] それぞれの〈西洋〉に邂逅したはずの芸術家が、翻って自己の周囲に何を見出そうとするのか。島崎藤村の「水彩画家」は、まさに洋行帰りの水彩画家鷹野伝吉の物語なのである。本章はこうした〈ローカル・カラー〉の時代とも言うべき側面が、作品にどんな影をなげかけたかを測定する試みである。

「水彩画家」が収録された作品集『緑葉集』（春陽堂　一九〇七・一）は、従来の文学研究では作家藤村における詩から散文へのドラマを普遍化させる形で読み解かれて来た。そうした『破戒』という〈名作〉を大前提とした、逆方向の評価をこの際一度徹底的に否定するためにも、ここではなによりもまず、それが収められた『緑葉集』の諸作が、こうした〈ローカル〉を描いたものであったという自明の事実に立ち返る必要性があるだろう。その序文の一節では「七年の間、予は田舎教師として小諸に留つて、荒涼とした高原の上の生活を眺め暮らした。真に『田舎』といふものが予の眼に映じ初めたのはその頃からである」と規定した上で、二三の作品をのぞいてそれらはすべて「千曲河畔の物語」であるとしている。その題名からも判断される如く、『緑葉集』の諸作に風土に関わる色彩感を覚える読者は、必ずしも私一人ではないはずだ。一九〇七年五月の『趣味』には、この『緑葉集』と『破戒』をめぐる同時代評が幾編か掲載されているが、「酔生」と号されたその中の一編は「ローカルカラアの現れてゐることは、此の作の一特色として、世間の人が喧ましく云つた」とまず当時の状況に言及した上で、「氏の作はこれをたとへれば水彩画だ、色《カラア》はあるが淡い」としている。同様の問題を、「春風」と号した一文では「初夏の緑に日影が輝いてゐる」ような表現とまず捉えた上で、それが端的に現れた作品として「水彩画家」と「老嬢」の二作を指摘する。しかしこの文章ではさらに「北佐久の高原に於ける事実とは時に思はれないやうな」印象を残す点が注目されてもいる。こうした現象との食い違いを、違和感として提出している評言は他にいくつも指摘できる。あくまで事は印象批評の範疇に留まるものの、むしろ印象ゆえにそれは読み手の感性の所在を知らしめる有力な手がかりともなるはずなのだ。すなわちここで言えることは、作品が一つの〈色〉を読者に印象付けると同時に、それは常に読者の中のそれぞれの記憶の風景との対比をも要求しているということになろうか。つまり「この短篇集中にあらはれた信州の自然と、直接に人々が感ずる信州の自然との間にどの位の差異があるか」（夏雄）を読み手が探らずにはいられないようなテクストでもあるわけだ。

しかし一般に〈ローカル・カラー〉という言葉の持つ意味合いには、こうした自然・風景・色彩といった側面にのみ回収されない問題もまた含まれていたはずである。冒頭の花袋の一文でも、「人物と社会」の関わりを捉えることにその主眼があったわけだが、今一つ傍証として三島霜川の「地方色と作家」（『新声』一九〇九・一）なる一文があげられる。そこで霜川は「一体地方色《ローカルカラア》と云ふと、主に其地方々々の自然を聯想する人が多いやうだが、僕は実に自然よりも人間に、より多く表はるべきものだと思ふ」とした上で、「人間の生活を観察」する必要に説き及んでいる。つまりなによりもそれが「荒涼とした高原の上の生活」（『緑葉集』序文）の記録でもあった事実を、ここで想起する必要があるだろう。自然主義の諸作が〈身辺雑記〉と称される所以も、このあたりに求められるはずだ。すなわち作中に一つの生活空間を現出させ、そこに新たな物語を発見していくこと――勝原文夫は、審美の態度による「生活的景観[2]」へのコミットの問題としてそれを規定しているが、〈ローカル・カラー〉とは、こうした〈生活者〉の視点に対する、時代的な関心の高まりを暗示するタームでもあったわけだ。この様な〈生活者〉の視点と、美を求める〈画家〉の視点を交差させつつ、読者の中に「真に迫」った「自然」をイメージさせていく方法――そこにこそ「水彩画家」と命名された物語があったと言わなければなるまい。

二、「新帰朝者」伝吉

海上は先づ無事。汽船薩摩丸が神戸の港に着いた九月の一日。船を取囲く艀の小蒸気に飛び移つて波止場に上つた帰朝の客は都合七人。船旅の徒然《つれづれ》から、新嘉坡《シンガポール》の市場で黒奴の為に押付けられ、さて捨てるには捨てられず、さんぐ〵な目に逢はせられた猿、鸚鵡《あうむ》――其も今は航海の記念として、各自大事さうにして居るのも可笑《おか》しかつた。四人の客は此波止場で先づ別離《わかれ》を告げ、残る三人は京都迄同伴して、一人は又た其処で別れた。

後の二人は一緒に東京迄。

音楽研究のため、墺太利《オーストリヤ》に三年の月日を送つたといふ女子留学生、柳沢清乃は又た新橋で別れて、親戚や音楽者や素人の群なぞに取囲かれて行つた。鷹野伝吉は一人になつたのである。（壱）

神戸港に帰り着いた汽船の乗客の群れ。それぞれの〈西洋〉を心に焼き付け、「航海の記念」をたずさえた乗客達は、こうして一人また一人と〈日本〉という社会の中に消えていく。その中で語り手が最後に捉え出すのが、新帰朝者「鷹野伝吉」の姿である。同時に、今一人音楽家柳沢清乃の存在を指摘することも、語り手は忘れていない。気鋭の水彩画家である伝吉は、こうして「一年の長旅を終つて、幽静《しづか》な田園画家の生涯を送るために」（壱）、洋行中片時も忘れることのなかった彼の故郷――「千曲川のほとり、火山の麓に眠る小都会、いつまでも昔の挨拶と私語《さゝやき》との小諸」（同）へと帰還していく。彼にとってこの一年に得た「智識と経験」、それは「普通の十年を送るよりも多かつた」という。以下語り手は手際よく、伝吉のその一年間を概説していくことになる。


あるときは倫敦《ロンドン》美術館の階段を上つたり下りたりして厳粛な英吉利《イギリス》派の風景の前にも立ち、あるときは又た歌劇の燈火《ともしび》の影に映る巴里《パリ》の華麗と歓楽とをも味つた。有名な仏蘭西田園画家の「地の声」、自然派印象派の諸家の新画、色彩《いろどり》を施した神話伝説、およそさま〴〵な近代美術の精髄を聚めた「ルウヴル」、「レキセンブルグ」の画堂をも経廻《へめぐ》つた。

そればかりではない、野罌粟《のげし》の花の紅く燃えるやうな「アルプス」の谷を越して、伊太利《イタリー》に入つたのは丁度六月。（壱）

ステレオタイプ化された名所――名画のとりあわせとしての芸術版西洋案内記の体裁を、その記述は出るものではない。語り手は伝吉の歩んだ〈西洋〉を、こうしてあくまで額面的に祖述しつつ、〈近代〉と言う名の物語に酔いしれる一人の西洋主義者として伝吉像を構築していく。その伝吉が、まさに「昔の挨拶と私語《さゝやき》」がこだまする「小都会」へと帰還していく。ドラマの大枠は、既にこの冒頭に設定されていたと言ってよい。

こうして伝吉は「新しい家庭、新しい交際、新しい画室、新しい製作」を求め、「漠然とした幸福《しあはせ》な空想」に導かれつつ、郷里の山野を彷徨する。この「餌に飢ゑた若鷹」のような伝吉の目前で、あらゆる信州の自然は「豊富な画材」としてフレームアップされていく。同時にそれは彼自身を「仏蘭西の名高い田園画家」になぞらえることでもあった。また新しい画室製作にあたり、それを飾るため伝吉は「古今の名画の写真、遍歴した画堂の目録、美術史、美術家の伝記、瑞西《スイス》の木彫、独逸《ドイツ》の花瓶、倫敦《ロンドン》の置時計、亜米利加《アメリカ》の人形、拿堡里《ナポリ》の貝、羅馬《ローマ》の鑲細工《モザイク》、埃及《エジプト》の香木、『エルサレム』の珠数、新嘉坡《シンガポール》の椰子の実、港々の絵葉書」（壱）等々を蒐集してきたのだと言う。この奇妙に夥しいモノと地名の群れ。それは伝吉の中に、常に〈西洋〉を喚起させる空疎な記号であると同時に、漢字とルビが表出する視覚的差異の中から、読み手にもはるかな〈西洋〉をイメージさせる手段となっている。こうしたことは何よりも伝吉自身が、都会に留まって名声を確固たるものとすることには一向執着せず、常に故郷の高原が醸し出す「山の上の空気」にひかれていく事実とも恐らく呼応するだろう。つまり伝吉における故郷とは、かつて見たアルプスの山々を再現する場であったという事なのだ。こうした事実を、語り手はきわめて冷静に報告していくことになる。そぼ降る雨の中、まるで追われるごとく故郷を後にしたかつての伝吉を、今度は一人の洋行帰りとして諸手を挙げて歓迎するのもまたその故郷である。村人達の「追従たらぐ〳〵」の有様を、そしてそれに答えて、得意満面に〈西洋〉を説いてみせる伝吉の面持ちをも、語り手は正確に描出していく。

こうしてあえて一介の西洋主義者として規定された伝吉を、相対化する存在として語り手が準備するのが母親である。

「彼様《ああ》いふ男は物を好加減にして置かれねえから困る。御饗宴《おさかもり》をするとなれば、分別も何も忘れるほど夢中になるし、其裏が来て厭だとなつたら、客を見るのも面白くないといふ風に変るから不可《いけ》ねえ。なにも御饗宴が悪いとは言はねえ。極端から極端へ飛び過ぎると言ふのさ。おめへと兄さんと、搗交《つきまぜ》ると丁度い丶がなあ。」

「ほ丶丶丶同じ兄妹で、奈何してまあ斯様《こんな》に違ひやせう。」

「だから私が斯梭《をさ》の音を、彼《あれ》に聞かせたいと言ふのは其処だぞよ。幸福だ、幸福だと思つて、図に乗つて酔つたり笑つたりして居るが、どんな恐しい不幸《ふしあはせ》が後に隠れて居るか知れねえのだ――痴児《たはけ》め。」（弐）

離れから聞こえてくる伝吉歓迎の「高い笑い声」がこの小都会の「挨拶」の一面であるとすれば、その裏で身内の母と妹との間で繰り返されるこうした口さがない「私語《ささやき》」をも、語り手は視点を伝吉から切り換えることで適確に伝えている。母は真の労働の意義を「梭《をさ》の音」で子に示し、また一方で庭先に咲いた「優曇華《うどんげ》」に不吉な前兆を感じ取ったりもする。こうした母の存在が、紛れもなく西洋主義者伝吉の像と対比される形で機能していることは自明だろう。つまりこの様な母を「迷信の深い人は種々な仮象《もの》を見る」（参）と一笑に付す伝吉との間に、以降を読み解く上での二項対立的〈図式〉が提示されていると言えるのだ。泥臭い信濃なまりむき出しの母の言葉と、小諸に育ちながら今や故郷のなまりを完全に捨て去った伝吉の言葉が、際やかに対置されている事実からもそれはおしはかれる。

しかしこうして語り手を通じて読者の前に差し出される〈モダン〉対〈ローカル〉といった月並みな二項対立をも、我々は相対化する必要があるのではないか。後の丸山晩霞の激しいモデル論議を徴するまでもなく(3)、この母親は、明らかに伝吉を撃つ一人の〈生活者〉として造型されている。こうした伝吉と、母や妹お勝の存在に対し、等価に焦点を合わせつつ、そこに作品を読解する基本的チャートを浮かびあがらせていく語りの方法は、この時期の他の作品、例えば「旧主人」において不倫の現場にたちあうことになる下女の、土地に根ざし人称化された語りや、あるいは「藁草履」冒頭にみられるような、鳥瞰的に信州全体を見渡す語り口とも異なっている。言わばある時は母、あるいは妻と視点を移行させつつ、それぞれの感性に即応し、そこに〈現在〉という時間に立脚した生活空間を現出させていく語り口とでも言えようか。しかしそうした形で切り出されてくる生活空間が、先にも見たように言わば一定の認識にそう形で図式化された側面を持つ時、それはもはや真に他者に向けて開かれた視点とは言えまい。前掲の同時代評の中に、この時期の藤村作品の表現を「単純な叙記《デスクリプシヨン》ばかりでなく、間々説明を加へてゐる」〈酔生〉という指摘がなされていた点も恐らくこうした語りの図式性の問題に関わるはずだ。「丁蹊生」と号する評文の中には、「水彩画家」が「強ひて三人称を以てしなければならない必要」がどこにあるのかといった率直な疑念も提出されている。すなわち作中における語り手の視点が、しばしばその意図とは裏腹に作品の自然さを損なう形で機能しているのではあるまいか。多くの読者に自然の〈色〉を感得させつつ、それがどこか「事実とは時に思はれないやうな」印象を抱かせる問題も、恐らくはこうした図式を読者に提示する方法に起因するはずなのだ。自然を〈色〉として見るのならば、それもまた一つのパターンに相違ないだろう。こうしたテクストから表出される感性を注視していくことでしか、語りの問題は我々の前に開かれてはこないはずである。

三、〈色の時代〉

ここでこの様な自然から〈色〉を読み取り、そこに新しい近代的感性を重ね合わせていく時代的側面を、いくばくか参看しておく必要があろう。一八九〇年代——それをこうした〈色《カラー》の時代〉として括ることも可能ではないかと思うのだ。土方定一の次の言を先ず見てみたい。

三宅克己は、第一回の欧州留学から帰つて、明治三十二年、丸山晩霞の郷里であつた信州小諸に、自然の写生を研究するために赴いたのである。自然の写生を研究するために、小諸に山間生活をする、かういつた言葉の背後に、バルビゾン派的な情熱が明らかに見られるやうに思はれる。明治洋画の発展は、明治十四、五年頃からの反動期の登場とともに、歴史画の領域に閉塞せしめられてしまつたといふことができるのであつて、それは、日清戦争を経るとともに、黒田清輝等の前期印象派の移植とともに、風俗画、風景画へと展開することができたのである。

（『近代日本洋画史』昭森社　一九四一・五）

一八九三年の黒田の帰朝にともなって、日本画壇の一翼をしめることになる所謂外光派は別名紫派とも呼ばれた。この時従来の歴史画における、何を描くかの議論から解放された画家達は、はじめていかに描くかの問題に直面したとも言われる。水墨画以来の伝統にマッチした水彩画が、それまでの事件や風俗への即応性に加え、〈色〉の面から注目されていくことになる。酒井忠康はこうした水彩画が「外光描写＝印象派を予兆した風景画の伝播と軌を一にして、広範な支持者を獲得(4)」した要因に、『明星』、『スバル』をはじめとした文芸誌における挿絵としての採用、及び水彩画を原色で印刷した絵葉書の流行といった問題を指摘し、まさに日本全土にこうした〈色〉が氾濫した事実に言及してもいる。画家としては先の三宅、丸山をはじめとして、大下藤次郎や吉田博らの存在も逸することは出来ない。こうして一九〇五年には初の水彩画専門誌『みずゑ』が創刊され、また大下の著名な『水彩画之栞』（のちに改訂して『水彩画階梯』）は、手軽な入門書として版を重ねることとなる。水彩は油彩とちがい、簡便さを理由に確実に庶民の間にも普及し、その感性に静かに浸透していった。それは簡潔に言うなら、「水彩画を介して西洋風の気分に浸る」（酒井）ことに他ならなかったはずなのだ。また田中淳は、こうした問題を「自我を抑圧する因習と制度」[5]からのささやかな感性の解放として位置づけてもいる。このような見解は概ね肯定できるが、制度からの解放が、〈西洋〉という名のもう一つの制度にとりこまれる契機を内包していた点をも、やはり見落とすべきではないだろう。この感性をこそ、我々は今注視してみねばならぬのではないか。その為にも、今少し当時の水彩画家達の発言に耳を傾けてみたい[6]。

丸山晩霞は「日本と水彩画」（『みづゑ』一九〇六・一～三）の中で「余が愛づる楽園は故郷である、余が故郷を愛慕するの情は世の常ならざりき、（中略）余の熱閙雑踏の都会を厭ふの情も、又尋常ならざりし」と言う。こうした志向はむろん時代の故郷回帰の状況とも呼応するものではあるが、しかしここでは故郷における「理想の隠れ家」で、彼ら帰朝者が目撃することになる現実にむしろ注意しておきたい。

其所（シンガポール・注中山）まではよかつたが、いよ〳〵長崎港に着して、自分は画家として少なからぬ幻滅と失望の淵に沈んだ。色彩と云ふものが、一夜のうちに褪色して、山も島も樹木も、皆真黒に変色した感に襲はれた。私は久し振りに、言葉の自由な楽しかる可き母国長崎港に上陸して、実は諏訪山の茶店に腰を掛けつゝ、これはどうしたことかと、思はず歎息の声が出たのであつた。（中略）一部の批評家は、新興洋画家即ち白馬会連は、日本に居て日本風物に対しつゝも、遠く仏蘭西の自然を夢みて、紫色で画を描いてゐるのであると云ふ中にあつては、到底外国を想像して製作するより途は無いとまで思つた。

（三宅克己『思ひ出つるまゝ』光大社　一九三八・六）

丸山と入れ違いに洋行した三宅克己のこうした悲歎の声は、はからずも彼らが自然という対象を色彩の複合体として捉えるという、極めて印象派風の認識方法に囚われていた事実を明らかにしている。この様な感性の有り様は、「最も深い日本風物に対する幻滅」を「巴里、倫敦、白耳義辺の自然」をそこに二重写しにすることですり替える技術を養成することにもなるのである。一方、丸山は「色彩に就て」(『みづゑ』一九〇六・八)と題した一文で、絵画の中心を色彩に求め「色は光によつて始めて現はる丶ものである。光の変化によつて色に影響を及ぼすのは勿論で、同じ物体にても、朝と夕とで色に相違を生ずるものである」と指摘している。光と大気に包まれた自然を、日本画の輪郭線の束縛から解放し、自然界の不可思議な〈色〉として表現する所に彼らの大きな特質もあったわけだが、複数の色をパレットの上で容易に混ぜ合わせることの可能な水彩画において、その感性はいかんなく発揮されたと言うべきであろう。またそれはモノを対象として描くことの束縛から、モノとモノの間、あるいはモノと表現主体の関わりが問われることにもつながる。事実、五姓田芳柳(二世)は、当時の洋画界に「空気といふ言葉が唱へられ従来の画風に一転期を画した」(「水彩画の沿革」『みづゑ』一九一六・五)問題にふれ、それが何か一般には「霧の中をのぞく様だとか灰神楽の写生だとか」いわれたと回想してもいる。モノの形状から、それを包む明暗の彩へ——そこには表現主体と対象との関係の、明らかな組み替えが孕まれていたはずだ。[7] 先にあげた大下藤次郎の『水彩画之栞』をはじめとして、当時爆発的売れ行きを見せた水彩画入門書の大半が、こと細かに自然描写に際しての色遣いを説いていた意味も、こうした感性のあり方が、燎原の火の如く普及していった状況を示唆している。こうして多くの素人画家達は、入門書片手に彼らの周辺にふんだんに手つかずのまま残されていた自然の中に飛び込んでいった。[8] また三宅や丸山がそうであった様に、彼らの大半は教師として多くの子供達に絵の手ほどきをしてもいる。

この様にしてまさに〈ローカル・カラー〉の時代が到来した。それは自然をもふくめた、それぞれが生きる現在の生活空間が問われる時代でもあったはずである。しかしながら帰国直後の三宅が既に「幻滅」を覚えていたように、それは日本の自然の〈暗さ〉の発見でもあった。それをそれとして追及した所に、また自然主義の「真に迫る」表現もあったわけだが、〈暗さ〉を光の反面と考えるなら、これもまた一つの色彩表現だったと言うことも可能だろう。[9] いずれにしてもこうして三宅が、以降「外国を想像して製作する」方法に活路を見出した如く、彼らは自然を〈色〉によって閉ざしてしまったと言うこともまた可能なのである。こうした事情をもっとも端的に示すのが、なによりもその後の水彩画の消長であったと言えるのだ。それはたちまち通俗化し、もはや形骸と化した風景描写に自足することで、匠秀夫も指摘するように「非生活的な美意識に浸り端的な対象への肉迫のコースをそれて」[10] いくことになる。〈自然〉と向き合い、生活そのものを対象に選び出しながら、その実むしろ対象とダイレクトに関わる道を閉ざしていくこうした感性のあり方、それは表現主体が囚われていたもう一つの制度の存在をありありと我々に示しているのではあるまいか。

この様な状況を踏まえつつ、今一度作品「水彩画家」の世界に立ち返りたい。伝吉における〈西洋〉とは何であったか、またそこに語り手の問題はいかに関与するのかが、改めて問われねばならないはずである。

四、〈西洋〉という観念

観念としての〈西洋〉に取り憑かれた伝吉が、自分の存在にはじめて疑問符をつける契機となるのは、言うまでもなく妻と直衛との交際発覚である。「昔の挨拶と私語《ささやき》」（壱）が交差し、迷信深い人々が「仮象《もの》を見る」（参）世の中に対し、伝吉にとって直衛は明らかに自分等と同胞の資格を有する存在であったはずだ。「畢竟、お前なんかには解らない。成程社会《よのなか》といふものから言つて見れば、直衛さんのやうな人は――罪人だらう。しかし彼程可憐《あはれ》な真面目な罪人が世の中にあらうか。」（参）という伝吉は、何はばかることなく「直衛さんの悲哀《かなしみ》は、たしかに正直な青年の悲哀なんだ」と酔ったように高唱している。ここで言う「青年の悲哀」とは、まさに世俗の論理から逃れて「山の上の空気」（壱）にひかれていく、青年固有の欲望であると同時に、直衛を理想化し肝心の対話相手のお勝を一方的に排除する発言でもある。そこにまた伝吉自身の存在証明もあったと言わねばなるまい。しかしこうした、世の中の差し出す論理の枠組みから常にズレていたいという欲望は、伝吉のあずかり知らぬ所で既に崩壊の危機にさらされていた事になる。妻の手紙を「好奇《ものずき》な心」（四）から盗み読むことで、その「秘密」は実にあっけなく暴かれてしまう。しかしそれは伝吉の「新しい生涯」（壱）という神話そのものが、はじめから内包していた危機であったとも言えるのだ。


離縁――といふ思想《かんがへ》が始めて胸に浮かび上つた時は、流石に身に迫る猛烈な悲哀を感じて来た。さういふ思想を起したことすら、既に痛しく腹立たしく感ぜられたのである。

「何故、離縁する？　何処に証拠が有る。その証拠は？」

と立ち止つて、自分で自分に尋ねて見る。

「無論、あの手紙だ――証拠はあれで沢山だ。」

とまた自分で答へた。（中略）法律の約束が心に浮んだ。伝吉は覚束《おぼつか》ない智識を辿つて、いよ〳〵思ひ迷つたので有る。彼の手紙が正當な離縁の証拠になるであらうか。博士達の作り考へた民法が自分の離縁を認めるであらうか。姦通でも無い。不義でも無い。二人を法の罪人とは思はれない。法の罪人でも無いものを、どうして左様容易《たやす》く離縁が出来よう。（四）

〈理解者〉直衛が、むしろそれ故に一転して妻の〈同情者〉へも変貌するという現実に直面した伝吉にとって、「離縁」は容易なことではない。それはなによりも「民法」という名の枠組みの中に、自己を押し込む行為でもあるからだ。「社会《よのなか》」とはけして一枚岩のものではない。それはこの様に法文化されたハードの論理と、一方常に我が子を「痴児《たはけ》め」と叱責する、母が口にするところの常識という論理をもって伝吉に迫ってくることになるのだ。しかもその母の論理の中には、下山孃子が指摘するような「〈間違〉った〈世間〉を相対化していく(11)」ような「生活者の智恵」が孕まれていたはずだ。「世にありふれた夫婦の離別と軽く見て居た家族の破壊」(四)——それは実は伝吉にとっての「新しい生涯」そのものをも、なしくずしにする事件であった。事実こうした状況の中、いつもどおり写生に出た伝吉は、「手が瘧《ぎやく》を煩ふ人のやうにぶる〳〵と震え」(同)たちまち絵筆を投げ出してしまう。そこで彼を迎えたのは、もはやかつての「画材」としての自然ではあり得ない。そしてさらには、岡の上を飛ぶ「鴉の群」に伝吉はお初の死をも直感し、「身の毛の弥立《よだっ》つやうな恐」ろしさを意識する。「優曇華《うどんげ》」に不吉な前兆を見た母の論理を「仮象」と笑った伝吉は、こうして完全にその足元をすくわれた格好となったわけだ。

　この様な状況にいたたまれぬものを意識する以上、伝吉はもはや世の中が差し付ける論理とは違った別の論理を、捏造することでしか生きてはいけない。それは言ってみれば「結婚」に別の意義を見つけ出そうという苦しい転換でもあった。妻のお初の前で、伝吉が読み上げた直衛宛の彼の手紙には、「三人の新しき交際《まじはり》」(五)という言葉が見られる。それは「お初の霊魂《たましひ》は君のものに候。お初の肉身は生のものに候」(同)といった観念的で不可解な論法にすぎなかった。しかし伝吉にとってそれこそが「ひとへに君とお初を救」い出すことであり、ひいては彼自身において「同じ夫婦の第二の結婚」を約束する唯一の方途でもあったわけだ。こうして頑なな西洋主義者鷹野伝吉が、生活の論理との葛藤の中でしだいに形式化された〈西洋〉から蝉脱し自己確立をとげていくドラマが、我々の前には提示される。先に示した〈図式〉も、まさにそれを明らかにするためにこそ機能するものであった。それとともに、伝吉にとっての〈自然〉もまた変貌していくことになるはずだ。

しかしここで注意すべきは、冒頭においてまがりなりにも他者の視点を共有しつつ、こうした伝吉の独りよがりを暴く立場にあったはずの語り手が、にわかに伝吉に寄り添い、しだいに距離感を喪失していくという事実である。我々は、こうしたあまりに予定調和的なドラマを確認する必要があるのではないか。伝吉における「第二の結婚」は、既に「第三の結婚」の到来を我々に予想させる。直衛、そして次には作品冒頭で既に語り手によって示唆されていた柳沢清乃の存在がここでクローズアップされてくることになるのだ。しかしそこでは、伝吉における葛藤と蝉脱というあのドラマが再び反復されているに過ぎぬのではないか。以下、この「第三の結婚」と伝吉における〈自然〉の発見を跡付けながら、〈ローカル・カラー〉の意味を追尋することとしたい。

五、自然と〈ローカル・カラー〉

長い冬を越し、画室も新たに造築されたものの、伝吉の例の手紙はかえって夫婦間の溝を深くしたという。直衛も今や「自分の行為《しうち》を恥ぢて」（六）文通を控えるようになり、お初もすっかり「身を責めて居る」といった案配なのだ。また伝吉とても、怒りの感情そのものは時とともに氷解したものの、それと同時に「妻を信ずる心も消失せた」のであった。また「新しい製作」への希望も、ことごとく彼を裏切り、「霰《あられ》のやうな東京の批評家の嘲笑《あざけり》」を容赦なく伝吉はこうむることになる。こうした状況の中で、かつて目撃したヨーロッパの「美しい交際《まじはり》」が伝吉の心に兆す。偶然、療養をかねてこの地を訪れた音楽家柳沢清乃との間に、新たな交渉が生じるのもまさに理由のないことではない。こうして状況はふたたび、しくまれたかの様に繰り返される。「彼様《あゝ》いふ人に交際して、世間を知るといふのも研究の一つ」（七）だと妻に対して言ってのける伝吉の論理は、ここで「世間」をも清乃を含めた自己の理解者の集団へと巧みにすり替わった事になる。水彩画家伝吉に「嘲笑《あざけり》」のつぶてを打ちつけるのも「世間」なら、清乃との関わりを庇護するべく一方的に期待されているのもまた「世間」である。ここに伝吉の「世間」への志向は明瞭だが、こうした自己撞着の前で、妻お初が一方的に世間知らずの範疇にくりこまれてしまうのも確かなのだ。こうした二人の関係は、「私も彼様いふ悧巧な方に成つて見たい」(七)というお初のつぶやきにも明らかなように、伝吉はお初そのものを今度は排除することで、既に自己の築いた「第二の結婚」を自らなしくずしにしていたことになる。この様にして清乃の存在は、伝吉のなかで「唯一つの生命《いのち》」(六)へと昇華されていくことになるわけだ。


「あそこにみえるのは御牧《みまき》が原です。」と伝吉は対岸の高原を指して見せた。

「あれがさう?」と清乃は眼を細くして、

「まあ、大なパノラマぢや御座《ごさい》ませんか。」

「パノラマです——信州の風景はパノラマです。しかし、パノラマのやうな風景だつて、さう貴方のやうに軽蔑したものぢやない。」

「あら、誰も不可《いけない》と申したんぢや御座ません。」

「はゝゝゝゝ。」と伝吉も笑ひ砕ける。

「結構で御座ますねえ。斯ういふ山の上に御住居なすつていらつしやるのは。たしか貴方は山が御好きなんでしたねえ。まあ、好い眺望で御座ますこと。」(七)

伝吉は清乃を新しい住居へ誘い、そこから一望のもとに開ける景観を「パノラマ」にみたてている。しかしここで留意したいのは、そうした風景の実質は何ら具体的に読者に示されることはないという問題である。「好い眺望」とはあるが、その景観は読者の前には完全に閉ざされており、聞こえて来るのは伝吉と清乃の〈声〉だけだ。ここで重要なのは、景観を対象として描くことではなく、その空間と時間を伝吉と清乃が共有することにあると言ってよいのではないか。少なくとも語り手は具体的に「パノラマ」を読者に示してくれない。言わば伝吉と清乃を視線の対象とすることで、この「パノラマ」自体を二人が共に生きる〈場〉としているわけなのだ。そして距離感を喪失したこの語り手そのものも、実は二人と共に今この空間を共有している。いずれにしても対象としての風景が完全に封印されたことで、読者までもがこの〈場〉を共有することを、暗黙のうちに要請されているが如くである。もはやここで自然は、かつてのように描かれる対象として伝吉の前に実在することはないのだ。

（九）

写生の感興は青春の意気と共に昂くなつた。ある日、例のやうに伝吉は野外の写生から帰つて、画室の壁に得意の水彩画をたてかけて見た。児の顔に見とれる親のやうに、やゝ暫時《しばらく》眺め入つて、つく〴〵自分で感嘆して、聴て倫敦《ロンドン》から持つて帰つた新画の写真を取出して見た。それは英吉利《イギリス》の画家イヽストの風景画を撮つたもの、さて自分の製作と大家の筆とを見比べると――急に気の衰頽《おとろへ》を感ずる。さすがに大家の筆は躍動して居た。活きて人を襲ふところがあつた。大胆な摑み方をしても、好く調和して、無意味な色彩《いろどり》はすこしも施してなかつた。

それに比べると自分の製作は――

「『自然』といふもの、懐に飛込」（七）む写生を目指す伝吉は、〈西洋〉から持ち帰った風景画の「写真」の前で、こうしてたちまち「自分の製作」に対する幻滅に囚われていく。複製である「写真」以上に彼の絵は、「活きて人を襲ふところ」のない「『自然』の死屍《しかばね》」（九）にすぎないと言うのだ。こうした伝吉が自己の生命に直結するもののみを、「活き」た〈自然〉として捉えるようになるのはある意味で必然と言えよう。語り手もむろんそうした伝吉との共生を求めていくわけだ。

清乃との別離の日も近づいた。それは伝吉における一つの転換の契機でなければならない。こうして清乃は、伝吉の夢に現れることになるのだ。それはしかし彼にとって「清乃の死を瞑想」（拾壱）させるものであったという。あくまで一つの想念の中での清乃の〈死〉を通過することのみが、伝吉の再生と新しい〈自然〉を約束することなのではないか。夢に現れた清乃の姿は、「世の悲哀《かなしみ》を通り越して、石のやうな静息《やすみ》に帰つた其死顔――乱れて額にかゝる其黒髪――幽愁《うれひ》は長く残つて物言ひたげな其口唇――あの深い光沢《つや》を帯《も》つた眼は眠るやうに閉ぢて了つて、ふたゝび開《あ》く時は無いかと見えた」（拾壱）と言う。ここでの「見えた」とは、いったい誰に「見えた」のか。むろん伝吉に相違有るまい。と同時に、それは読者でもあるに違いない。冒頭、船から降りた群衆の中から伝吉をクローズアップし、同時に母の存在を相対的に描き分けることで一つの図式を我々の前に提示した語り手は、その図式そのものを棚上げにして、完全に伝吉に焦点化した。それは伝吉の〈夢〉と〈時間〉を共有することであり、同時に「何か人に魅《つ》く他界のもの」として意味づけられた清乃によって、逆に魅入られる存在へと転化したとも言えるはずである。まさに〈感性〉という名の不可解な共同性の成立といえよう。表現の変質がここにある。

その夜の猛烈な雷雨の中、伝吉が旅先から持ち帰った一羽の「鸚鵡」が死ぬ。それは伝吉にとって、「航海の記念」でもあった。象徴と言うにはあまりに陳腐なこの小さな事件に暗示されるように、伝吉はすべてを「破壊《ぶちこは》」し、新たな「漂泊の生涯」にのぼることをひとまず断念し、ここで妻の待つ「家庭《いへ》」や「世間《よのなか》」へ回帰することになる。こうして去っていく清乃を見送りつつ、新たな〈自然〉が彼の前に開かれる。次の小説末尾の一文をみよう。

朝餐の後、伝吉と亀一の二人は互いに三脚を携へて、写生の為に家を出た。日光は洪水のやうに地上《ちのうへ》へ流れそゝいで、雨降揚句の高原に輝き渡る。農夫はいづれも郊外に出て、山気を浴びて奮闘を始めて居た。勇しい活動の気は北佐久の天地に満ち溢れて来たのである。（拾弐）

それは伝吉における「第三の結婚」（同）が到来する瞬間でもあった。しかしすべては、見てきた如く反復なのではないか。ここで言う「勇しい活動の気」――それはあの「第二の結婚」に際して伝吉が「地から勇気を摑んで」（五）立ち上がる場面をすぐさま想起させる。こうして葛藤と蝉脱を繰り返しつつ、新たな〈自然〉を水彩画家鷹野伝吉が摑み取っていくドラマ――語り手はまさにその軌跡を伝吉と伴走しつつ、最後には彼に焦点化しながら、その自然を共有することになる。そして読者もまたそこに参画することを暗黙裡に要請される。こうした〈感性〉の解放は、形式としての〈西洋〉からの離脱と生活への回帰によって保証されることになるだろう。ここに〈ローカル・カラー〉成立の意味もあったはずだ。つまりそれは単なる〈西洋〉への追随ではない、固有の〈自然〉の発見であったというわけだ。伝吉において「破壊」する衝動と、「世間」の枠の中に収まる行為とがさしたる矛盾もなく同居し得た所以も、まさにそのあたりに存在するはずである。

そして我々はこうした「出発のドラマ」が、作家藤村をめぐって以降、〈学問史〉の中で繰り返されていくことも充分予想できるだろう。それは詩から散文へという形で、文学研究を特権化させつつ反復されてきた。しかしこうした〈感性〉の解放というドラマが、作品からも見て取れるように、所詮は自己と外界との間に一つの関係性を取り結ぶ劇でしかない事実をも、ここであらためて認識する必要があるだろう。こうした〈風景〉の中には、むろん母親もお勝も入り込めない。そればかりか描かれた農夫までもが、一人の見られる客体として伝吉、そして語り手と同じ〈現在〉を生きる者とされてしまう。「ありのまま」という言葉が一種の虚構にすぎないとするなら、〈自然〉を描くという行為自体が一つの既成のテクストを生産するにすぎなくなるのではあるまいか。その意味でなら、冒頭で触れた如く、石井柏亭の〈ローカル・カラー〉論を駁した光太郎の「緑色の太陽」さえもまた、〈自然〉に対する一つのテクストを提出したに留まるとも言えるだろう。

こうして小説に描かれ、絵葉書や雑誌の口絵を飾ったさまざまの〈ローカル・カラー〉は、生活への回帰をうたいあげつつ、皮肉にも〈自然〉への道を閉ざす格好で、時代の〈感性〉と表現のあり方を指し示しながら、日本各地へと流布していったのである。

注

(1) 中村義一は「日本的モダニズムの誕生」(『日本近代美術論争史』求龍堂 一九八一・四)の中で「光太郎の『緑色の太陽』はときに、わが国における〈印象派宣言〉などと言われる場合がある。これは〈地方色〉の語のとりちがいのせいである」とした上で、むしろ「後期印象派宣言」あるいは「表現派宣言」ともした方が適切としている。
(2) 『農の美学――日本風景論序説』(論創社 一九七九・九)
(3) 一九〇七年一〇月『中央公論』の丸山晩霞「島崎藤村著『水彩画家』主人公に就て」は著名だが、その一節に「(第三)の條の始めに伝吉の母の事と妹の事が書いてある。これは無論余の母と妹をモデルにしたものとは思はれない」といった反駁の言葉が見られる。
(4) 「水彩画にみる自然との対話」(『日本水彩画名作全集』第一法規出版 一九八一・一〇)
(5) 「序論――明治中期の洋画」(『写実の系譜Ⅲ 明治中期の洋画』展図録 一九八八)
(6) 中島国彦は「〈奥行〉の形成――島崎藤村『水彩画家』の世界」(『国文学研究』一九七四・一〇)の中で、藤村と水彩画家達の交渉にふれ、「三人をとりまいているある『場』の存在」の重要性に言及している。

（7）松原至文は「地方色と文芸」（『新声』一九〇九・一）の中で「一のアトモスヒヤーなり、そのぐるりなりの印象を味はうといふ事が、近代芸術の一面」であるとしている。また永井荷風は『冷笑』の中で、所謂「芸術の郷土主義」の問題に言及してもいる。

（8）藤村が『千曲川のスケッチ』等にもあるように、ラスキンの『近代画家論』の影響下に雲の時間的変化の有り様を詳細に記述していた事実は周知の所である。

（9）ラスキンは『近代画家論』（沢村寅二郎訳　第一書房　一九三三・一）において「凡そ輝く光線の少しでもある場合に、影といふものがどれほど著しく又重要なものであるか」（第二編三章）について論じている。

（10）「外光主義の展開」（『近代日本洋画の展開』昭森社　一九六五・一二）

（11）「『水彩画家』における〈社会《よのなか》〉」（『近代の作家　島崎藤村』明治書院　二〇〇八・二）

第九章　〈談話〉の中の暴力――『破戒』論――

一、「談話」をめぐる物語

次第に高等四年の生徒が集つて来た。其日の出発を聞伝へて、せめて見送りしたいといふ可憐な心根から、いづれも丑松を慕つてやつて来たのである。丑松は頬の紅い少年と少年との間をあちこちと歩いて、別離の言葉を交換したり、ある時は一つところに佇立《たちどま》つて、是から将来のことを話して聞せたり、ある時は又た霙の降るなかを出て、枯々な岸の柳の下に立つて、船橋を渡つて来る生徒の一群を待ち眺めたりした。蓮華寺で撞く鐘の音が起つた。（中略）詞《ことば》の無い声は聞くもの、胸から胸へ伝つた。送る人も、送られる人も、暫時無言の思を取交したのである。（二三ノ三）

『破戒』末尾、丑松の出発を伝え聞いて「慕つてやつて来た」生徒達に取り巻かれつつ、「詞《ことば》の無い声」――「無言の思」いが去る人、留まる人の間に様々去来する。言わば言語を絶した究極の沈黙の中、文字通り「胸から胸へ」意志が伝達されていくわけだ。飯山という小都市の中に張り巡らされたコミュニケーション網の中で、次第に言葉を失っていく丑松は、まさにこの瞬間その沈黙を武器に蘇生したと言えるかもしれない。こうした沈黙を通して見ると、『破戒』という小説世界が逆に多彩な〈談話〉空間でもある事実が浮かび上がって来る。密談、演説、風評、説教、授業等々そこでは多様な言説が交差し、それぞれはむろん発話者、受信者、発話状況を異にすることで独立した世界を構成する。

「『左様《さう》だ——例のことを話さう。』と丑松は自分で自分に言つた。（中略）古びた室内の光景《さま》とは言ひ乍ら、談話《はなし》を為るには至極静かで好かつた」（九ノ二）——『破戒』では会話の場面に「談話」の漢字を多く当てているのだが、この小説自体がまさに「例のこと」を告白するまでの、極めてロマンティックな「発話の物語」[1]であることも確かであるだろう。またこうした〈談話〉の中で、次第に意味付けられ追い込まれていくのが丑松であるとも言える。

だが先の一文のように、「教師」である丑松はなぜかくも生徒の圧倒的人望を集めているのかといった素朴な疑問も湧いてくる。それは功名の念にとりつかれ「小学校教師という『今の位置』に満足しない」[2]ものを抱いている以上、作品前半での丑松が必ずしも生徒思いの教師とは見えないからだ。いやそればかりか授業の光景や生徒との交歓の場面などは、意外なほど少ないのが実情である。こうした丑松がなぜ告白の〈場〉として敢えて「教室」を選択したのか。なぜ生徒を「聞き手」として選び出さねばならなかったか。従来の文学研究の中で、言わば「告白」神話の陰で等閑に付されて来たこの問題の意味は、〈学問史〉的にも意外に深い。出原隆俊はこうした丑松の人望に触れてその「規則を振り回さ」[3]ぬ点を指摘しているが、先の問題に戻るならこの小説空間を密かに支配しているのは〈談話〉を二項対立的に編成する力ではあるまいか。すなわち校長、文平を中心とした「規則」や「建前」中心の言説に対して、丑松の「真情」が構成されているわけなのだ。例えば次の一節などはどうだろうか。

「奈何《どんな》にか君も吃驚《びつくり》なすつたでせう。」と校長は忸々敷《なれなれしい》調子で言つた。「学校の方は君、土屋君も居るし、勝野君も居るし、其様なことはもう少許《すこし》も御心配なく。実に我輩も意外だつた、君の父上さんが亡くならうとは。何卒《どうか》、まあ、彼方の御用も済み、忌服でも明けることになつたら、また学校の為に十分御尽力を願ひませう。」

（六ノ三）

校長の「悔やみ」は、「巧み」であるだけに丑松の耳には「唯わざとらしく」聞こえてしまう。いやそればかりではない。「校長に言はせると、教育は則ち規則」（二ノ一）であり、茶話会の演説でも「忠孝といふ字義の解釈」（五ノ三）が論題とされ、それに対してまた「非常に面白く拝聴《うかゞ》ひました」と文平が追従を並べている。彼らは「耳を持たない」町の聴衆を罵倒しつつ、一方で口上手の高柳を「演説屋」と嘲笑してもいるわけだ。ここでの「規則」とは発話内容のレベルのみならず、日常生活上儀礼化されている言語使用の問題にも関わって来るだろう。ここに「型に入つた仮白のやうな言廻し」（一五ノ四）で説教する住職や、なにかと言えば「小学校令」を持ち出す検視学の存在をも加えれば、〈談話〉の一方の極は明確になるはずだ。つまり「若いものが彼様いふ話を聴いて、其程胸を打たれようとは、奈何《どう》しても思はれない」という語り手の評価にもあるように、彼等は一様に形式化された〈談話〉に終始しているとされるわけだ。

こうした〈談話〉と対置されることで一層際立つのが、先にも指摘した丑松の「真情」であろう。彼は常に「自分の真情が深く先輩の心に通ずる」（八ノ四）ことを求め、「言葉の中」から「冷淡《よそよそ》しい他人行儀なところ」（七ノ二）を駆逐しようとする。しかし彼のこうした発話行為と内容の、「真情」レベルでの一体化はしばしば裏切られずにはいないだろう。〈談話〉の中で常に「心情の偽が読め過ぎるほど読めて」（一二ノ二）しまう丑松は、蓮太郎とのやり取りでも「肝心の思ふことは未だ話」せないといった齟齬感に苛まれ続けるのである。

この様に〈談話〉を二項対立的に編成し、そこから丑松の告白が「良心」の名の下に特権的に取り出され、生徒の「胸へ伝」わることで彼等を校長への抗議や丑松の見送りといった自発的行動へと促していく――これが『破戒』に顕著な物語の枠組みではないか。丑松によりそってその「真情」への同化を促す語り手が用意するこうした暗黙の図式が、最も露呈するのは丑松出発時の銀之助の会話であるはずだ。「左様《さう》器械的に物を考へなくつても好からう。何ぞと言ふと、校長先生や勝野君は、直に規則、規則だ。」（二三ノ四）――そこでは同時に、文平は「口先ばかり」の「饒舌家《おしやべり》」（二二ノ二）と評価され、「男らしく素性を告白」した丑松に「真面目」に「ありのまま」を告げる志保の行為が添えられることになる。こうした中で、結末の〈沈黙〉が特殊な意味を帯びていくわけだ。この様に〈談話〉の中で無謬の「真情」を特権的に浮かび上がらせる価値観の背景には、〈教育〉がなんらかの形で関与しているのではないか。そう考えると小学校教師としての地位に苛立ちにも似た感情を抱いていた丑松が、銀之助でも志保でもなく生徒を告白の聞き手として選択せねばならぬ理由についても再考が必要となろう。つまりその告白の真の「戦略性」も、例えば紅野謙介の説く「哀憐と同情」[4]といった問題以上に、恐らくは〈教育〉を不可欠の条件とした、〈談話〉による自他の差異化の理念に関わって来るのではないか。

以上の問題を念頭に置きつつ、本章では『破戒』の徹底した談話分析を試みてみたい。発話が聞き手を志向することは論を待たない。しかし同時にそれは一種の言語行為でもある以上、差別もまた〈談話〉の中で一つの「日常」として共同で組織され達成されるだろう。差別が言わば社会的行為であるからには、伝達内容のみならず〈談話〉自体の構成や発話順序、あるいは解釈を正当化するコンテクストの問題等へも目配りする必要性があるはずだ。それは従来の文学研究の中で、『破戒』から差別問題を取り出すことが、ともすれば狭隘なイデオロギー論に閉塞し、既成の差別語への指弾や作者の意図に議論を還元することで、その「社会性」が云々された歴史を相対化する狙いもある。折しも一九〇〇年代は「小学校令施行規則」の改定により国語科が設置され、従来の「綴り方」「読み方」に加え新たに「話し方」が浮上して来る、言わば〈談話の時代〉でもある。「読み、書き、話す」といった極めて日常的行為が改めて問題化され、教育の中で再組織されていった事実は、丑松の「教室」の中での告白の意味を問い直す糸口となるのではないか。本章はそうした差別の問題を、あたかも既成の事実の如く組織し客観性を構築していく〈談話〉の中の差異化のシステムを捉え出すことで、我々を訓化する装置が小説中でいかに創り出されたかを検討していきたい。当面は丑松がそうした〈談話〉の中でどう解釈され追い詰められたかが問題となろう。

その中から、〈談話〉の力を反転させる告白の「戦略性」も見えて来るはずだ。

まず検討すべきは、校長や文平の〈談話〉の中でいかに丑松が〈意味〉を帯びた存在へと転化していくかである。それは不可解な日常をどう組織立てるかといった議論とも関わって来るだろう。まず次の引用から見たい。

二、「談話」と解釈

「生徒を御覧なさい——瀬川先生、瀬川先生と言つて、瀬川君ばかり大騒ぎしてる。彼様に大騒ぎするのは、瀬川君の方で生徒の機嫌を取るからでせう？　生徒の機嫌を取るといふのは、何か其処に訳があるからでせう？　勝野君、まあ君は奈何《ど》思《う》ひます。」「今の御話は私に克く解りません。」「では、君、斯う言つたら——これはまあ是限《これぎ》りの御話なんですがね、必定《きつと》瀬川君は斯の学校を取らうといふ野心があるに相違ないんです。」（中略）「一体、瀬川君なぞは奈何いふことを考へて居るんでせう。」「奈何いふことゝは？」と文平は不思議さうに。「まあ、近頃の瀬川君の様子を見るのに、非常に沈んで居る——何か斯う深く考へて居る——新しい時代といふものは彼様物を考へさせるんでせうか。どうも我輩には不思議でならない。」（五ノ三）

注意すべきは「穢多」という事実が彼等の前に先験的に存在したわけではまったくないという点である。校長や文平の前には、彼等の「解釈が付かな」い「不思議」な丑松の言動のみがある。即ち彼等の「解釈」を拒絶する丑松の沈黙が、逆に多様な〈意味〉を呼び寄せるわけだ。校長はそれを「学校を取らうといふ野心」に結び付けたり、「新しい時代」といった世代論に還元することで解消を図ろうとするが、むしろ真の狙いは「是限《これぎ》りの御話」ともあるように、〈談話〉を通じて文平と〈合意〉を形成することにあるのではないか。すなわち不可解な存在を共通のカテゴリーに括ってみせる解釈の戦略が、〈談話〉という相互行為の中で発揮されていくわけである。こうした丑松を追い詰める彼自身の沈黙が、亡き父から吹き込まれた「功名の念」に発するのはいかにも皮肉だが、それ自体が不可解である以上、また沈黙は一様な〈意味〉のみに収斂されはしない。

例えば銀之助は「合点が行かない」丑松の行動に、「精神病患者」「病的な頭脳の人」（三ノ二）の兆候を読み取ってしまうのである。こうした銀之助の解読行為が、一面で「不健全」な「新しい時代」の傾向として丑松と蓮太郎を一括りにする先の校長のカテゴリー化と共通であることは自明であろう。問題は日常性を食い破る丑松の言動が様々なコンテクストの中で読み解かれ、次第に「穢多」という〈事実〉が構成されてしまう点である。それは一見多様な解釈を許容するようでいて、実態はそうでない。〈病い〉のメタファーと差別の認識が、当事者の意図を超えたレベルで容易に協同し、「不健全」な「異分子」を排除する物語が正当性を帯びていくのである。ここで何よりも留意すべきは、校長にせよ文平にせよ、彼等が教育者という自己のカテゴリーを常に意識化している点である。「学問の上には階級の差別も御座ますまい」（二ノ五）と言う以上、こうした教育者としての「平等」の原則を守りつつ、いかに排除を正当化し遂行するかが彼等の究極の課題となるはずだ。そこに「穢多」という差別的カテゴリーが公然と導入される所以もあったわけだ。以下校長と文平の〈談話〉の中で丑松を〈降格〉させる一種の儀式が進行し、カテゴリーに真実性が付与されるプロセスを検証しよう。

「一体、君は誰から瀬川君のことを聞いて来たのかね。」と校長は尋ねて見た。
A「妙な人から聞いて来ました。」と文平は笑って、「実に妙な人から——」
「どうも我輩には見当がつかない。」

「尤《もつと》も、人の名誉にも関はることだから、話だけは為るが、名前を出して呉れては困る、と先方の人も言ふんです。B兎に角代議士にでも成らうといふ位の人物ですから、其様な無責任なことを言ふ筈も有りません。」（中略）

C「見給へ、彼《あ》の容貌を。皮膚といひ、骨格といひ、別に其様な賤民らしいところが有るとも思はれないぢやないか。」（中略）

「容貌ほど人を欺すものは有ませんさ。そんなら、奈何《どう》でせう、彼のD性質は。」

E「性質だつても君、其様な判断は下せない。」

「では、校長先生、彼の君の言ふこと為すことが貴方の眼には不思議にも映りませんか。克く注意して、瀬川丑松といふ人を御覧なさい――どうでせう、彼の物を視る猜疑深いF目付きなぞは。」

G「はゝゝゝ、猜疑深《うたがひぶか》いからと言つて、其が穢多の証拠には成らないやね。」

H「まあ、聞いて下さい。此頃迄瀬川君は鷹匠町の下宿に居ましたらう。彼の下宿で穢多の大尽が放逐されましたらう。すると瀬川君は突然《だしぬけ》に蓮華寺へ引越して了ひましたらう――ホラ、をかしいぢや有ませんか。」

I「それさ、それを我輩も思ふのさ。」

J「猪子蓮太郎との関係だつても左様でせう。彼様な病的な思想家ばかり難有く思はないだつて、他にいくらも有さうなものぢや有ませんか。彼様な穢多の書いたものばかり特に大騒ぎしなくても好ささうなものぢや有ませんか。どうも瀬川君が贔顧《ひいき》の仕方は普通の愛読者と少許《すこし》違ふぢや有ませんか。」

K「そこだ。」

L「未だ校長先生には御話しませんでしたが、小諸の与良といふ町には私の叔父が住んで居ます。其町はづれに蛇堀川《じやぼりがは》といふ沙河《すながは》が有まして、橋を渡ると向町になる――そこが所謂穢多町です。叔父の話によりますと、彼処は全町同じ苗字を名乗つて居るといふことでしたツけ。其苗字が、確か瀬川でしたツけ。」
M「成程ねえ。」（一四ノ三）

文平の収集した「新事実」が、〈談話〉の中でリアリティーを付与され、校長がそれに説得される過程が窺われる。まず留意すべきは、傍線A「妙な人から聞いて来ました」とあるように、情報自体が彼等の〈外部〉からもたらされたものである点が強調されることである。しかもその情報源は、B「代議士にでも成らうといふ位の人物」として権威付けられ、個人を離れた客観性が与えられる。文平はこうした情報の信憑性を後ろ盾に、未だ半信半疑（C）の校長とコンテクストを共有するため、〈談話〉に様々なレトリックを施していくわけだ。はじめに「穢多」というカテゴリーを強化するため、丑松の個々の言動に意味付けがなされていく。つまり「克《よ》く注意して、瀬川丑松といふ人を御覧なさい」という発言に導かれつつ、D「性質」、F「目付き」等への注視が要請されるわけだ。しかしE、Gにも見られるように、校長は未だこうした文平の〈談話〉に説得されてはいない。むしろそこには慎重な不支持のサインが読み取れるだろう。

それに答えてさらに文平が持ち出すのは、Hの大日向引っ越しの際のエピソードである。不自然な丑松の下宿代えの行動は、ここで改めて問題化される。そこではカテゴリーにあわせ過去の出来事が、「突然」「をかしい」といった形で遡及的に評価されることになる。これは言うまでもなく発話の現在を起点とした再帰的解釈であり、多分に出来事は物語性を帯びるのである。さらにJに至って文平は、以前校長自身が疑いの眼を向けた丑松と蓮太郎の関係を取り上げ、「普通の愛読者と少許《すこし》違ふ」と意味付けることで聞き手の意志を誘導していく。その上Lにおいて、彼は「穢多町」に詳しい叔父からの伝聞として、そこでは「苗字が、確か瀬川」で統一されていたという情報を付け加える。ここでも文平の会話の文末辞には「でしたツけ」が反復され、伝達形を強調することで自己と情報を一旦切断してみせる、客観化の操作が如実である。こうして解釈自体は反論の余地のない〈事実〉として構成されていくわけだ。

I、K、Mに見られる校長の反応にも明らかなように、それは次第に文平の〈談話〉への支持に変わっていく。つまり文平によってもたらされた一つの解釈――「穢多」というカテゴリーは〈談話〉における修辞の中で客観性を与えられ、聞き手によって承認されていくわけだ。こうして日常的な〈事実〉は外部に歴然と存在するものとしてリアリティーが共同で達成され、談話者相互が大きな〈物語〉を編み出していくのである。

こうした〈談話〉による〈合意〉形成の過程は、作中度々反復される。例えば高柳と町会議員とのやりとりでも、議員の口からはまず「誰が言出したんだか能く解らない。しかし保証するとまで言ふ人が有るから確実だ」（一八ノ二）と根拠を自分以外の他者の判断であることが強調されている。そうした言葉の身振りは、根拠そのものの曖昧さを常に隠蔽してしまうわけだ。この場合も発話者は常にその情報自体から距離をとる姿勢を誇示し、情報の客観性を創り出すレトリックが露呈している。さらに留意すべきは、こうした行為の中で〈談話〉の当事者は、自己を「穢多」というカテゴリーの対極に置くことが可能となる点であろう。先の文平と校長のやりとりでも、二人はコンテクストを共有しつつ、常に自己を安全な場所へとカテゴライズしていくのである。

また職員室での文平、銀之助、準教員らの〈談話〉でもこうした共同の戦略は踏襲されている。準教員は「要するに瀬川君の態度が頗る怪しい、といふのがそも〳〵始りさ」（一八ノ二）とまずその言動への注視を促しつつ、「世間で其様なことを言触らすといふのが既にもう吾儕《われわれ》職員を侮辱してるんだ」と当時の教員の社会的地位の問題で一般化をはかる。こうした客観性を装った一般論が、議論を傍観する職員室内の多くの「未だ、左様だとも、左様では無いとも、断言しない連中」へ向けられたメッセージ性を秘めていることは見やすいだろう。彼はこうして一転して、「疚しいところが無いものなら、吾儕と一緒に成つて怒りさうなものぢやないか」と自己の解釈の正当性を主張するわけだ。さらに準教員は、差し挟まれる文平からの支持のコメントを支えとして、「穢多の話を持掛けると、必ず話頭《はなし》を他へ転《そら》して了ふ」事実、「近頃非常に沈んで居」る丑松の様子などを次々に取り上げ、議論を補強していくのである。

しかしこうした解読行為が、異なるコンテクストの中で容易に読み替え可能な事も明らかだろう。丑松の行為の今一人の解読者銀之助が、ここで新たに提出するのは「恋愛」というコードである。「瀬川君の為ることは悉皆《すつかり》読めるやうに成ました」（一八ノ三）とまで豪語する彼は、丑松の志保への言動から「青年の時代には誰しも有勝ちな、其胸の苦痛」を読み取り、その「深い原因」を独占的に了解したと語って憚らない。しかし彼の解釈の弱みは、それを文平の如く外部の〈事実〉に徴して客観化する論証のレトリックを欠いている点にあるだろう。それは常に「自然と私の胸」に感じとられるものに留まる以上、校長等を説得する力には成り得ないのである。以降銀之助がしばしば「君の心情を察して居る」、「話して聞かせて呉れ給へな」（一九ノ三）と丑松に告白を迫るのも、言ってみるなら、自己の解読行為の正当性を本人の発言によって確認しようとの意図に外なるまい。

こうした丑松を巡る解読ゲームが、当の丑松を次第に追い詰めていくのは自明である。問題は差別の意図の有無に限定されない。そればかりか丑松本人がこうした解釈に拘束され、付与されつつあるカテゴリーそのものを生きるように変貌していく点は重要であろう。次に見る〈談話〉は、彼の保身に向けての抗いが、逆にこうしたカテゴリーを承認していく皮肉なプロセスである。

「奈何《どう》して瀬川君は彼の先生の書いたものを研究する気に成つたのか、其を僕は聞いて見たばかりだ。」

A「しかし、勝野君の言ふことは僕に能く解らない。」（中略）

「ぢやあ、斯う言つたら好からう。」と文平は真面目に成つて、B「譬へば――まあ僕は例を引くから聞き給へ。こゝに一人の男が有るとしたまへ。其男が発狂して居るとしたまへ。普通のものが其様な発狂者を見たつて、それほど深い同情は起らないね。起こらない筈さ、別に是方に心を傷めることが無いのだもの。」

「むゝ、面白い。」と銀之助は文平と丑松の顔を見比べた。

C「ところが、若しこゝに酷く苦んだり考へたりして居る人があつて、其人が今の発狂者を見たとしたまへ。さあ、思ひつめた可傷《いたま》しい光景《ありさま》も目に着くし、絶望の為に痩せた体格も目に着くし、日影に悄然として死といふことを考へて居るやうな顔付も目に着く。といふは外でも無い。発狂者を思ひやる丈の苦痛が矢張是方《こちら》にあるからだ。其処だ。瀬川君が人生問題なぞを考へて、猪子先生の苦んで居る光景に目が着くといふのは、何か瀬川君の方にも深く心を傷めることが有るからぢや無からうか。」

D「無論だ。」と銀之助は引き取つて言つた。（中略）

「哲学者でもなし、教育家でもなし、宗教家でもなし――左様かと言つて、普通の文学者とも思はれない。」

E「先生は新しい思想家さ。」銀之助の答は斯うであつた。

「思想家？」と文平は嘲《あざけ》つたやうに、F「ふゝ、僕に言はせると、空想家だ、夢想家だ――まあ、一種の狂人だ。」

（一八ノ四）


文平の巧みな〈談話〉の技術がここでも発揮されている。文平はまず問題を「猪子先生」への関心にずらしつつ、〈談話〉の中に丑松を引き込む。傍線Aの「能く解らない」といった丑松の言辞は、文平が突き付けるであろうカテゴリーそのものを事前に否認する一種の〈身元隠し〉と言える。そこでさらに文平は話題を一般論へと巧みにスライドさせていく。Bの〈談話〉には「例を引くから聞き給へ」、「こゝに一人の男が有るとしたまへ」といった、議論を標準化させる指標が随所に折り込まれ、丑松に「話頭《はなし》を他へ転《そら》」す隙を与えない。これが肝心のトピックを準備するための予備作業であることは明瞭だろう。即ちカテゴリー自体からの距離がとられることで、問題の客観化がここでも図られているわけだ。しかしそこで展開される議論は、一般論を装いつつも「発狂者」とその「同情者」を、「苦痛」の共有というレベルで同一化させる新たな罠を仕組んでいることに注意したい。

この罠にまっさきにおちこむのは銀之助である。蓮太郎と丑松の精神的な紐帯を疑わない彼は、Cに示された「人生問題」に「深く心を傷める」丑松のイメージをいともあっさりと承認し（D）、Eでは「先生は新しい思想家さ」と蓮太郎を自己のコードで解釈している。しかしこうした解釈が、冒頭でも指摘した「精神病患者」という差別的カテゴリーを遠く出るものでないことも明らかだろう。文平が間髪を入れず「一種の狂人だ」と補強することで、問題はいつのまにか一般論を離れ蓮太郎を「狂人」として括る議論を正当化してしまうわけだ。ここでも会話操作の中で、共同に〈事実〉が構成されている。問題はこうしたカテゴリーを丑松自身が承認していく過程にあるだろう。

G「彼の猪子先生なぞは、全く君の言ふ通り、一種の狂人さ。だつて、君、左様ぢやないか——世間体の好いやうな、自分で自分に諂諛《へつら》ふやうなことばかり並べて、其を自伝と言つて他に吹聴するといふ今の世の中に、狂人ででも無くて誰が冷汗の出るやうな懺悔なぞを書かう。（中略）

H「僕は君、是でも真面目なんだよ。まあ、聞き給へ——勝野君は今、猪子先生のことを野蛮だ下等だと言はれたが、実際御説の通りだ。こりや僕の方が勘違ひをして居た。左様だ、彼の先生も御説の通りに獣皮《かは》いぢりでもして、神妙にして引込んで居れば好いのだ。（以下略）　（一八ノ五）

むろんここでの丑松の言辞は、切羽詰まった反語としての響きを含んでいる。しかし結果として彼は〈談話〉の過程で文平と銀之助が創り出した「狂人」というカテゴリーを追認し、Hでは「野蛮」「下等」といった属性さえも諾うことになる。ここで丑松がとった方法は蓮太郎を客観化することで、自身に押し付けられつつある役割自体から距離をとってみせることであったはずだ。すなわち蓮太郎への否定的言辞の一切を当面承認することで、蓮太郎と自己の間を切断してみせる――言わば聞き手の印象を操作し、自己に付与された〈意味〉の変容を図るメタメッセージが発せられているわけである。ここに相対的な自己保身の工作があることは重要であろう。しかし最後に文平が、「瀬川君は最早悉皆《すっかり》自分で自分の秘密を自白したぢやないか」と哄笑する如く、丑松自身が文平の距離化の罠に堕ちたことも確かではないか。こうしてカテゴリーそのものを引き受けた彼に残されているのは、そうした役割自体は承認しつつ、同時に自己を確保する妥協の戦術でしかなかったはずだ。丑松の中で「教師」のカテゴリーが浮上するのはまさにこの瞬間であろう。〈談話〉の過程で自己に差し付けられた否定的カテゴリーへの見直しを迫り、相対的に己を守る方策は当面これ以外には考えられない。丑松の告白が敢えて「教室」でなされたのは、けして蓮太郎の死による偶然などではあるまい。それは文平らの〈談話〉を失効させ、同時に丑松（教師）――生徒、そして当然の支持が期待される読者の間に、「胸から胸」への無言の〈談話〉を一挙に成就させるものでもあったはずだ。

こうした〈談話〉の二項対立的編成の基底に隠されたものをさらに問い詰めていく為にも、丑松の告白を徒に聖化せずに、それが生徒を聞き手として授業中になされた言語行為であり、一種の物語性と教育性を秘めていた事実が検証されねばなるまい。「教室」の中の告白――それを意識化するには一九〇〇年代以降、教育界で組織されつつあった〈談話〉をめぐる論議を俎上に載せる必要性があるだろう。そこから、言葉の日常に張り巡らされていく時代のシステムが浮かび上がって来るはずだ。

三、「談話教育」の推移

「わが国の小学校における話しことばの教育は、明治三〇年代（とくに、三三年以降）になって、その体制の基礎を築くことができた」[5]とは野地潤家の言である。事実、一九〇〇年の「小学校令施行規則」には「尋常小学校ニ於テハ初ハ発音ヲ正シ仮名ノ読ミ方、書キ方、綴リ方ヲ知ラシメ漸ク進ミテハ日常須知ノ文字及近易ナル普通文ニ及ホシ又言語ヲ練習セシムヘシ」とあり、さらに「第四号表」にはこうした「読ミ方、書キ方、綴リ方」に加えて明確に「話シ方」が位置づけられている。こうした改定が従来独立してあった三科を「国語科」として一本化し、さらにそこに「話シ方」を加えることで、明確に「日常須知」の言語運用を制度化していくねらいがあったことは確かであろう。実際教育現場は新設の「話シ方」の教授法を巡って大きな混乱に陥り、それにともなってまた多くの「話し方教授書」が刊行されもした。中島鉀三郎「国語話方について」（『教育研究』一九〇五・二）によれば、「小学校教則に、話方といふ熟語が顕はれてからこの方、本教科は初等教育界に於て、随分喧しい問題」になったと述べられてもいるわけだ。ここではそうした一九〇〇年代の「話シ方」を巡る議論をいくばくか参看してみたい。

まず「話シ方」設置の根本的ねらいはどこにあったのか。増戸鶴吉「話し方教授につきて」（『教育界』一九〇二・三）では、その目的として「児童をして社会的の人たらしむるといふ事」が大きく取り上げられている。即ち「理解し収得したる言語文字文章を、実際的方面に向つて正確自在に之を活用」することが緊要とされたわけだ。それによって「話し方の練習は、国民的思想を統一せしむるに有力」な方法となる。つまり「教室」自体を一社会と規定し、「活語」の習得を目的とした日常性、実用性が重視されたのである。それはまた「演説使ひを造るが為にも非ず」（槇山栄次「話し方の教授を論ず」[6]）とあるように、イデオロギーの声高な宣言による〈演説の時代〉の終焉をも実は示唆していたのであろう。『破戒』において、蓮太郎がそうした「演説」の直後暴漢の手によって倒されるのも象徴的だが、時はまさに〈談話の時代〉に移りつゝあったわけだ。当時の代表的指導書である横山健三郎『話方教授之枝折』（東洋社　一九〇一・九）には次のようにある。

即、言語の明瞭なるは、思想の明確なることを証し、言語の曖昧なるは、思想の茫漠不整を証するものなれば、談話を聞きて、他人の思想を理解することゝ、言語によりて、己の思想を表出することを論ぜす、共に思想を明確にし、思考力を進むる功あるものなり。

ここでは〈談話〉が「他人の思想を理解」する力を育て、ひいては「己の思想」を明確化し自他を差異化する点が言及されている。即ち「話シ方」には、一面でこうした生徒の「自発的」な発話による社会形成が期待されていたことも確かであろう。柳田国男が「話し方教育」と「普通選挙」の密接な関わりを強調した如く[7]、貴賤の別を越えた「平等」な立場での〈談話〉と、能動的な思想表現による社会の実現がそのポジティブな側面と、一応は言えるかもしれない。

しかし問題の真の所在は、実はこの先にあると言わねばなるまい。一見自由で「平等」な〈談話〉の奨励に見えながらも、その背後に「国民的思想」の統一が目論まれていた事実は、〈談話〉の中に微視的な〈力〉を及ぼす結果となるだろう。例えば岩淵孝「国語教授管見――国語教育と児童日常の言語」（『実験教育指針』一九〇七・一）では、現実問題として児童が、日常「ずいぶん乱暴な野鄙な言葉を使つて居る」事実を指摘している。こうした「鄙語」「訛語」の矯正が、「話シ方」の当面の課題であったことは論を待たない。さらに岩淵は具体的授業における「話方練習の注意」として、まず「口から出来《ママ》まかせに話すといふこと」を厳しく戒め、「思想の整頓」の必要を掲げている。先の増戸の場合も「支離滅裂」な会話内容やいたずらな饒舌が注意され、「話しぶり」の技術こそが「目下緊急なる事項」とされてもいるのだ。その際肝心なのは「言ひ廻しの如何によりては人をして悪感を抱かしむること」（市川源三「大に談話を錬習せしむべし」）[8]――つまり聞き手への配慮である。したがって「話シ方」教育は高度の「作法の練習を兼ね」るとして、「身振りとか語調まで」（中島）もがそこでは議論されたわけだ。

一方実際の授業においてはどうだったか。先の中島は「時間を特設する」ことはせずに、常に「家庭と社会」との連携を密にすることを求めている。具体的には国語読本中の物語を音読させるほか、童話を話して「再演せしむること」（槇山）、「日曜日になしたることを話す」（横山）ことなどの方法が模索されたようである。とりわけ生徒の日常体験を具体的、自発的に話させることが「活語」の習得として目指されたことは言うまでもない。つまり素材そのものを広く生活の中から〈発見〉させることが要請されたわけだ。その際大切なのは、体験をいかに話すか――話題とそれを組み立て構成する技術であろう。藤沢倉之助「国語の本質を論じて話方教授に及ぶ」（『信濃教育』一九〇二・七）によれば、〈談話〉においても「全体の組立や、節段の配合等を修辞に於て付加」することが、「綴り方」同様に必要と説かれ、「類似、連接」に関わる「詞藻」として「直喩、隠喩」他が、さらに「対照、連想」に基づくものとして「対偶、設疑、反語」等が掲げられている。言わば「言」が「文」のシステムを規範として編成されていく時代の到来である。

こうした技術の習得にあたって、例えば岩淵が具体的に述べる方法は「教師の談話を復演させ又暗写させる」（『実験教育指針』一九〇六・八）というものであった。これは「あらゆる学科の教授に伴つて行ふこと」が可能であり、「話の要領をよく捕へる」点で「聴方教授」とも連動する効果的方法とされた。したがってここでは、常に「聴いて居るもの」にも同様の「感興を起させ」ることが配慮されたわけだ。こうして見てくると、一九〇〇年代の教育論として日常の「読む、書く、話す、聞く」という行為が改めて問題化され、相互の緊密な関連の中でよりよい発話行為が話題、構成、発音、伝達姿勢、聞き方のレベルに至るまで細かく制度化されようとしていた事実が見えて来るだろう。我々が何げなく行っている発話行為は、実はこうしたシステムの中で多分に創り上げられたものではなかったか。

最後に留意したいのは、この様な〈談話〉教育の中で、実は〈沈黙〉の意味も特権化されていく事実である。次の一文を見たい。

かく論じ来れば世人或は疑ふものあり。沈黙は全く無用にして多言多弁の習慣を養はざるべからざるかと。否予の言ふ所は然らず、緘黙の可なる場合素より多しと雖、緘黙を守ること何時も皆善なりと云ふべからず。（中略）人生々活上にありては、最貴最重なる事件の沈黙の封緘によりて善く保持せらるゝ事多し。

（市川源三「大に談話を錬習せしむべし」前掲）

ここでも「多言多弁の習慣」が否定され、〈談話〉の訓練が却って「最貴最重なる事件の沈黙の封緘」の意義を引き立てるとされている。市川は続けて「深甚激烈なる感情は皆言語を以て伝ふべきものにあらず」と述べ、こうした「緘黙」の重要性を強調するわけだ。児童の「社会化」が〈談話〉によって達成されるなら、その中から逆に究極の「沈黙」が価値づけられるのも故なしとしない。丑松の沈黙と「教室」の中での告白、そして〈談話〉の二項対立的編成の持つ意味は、一つにはこうした時代の発話に向けての文脈を考慮に入れることで見えて来るだろう。最後に検討すべきは、丑松の告白のレトリックである。

四、〈告白〉のレトリック

丑松が〈談話〉における聞き手の存在に目覚める瞬間は、次の帰省途中の一節に明瞭である――「丑松の積りでは、対手《あいて》が自分の話を克く聞いて居て呉れるのだらうと思つて、熱心になつて話して居ると、どうかすると奥様の方では妙な返事をして、飛んでも無いところで『え？』なんて聞き直して、何か斯う話を聞き乍ら別の事でも考へて居るかのやうに――まあ、半分は夢中で応対《うけこたへ》をして居るのだと感づいた」（一二ノ五）。蓮太郎の言動が「妙に人を撫《ひきつけ》る力が有つて」（二〇ノ二）、常に「聴衆の肺腑を貫」き共感を招いたことを知っている丑松は、まさに〈談話〉が一つの〈力〉である事に気づいたはずだ。ここで丑松は肝心の「対手が何にも自分の話を聞いて居ない」ことに「茫然」としているが、一方でこの帰省中、生徒から届けられた「作文の時間に教へた通りそつくり其儘の見舞状」（二一ノ三）の存在にも留意される。教師の言動を忠実に反復実践した生徒の手紙――それは来るべき丑松の、「教室」の中での告白をそれとなく準備したようにさえ思える。ここでは最後に丑松のそうした告白を一つの〈談話〉として分析し、その中に隠されたレトリックを指摘してみたい。即ちそれがあくまで聞き手を志向して巧みに組み立てられたものであり、受動的存在の丑松が一つの言語行為を媒介に能動性を発揮していく起点を析出来るのではあるまいか。それは五時間目の「国語」の授業中に起こった。

丑松はそれを自分の机の上に載せて、例のやうに教科書の方へ取掛つたが、軈て平素の半分ばかりも講釈したところで本を閉ぢて、其日はもう其で止めにする、それから少許《すこし》話すことが有る、と言つて生徒一同の顔を眺め渡すと、A「先生、御話ですか。」と気の早いものは直ぐ其を聞くのであつた。B「御話、御話――」と

請求する声は教室の隅から隅までも拡つた。（中略）

C「皆さんも御存じでせう。」と丑松は噛んで含めるやうに言つた「D是山国に住む人々を分けて見ると、大凡《おおよそ》五通りに別れて居ます。それは旧士族と、町の商人と、お百姓と、僧侶と、それからまだ外に穢多といふ階級があります。E御存じでせう、其穢多は今でも町はづれに一団《ひとかたまり》に成つて居て、皆さんの履く麻裏を造つたり、靴や太鼓や三味線等を製《こしら》へたり、あるものは又お百姓して生活を立て丶居るといふことを。F御存じでせう、其穢多は御出入と言つて、稲を一束づ丶持つて、皆さんの父親さんや祖父さんのところへ一年に一度は必ず御機嫌伺ひに行きましたことを。G御存じでせう、其穢多が皆さんの御家へ行きますと、土間のところへ手を突いて、特別の茶碗で食物なぞを頂戴して、決して敷居から内部へは一歩も入られなかつたことを。皆さんの方から又、用事でもあつて穢多の部落へ御出になりますと、煙草は燐寸《マッチ》で喫《の》んで頂いて、御茶は有ましても決して差上げないのが昔からの習慣です。まあ穢多といふものは、其程H貴賤《いや》しい階級としてあるのです。Iもし其穢多が斯の教室へやつて来て、皆さんに国語や地理を教へるとしましたら、其時皆さんは奈何思ひますか、皆さんの父親さんや母親さんは奈何思ひませうか——J実は、私は其貴賤《いや》しい穢多の一人です。」　（二一ノ六）

まず傍線A、Bに見られるように、生徒達が丑松に「御話」を求めている事実が注意される。「御話、御話」と丑松に「請求する声」は忽ち教室に溢れ、「気の早いものは直ぐ其を聞く」ため身構える。こうした聞き手の期待を多分に意識しつつ、丑松の告白は始まるわけだ。それは決して性急に「我は穢多なり」と述べるものではない。そこには発話の順や展開への周到な配慮があるはずである。即ちC「皆さんも御存じでせう」とその関心を引き付けながら、はじめにDでは「階級」に関する一般論が提示される。「穢多」はこうして「階級」としてまず客観化され、自己とカテゴリーの距離化が図られる。さらにEではその生活ぶりに、F、Gでは生徒の過去の実体験や見聞を想起させることで、再起的な意味付け作業が進行している。ここでも「御存じでせう」の句が執拗に反復され、〈談話〉は聞き手である生徒の知的関心を刺激するよう巧みに構成されていくわけだ。こうしてHにおける「貴賤《いや》しい階級」という評価が提示される。この様に一般論を聞き手の体験に即して補強し評価コードを作り上げた上で、I「もし其穢多が斯の教室へやつて来て、皆さんに国語や地理を教へるとしましたら、其時皆さんは奈何《どう》思ひますか。」という仮定状況がおもむろに提出されることになる。先の藤沢の談話の「詞藻」分類に倣えば「設疑」(9)に当たろうか。ここへ来て一般論は俄に現実性を帯び、聞き手を一種のサスペンスに追い込む。こうした周到な配慮の上でJの告白が姿を現すのである。この様な〈談話〉の説得力の前で、生徒達が「顔を揚げたり、口を開いたりして、熱心な眸を注いだ」のも当然と言えよう。それは「御話」を求める彼等の興味を、十二分に満たすものであったはずなのだ。

以下丑松の告白は更なるメッセージ性を露にしていく。即ちまず「何卒《どうぞ》私の言ふことを克く記憶《おぼ》えて置いて下さい」とした上で、「五年十年と経つて、稀《たま》に皆さんが小学校時代のことを考へて御覧なさる時に――あゝ、あの高等四年の教室で、瀬川といふ教員に習つたことが有つたツけ（中略）蔭ながら自分等の幸福を、出世を祈ると言つたツけ――斯う思出して頂きたいのです」と述べているわけだ。ここでも「今日」の日の体験を一定の文脈の下に整理し意味付けていく、物語化の機能は如実であろう。さらに一方では生徒の「幸福を、出世を祈る」という「教師」としての自己像が強く押し出され、差異化される。つまり「皆さんが立派な思想《かんがへ》を御持ちなさるやう」そればかりを「心掛けて教へ」たという事実が、何よりも強化されるわけだ。ここに「土下座」という、一種の自己劇化の行為が付与されれば、聞き手の衝撃は想像するに余りあるものとなろう。

そして最後に丑松が付け加えるのは「皆さんが御家へ御帰りに成りましたら、何卒父親さんや母親さんに私のことを話して下さい」というメッセージである。つまり聞き手はこの日の〈体験〉をそれぞれ家庭に持ち帰り、今度は自分の言葉で「再話」することがそっと義務づけられたわけだ。こうして丑松の告白は一つの「御話」として生徒に伝えられ、さらに生徒の〈談話〉を通じて語り継がれていく。この丑松の仕掛けた戦略性に注意したい。日常はこの様に〈談話〉の中で組織されつつ、〈意味〉を与えられていくわけだ。

留意すべきは、丑松が文平のカテゴリーをめぐる戦術を逸脱することなく、さらにその客観化のシステムそのものを踏襲することで自己を意味付けてしまう過程であろう。「不浄な人間です」という丑松の発話には、一つのカテゴリーを承認しつつ、それを「教師」の役割で相対化する巧妙なレトリックが隠されていたはずなのだ。

丑松の告白が終わると、生徒達は一斉に「波濤《なみ》のやうに是方《こちら》へ押溢れて来た」という。さらにこの発話が「丑松の心情を汲取」った「正直」な生徒達による、「歎願」（二二ノ七）という行為に直結してもいく。これはむろん校長がその「無作法」さを戒め、「規則正しく」物事の「順序」を説くことで押し止どめられるが、ここでも彼等の「真情」と、校長の言動が対置されているのは見やすいだろう。この後に冒頭で指摘した「沈黙」のドラマが展開されるわけだ。考えてみれば、丑松が多くの生徒に取り巻かれて旅立つ結末に、いち早く近松秋江は「平等思潮」(10)の介在を嗅ぎ取り、また戦後の文学研究は「社会小説」の名を与えたりもした。「国民文学」の端緒である。しかしこうした認識を根底で支える、市民社会が産み出した「平等」という象徴材が、言わばそれ自体で一つの逃走装置に転化し、個の上に働く暴力の実態を一般論へと解消する――あの文平が仕掛けた巧妙な客観化の罠に似通った点は無いであろうか。見て来た如く丑松の告白のレトリック自体が、多分に自己を他から差異化して見せることで聞き手の印象を操作する、〈談話〉のシステムの中にあったことも確かである。こうした〈談話〉の起点に、教育を背景とした「平等」の概念があり、自己承認を社会に求めた丑松の行為が、実は一種のナルシズムに転化していたとするなら、まさに絶える事なく生起する差別の根源を一般論の中に回収し眠らせる、新たな〈暴力〉の存在をそれは垣間見せていたことになるのではあるまいか。『破戒』の告白として文学研究が長く見落とし、そして隠蔽してきたものは、こうしたさりげない日常性の中の〈力〉と言えるだろう。

注

（1）渡辺広士「『ありのままの自分』という隠喩――『破戒』論」（『島崎藤村を読み直す』創樹社　一九九四・六）二六頁

（2）出原隆俊「蓮華寺の鐘――『破戒』読解の試み」（『国語国文』一九八七・二）

（3）注（2）に同じ

（4）「テクストの中の差別――島崎藤村『破戒』をめぐって」（『媒』一九八九・一二）

（5）『話しことば教育史研究』（渓水社　一九八〇・九）二八九頁

（6）『教育界』一九〇三・九

（7）「話し方教育の方向――国語の問題と普通選挙」（『教室の窓』一九五八・一〇）

（8）『教育学術界』一九〇一・三

（9）島村抱月『新美辞学』では、「設疑」を「わざと疑問を提起して答を読者の心に求むるの謂」としている。

（10）「『破戒』を読む」（『東京日日新聞』一九〇六・四・二三）

第十章　『千曲川のスケッチ』の読者――『中学世界』とリテラシー――

一、〈小諸〉とリテラシー

『千曲川のスケッチ』という作品はどのように読まれて来たか。それは小諸時代の作家島崎藤村の「スタディ」を検証する一つの資料とされて来たのではなかったか。従来の文学研究上なされてきた様々の評言――例えば「こういう道すじをへて、藤村は小諸時代に『詩から散文へ』というコースを自分流に完成していった」（平野謙[1]）であるとか、「風土を写しながら、そこに密着して辛苦する農民の日常生活を描いて、生活者としての智慧を悟ることになつた」（瀬沼茂樹[2]）といった発言は、まさに描かれた内容（信州の苛酷な自然風土）に、作家島崎藤村の成長史を重ね合わせるといった認識に支配されていると言える。それはからずも平野が言うような「詩から散文へ」というルートを特権化し、〈書くこと《リテラシー》〉――作家誕生の〈物語〉を神聖視する思考によって守られて来たと言っても過言ではない。こうした読みに対し重松泰雄が『千曲川のスケッチ』の文体に着目し、そこに「原スケッチ」からの離脱と「『家』を書いた頃[3]」の文体の影響を指摘した点は重要であった。むろん『千曲川のスケッチ』は一九一一年から翌年にかけて成立した作品であって、それを描かれた対象である小諸時代（一八九九～一九〇五年）にひきつける読みが長年にわたって支配してきた状況をこそ我々は注視してみねばなるまい。つまり〈学問史〉の上で、作家における〈書くこと《リテラシー》〉の意味を特権化してきた、藤村における〈小諸〉という場所《トポス》の意味自体が問われねばならぬはずなのだ。しかし重松の論においても、問題の中心はあくまでその文体の発達史にあるのであって、作家にウェートが置かれている事実に変わりはない。はたして『千曲川のスケッチ』という作品は、単なる作家における〈書くこと〉の成長をあとづけるための素描集なのか、あるいはなぜ多くの文学研究は、ここから描かれた〈内容〉とその〈表現〉を混同するあやまちをおかしてきたのか。それらを相対化すべく、本章ではあえてテクストの枠組みにこだわってみたい。すなわちこの作品が『中学世界』という雑誌に掲載されたという事実、及びテクスト内においては様々の描写の枠として「私」から「君」への私信の形式が採用されている事実に着目することで、今まで見えて来なかった多くの問題を浮かび上がらせてみたいのである。それは自ずと〈読み書きの技術《リテラシー》〉の意味を引き受けることにもなるだろう。

さてこうした『千曲川のスケッチ』から、作家の写実精神の成長――小説家の誕生を読み取らせて来た認識の基底に存在するものは何か。それは〈事実〉に対する信仰とでも言うしかない思考ではあるまいか。テクストから枠組みを等閑視させる読みが、半ば普遍化されきた所以もまさにそこに求められるだろう。一九一〇年代、様々な形で文壇を賑わした所謂〈モデル論議〉がそういった問題を端的に示唆している。藤村の場合は一九〇七年の「並木」、及びそれ以前書かれた「水彩画家」をめぐる馬場孤蝶、丸山晩霞らの反駁が著名だが、こうした「モデル」という絵画用語の転用自体が小説の背後に〈事実〉を読み取る志向を示すものと言えるのだ。表面から奥行きを求めるこうした認識は、花袋の次のような発言――「何《どう》しても本当でなければいけない。真に迫つたものでなければ何してもいけない……。さういふ風に思ひ出して来たんだね。（中略）いくら書かれても、それがすつかり自分の通りなら好い。一歩を譲つて、自分が肯かれる程度なら好い。それなら我慢する。しかし表面だけ自分のやつたことで、あとは作者ではそれでは困る」などに現れているような、自然主義の標榜した〈排主観・純客観〉といったテーゼ[4]からひきおこされた問題と言えるだろう。他者をモデルとしてその外貌のみを借用し、その内面は作家の心情によって補填するといった奇妙な方法が、こうしたモデル論議の発端にあることは確かだが、同時にそれは抒情詩から出発した自然主義作家が、自己の心情を表出する媒体として〈小説〉の機能に着目していた証左ともなる。

しかしむしろここで問題となるのは、熊倉千之が正確に「日本の文学は話し手が出来事を共感をもって『語ること』（telling）なのである」[5]と指摘する如く、散文形式をとった時自ずと表出されてしまう語り手の主観にあるはずだ。次の一文などにはこういった状況が端的に語られているといってよい。

猶又た之れが一度作者のレンズを通して観察され、其の頭脳を通じて紙の上に復現された場合にあつては、最早純然たる一個の芸術品で、読者は唯だ其の作物の上に発現された芸術的の価値を翫賞すれば沢山なのである。（中略）創作は写真では無い、写真は自己の映像の似た似ぬに対して苦情を並べる事も出来る。併し今日の創作は如何に或る点まで純客観の地位に立つにせよ、何れ主観で味ふ可きものである以上、箇々の人格や傾向の出るのは止むを得まい。

（阿漢子「小説の材料」『日本及日本人』一九〇七・一二）

これはまさに自然主義がかかげた〈排主観・純客観〉という理念が、作品そのものの自立性を脅かしかねない性質のものであった事実を示唆しているとも言える。藤村の「並木」に対して、その反駁の一つとして戸川秋骨が書いた小説「金魚」[6]は、「並木」と同一の状況を視点人物を相川から原へと置き換えることで全く異質なものに読み替えてしまうといった手の込んだ作品だが、これはまさに相対的な視点の転換によって状況があっさりと別なテクストに変換されてしまうことを意味してもいたはずだ。強固な〈事実〉への信仰の裏側には、実はこうした問題が隠されていたわけだ。

さて以上の論議を踏まえて、自然主義作家達の間で「印象主義」と総称される方法への模索が始まることになる。島村抱月においては「美的情趣」と言った概念の検討がそれにあたるが、藤村の場合は「一部を写す場合にも成るべく全体を忘れないやうにして、余計な細叙は省きたい」（「モデル」『文章世界』一九〇九・四）と言ったような、「局部」に対する「全体」への志向、また「単純」を求めるために「多くの省略を伴なふ」(「印象主義と作物」『文章世界』一九〇九・三)といった方法上の問題となる。それは「省略」と言う言葉が端的に示しているように、それを補う〈読者〉の存在への着目をも意味していたはずだ。花袋はこうした事情を「状況が読者の頭に明かに印象される」(『小説作法』)方法として「描写(ペインテング)」と呼んだが、この様な作家にとってのリアリティーから〈読者〉のそれへの転換は、以下『千曲川のスケッチ』の枠を考えていく上でも極めて重要であろう。〈読者〉の知覚への注目——それは単に読みの多様性を引き出すだけでなく〈スケッチ〉という書名自体が既に暗示しているように、読むことが同時に書き手を生成していくといった、この作品に内在するドラマを明らかにする糸口ともなるはずである。

二、『千曲川のスケッチ』のメッセージ

掲載雑誌の問題にとりかかる前に、ここでは単行本『千曲川のスケッチ』に添えられた序文にまず注目してみたい。

敬愛する吉村さん——樹《しげる》さん——私は今、序にかへて君に宛てた一文を斯の書のはじめに記すにつけても、矢張《やつぱり》呼び慣れたやうに君の親しい名を呼びたい。(中略)私は序のかはりとしてこれを君に宛てるばかりでなく、斯の書の全部を君に宛て丶書いた。山の上に住んだ時の私からまだ中学の制服を着けて居た頃の君へ。これが私には一番自然なことで、又たあの当時の生活の一番好い記念に成るやうな心地《こころもち》がする。

「もつと自分を新鮮に、そして簡素にすることはないか。」

これは私が都会の空気の中から脱け出して、あの山国へ行つた時の心であつた。(中略)私はこれまで特に若い

読者のために書いたことも無かつたが、斯の書はいくらかそんな積もりで著した。寂しく地方に住む人達のためにも、斯の書がいくらかの慰めに成らばなぞと思ふ。

（序）

文中「吉村樹《しげる》」とあるのは、藤村の兄広助の知人吉村忠道の子である。藤村が一二才で上京した折、この吉村家に寄寓し樹とは兄弟のような親しい関係であった事実は周知の所だが、この序文は『千曲川のスケッチ』という作品が、こうした近親者への極めて閉鎖的な私信であることを語っている。それは「山の上」で教師をつとめる「私」が、都会に住む「中学の制服」を着た「君」に送るメッセージであるわけだ。しかし「この書を全部君に宛て丶書いた」といっても、作品があくまで作品である以上それが単に私信に留まらないのは当然である。つまり序文の最後に記された「若い読者」、とりわけ「寂しく地方に住む人達」に対してもそれは重要なメッセージを送っていたわけだ。

こうした観点から作品を照射してみると、『千曲川のスケッチ』が単なる情景描写をまとめただけのエッセイではない事実が自然に見えて来るはずだ。

私は今、小諸の城址《しろあと》に近いところの学校で、君と同年位な学生を教へて居る。君は斯ういふ山の上への春が奈何に待たれて、そして奈何《いか》に短いものであると思ふ。四月の二十日頃に成らなければ、花が咲かない。梅も桜も李も殆ど同時に咲く。

（其一「学生の家」）

君、斯ういふ光景《ありさま》を私は学校の往還《ゆきかへり》に毎日のやうに目撃する。どうかすると、大人が子供をめがけて、石を振上げて「野郎――殺して呉れるぞ」などと戯れるのを見ることもある。これが、君、大人と子供の間に極く無邪気に、笑いながら交換《とりかは》される言葉である。

東京の下町の空気の中に成長した君なぞに、斯の光景を見せたら、何と言ふだらう。野蛮に相違ない。しかし、君、その野蛮は、疲れた旅人の官能に活気と刺激とを与へるやうな性質のものだ。（其二「少年の群」）

以上の二例からもわかるように、作品中こうした「君」への語りかけはほぼ一貫しているわけだ。そしてそのメッセージの内実を考えてみた時、それが先にも記した如く地方の実情に無知な都会育ちの「君」に、一見「野蛮」とも見えるその生活ぶりを伝えることにあった事実が見えて来るだろう。その目的は序文にもあったような「自分を新鮮に、そして簡素にする」生活を彼らに学習させることである。このように見てくると、「私」という語り手が極めて教育的な主体であったことが理解されよう。しかもこうした地方→都会といったメッセージの方向性と、先の序文にあった「寂しく地方に住む人達」に自らの周辺の自然に対して開眼させるといった、言わば都会→地方という逆ベクトルのメッセージとが複雑に絡んだテクストともそれは言えるのである。

こうした私信としての文体を考慮する上で、当時の藤村の書簡をここで俎上に乗せてみたい。それは「私」という自称詞の意味を検討する契機ともなるはずである。筑摩書房版『藤村全集』第一七巻には藤村の書簡が数多く収録されているが、一九〇七年前後ではまだ大半が「小生～候」の文語文体である。こうした状況について一九一三年刊の『書翰文講話及文範』（芳賀矢一他編　冨山房）によれば「現在総ての場合に直ぐ役に立つ候文の修行」が実際上まだ必要であり、さらに「候文は礼容を表すに適す」とされて巻末に自他称呼一覧が付されてもいる。また真下三郎によると明治期「小学校では『作文』の指導は口語文を教えるのではなく、候文の書簡を書かせることであった」[7]とも言われている。書簡が送り手と受け手との間のメッセージ伝達の場であることは言うまでもないが[8]、言わばそこでの文体はこうした送り手と受け手の関係性を自ずと示すことになるわけだ。すなわち「小生～候」といった形態の中に既に明らかなように、それは待遇表現――言わば敬語法の問題を含んでいるのである。

しかしこの時期の藤村書簡においても、例外的に口語で著されたものが幾つか残されている。一例をあげるなら土屋総蔵宛書簡がそれである。土屋総蔵は小諸義塾時代の藤村の教え子であり、のち歌人として若山牧水らとも関わりを持った人物だが、現在吉村樹宛書簡が筑摩版全集に収録されていない以上、吉村とほぼ同世代の一八八九年生まれの土屋総蔵宛書簡は、こうした文体と対他関係を考慮する上で極めて重要である。以下その中の一部を引用してみたい。

御手紙をありがたう。蔭ながら君の御噂を聞いて、早く健康を回復されるやうにと願つて居た。どうだね、君、いゝ方かね、もう大丈夫かね。何の仕事をするにも身体のエナアジイが大切だ、折角養生したまへ。青年時代の精力に満ちた君等のことだから、回復の力も強からうと信じて居る。それから君、一生の仕事をさういそがしく考へないで、ゆつくりやることにしたまへ。退園の節はやつてきてくれたまへ。――久し振りで話さう。

（一九〇六年八月一四日付書簡）

土屋君

先日は御手紙を拝し難有く且つ昔懐しくぞんじました。私の身につきいろ〳〵御心配被下、辱く思ひます。幸に今日にては殆んど健康を回復し、秋の中央公論と新潮とに出す創作に着手しやうと思つて居る位ですから御安心下さい。（以下略）

（一九一二年六月二一日付書簡）

以上の二例からもおしはかれるように、「私」→「君」の、しかも口語による書簡は敬語法による関係性の束縛から脱して、より親密さを強調した文体となっている。それはこの時期では他に神津猛宛書簡の一部分や花袋宛書簡などにも窺えるとはいえ、全体の割合からするとまだ少数に属すのである。明治三十～四十年代にかけて小説の中で明確に成立してくる自称詞「私」の問題は、様々の自称詞が本来内包してきた他者との関係性を希薄化し、ニュートラルな主体を生成する上で大きな役割を果たした。それはニュートラルであるが故にまた、一般読者が容易に同化可能な「私」でもあったわけだ。「私」→「君」の私信としての側面をもつ『千曲川のスケッチ』という作品を考慮する上で、こうした問題は極めて重要な意義を持つはずだ。現にこの作品が刊行された一九一二年に吉村樹はすでに二七才に達していたわけで、そう考えると序文の発言は単なる私信であることを越えて、むしろ書簡の機能を活用することで、読者を語りの場に引き込むことを狙いとしていた事実が見えて来る。作中をつぶさに見て行くと、我々は随所にこうした私信としての制約からの逸脱を発見出来るのである。

一体、犀川に合する迄の千曲川は、殆ど船の影を見ない。唯、流れるまゝに任せてある。この一事だけで、君はあの川の性質と光景を想像することが出来よう。
私は、佐久、小縣の高い傾斜から主に谷底の方に下瞰《みおろ》した千曲川をのみ君に語つて居た。今、私達が歩いて行く地勢は、それと趣を異にした河域だ。臼田、野沢の町々を通つて、私達は直ぐ河の流に近いところへ出た。
（其六「甲州街道」）

「君」への語りかけはここでも一貫しているものの、注意すべきは文中に現れる「今」である。この「今」はここでは語りの場としての「今」ではなく、明らかに千曲川のほとりを歩いている状況内の時点を指している。これは杉山康彦[9]が『千曲川のスケッチ』において、「継起的に進行」する「た」という文末語に「今」の確立を読み取ったごとく、私信の形式を敢えて逸脱することで読者を作中に誘引する機能を果たしていると言えるのだ。こうして読者は「私」による極めて〈教育的〉なメッセージを聞き取りつつ、一方で「私」の導きの下に千曲川流域に広がる自然と人間のドラマを目前に見ることになるのである。このように見て来ることで、作品の枠が方法的にも極めて重要な意味を持つものであることが理解されたのではあるまいか。以下、次節ではこの作品をめぐるもうひとつ外側の枠組み――その媒体の果たした機能について検討を加えることになる。こうしたテクストの内・外を媒介する機能を「吉村樹」という極めて私的な名を持つ〈読者〉が担っていたことに、ここでは留意しておきたい。

三、〈教師としての私〉

『千曲川のスケッチ』という作品が千曲川流域の自然と人事を描いたものである事は言うまでもないが、その自然や人事が〈教師としての私〉によって目撃されたものである事実は留意せねばなるまい。それはただの四季であるばかりでなく、様々の学校生活・学校行事の中でとらえられた季節なのだ。実際、生徒を引率しての散策や同僚教師とのやりとりを通じて、情景が提示される場合が大半なのである。このように『千曲川のスケッチ』の自然が〈学校〉という制度にふちどられたものであるという事実は、その発表媒体を考慮していく上で重要である。ここで作品が掲載（一九一一・六〜一二・八）された『中学世界』という雑誌に光を当ててみたい。一八八九年の『日本之少年』の発刊を皮きりに、一八九五年の『少年世界』、一九〇〇年の『幼年世界』、一九〇一年の『女学世界』と博文館という出版社が〈子供〉をターゲットに数多くの雑誌を発刊していた事実は周知の所である。こうした雑誌の陸続とした創刊の中に、〈子供〉が学校という制度の中でしだいに区分けされグループ化されていく事実を読み取るのは容易であろう。雑誌名が示す如く〈少年〉から〈幼年〉が分割され、次いで〈女性〉が囲いこまれていく道筋はまさに近代における教育システムの確立を暗示してもいるわけだ。『中学世界』はそうした時代の中で、一八九八年に創刊されている。坪谷善四郎『博文館五十年史』（博文館　一九三七・六）によれば、「菊判一冊百二十頁、毎月二回発行、定価一冊金八銭、後に明治三十三年一月から月一回発行とし、定価をも改めた。青年間には好読物として歓迎せられ、昭和三年五月まで三十五年間発行を続けた[10]」とある。

こうした雑誌発行の背景には、竹内洋が指摘する如く一九〇〇年代における中学生の爆発的増加があることは言を待たないが、それは同時に苛烈なまでの「受験時代」を作り上げたことも確かであった。竹内は当時の雑誌を検証しつつ、それが「入学試験問題や学校情報[11]」に大きなウェートを置いたものであった事実を指摘しているが、まさに『中学世界』はそうした特色を端的に示す雑誌であった。しかも一九〇〇年代に入るとこうした状況はさらに激しさの度合いを増していたはずである。私が管見した範囲においても「一高合格者体験談」や「著名校評判記」、あるいは有名校教師による「入試問題解説」などに多くのページがさかれている事実がそれを物語っているだろう。

ここで一九〇〇年代における『中学世界』の特質をもう少し総合的に見ておきたい。まずその外様からおさえるなら、菊判の誌形に毎号原色写真・水彩画数葉を掲載、表紙・口絵には杉浦非水、藤島武二、中村不折、三宅克己、竹久夢二らの中堅・新進画家を擁している。また内容面で言うなら『少年世界』等に比較して極めて小説類の掲載が少ないことも大きな特色として指摘出来るだろう。掲載文の内容を大別すると、①「日清・日露二大戦役の遠因」（高瀬文淵　一九一一・一〇）、「農業と富国強兵」（横井時敬　一九一一・三）などに代表されるような硬派の政治時事評論、②志賀重昂「日本アルプスの山岳美」（一九一一・九）などの風景論、③「植物の人為適応」（三好学　一九一一・一二）などのような自然科学論文、④笹川臨風、吉江孤雁、前田兆らの随想、⑤学校行事・学校情報・試験問題、⑥「歴史小説　西郷隆盛」（塚原渋柿園　一九一一・六〜）などの歴史読み物、⑦スポーツ関係記事等となろうか。とりわけ先にも指摘した如く雑誌全体に⑤のしめる比重は極めて大きい。それは単に受験といった範疇だけではなく、毎夏の「帰省特集号」や春の「修学旅行特集」といったものに端的に現れているように、雑誌そのものが四季の学校行事とリンクされることで成り立っているのである。ちなみに一九一一年六月の「修学旅行特集」には三宅克己

「画と旅と」や中川八郎「スケッチの心得」をはじめとして、旅行における自然との接し方を説く論考が数多く並んでいるわけだ。

こうした雑誌を通して見えて来るもの――それは受験に代表されるような苛烈な上昇＝中央志向であり、同時に先の志賀の論考に現れているような、中央の視点から逆に地方の自然美を再発見していくような認識であろう。それを端的に示す一例として一九一一年五月の中央線開通によって引き起こされた〈信州ブーム〉が指摘出来る。こうした現象は『中学世界』誌上にも速やかに現われており、先の志賀の論の外にも七月号には伊藤銀月の「木曾風景観」、小島烏水の「日本アルプス探検地理」などが掲載されている。その中の伊藤の一文には次の様な件りが見える。

本年五月一日中央線全通じて、山霊遂に文明の利器の為に征服せられ、汽車青嵐紫靄の間を奔飛して、坐《ゐ》ながら山光水色を双眸に収むるの便宜を与へらるゝに至りたれば、是迄は道途の険難を以て一般世人に探勝を難しとせられし木曾谷も、こゝに其門戸を開放し、其奥秘を露呈し、笑顔を以て何人をも迎ふるの態度を取るべく余儀無くせられたり。随つて、木曾に対する世人の注意は、中央線全通以来著るしく加はり、木曾の風景は最近に於ける有力なる話題となりて、（中略）木曾の風景は、将に新なる人に依つて新なる評価を下されんとす。

ここには鉄道の開通が、新たな〈風景〉の獲得をも意味していた事実が明瞭に語られている。それは「坐《ゐ》ながら山光水色を双眸に収むる」行為であり、こうした文明の力の前で自然はその「奥秘」を自ずと開示するというわけだ。日露戦後の時代の中でこうした鉄道をはじめとする機械産業、科学技術が飛躍的な発展を遂げた事実はつとに知られるところだが、(12) ここで問題としたいのは『中学世界』というメディアが、こうした事態に極めて敏感に反応していたという事実である。先にこの雑誌の記事内容を整理した際、政治記事の実例として「日清日露二大戦役の遠因」を上げておいたわけだが、『中学世界』が単なる受験誌ではなく、こうした社会情勢に敏感な〈中学生〉の購読意欲を巧みに刺激する論攷に多くのスペースをさいていた事は極めて重要であろう。自然科学読み物にしても当時の著名大学・高校の教授陣を執筆者として迎え、急速な発展を遂げて行く科学技術分野の情報を分かりやすく、しかも読者の自然な好奇心をかきたてるように論じている。次節でくわしく紹介する読者からの投稿欄をみると、こうした購読者の多くが実は地方の学生であったことがわかる。「故郷の青年」（沼田笠峰　一九一一・一〇）なる一文には、「なまじひに教育を受けた青年の多くは、父祖伝来の農業に就くのを厭ひ、生れ故郷に永住するのを喜ばぬやうになる。（中略）中学を卒業した位な青年は、家に資力があれば進んで高等の学校に入学するけれども、さもなければ小学校の代用教員になるか、郡役所の書記になつて、あたら青春の望みを抛《なげう》つてしまふ」ともあり、当時の地方青年の実情を示している。

『中学世界』というメディアは、こうした青年達の政治志向や技術志向――中央への熱い眼差しによって支えられていただけでなく、先の中央線開通をめぐる伊藤銀月の文章にもあったように、逆に中央からの眼差しで地方の自然を再発見することで、上京もかなわずにいる多くの地方青年に新たな夢を与えていくような機能をはたすことにもなったのだ。そしてそれは、中央からの眼差しを無意識に内面化していく行為でもあったはずだ。その意味で『千曲川のスケッチ』の序文は、こうした『中学世界』というメディアの特質そのものを実に見事に体現していたことになるのである。

次節ではこの『中学世界』という雑誌の持つ今一つの特色――読者による投稿欄に光を当ててみることで、ひいては『千曲川のスケッチ』という作品が単に読者をその世界の中に誘引するだけでなく、新たな書き手を生成するテクストでもある事実を検討していきたい。

四、『中学世界』と〈書くこと〉

〈書くこと〉——それは明治期の少年達にとってどのような意味をもったのか。一八七七年創刊の『穎才新誌』以来、少年・青年読者を対象とした多くの投稿雑誌が刊行されてきた事実は周知のところだが、先にあげた博文館の諸雑誌の中でもこうした投稿欄が極めて大きなウェートをしめ、ここから多くの文学者が輩出された事実は、まさにこうした雑誌が、〈読む〉と同時に〈書く〉雑誌でもあった事実を教えてくれる。『中学世界』もそうした例にもれない。『幼年世界』→『少年世界』→『中学世界』→『文章世界』と進展する〈世界〉は、子供達をこうした〈書く〉という行為によって刺激し続けて来たわけで、当時の子供達は学校教育と相補的にこうしたメディアを通じて、〈書く〉訓練を施されていたことになるのだ。

以下『中学世界』の投稿欄（「中学文壇」）の特質を検証してみたい。まず毎号掲載されている「応募規定」から見ておきたい。

懸賞文募集規定

一、懸賞の募集文はこれを分つて、左の三部門となし、別に短歌と俳句とを加ふ。

第一部（一二行以内）第二部（六〇行以内）

第三部（八〇行以内）短歌、俳句（当季）

二、右のうち、第二部は普通文科、第三部は文芸科、第一部は以上二門の予科とす。故に応募投稿家諸君は、各自の才能と志望に準じ、普通の作文実習を欲するものは第二部、文芸創作に志すものは第三部を選定すべし。第一部には専ら初歩者の投書を受く。
三、募集文には三部門とも、論文、叙事文、抒情文、書簡文等の如き在来の分類法を用ゐず。（中略）
六、賞典は左の如し。但し、其内（一円五〇銭及一円は図書切符、一円以下は図書）
第一部（受賞者五名）
一等（壱円五〇銭）二等（壱円）三等（五〇銭）
第二部（受賞者五名）
一等（現金貳円）二等（壱円五〇銭）三等（壱円）
第三部（受賞者五名）
一等（現金参円）二等（現金貳円）三等（壱円五〇銭）
短歌、俳句（受賞者六名）
一等（壱円五〇銭）二等（壱円）三等（五〇銭）
七、〆切は毎月末日とす　※（一九一一年時点）

長い引用となったが、投稿規定の大枠はつかめたかと思う。それは二にもあるように、投稿家の「才能と志望」によって三部門に区分けされ、それぞれ「普通文科」、「文芸科」、「予科」といったゆるやかな枠組みのもと自由なジャンルでの投稿を募っている。そこでは学校制度を模倣している事実が分かる。またこれは、先にもあげた先行雑誌で、ある程度〈書く〉訓練を積んで来た読者に対する配慮とも言えよう。しかも「賞典」を設け、一等から三等まで現金を授与している点は注意すべきであろう。投稿家はこうした激しい競争原理の下で秩序づけられ、それぞれの腕を研いていったのである。また選考委員としては前田兆、西村渚山らがあたり、短歌は前田夕暮、俳句は巌谷小波らが担当している。しかも当選作にはそれぞれの選者の寸評が添えられ、次回作への注意を示唆すると同時に、恐らくは多くの他の読者へも〈書く〉意欲をいやが上でも掻き立てる機能を果たしていたはずなのだ。

次に当時こうした投稿欄に掲載された文章の一部を見ていきたい。

○明治四四年八月　一等『木曾風景論』長野　伊勢原文宜

中央鉄道開通して、木曾の勝は、天下に喧伝せらる、然れどもその紹介せらるゝところ、月並式の木曾八景に留まりて、未だ大に木曾の真価を発輝するに至らざるは甚だ、遺憾なり。棧や、寝覚や、絶景ならざるにはあらざるも要するに、古跡的、名物的の趣味に過ぎず。（以下略）

○明治四四年一〇月　佳作『月並式風景』伊予　宮崎清

（前略）わが現代の文士、また多く、その月並式の流を追ふ。時代の貴紳淑女と其轍を同うし、かくて、徒に古よりの名所に満足し降伏し、徒に、その字句、形容に重きを置きて、真に、天下の山川を探らむとせず。かくて一般国民をして、実情を欺き、虚偽に流れ、天真を忘れしむる、最悪の結果を至らしめむとす。僕、未だ、あまねく、全国名勝の地を訪ね終らず。といへども、ひそかに、その無名の山川の、必ずや、世にあらはれざるものならむを思へり。

こうした文章が先の銀月や烏水の論に何らかの刺激を受けつつ書かれたのは自明であろう。しかもこうした投稿欄掲載の文章が必ず筆者の出身地名を、氏名に先立って提示している事実は注意される。こうした地名を眺めていくと、その大半が地方出身者である事実に気付く。すなわち彼らはこうした雑誌の感化の下、自己の周囲の風景の中に「月並式」から脱する何かを発見し、それを〈書く〉という行為を通じて再び中央にアピールしていったということになろうか。こうしてメディアは、彼らの欲望を運ぶ巧みな装置となった。次に彼らが自然の中に発見しようとしたものをもう少し具体化する上で、同じ年の一〇月号に三等として掲載された『故郷』と題された一文に触れておきたい。

『故郷』　茨城　石浜桜濤

○故郷にばかり居ては、故郷に付いては何とも感じてゐない——全く無意識である。故郷にゐたんでは、故郷を観る可く余りに近過ぎる。
○一度故郷を離れて見て、初めて、故郷は観えてくる。故郷のなつかしさ、故郷の厭らしさ、故郷のローカル——故郷の真は、アリ々と解つてくる。（中略）
○私の愛するのは、野趣に溢れてゐる故郷の天然である。私は、永久にこゝの天然を愛する。
○私の嫌ふのは、故郷の人間と生活とである。私は安んじて、こゝに生活してゆくことが出来ない。私は孤独である。私は、実に、故郷を厭ふ。故郷ほど、厭な所はない。
○私は故郷を愛し、故郷を厭ふ。この矛盾せる心理の中に生きてゐる寂しいライフ!!

ここには先から指摘して来たように、「故郷」の自然から距離をとった中央からの眼差しが明瞭に刻印されている。筆者が愛するのが「野趣に溢れてゐる故郷の天然」であり、「ローカル」であるという言い回しの中に、そうした認識をはっきりと見て取ることが出来るはずなのだ。

　こうしたメディアの中に、『千曲川のスケッチ』という作品を浮かべてみた場合どうであろうか。一九一三年一月の『早稲田文学』に掲載されている左久良書房の『千曲川のスケッチ』出版広告には、「凡ての若き人と田園生活を営める人の伴侶」との言葉が見えている。序文の中にこの作品が「寂しく地方に住む人たち」への「慰め」の意味を持つくだりがあった事実は始めにも言及したが、こうして見て来ると改めてその「慰め」の内実が問われねばなるまい。それは単なる「自然」をあつかった読み物としてだけではなく、多くの地方青年達を〈書く〉行為にうながし、その行為によって彼らの欲望を充足させる機能を果たしていたのではなかったか。本論の冒頭で言及した私信という形式にしても、未熟な書き手にとってそれが極めて身近で容易な表現手段となった事実を想起したいのだ。

滑川道夫は当時の少年雑誌の投稿欄について、「投稿作文の場合は、多く模範作文を精読したり、書写したりして語彙を習得し、文体を学んでいく文範主義がおこなわれていた。つまり模範文から表現のパターンを学んで、自己の表現に活用する方法である[13]」と指摘している。こうして彼らはしだいにただ文範を筆写するだけではなく、投稿欄を通じて相互影響を受けつつそれぞれの欲望を解放していったはずなのである[14]。実際こうした少年雑誌のみならず、例えば一九〇六年より刊行された博文館の『通俗作文全書』（花袋の『美文作法』、大和田建樹『書簡文作法』、西村酔夢『紀行文作法』等）をはじめとして、新潮社刊の『作文叢書』（一九〇九～一九一二）などの〈作文書・文範書〉が夥しい数刊行されていた問題も注意を要するであろう。あるいは絵画の世界でも、一九〇〇～一九一〇年代にかけて大下藤次郎の『水彩画之栞』や三宅克己の『流行とスケッチ』等の入門書が、次々と刊行されていたという事実もある。

こうして見て来るとまさにこの時代、所謂〈素人〉が書物やメディアの力によって〈書く・描く〉行為へと積極的に参画していった様相が浮かび上がってくるはずなのだ。一つの作品を雑誌という媒体を通して見ることで、そこに時代の様々の欲望や認識の形態が透視されて来るのである。

最後に付け加えたいことは、冒頭でも指摘した如くこの作品が作家藤村における〈書くこと《リテラシー》〉の問題を意味付ける資料として、〈学問史〉の中で長く活用されてきた事実についてである。小諸での厳しいスタディを通じて詩人から小説家へと転身していった作家のプロセスは、半ば神話化されて今日喧伝されている。(15) こうした認識の背景には、おそらく〈書く〉行為を特権化し聖化する思考が働いていたはずである。『破戒』の原稿を携えて一人山深い地から上京した作家の営みに、当時の、そしてその後の多くの青年達は己の見果てぬ夢を託してきたはずなのだ。そして文学研究もそれを補完した。藤村にとっての〈書くこと《リテラシー》〉が、常に読者の〈書くこと《リテラシー》〉とリンクしてきた所以がそこにある。『千曲川のスケッチ』とはまさにその意味でも〈読む〉と同時に〈書く〉テクストであったのである。

注

（1）『千曲川のスケッチ』解説（新潮文庫　一九五五・四）
（2）『島崎藤村——その生涯と作品』（塙書房　一九五三・一）六五頁
（3）「『千曲川のスケッチ』文体試論」（『語文研究』一九六一・三）
（4）『近代の小説』（近代文明社　一九二三・二）一七八頁
（5）『日本人の表現力と個性』（中公新書　一九九〇・一二）
（6）『中央公論』（一九〇七・九）
（7）『書簡用語の研究』（渓水社　一九八五・六）五三三頁
（8）藤村がこうした書簡形式に意識的だったことは『子に送る手紙』（一九二四）などの作品を見ればわかる。なおこうした書簡の問題に関しては拙稿「『新生』における〈読み書きの技術《リテラシー》〉——手紙と短歌——」（本書第十四章）でも言及した。

（9）「島崎藤村における散文表現」（『日本文学』一九七二・二、五）

（10）『博文館五十年史』（博文館　一九三七・六）一二九頁

（11）『立志・苦学・出世――受験生の社会史』（講談社現代新書）（一九九一・二）六六頁

（12）原田勝正は『日本の鉄道』（吉川弘文館　一九九一・三）の中で　鉄道と戦争のかかわりを詳述している。

（13）「明治少年の投稿意欲（二）」（『名著サプリメント』一九九一・八）

（14）投稿欄にのった次のような文章――「信州つてどんな所だらう？　私は藤村の破戒を読み終わつて、炬燵に軽く額をもたせたまゝ、あの丑松が胸に悩を抱いて彷徨つたと云ふ、千曲川の流域を思い浮べて見た」（『信州』一九一一・七）を見ると、藤村の影響力の一端が理解出来よう。また紅野謙介は「『中学世界』から『文章世界』へ――博文館・投書雑誌における言説編制」（『投機としての文学』新曜社　二〇〇三・三）でこうした投書雑誌の問題を詳述している。

（15）藤村における小説の成立をめぐって、〈小諸〉という場所の果たした役割については拙稿「〈小諸〉という場所」（本書第六章）

第三部　〈血統〉の解体

第十一章　『春』の叙述——〈透谷全集〉という鏡——

一、『春』と事実

当時氏（透谷——中山注）既に逝きて久しく、生前その秀俊なる眉宇に接して親しく驩晤を得ざりしを悔ゐたるものから、氏の遺稿を蒐めたる『透谷集』といへる書ありしと聞き、せめては一本を獲て、吾師友とせむものをと、知れる限りの書肆を問ひ合せたれど、いづこにも無しといふに、恋は遇はざるによりて愈よ募るが如く、いかにしても之を手に入ればやとおもふの念に駆られ（中略）偶ま嚮の『透谷集』は、星野天知、島崎藤村、平田禿木、戸川秋骨四氏の手によりて増訂せられ、『透谷全集』と改題して、再び余が机辺に音訪れぬ、

（小島烏水「透谷全集と子規随筆」『文庫』一九〇三・一）

『春』という作品の叙述の前提となっているものは何か。『春』が透谷の文章をはじめとする夥しい引用によって構成されている事実は周知の所だが、それをもう一歩踏み込んで考えてみると、そこには同時代における一つの強固な事実信仰が作動していることが見えて来るのではあるまいか。長く青木＝透谷、岸本＝藤村といった図式が文学研究の自明の前提とされ、背後に『文学界』という運動の〈歴史〉を透視するような認識が多くの論者を束縛してきた所以も、実はそこにあると言わねばなるまい。こうした問題から目をそむけて、いたずらにフィクションとしてのテクスト読解を積み重ねてみても意味はあるまい。そこで本章では、『春』において〈事実〉がどのように処理されてきたかを考察する手掛かりとして、透谷の死後様々な形でまとめられて来た所謂〈透谷全集〉の存在に

光をあててみたい。冒頭の一文でも小島烏水はこの書物への熱誠なる「恋」を語っていた。それは「一枚を読み、一章を誦するや、幽恨眉頭に積みて舒ぶ可らざる一個多愁の清痩才子、躍々として現れ来る」とも表現される如く、この書物を通じての一つの〈透谷〉像の成立を語ってもいるわけだ。これまで〈学問史〉の中で、〈透谷から藤村へ〉といったテーマは様々な形で議論されてきたが、本章の意図する所はそうした認識論的問題を具体的な言葉の引用というレベルで考察する点にある。以下、『春』という作品をとおして一つの時代なり歴史なりを、あたかも実在の如く読みとってきた様々の言説を糸口としつつ、こうした資料という媒体と作品との関わりを考察していきたい。

まず一つの前提として、『春』を論ずる上でこれまでも度々問題にされてきた所謂モデル問題を、こうした〈事実〉との関わりという観点から俎上にのせよう。一九〇七年六月『文芸倶楽部』に載った「並木」を巡って、馬場孤蝶、戸川秋骨らがいっせいに反駁の文章を発表し、以前書かれた「水彩画家」等も巻き込みつつ、文壇に一大論争を引き起こした事実はよく知られた所である。木村毅はこうした問題に言及しつつ、「モデル」という用語が絵画からの転用によるものであり、一九一〇年代に広く文芸一般で使用されるに至った事実を論証している。(1)以降この論争は反自然主義側の後藤宙外の「自然派とモデル」(『新小説』一九〇七・一〇)や、モラル問題に踏み込んだ中村星湖・島村抱月の「モデル問題の意味及其の解決」(『早稲田文学』一九〇七・一二)等へと広がりを見せていくわけだが、用語そのものが絵画からの転用であったという点が、すでに多くの問題を示唆しているように思える。すなわちそこに窺えるのは平面的な絵具のマチエールの背後に〈現実〉を透視するという絵画の思考方法であろう。これこそまさに表面から奥行きを志向する営みを端的に示すものと言わねばなるまい。しかし一方で小説はあくまで虚構であるべきとの理念が、当時の多くの作家達に働きかけていた事実も看過しえない。臼井吉見はそこに『小説神髄』の、作中人物を「虚空仮設」のものとする認識の影響を指摘しているが、(2)それは他者の外貌を三人称で客体化しつつ、そこに作者の私生活や心情を投影するという不可解な認識方法が、この一連のモデル論議の引き金となっている点からも解るのである。そうした虚構への意識は、なによりも主観の直接的表出である抒情詩を超克する手段として、小説が選択された問題とも関わるわけだが、こうした現実と虚構との奇妙な癒着がモデルとされた当事者からの激しい反発を引き起こしたこともまた必然であった。こうして小説は、否応無く書き手のモラル問題を内包するに至ったのである。秋骨は「モデル問題」（『中央公論』一九〇七・一二）なる一文で、以上の経緯を「輪郭が実物であるから、その人物も実際であらうと推断するのは普通の考《ママ》である。さう考へられるとモデルに使はれた人が迷惑する事もあらう。こゝに於てかモデルの当人が顕はれて苦情を言ふ様になる」と端的に整理している。

　しかしこうした論議は、言わば作家の側に新たな方法を模索させる契機となった。従来「印象主義」という形で整理されてきたものがそれにあたる。同時代、花袋においては「ペインテング」、抱月においては「美的情趣」といった概念の検討が進められていたわけだが、藤村の場合それは例えば「一部を写す場合にも成るべく全体を忘れない」（「モデル」『文章世界』一九〇九・四）といった、「局部」から「全体」への志向という形でまず現れてくる。これは抱月らの説く「mood」などのような、表現する状況全体への着目とも呼応しているだろう。あるいはそれは花袋の言によれば「状況が読者の頭に明かに印象される」（『小説作法』）といった、読者の意識に対する着目をも意味していたはずだ。即ち一つの時代なり状況なりを、ある種の「気分」のような形で生き生きと読者に印象づける技法の開拓が求められていたと言ってもよかろう。こうした技法の成立に際し、例えば『春』においては語り手の存在が極力透明化されているという事実がまず留意されよう。

　この友達の一言で、いよ〳〵岸本も心を決した。一夜明けると、また〳〵青木は東京へ出掛けるといふので、岸本も一諸に恩人の家を指して前川村の寺を出た。彼は友達夫婦に小使の心配までもして貰つた。国府津から新橋へ向ふ汽車の中では、二人の友達はあまり言葉も交さなかつた。どうかすると青木は、堅く窓口のところに捉《つか》まつて、何処か斯う恐しいところへでも持つて行かれるやうな、不安に堪へないといふ眼付をした。（四七）

三好行雄は『家』における「眼付」という言葉の多用に論及しているが、[3]ここでも「青木」「岸本」とそれぞれ三人称で呼ばれながら、その心理を「眼付」というかたちで、言わば外部から推測しているのは明らかに語り手のはずである。語り手はこうして物語世界の内部においては透明化し、ある時は外側から、またある場面では作中人物の内面を極めて主観的に表出するといった不安定な方法がここでは採用されているのである。しかもそれが一人物のみならず、複数の登場人物に関して実施されていることは注意されてよい。『春』が「群像」を描いた小説であるとの指摘は古くからあったが、これは先の印象主義の問題にもどれば彼らが生きる状況や時代を鮮明に読者に提起する技法と自ずから対応して来るだろう。つまり語り手を物語世界内において極力透明化させることは、読者が自然にその世界に参入することを助けることにもなるわけだ。言ってみればここで読者は、作中人物の意識や感性のドラマを無意識に追体験することが要請されているのだ。曾根博義はこうした「空白」の技法とも呼べるものが、「作中人物と同じ平面に立ち、人物とともに作品の世界を体験[4]」することを可能にしたと述べているが、こうしてモデル問題は作家に読者の存在を明瞭に意識させることによって、かえって多くの読者の共感を得られる技法——ある意味では読者と共犯関係を結び得る技法を開拓させたとも言えるのである。

二、『春』と読者

『春』が前半と後半で視点の分裂をきたしているとの指摘も、古くから文学研究の中でなされて来たが、[5]前節でも言及したこうした不安定ともとれる方法を支える強固な事実の基盤が存在したのではあるまいか。それは作品から一つの〈時代〉を自明の前提のように読み取っていく感性の如きものと言えよう。以下『春』の同時代評の幾つかを、そうした観点から照射してみたい。

著者が材料を蒐め来つた其時代と云ふものは我等青二歳から見ると丁度一時代前になつて居る。がその明治二十五六年から三十年少し以前までと云ふものは、恰も文芸の新しい光が射し始めた時代として歴史的の興味がある許りでなく、其所に多数の現代の先駆者を出した。

（中村星湖「『春』を読む」『読売新聞』一九〇八・一一・一五）

『春』は文学上の「運動《ムウヴメント》」を描いた歴史である。（中略）彼は今自分達の「運動」の歴史を書いたのだ。既に歴史となつた「運動」を「運動」の一員が書くのだ。

（秋田雨雀「島崎先生の『春』に就いて」『読売新聞』前掲）

例えば、彼らが『春』から一つの「時代」なり「運動《ムウヴメント》」なりを受けとめている認識の背後にあるのが、彼らの「ルネッサンス」への激しい渇望であった点を見落としてはなるまい。同じ同時代評の中で、服部嘉香はそれを「思想の歴史から見たるスプリング・エージ」(6)と呼んでいるが、そこには紛れもなく近代が作り上げた〈青春〉の特権化(7)と、芸術への信仰が働いているのが読みとれよう。それ故に、『春』の登場人物達は文学研究の中で「現代の先駆者」として位置づけられることにもなったのだ。『春』を支えていたものとは、こうした芸術を創りだした一つの「時代」を自明の事実として捉える認識方法ではなかったか。長谷川天溪は『春』を、そうした一時代の「空気を描写」(8)したものと捉えているが、言わばその様な「空気」に対して、後世の読者は共感したと言っても過言ではあるまい。小説の中からこうした一つの「空気」を実在のものとして読みとり、自己をその世界に連なる一員として認識する――言わば文学読者の成立こそが、『春』の基盤にあると考えねばならないのである。

さてここで『春』という作品が一つの「時代」を再現したものと読者に意識させるべく、作品外においても様々な情報が提供されていた点に注目してみたい。所謂パラテクストの問題である。生方敏郎は「之は島崎氏自身を始め透谷天知等『文学界』の連中の歴史的事実に據つたものだと聞いてゐた為めに、始めの数回を読む間はあれが此人かこれが彼の人かなど当て物をするやうな[9]」意識が働いた事実を語っているが、同時代の読者は作品に付随して発せられた様々の二次的情報にも恐らく敏感に反応していたのではあるまいか。例えば『春』発表以前に多くの予告文、宣伝記事が新聞・雑誌に掲載されている。一九〇七年二月の『新古文林』には次の記事が見える。

○島崎藤村氏、現今の東京を研究するとて居を柳橋に移されたる同氏は目下『春』と題して一大長篇をものされつゝある由、篇中の人物には若き天才を写し出さるゝやに聞く、故北村透谷子の面影なる由。

この外にも、一九〇六年一二月の『早稲田文学』文芸消息欄には「着想は青年が熱烈なる恋愛を骨子とするもの、由にて、氏は之れが材料を得んが為めに過般湘南地方に旅行せりとのこと」といった記事が見えている。あるいは藤村自身の発言としては、「是等の青年の団体は相集つて或仕事（文学雑誌の発行）をしてる」（「『春』執筆中の談話」）といったものもある。これらは〈学問史〉の中では、『破戒』と『春』をめぐる作家の執筆時期を推測する資料としてのみ活用されて来たわけだが、むしろ私が注目したいのはこうした二次的情報が『春』という作品を否応無く〈事実〉へと結び付けるインデックスとして機能していた点である。作家が執筆に際して、その材料を得るための取材旅行を行っているという情報などは、作品の背後に〈事実〉を読みとらせるべく読者に巧みに働きかけていたと言わねばなるまい。このほか一九〇七年四月の『趣味』に載った「『春』と『龍土会』」をはじめとして、実に夥しい予告文が『春』を読む読者の期待の地平を形成していた点に留意する必要があろう。これに先のモデル問題をめぐる情報や、『春』執筆中に禿木（「『文学界』時代」『趣味』一九〇七・一二）、秋骨（「『明治学院』時代」同）、孤蝶（「『明治学院』及び『文学界』時代」『趣味』一九〇八・一、「事実と『春』」『新潮』一九〇八・八）などによって書かれた回顧文の存在などを加えると、当時『文学界』再発見（ルネッサンス）の動きが作品に連動して起こっていた事実が見えて来るはずだ。それは当時の読者の意識のあり方を明らかにするだけでなく、後の『春』の文学研究において『黙歩七十年』や『明治文壇の人々』、あるいは『文学界前後』といった文献がその読解の手掛かりとして少なからぬ情報を提供して来た問題等を考える時、我々はこうした〈事実〉に実は様々な形で束縛されて来たことが分かるのである。池上研司は新聞小説としての『春』に着目しつつ、一般読者から分離した所謂〈文学読者〉が「『春』の登場人物とモデルをつなぎあわす作業」[10]を果たした点に言及しているが、先の同時代評にみられた「ルネッサンス」志向もまた、こうした読者が紡ぎ出した芸術神話の一つであった。それは強固な〈事実〉を背景に孤独と苦悩のドラマとして特権化され、神聖視されていったわけだ。ここではそうした認識を形成する媒体と情報の問題に言及したわけだが、次節ではいよいよ作品『春』の叙述に即してさらに検討してみたい。

三、『春』と透谷全集

> 野辺送をしてから五日目に、未亡人は元数寄屋町へ来て、例の二階で青木の書いた反古を展げて見た。悉皆《すつかり》後片付をして、初七日でも済んだら芝の公園を引払ひたいと思つて居る。夫が若い時に書いた物なぞは操の身に取つて堪へ難いほど可懐《なつか》しかつた。
> ふと手紙が出て来た。それは青木が二十か二十一の年に――まだ〳〵結婚しない前――操へ宛て丶寄したも

のである。その中に、貴嬢とあるは、若い時の操のことである。「拝啓。」と未亡人は読み始めた。「親愛なる貴嬢よ。生は筆の虫なりと言はれまほしき一奇僻の少年なり。生は筆を弄ぶことを以て人間最上の快楽なりと思考せり。（以下略）　（八九）

青木の死後、妻の操が残された大量の「反古」の中から一つの手紙をとりあげ、「堪へ難いほど」の思いを込めて読み始める件りである。以下透谷文の長大な引用が続く、作品『春』から、一つの「時代」を自明の事実の如く読者に想起させるべく作中に仕組まれていたものにこうした夥しい量の引用がある。藤村が『春』執筆にあたって『文学界』をはじめとして実に用意周到な資料収集をしていたことはよく知られているが、とりわけ透谷の文章からの引用の多さは突出した感さえあるのだ。こうした資料への関わり方を考えていく上で、ここで透谷の死後、現在まで編まれてきた数多くの所謂〈透谷全集〉の存在が注意される。小田切秀雄の手になる『明治文学全集――北村透谷集』「参考文献」欄には、「全集・選集」として以下の文献が提示されている。

①島崎藤村編『透谷集』（文学界雑誌社　一八九四・一〇）
②星野天知編『透谷全集』（文武堂発行・博文館発売　一九〇二・一〇）
（『透谷選集』『代表的名作選集』四　一九一四・一二）
③島崎藤村編『透谷全集』（『改編透谷全集』）（春陽堂　一九二二・三）
④島崎藤村編『北村透谷集』（岩波文庫）（一九二七・七）
⑤島崎藤村編『北村透谷選集』（改造文庫）（一九二九・二）
⑥勝本清一郎編『透谷全集』（岩波書店　一九五〇〜五五）

⑦小田切秀雄編『北村透谷集――文学界派』（『日本現代文学全集』講談社　一九六五・四）
⑧勝本清一郎編・玉井乾介補『北村透谷選集』（岩波文庫）（一九七〇・九）
※（他に文学全集類のいくつかを省略した）

近代における〈個人全集〉という制度のなかで、透谷がはたして来た意味はこの一欄表からもおしはかれるだろう。テクストの操作・編集という営みを考える上で、文学研究の基幹にこうした〈個人全集〉が存在することは疑いない。しかもその中で藤村のはたした役割の大きさも自ずと理解出来るはずだ。むろん「藤村編」といっても本質的に言って編集というには不充分なものも幾つか含まれはする。しかしながら透谷死後、〈島崎藤村〉の名の下に多くの全集・選集類が刊行されてきた事実は留意されてもよいはずだ。しかもその幾つかに藤村は透谷へのオマージュとも言える序文を付けていたわけである。考えてみれば、藤村ほどこの〈個人全集〉という制度[11]に対して意識的だった人間も少ないのではあるまいか。生前、所謂自選全集に極めて意欲的だった事実[12]もそれを裏付けていよう。

本章ではこれら数多くの〈透谷全集〉のなかであえて①、②の存在に光をあててみたい。むろんこれらは今日、学術的に見て〈全集〉と呼ぶにはあまりに不充分であることは承知の上である。①などは〈全集〉と呼ぶよりは、むしろ〈遺稿集〉と言ったほうがふさわしい。すなわちここでのもくろみは、『春』の本文に引用された夥しい透谷文とこれらの〈全集〉類の本文、および確認出来る範囲においてその初出段階も比較検討してみることで、『春』が構築した〈事実〉の一端に迫ってみたいということにあるのである。

さてそうした比較に移る前に、ここではいましばらく①、②の書物の特質に関して詳述しておくことにする。②の刊行に際しての反響の一端は、本章冒頭に掲げた小島烏水の一文でもある程度おしはかれるが、ここに今一つ相馬御風の所感を付け加えておきたい。

「太陽」に於ける樗牛の評論よりも、「透谷全集」を先に手にした。そしてその情熱の籠つた叫び声に向つて燃ゆるが如き渇仰を捧げた。勿論その論ずる所の価値如何正否如何などを研究してからでも何でもなく、たゞその情熱に化せられたのだ。その情熱の充ち〳〵た言葉に何とはなしにインスパイアされたのだ。

◎透谷に感化せられたと云つた所で、正直に白状すれば私は三十五年十月「透谷全集」が世に出るまでは透谷について何等知る所がなかつたのだ。即ち私が透谷を知つたのはたゞ「透谷全集」によつてゞある。「透谷全集」の世に出たのは私の二十歳の秋であつた。

（「北村透谷私観」『早稲田文学』一九〇八・九）

ここには〈全集〉の発揮した力がまざまざと記されているといってよい。[13] むろん②は藤村編になるものではないが、〈全集〉がいかに「二十歳」の青年の心に「インスパイア」し、〈透谷〉の存在に「渇仰」するように成ったかはこの一文からありありと伝わって来る。御風は、「『透谷全集』一巻は私に初めて人生の意義だとか文学の使命だとか詩人の天職だとか云ふ事を教へた」とも述べている。こうした〈全集〉という書物が、同時代の文学読者に〈透谷〉という夢を配給してきた事実は考慮されてもよいのではあるまいか。さらに言えば、〈透谷〉の実像に迫りたいという欲望がこれまで数多くの〈全集〉を編み出して来たといっても過言ではないのだ。

こうした点を押さえた上で①、②の特質をかいつまんで指摘しておきたい。①『透谷集』は透谷死後五ヶ月後、一八九四年一〇月藤村の編集で文学界雑誌社より刊行されている。（奥付には編纂　星野慎之輔とあるが実質は藤村が大きく関与）。全体は菊判で二六二頁、定価は三八銭とある。この巻頭に掲げられた例言には「此書は北村門太郎君の短生涯に遺したる墨滴の小池なり、逝きて茲に既に半歳、早く其散逸せんことを惜み敢へて編纂の志を為す」と記されている。以下本文は雑誌よりの摘出である事、編集順序は「作稿の年月に順列」したものである点などが例言に記載されている。ここで注意すべきは、作家の死後散逸し埋もれて行く運命にさらされている作品を、一つの書物の下に出来るだけ体系立てて集積させようという編纂の意図である。本書はむろん〈遺稿集〉の形態をとっており、藤村がこうした〈遺稿集〉の機能にも極めて意識的であったことは、[14]彼が何等かの形で影響を受けた『逍遙遺稿』、『匏菴遺稿』、『松か枝』（父正樹の遺稿集）などを考慮すればわかる。神崎清は、「藤村が透谷の防衛者として編纂した最初の『透谷集』は、透谷の諸著述の散逸を防いだばかりでなく、その後の著作集の基礎的文献[15]」となったとその意義を指摘しているが、一方作品そのものの遺漏に関して藤村はこの神崎のインタビューに答えて、敢えて透谷らしい「特色が見えない」ものについてはこれを削除した事実を告白してもいるわけだ。いずれにしてもこうした書物が〈透谷〉のイメージを時代に流通させる上で、一つの重要な役割を演じた問題は注意されよう。

この様な文献に対する意識が、より明瞭になるのが②の『透谷全集』である。これは星野天知の編集として一九〇二年一〇月に刊行されるが、巻頭には『粋を論じて伽羅枕に及ぶ』の自筆原稿の写真、及び透谷の肖像画を掲げ、天知による序文のほか『文学界』同人それぞれによる亡友回顧の文章が掲載されている。また『透谷集』では脱落している『蓬萊曲』、『楚囚之詩』他の作品も掲載され、巻末には『透谷子漫録摘集』と題して、日記断簡を載せるなど所謂今日言う所の〈個人全集〉の体裁に近いものとなっているわけだ。さらに注目すべきは凡例を付け、編集の経緯、表紙その他の装丁、出版の事情等にも言及している点である。その中には「編集校正は専ら星野天知の手に成りしを以て其過失等の責は同人これに任ず」との一文さえ見えているのだ。むろん繰り返すようだがその編集校正が、書誌的に多くの問題を含んでいることは言うまでもない。しかしここで考慮すべきは、こうした〈全集〉という形態が不完全とはいえ資料の実態をありのまま再現するという、一種の〈科学性〉によって裏付けられていたことである。そしてこうした〈科学性〉の背後に隠されたものにも、我々は注意を向けてみねばならないはずだ。例えば天知の序文の中には、「君が遺篋を探りて其断片双句を拾集補綴し、以て君が半生の伝記たるもの、又は未定稿の腹案をも知るべきもの総て其日記に併せて終に日誌摘録を巻尾に編む」とある。また藤村の『亡友反古帖』なる一文でも、「書捨てたる反古」の中から「亡友彷彿として吾眼前にあるが如く」浮かびあがる事実が記されてもいるわけだ。こうした「反古」として時代の波に飲み込まれていく文献を、〈個人全集〉という形で整理し校正し秩序づけることが〈作家〉の復権に重大な効果をもたらすことに、恐らく編纂者達は極めて意識的だったに相違ない。〈全集〉編纂におけるこの様な資料への関わり方は、活字というものの背後に作家像をリアルに構築する認識の在り方を、我々に示唆しているように思える。

いずれにしても、近代における〈文学全集〉という制度が果たして来た意味の影には、この様な事実信仰が見え隠れしていることは注目してもよいのではあるまいか。『春』という作品は、まさにこうした時代の中に成立したのである。

四、『春』の透谷引用

以下、『春』の叙述の特質を前述の〈透谷全集〉等との比較検討を通じて確認し、同時にその基盤となっている〈事実〉なるものの実態に迫ってみたく思う。先にも述べた如く『春』執筆に際して藤村が『文学界』の再読をはじめとして、確かなスタディを行っていたことはつとに知られているが、その内実となると今一つ定かではない。とりわけ従来から、『春』に引用された透谷文に改変がなされているとの指摘はあったものの、その実態に関しては踏み込んだ調査がなされているとは言いがたいのである。そうした問題への糸口とすべく、本章では透谷文について、A初出形態、B『透谷集』、C『透谷全集』、D『春』新聞初出、E『春』（緑蔭判）のそれぞれに関して出来得るかぎり比較調査を試みてみた。紙幅の関係でその全体を明らかにする余裕はないが、以下それぞれに渡って存在する異同の一端を示してみたい。むろん当時の出版印刷事情を考慮に入れると、ルビ、句読点、傍点等の問題に関しては微妙な要素が多く残される。したがってここでは、字句上の明らかな異同のみを検討の対象としたい。

まずE緑蔭版『春』に引用された、「眠れる蝶」の一節を見てみたい。

林には、
鵯《ひよ》の声さへうらがれて、
野面《のおも》には、
千草《ちぐさ》の花もうれいけり。（二六）

末尾の「うれいけり」は、A『文学界』（一八九三・九）初出では「うれひあり」となっている。これはB『透谷集』本文でも同様である。ところがC『透谷全集』に至って、これが「うれひけり」とされているのである。むろんこれなどは瑣末な誤植とみるべきかもしれぬが、『春』本文が『透谷全集』からなんらかの影響を被っている事実の一端は理解できよう。（Dは「けり」）

また次にやはりEに引用された「星夜」の一節を見たい。

彼女の情を得たる後は、物として春の色を帯び①ざるはなく、自ら怪しみて霞の中に入りたる②かと思はるゝ程に、苦く辛く面白からぬ物に隔たりて、甘く美しく優しき物にのみ近きぬ。肥太《こえふと》りたる駒にうち乗りて、春の野に遠乗したる時、菜の花の朝日に照りかゞやきたる畦《あぜ》を過ぎて、緩々《ゆるゆる》と流るゝ③小河の岸に駒を立てたる心地は――此恋の真味なり。(七)(傍線中山)

まず傍線①「ざる」、②「か」に関して見てみると、A初出(『女学雑誌』一八九二・七・二)では①が「ぬ」となっている。これはB、Cでも同様であり『春』における異同と言ってよい。一方②に関してはBの『透谷集』でこの一字が脱落しており、Cでもその誤植が踏襲されてしまっている。あるいは傍線③「小河の岸に駒を立てたる心地は――此恋の真味なり」は、Aによれば「小河の岸に優々と駒を立てたる心地は此恋の真味なり」となっており、ここにも微妙な異同が確認出来る。こうした初出形態はB、Cでも変更はない(ただしCは末尾が「心地は此は此恋の真味なり」となっている)。この様に『春』本文は同じ引用の中でも、ある部分では初出形態を採用しながら、また別の箇所ではBあるいはCの本文形態をとるなど、微妙な差異を残す事がわかる。以上の問題はあまりに瑣末な字句の議論にすぎぬとも言えるが、もう少し内容面に関わる異同を今一つ傍証として上げるなら、『春』七章における「厭世詩家と女性」からの引用がある。そこで「彼等は縄墨《じようぼく》の規矩を厭離するの思想こそあれ、人世に羈束《きそく》せられんことは思ひも寄らぬところなり」となっている部分は、初出では「『世に愛せられず世をも愛せざる者なり』(I love not the world, nor the world me.) 縄墨の規矩に掣肘せらるゝこと能はざる者なり、普通の快楽は以て快楽と認められざる者なり」となっており明らかに改変されているわけだ。しかもこの後、初出では次の一文が続く――「一言すれば彼等が穢土と罵るこの娑婆に於て社界といふ組織を為す可き資格を欠ける者なり。故に多くの希望を以て多くの想像を以て入りたる婚姻の結合は彼等をして敵地に踏入らしめたるが如きのみ。彼等が明鏡の裡に我が真影の写るを見て益《ますます》厭世の度を高ふすべきも婚姻の歓楽は彼等を誠信と楽天に導くには力足らぬなり。」(以上傍点略)――以上の部分は、『春』において全面的にカットされてしまったのである。いずれにしてもこのような比較から、『春』本文の引用がA、B、Cの単なる引き写しではない事実の一端は確認出来たのではあるまいか。

こうした異同の上で最も大きな差異が認められるのは、『春』の八九から九二章に渡って延々と引用されている所謂一八八七年八月一八日付石坂ミナ宛書簡である。これは言うまでもなくCの『透谷全集』の中の『透谷子漫録摘集』にはじめて翻刻されたものだが、これと『春』本文の間には夥しい字句の改変が確認出来る。かいつまんでその何点かを指摘しよう。

E今や貴嬢に別れて遠く去らんとするに際し、聊《いささ》か貴嬢に懇願するところあり。そは、生の不幸を聞いてたも、といふ一事これなり。

『貴嬢は常に生の幸福なるを祈り給ふ我親友なりかし。然らば、則ち生の不幸を察して心の苦を慰むる術《すべ》もあらば是を指《ゆび》さし呉れ給ふべき道徳上の義務を有ち給ふ御身なるべし。（八九）

C今や貴嬢に別れて遠く去らんとするに際し聊か貴嬢に懇願する所あり、其は他ならず生のミザリイを聞いてたもと云ふ一事是なり、

貴嬢は常に生のハツピイなるを祈りたまふ我親友なりかし、然らば則ち生のミザリイを察して心の苦を慰むる術もがなあらば是れを指示しくれたまふ可き道徳上の義務をもちたまふ御身なるべし、

以上、英語の日本語への改変ばかりでなく字句の上でも差異が確認出来る。このような例は枚挙に暇がないが、他にも例えば九〇章「物事に考深き性情を作りたるの事実は決して蔽ふ可らざるところなりとす」の後に『透谷全集』では、「偖て此際生の習慣、郷校にありての挙動等をも詳に述べんと欲すれど、余りに長くなりては読む人の

気心も如何かと存ずれば其は読者の鑑定に任して唯其筋骨のみを綴るべし」の一文が存在している。この削除の要因は、恐らく文中にある「読者」への意識により『春』において青木の死後、妻の操がその若き日の書簡を朗読すると言う状況に不適切と判断されたためであろう。

こうして見て来ると全体に渡る改変の特色は、透谷文を出来るだけ自然で読解しやすいものとしていることが窺えよう。先程ルビ、句読点、傍点等は検討外とすると述べたが、敢えてここで言及するなら、句読点ひとつ取ってみても『春』引用文は現代語の句読法に極めて近い形に、大幅な改変がなされていることが分かるのである。

以上、『春』における透谷文の引用の実態を同時代の〈全集〉、初出類との比較において検討してきたわけだが、こうした作中における文献引用の方法が読者に否応無く一つの〈事実〉を指し示す効果を上げていたとするなら、その〈事実〉の内実とはかくも差異を伴ったものであったことが〈透谷全集〉という書物を鏡とすることで浮かび上がってきたはずである。しかしこうした字句の異同だけが問題なのではむろんない。むしろ重要なのは、こうした引用が作品『春』の中でどう位置づけられていたかである。一例を上げるなら、八九から九二章に渡る書簡の引用のあとを受けて操は次の様につぶやいている。「斯の長い手紙は、青木がまだ一生の方向に迷つて居る頃書いたものである。読んで行くうちに、ある処は微笑《ほほえみ》を、ある処は哀憐《あはれみ》の情を、又あるところは言ふに言はれぬ恐怖《おそれ》の念を操に起させた。『斯の時分から、父さんは狂人《きちがひ》だつたんだよ。』と操は独語《ひとりごと》のやうに繰返した。」（九二）——操の言は「独語」でありつつも「父さん」の一語にすでに明らかな如く、自らの子の鶴子——いや同時に操の視点に同化しつつこの「反古」を読んで来た若い読者への暗黙のメッセージともなっている。即ちそれは引用そのものに「言ふに言はれぬ」ある種特権的な価値を付与し、青木を世間知では理解不能な一種の「狂人」としてくくりとる論理であったはずなのだ。さらに注意すべきはこうした一文に続く次の件りである。

萱、岸本の二人は、青木の亡くなつた後を心配して、元数寄屋町まで様子を見に来た。彼等は未亡人に導かれて二階の部屋へ上つた。そこは青木が若い時に勉強した処でもあり、種々な習作を試みた処でもあり、国府津を引揚げてから以来《このかた》懊悩し苦悶した処でもある。丁度青木の書いた反古が部屋一ぱいに展げてあつて、その分量の多いことから言つても、二人の友達を驚かした。若い時から書いたものは、奈何《どんな》なツマラない反古でも保存してあつて、すこしも掩ひ隠したやうな跡が無い。残して置いては可恥《はづか》しいと思はれるやうなもの迄も大切に蔵つてあつた。二人の友達は、雑誌へ載せたいと言つて、その反古の中を猟《あさ》つたが、僅に戯曲の断片しか得られなかつた。面白いと思ふものは、反て種々な文学上の計画を書いたものに多かつた。それは青木が胸の中に画いて居たある世界の一部分を未完成の儘に見せたといつたやうなものである。（九三）

ここに見られる様に、操によって「すこしも掩ひ隠したやうな跡」もなく保存されている膨大な量の「反古」は、「断片」であるが故にかえって岸本に「ある世界の一部分を未完成の儘」見せるような、鮮烈な刺激を与えつづけるのである。このように引用文は青木を一般人から隔て、その〈天才性〉〈孤立性〉を強化する上で効果を発揮し、他方語り手の叙述は逆に引用文そのものを文学読者にのみ流通可能な神聖なテクストとする上で機能してきたと言えよう。その意味で叙述上、プレテクストとテクストは巧妙な相乗効果をあげていたことになるのである。従来の文学研究が、こうした言わばテクストの内部と外部を架橋する〈制度〉の中にあることも疑いをいれない。

ここでテクストの内容に論を移すなら、岸本にとって青木を継承することの意義も、これまで文学研究の中で論じられてきたような作家論的な問題以前の部分で、実はこうした言葉の引用というレベルの議論に関わっていたことに注意すべきではないか。「岸本は其頃、亡くなつた友達の遺稿を編まうとして、いろ〳〵雑誌を集めたり青木の未亡人から借受けたものを調べたりして、其仕事を心に描いて居る時であつた。其日も奈何《どう》青木の反古を取捨しやう、奈何いふ順序に友達の形見を並べやうなど、考へ乍ら」（一〇〇）――岸本に残された「仕事」とは、実は紛れもなくこうした青木の「形見」を「取捨」し、言葉を書物という物質に編み変える作業でこそあったのだ。日々の新聞が「戦争の記事」（一〇〇）で埋め尽くされ、それを読んで「発狂」する人さえ出たという世相の中にこの書物を置く時、まさにその「仕事」こそが彼の「空想の記念」（一一九）である事が明らかになるはずである。百一章において岸本は「血腥《ちなまぐさ》い戦争画」が踊り、大陸へ向かう「歩兵の一隊」が行進する雑踏の中を、一人「青木の遺稿を編む為に家を指して帰つて行く」のである。

考えてみると作品『春』の後半部には、青春の残滓とでも呼ぶ外ない〈物〉によって埋め尽くされている。「陶器《せともの》の画工《えかき》といふ思想《かんがへ》」（一一九）の結果残った「一枚の皿」、かつての恋の形見としての「懐剣」、そして仙台へ去る岸本の手に残された今は皆「御義理で書いて居る」（百三二）ような有り様となった「雑誌」――それらは一つの明瞭な異物として残存することで、岸本の現在を鋭く脅かすものでもあるのだ。だからこそ彼は敢えて残された友の「未完成な儘」の〈言葉〉を、書物という物質に変え世に残すことを己の使命としたのだとも言えよう。その意味で『春』は内容においてもこうした〈文学全集〉という鏡と対置することによって、実は相補的な問題意識の上に立つテクストであったことが分かるのである。

注

（1）「文壇モデル考」『文芸東西南北』（新潮社　一九二六・四）三～四九頁
（2）「モデル問題」（『人間と文学』筑摩書房　一九五七・五）四五頁
（3）「『家』のためのノート」（『島崎藤村論』至文堂　一九六六・四）二〇一頁
（4）「小説の言葉と描写」（『早稲田文学』一九九一・八）

（5）中村星湖は『春』には「中心が二つ」あると指摘している。（「『春』を読む」『読売新聞』一九〇八・一一・一五）

（6）「『春』と『生』と」合評『早稲田文学』一九〇九・二

（7）紅野謙介は、『春』における「「青春」の言説」の問題性に言及している。（「「青春」という仮構――島崎藤村『春』をめぐって」『文学における二十代』笠間書院 一九九〇・二）一二五頁

（8）「『春』を読む」『太陽』一九〇八・一二

（9）「『春』を読む」『読売新聞』一九〇八・一一・二九

（10）「新聞小説『春』の読者層」（『島崎藤村研究』一九八二・八）

（11）近代における〈全集〉の成立において博文館という出版社のはした意味の大きさは言うまでもない。『博文館五十年史』（博文館 一九三七・六）によれば一九〇〇年代半ば『紅葉全集』や『一葉全集』の刊行が好評をもって迎えられた事実がしるされている。

また、宗像和重「『一葉全集』という書物」（『文学』一九九九・一）はこうした個人全集の形成過程を詳述している。

（12）所謂生前全集を持った数少ない作家の一人に藤村が数えられるわけだが、自作の改定を行った『藤村文庫』はもとより、各種の読本・叢書類の刊行にも極めて意欲的だった事実は注意される。

（13）勝本編『透谷全集』をめぐって、三好行雄と谷沢永一の間で論争のあったことは周知の所だが、そのなかで三好が「全集のオーソリティ」に関して疑問を提起している点は注意される。（『文学』一九七七・二）

（14）中野逍遙をはじめ藤野古白の『古白遺稿』などの明治期の夭折した作家と〈遺稿集〉という書物の機能、あるいは漢詩文家の関わりなどについては拙稿「〈遺稿〉と〈全集〉の間」（『文芸と批評』一九九二・一〇）を参照。

（15）「島崎藤村と語る」（『明治文学研究』一九三四・四）神崎によるこのインタビューは〈透谷全集〉編纂をめぐる重要な指摘が多くなされている。

※本章執筆後、『春』の原稿が日本近代文学館に寄贈された。ルビや圏点などの問題については別稿を期したい。

第十二章　『家』の視角——〈家業〉と〈事業〉——

一、〈家業〉と〈事業〉

島崎藤村の中期を代表する『家』は、〈学問史〉的に例えば広津和郎により「日本自然主義時代の代表的傑作」[1]（「藤村覚え書き」）として称揚され、一方では平野謙に近代における「否定的リアリズムの確立」[2]（『島崎藤村』）を告げるものと規定されて以来、文学研究の中で揺るぎのない高い評価を与えられてきた。しかしながら実態として見ると、それは大きく構成論とモデル論とに分極化され、そこからいささか性急に作家の血縁探査の里程標ともいうべき〈父〉発見のプロセスが、〈宿業〉や〈血統〉といった神話化された概念をともなって誇大に論ぜられて来た面もなしとしないのである。本章においては、そうした硬直した近代文学研究の側面をいくばくか外（社会）との関わりの中で、時代に開いてみる試みの一つとしたい。言わば閉ざされた『家』の視角を探り、既成の評価を解体することがその目的となるだろう。

論の前提として、まず『家』を評するに際して誰もが触れる左の一文に立ち戻ることにしよう。

> 『家』を書いた時に、私は文章で建築でもするやうにあの長い小説を作ることを心掛けた。それには屋外で起つた事を一切ぬきにして、すべてを屋内の光景にのみ限らうとした。台所から書き、玄関から書き、夜から書きして見た。川の音の聞える部屋まで行つて、はじめてその川のことを書いて見た。
>
> （「折りにふれて」『市井にありて』一九三〇・一〇　岩波書店）

こうした発言にあるいは影響を受けたのか、例えば先の平野はそこに「社会的視点の捨象」を読みとり、さらに「ここに社会はなく、ここに歴史はない」という厳しい断言までも導き出した。あるいは同様に猪野謙二も、作中に日露戦争の影さえ差していない事実を捉えて、「現実の範囲というものが、極めて狭隘な身辺的な事実に限られることはあきらか」(3)とも指摘している。逆にそうした「狭隘さ」の中に、「屋外」が「三吉の眼に見えはじめ」(4)る端緒を読み取る十川信介にしても、論理はこれらの裏返しでしかない。たしかに『家』の描かれ方は、その内部にのみ視点を固定させた「狭隘」なものと一応は言える。しかし個々の登場人物の意識の相を、より詳細に検討してみれば、それは確実に「屋外《そと》」の浸蝕を受け、また外部を強く志向していたのではないか。例えば、主人公小泉三吉の姉お種の婚家である橋本家の当主達雄の場合はどうか。彼は薬種業という「先祖から伝はつた仕事」(上ノ二)があるにもかかわらず、「家の為に束縛されることを潔しとしな」(同)いで、志を抱いて出奔している。それは何よりも「祖先から伝はつた業務にばかり携はつて居ることの出来ない」(上ノ八)彼の外部への強い意識に起因していたわけだ。こうした先祖伝来の〈家業〉と、外へ向けられた新しい〈事業〉への意欲との葛藤が、実はこの『家』という作品の底部に存在しているという事実は、研究の中で看過されて来たのではないか。事実、同様に三吉の兄の実《みのる》の場合も、父の死後「都会へ出て種々な事業に携るやうに成つてから失敗の生涯ばかり」(上ノ三)を続けていたわけなのだ。こうした〈事業〉という言葉は、例えば実の妻のお倉や廃人同様の生活に甘んじている宗蔵、あるいはお種らの会話の随所にも姿を見せ、彼等の意識そのものが実はそれに強く拘束されていたことを示唆している。また実の始めた新事業の数々によって、小泉の家は以降たえず動揺をきたし、外部からの他者の出入りも多くなっていくのである。そういった点に留意するなら、この作品が実——三吉、森彦——三吉、正太——三吉といった肉親間において日常化された金銭貸借をめぐるやりとりを執拗に描いている事実も注意されるであろう。しかしここでより重要なのは、こうして家を解体へと導いていくはずの実にとって、また同時に「一家の団欒、一家の団欒」

という声が常に「心の底に響」（上ノ三）き続けてもいた点である。彼は零落して満州へ落ちていく朝にも、粗末な神棚にむかって「先祖の霊に別離《わかれ》を告げ」（下ノ四）ることは決して忘れないのである。同様に達雄の場合も、失意の底におちることで、あらためて「隠れ家」（上ノ一）としての家の価値を再認識していくことになる。いずれにしても彼らの精神と肉体をそこまで追い込んでいくものの一つに、こうした〈家業〉と〈事業〉への意識の分裂が関わっていることは疑いをいれない。

その点、次兄の森彦の場合、そうした〈事業〉への認識はより具体的なものとして描かれている。彼も若くして志に燃え「時には貿易事業に手を出した」（上ノ四）こともあったが、最終的には「故郷の山林事業の為に、有志者を代表して奔走を続けて居る」（同）のである。それもまた彼にとっては一つの〈事業〉であることに変わりはないのだ。しかしその意識はむしろ「博愛、忍耐、節倹」（下ノ一）などの厳格な「美徳」によって貫かれており、彼にとっては「金を取る為に、彼の事業を為《あ》たんでは無《し》い」（下ノ八）という事実こそが、なににもまして重要なのである。つまりそれは常に公の利益の為に殉ずるという、ストイックなまでの精神性によって支えられていたのである。主人公の三吉はそうした兄の営みを、「儲ける為に働る人ではない」（同）と皮肉とも共感ともつかぬ感情をこめて批評しているのである。

一方、これらに対して三吉と並んで言わば新しい世代の代表とされる橋本正太の場合はどうか。彼もやはり若くして「実業に志し」（上ノ二）、自分の進むべき道は「兜町の方角より外に無い」（下ノ二）と敢えて相場師としての生き方を選択することになる。しかしむしろ重視したいのは、こうした正太の意識を強く捉えている「焦心《あせり》」（下ノ二）の所在である。彼は「是といふ事業《しごと》に取付かな」いでいる自分の存在を、ただ闇くもに焦るのである。それは上京してきた妹お仙の失踪事件をめぐる、家族内の混乱を評する正太のやや気負った次の様な発言にも端的に現れている。「事業と成ると、奈様《どんな》にでも働けますが――使へば使ふだけますく頭脳が冴えて来るんです――唯斯ういふ人情のことには、実際閉口だ」（下ノ六）――彼はここで〈事業〉と〈人情〉を一対のものとして捉え、敢えて前者を選択してみせることで、先の「焦心」に終止符を打とうとするかの如くである。しかし正太の本音は、むしろ次の様な会話の中にこそ隠されていたのではなかったか。

そりや、叔父さん相場師の社会と来たら、実に酷いものです。同輩を陥入れることなぞは、何とも思つてやしません。手の裏を反すやうなものです…苟しくも自己の利益に成るやうな事なら、何でも行《や》ります…自分が手柄をした時に、そいつを誇ること、他《ひと》の功名を嫉むこと、それから他の失敗を冷笑すること――親子の間柄でも容赦はない…相場師の神経質と嫉妬心と来たら、恐らく芸術家以上でせう。（下ノ八）

こうした嫉妬と利害のみが先行する、まさに「親子の間柄でも容赦はない」相場の社会への彼の率直な違和感は、先の〈事業〉と〈人情〉の選択との間に一つの明瞭な対照を形づくっていると見てよい。すなわちその意識は、むしろ先に森彦が見せた〈精神〉と呼応しあう関係のものなのだ。以上確認してきた如く、橋本・小泉というこの二つの旧家を生きる人々の意識を〈事業〉が強く拘束し、彼らを〈人情〉とのはざまで常に引き裂き、かりたてていた事実は留意されねばなるまい。私はむしろこうした、家の内部や人間達の意識の相の中に深く浸透し、彼らをつき動かして止まぬ〈事業〉の実態をこそ重視してみたく思うのだ。

一方こうした外部からの〈事業〉の侵入に対して、家の内部において今一つの〈しごと〉が存在していたことにあらためて注目したい。小説冒頭のあまりに著名な一文を見てみよう。

橋本の家の台所では、昼飯《ひる》の支度に忙しかつた。平素《ふだん》ですら男の奉公人だけでも、大番頭から小僧まで入れて、都合六人のものが口を預けて居る。そこへ東京からの客がある。家族を合わせると、十三の食ふ物は作らねばならぬ。（上ノ二）

台所を中心にして、この大家族の〈食〉に関わる熱気が伝わってくるような一文である。そこには日々この家の為に労作に励んできた老いた百姓たちも自然に加わっている。こうした台所をまかなうお種は、けして「斯の隠居たちも食はせることを忘れては居」ないのである。食事の場面はこう描出されている――「蠅は多かつた。やがてお春の給仕で、一同食事を始めた。御家大事と勤め顔な大番頭の嘉助親子、年若な幸作、其他手代小僧なども、旦那や御新造の背後《うしろ》を通つて、各自《めいめい》定まつた席に着いた。奉公人の中には、二代、三代も前から斯うして通つて来るのも有る。斯の人達は、普通に雇ひ雇はれる者とは違つて、寧ろ主従の関係に近かつた」（同）。それは主人とそこに口を預け、身を寄せることで生きている奉公人達を包み込む家の自然な広がりを実感させる。ここで家は、まさに彼ら一人一人の肉体と重なりつつ生きていると言えよう。一方この橋本の家の中には、常に〈家業〉である製薬の作業――すなわち薬草を薬研で「刻《おろ》す音」が響いており、また番頭や手代達の「盛んな笑声」もけして絶えることはない。しかもそれは、家の近くを流れる木曾川の音との間に自然なリズムを形成しているのである。〈家〉の存在を狭義の血縁家族ではなく、奉公人や使用人達非血縁者までもふくめた〈労働〉を核とする組織として定義づけた柳田国男は、「人が協力しなければ、為し遂げられぬ大仕事」[5]が、こうした大家族の存在を維持し続けていく重要な要因であると捉え、それを「同じ甑や鍋からの物を共に食つて居る」こと、すなわち〈食〉の共同と〈火〉の管理に結びつけているわけだ。

このような〈食〉と〈火〉を支える女達の一人――達雄の妻お種は、こうした旧家という場の空気そのものを呼吸し、祖先からの精神に自己の肉体を重ね合わせて生きて来た存在と言えよう。彼女は常に亡き父忠寛を胸に思い描き、その記憶を一つの拠り所として生き続けているのだ。つまり〈家〉とは、父祖の記憶と結びつく象徴性をおびた空間であり、同時になによりも労働と生活の場でもあった。このようなお種が、下巻九章に至って無残に「苦しみ哀へた胸のあたり」を三吉の前につき出して、自分のそうした「身体《からだ》を憐むやうに見」つめつつ大アクビする場面の中に、こうした〈家〉の瓦解を読むことは確かに容易である。これは夢をかくまう場の喪失でもあった。しかし同時に留意したいのは、それがこの橋本家に導入された一人の他者の力、すなわち幸作という「実務家」（下ノ九）の存在と関わっている点である。彼は〈家〉の内のすべてを整理し「暮しも詰めた。人も減らした。炉辺に賑やかな話声が聞えようが、聞えまいが、彼はそんなことに頓着して居なかつた」（同）という。これを一つの契機として、奉公人達はにわかに「月給を取る為に通つてくる」一人の雇人へと変貌していくのである。福沢諭吉は『実業論』(6)の中で、こうした他者の積極的な導入による家政の整理を強く主張したわけだが、ここに「家業が家の永続を支持し難」(7)い、新しい〈事業の時代〉の到来を見ることも可能にちがいない。こうして〈家〉は、お種がその萎れはてた肉体を凝視していたことにも象徴される様に、その内部にたたえられていた濃密な記憶と時間を解体し、さらに〈労働〉そのもののあり方までも大きく改変していくことになったのである。

二、〈事業の時代〉

こうした〈家業〉から、〈事業〉への転換の要因を時代の中に求めるとすると、一九〇〇年代から一〇年代初頭を広く〈事業の時代〉と呼ぶことも、あるいは許されるのではあるまいか。事実、この当時公にされた所謂実業訓、処世訓話のたぐい、あるいは実業雑誌(8)のおびただしさは目を見張るものがある。その何編かを瞥見してみると、それが単純な私的利害の追求を離れて、ある種の社会的エートスに裏付けられていた事実に気付く。その点が明治初期の所謂セルフ・ヘルプの時代とこの時期を分かつ大きなポイントにもなるのではあるまいか。幾つか実例を挙げよう。嘉納治五郎編『青年修養訓』（同文館　一九一〇・一二）なる書物の中には、次のような件がある。

是非とも発奮励精して、何等かの事業、しかも己の力の能くする最大最貴の事業を遂げる丈の事がなければならぬ。此の最大最貴の事業を遂げるには、少なからぬ活力を要するのであるが、其の活力の宿る所は即ち身体なのである。

同書の中で青年を導くものとして繰り返し強調されているのは、書名にも見られる〈修養〉である。そこでは人間は、まずこの「修養を積んだ結果」としてはじめて「最大最貴の事業」にたどりつくことが可能になると説かれる。しかも右の一文を見ると、そうした「事業」をなし遂げる「活力」を形成する基底としての「身体」が、なによりも強調されている。即ち精神の「発奮」を支える「活力」を生成する肉体の強健さ——身心の鍛錬と健康の重要性が繰り返されているのだ。

一方、明治の実業界を代表する一人に渋沢栄一がいる。彼もまた当時多くの処世訓を残している。その一冊『実業訓』（成功雑誌社　一九〇九・一二）の中には次のような一文も見えている。

簡単に云へば、私事には出来るだけ節約して、公事には金を惜しまずと云ふが、孔子の経済上の根本的精神であつた。（中略）さてこの常識を養ふ事を忘れないで、之を事業の上に施し、而して何れの事業にも必須条件たる、忍耐、勤勉、身体の強健、自己の勤めを大事にする事、此を実行して久しく変らざる者は、小は小なり、大は大なりに必ず行くべき処までは発展する。

ここでも力説されているのは、「忍耐、勤勉、身体の強健」なのであるが、それを支えているのは一つの伝統的な儒教倫理の精神であることが注意される。当時、疎んじられたのは〈実業〉に対する〈虚業〉であり、即ち倫理によって私欲の追求から公利というナショナルな精神へと意識を転換させ、それを一つの「常識」とした所にこそ渋沢の大胆な儒教読み替えの眼目があったはずなのである。しかしそれは同時に〈事業〉というものが、一つの国家繁栄の礎としての役割を背負う契機でもあった。また渋沢はこうした視点から〈家〉の存在に関して、その『青淵百話』（同文館　一九一二・六）の中で、一家団欒にとっての「精神」の重要性を指摘してもいる。そしてこうした精神上の和合を維持する上で、一家における「血縁以外の家族」の存在も、主人である以上「他の家族と同様にこれを愛」することが肝要と説くのである。〈家〉というものを、社会のエートスの表現体として規定するなら、まさに解体の危機に瀕していた大家族、あるいは家業の存在を再構築する新しい理念の形成が、こうして時代の中で着々と進行していたのである。

一方、この時代を反映する形で、文学の世界においても実におびただしい量の、所謂〈実業小説[9]〉が生産されていた点が注意される。その中でも代表的なものの一つに、小杉天外の『長者星』（春陽堂　前編一九〇九・一　後編一九一〇・六）が挙げられる。ここではメインプロットを形成している、石炭商麓豹次郎の栄光と挫折の半生の背後で、この麓に陥れられる谷川節三なる人物と、その家族の状況が克明に辿られていく。彼は忘れようとしてもけして脳裏を去ることのない「自分の家庭の不快な状態」に悩まされ、一方で未来の新事業への理想にも心惹かれているのである。

書《ほん》が読めなければ、只だパンの為にのみ生きてゐる事になる、精神的の自分の事業は廃てなければならぬ、それでは希望も楽も無い生活である。母や妻の処置を憤ほる情が、勃然と胸に湧上つた。（中略）愚なる家族に

曳摺られて、此うして詰まらなく齷齪して居るんだ、と節三は我が境遇を嘆息した。（前ノ六）

谷川は追い込まれた状況の中で、常に「焦燥《せかせか》おい使われて、老衰して了ふ」己の肉体を凝視し続けているのである。彼が抱く新事業の理想――それはまさに先の実業訓が指し示している〈精神性〉とも重なるだろうことが、そうした肉体への眼差しからも充分窺えるのではあるまいか。また主人公の麓にしても、自己の事業が危機に瀕すると決まって「田舎へ逃げて行き度い、何方を向いても知らぬ人計りの、土の肥えた、気候の良い、秋の実の重くたれる様な農村に隠れて土をほじくつて一生を送りたい」（前ノ一五）という激しい欲求に駆り立てられている。こうした故郷の自然と、その中での〈労働〉の理想に遠く思いを馳せる状況の中に、〈事業の時代〉が抱え込んだ観念の虚妄を見ることは容易であろう。ここで言う所の〈観念〉とは、先の谷川の述懐の中に現れる〈事業〉を一つの「精神的のもの」と捉える認識とも交差するだろう。

すなわち「健康」や「修養」を高く掲げながら、その実まさに失われていく自然な人間生活の有り様をこうした〈観念〉の中に求めた時、自ずとそれは個々の肉体（あるいは日常）との間に埋め難い溝を生む結果となったのである。岡義武は、こうした時代状況を青年間に広く流行した「煩悶・厭世思想」と「立身出世主義」の乖離の問題として捉えた上で、明治の多くの論者がそれを「個人問題でなくして国家問題であると主張[10]」したことに注意を喚起している。当時の実業雑誌の中にもそうした自然を粧う生活を強調した「美はしき家庭[11]」の必要性が求められはじめる状況とも、これは密接に関わるだろう。すなわち家を「他へ移すことの不能な自然との因縁を結んだ存在[12]」〈今和次郎〉として捉えた時、失われていく自然と労働とのあるべき関わり方を、時代の〈観念〉の中で再生していく試みが、逆にそうした〈観念〉と日常との間の埋め難い溝を浮き彫りにしていった点を見逃すわけにはいかないのである。

三、『家』の虚偽

以上論じてきた〈家業〉と〈事業〉、そしてそれを包み込む時代の〈観念〉をめぐる問題を、さらに『家』の主人公である小泉三吉の場合を通じて検討していかねばならない。三吉の場合、上巻にも描かれていた如く、自己がひきずっている旧家から離脱して、妻お雪との間に新しい家を形成したいという切実な願望がある。しかし彼が夢想するその新しい家とは、まさに「彼だけの新しい粗末な家」（上ノ三）といったほどのものでしかない。彼がはじめた新生活は、次のように描かれている。

労苦する人達の姿が三吉の眼に映り初めたのは、橋本の姉の家へ行く頃からであつた。木曾に居る時も、幾分《いくら》か彼は其の心地《こころもち》を紙に対つて書いた。斯うして僅かばかりの地所でも、実際自分で鍬を執つて耕して見るといふことは、初めてゞある。不慣な三吉は直に疲れた。彼の手足は頭脳《あたま》の中で考へたやうに動かなかつた。時々彼はウンと腰を延ばして、土の着いた重い鍬に身体《からだ》を持たせ凭けて、青い空気を呼吸した。（上ノ四）

こうして三吉は、簡素な生活による自然と自己の肉体との再生を求め、「田舎」に引きうつっても妻にはかたく華美な生活をいましめ、自身には「実際自分で鍬を執つて耕して見る」ような、土と一体化した厳しい労働を課していくのである。そうした中にあっては創作活動さえもが一つの「労作」（上ノ一〇）――「事業」として捉えられ、その中で三吉はひたすら「労苦する人達の姿」を夢想しつつ生きていくことになるのである。こうした態度は、新しい創作を「木曾川の音を聞きながら書いた」（上ノ三）とする三吉の認識とも密接に関わるはずである。しかしそここにはたして彼の求めるような、真に開かれた清新な生活が現出し得たろうか。答えは否という外ないだろう。つまりそれさえもが一つの三吉の夢想であり、〈観念〉の所産でこそあったことは、彼の行動に対する村人達の奇異の眼差しや、妻との意識の不一致、そしてなによりも彼自身の肉体がけして「頭脳《あたま》の中で考へたやうに動かなかつた」事実によって自ずと暴かれている。

　こうした三吉の生き方に、家の中で唯一興味を示す男がいた。三吉の上の兄の宗蔵（三男）である。宗蔵は、若い頃からの放蕩生活がたたり、今では廃人同様の生活に甘んじ家族からも白眼視される存在だが、彼は常々「兄弟仲で文学の解るものは、君と僕だけだよ」（上ノ三）と三吉への共感を広言してはばからない。しかしここで宗蔵の言う〈文学〉には注意がいる。それは小泉家に代々流れる、地方の名望家層の中にある隠微な〈文人趣味〉の域を出るものではない。不自由な身体で和歌を嗜み、書画を愛でる宗蔵は、床の間にいつも「古風な軸」（同）を飾ることを忘れなかった父忠寛の精神そのものを受け継ぐものと言える。歴史家の伝田功は、こうした江戸期以来の地方の「名望家層を中心とする学問知識の交流」が、実は「中央の文人墨客」[13]と関わりを保とうとする一つの隠されたエリート意識の発露である点を指摘している。そうした宗蔵の言う〈文学〉と先から見てきた三吉の夢想する「労作」とは、明らかにその質を違えていたはずである。すなわち三吉が志向するものとは、まさにこうした家の内にわだかまった〈文人趣味〉的精神を、自己の肉体を通じて世の中に向けて開くものでなければならないはずだ。それは文学のみならず、三吉がお雪を説諭する言葉――「お前のやうな狭い量見で社会《よのなか》の人と交際が出来るものか」（上ノ六）といった表現にも明らかな如く、その新しい家をも常に「社会《よのなか》」との関わりの中に置こうという彼の理念に帰着するはずである。彼はこうして〈文学〉を携え、山を下り社会にその真価を問うのである。

　このような三吉が、常に深い憧憬の念を持って接している人物がいる。それが妻お雪の父、函館の実業家「名倉の父」なのである。[14]彼は次のように描かれている。

名倉の父は、二人の姉娘に養子して、今では最早余生を楽しく送る隠居である。強い烈しい気象、実際的な性質、正直な心――左様いふものは斯の老人の鋼鉄のやうな額に刻み付けてあつた。一代の中に幾棟かの家を建て、大きな建築を起したといふ人だけあつて、ありあまる精力は老いた体躯《からだ》を静止《じつと》さして置かなかつた。（上ノ五）

こうした名倉の父に対して、三吉は率直にその「豪健な気象を認めずには居られなかつた」と述べられている。例えば三吉は相場熱にうかされる正太を、次のように忠告してもいる――「名倉の阿爺《おやぢ》を見給へ。あの人は事業をした。そして儲けた。どうにも君等のは儲けることばかり先に考へて掛つてるやうだ…だから相場なんて方に思想《かんがへ》が向いて行くんぢや有りませんか」（下ノ一）。こうした三吉の名倉の父への傾倒ぶりは、彼の意識が先に見た〈事業の時代〉の持つ観念性の中に、そのまま回収されていることを端的に示唆しているのではあるまいか。つまりそこにあの「勤勉、鍛錬、修養、簡素」を至上の目標とした実業訓の精神性が、如実に生きているという事実に注意したいのである。

それではこうした三吉の、周囲の自然との関わり方はどう認識されるべきであろうか。この点を考慮する上で恰好の一文がある。それは三吉をはるばる訪ねて来た西という官吏と、一人の新聞記者との間に交わされるこんな会話である。

「貴方《あなた》なぞは仕事を成さる時に、何か斯う自然から借金でも有つて、日常《しよつちゆう》それを返さなけりや成らない、と責められて、否応なしに成さるやうなことは有りませんか――私はねそれで苦しくつて堪りません。自分が何か為なければ成らない、と心に責められて、それで仕方なしに仕事を為て居るんです。仕事を為ないでは居ら

れない。為れば苦しい。（上ノ七）

記者の会話であるが、ここに〈自然〉と〈事業〉をめぐる一つの関連が示唆されている。すなわち労働行為そのものが、何か「自然から借金をする」ような一つの貸借関係の中に括り込まれいるという事実である。そこから「仕事を為ないではいられない、為れば苦しい」といった痛切な実感が派生するのはむしろ当然である。しかしこうした認識を拒絶し、あくまで〈自然〉の中で自己の〈事業〉を捉えていこうとする三吉の一連の営みも、先に見てきたような失われていく〈自然〉を内なる〈観念〉の中で再生する、「鍛錬、修養」を旨とする時代の擬制的精神に包括されかねない一つの夢想だったようにさえ思える。

その意味で友人の西が「小泉君は働くといふことに一種の考へが有る」（同）と捉えている点は注意すべきではないか。三吉の当初の目的であったはずの、創作や家庭をも一つの〈事業〉として社会に開いていく認識が、こうした時代のもつ観念性の前でどのように歪められていくのか。妻お雪との関係破綻に苦慮する三吉は、たちまち「仕事、仕事と言つて、彼がアクセクして居ることは、唯身内の者の為に苦労して居るに過ぎない」（下ノ五）という疑念に囚われていく。こうして三吉は「社会《よのなか》」を志向し新しい家を求めつつも、次第に「言ふに言はれぬ深い関係」（下ノ三）、すなわち家の人間関係そのものを自覚し、一家の団欒という役割の中に生きる自己を確認せざるを得ない。それはまさに矛盾そのものを生きることでもある。姪のお俊への近親愛にも似た感情の打破を、あくまで一人の叔父という役割に固執することではらそうとするのも、また兄たちからのたび重なる借金依頼に一人の弟として応えていくのも、そうした〈観念〉の中に、彼の行為自体が回収されていく一例とみることも可能であろう。このような過程の中で、三吉は次第に「震へる自分の身体《からだ》を見」（下ノ七）る一人の観察者へと変貌していくのである。

震へる自分の身体を見ながら、三吉は妻の帰りを待つて居た。人が離縁を思ふのも斯ういふ時だらう。斯様なことを悲しく考へて、終《しまひ》に、今迄起したことも無い思想に落ちて行つた。僧侶《ぼうさん》のやうな禁欲の生活――寂しい〳〵生活――しかし、それより外に、養ふべき妻子を養ひながら、同時に斯の苦痛を忘れるやうな方法は先づ見当らなかつた。このまゝ家を寺院精舎と観る。出来ない相談とも思はれなかつた。三吉はその道を行かうと考へ迷つた。（下ノ七）

注意すべきは、ここで彼が自己の「身体《からだ》」を凝視しつつ意識していたのが、例えば「家を寺院精舎と観る」ような「僧侶のやうな禁欲の生活」であったり、あるいは「兄妹の愛」（同）を夢想するような生活である点だ。お雪との生活が破綻してもなお、あくまで「社会《よのなか》」を求め続けねばならぬ三吉の意識は、もはやこうした形で二人の共同性を守っていくしかなかったのかもしれない。しかしそれは三吉自身も認める如く、あくまで一つの「思想《かんがへ》」なのであって、それは崩壊すればすぐ次の「思想」にとって変えられる体のものでしかない。お互いを「奴隷」（下ノ八）と捉える孤立した認識は、三吉が作り上げた「思想《かんがへ》」の虚妄を既に明らかにしていると言えよう。こうして三吉は「よく物を観よう」（下ノ四）とするあまり、すべてを「研究、研究」（同）と捉える一人の傍観者・研究者へと陥り、遂にはお雪の身体ばかりでなく「自分で自分の身体をも眺めて、それを彫刻のやうに楽むことが出来る」（下ノ八）状況にまで至るのである。それはまさに「杯の酒を余つた瀝まで静かに飲尽せるやうな」（同）、極限的な生活の顕現であった。ここでこうした三吉の「身体《からだ》」を、先の名倉の父の「鋼鉄の様」な肉体、そしてお種が見つめていた老い衰えた「骨と皮ばかり」の肉体、あるいは〈事業〉に取り憑かれ病み荒んでいく正太の「痩せ細つた」（下ノ一〇）身体などと重ねてみたらどうであろうか。それは恐らく三吉が求め続けた〈事業〉への眼差しが、実は彼自身の肉体と社会、そして労働と自然との関わりを切り裂く視点であった事実を自ずと明らかにしているのではあるまいか。

その意味で、小説末尾「蒸されるやうな身体の熱」（下ノ一〇）で眠れぬ一夜をすごした三吉とお雪が、病院から火葬場へと送られていく死んだ正太を思いつつ「今頃は、正太さんの死体《からだ》が壮んに燃えて居るかも知れない」とつぶやく場面は実に鮮烈である。暗闇の中で燃え尽きていく「死体《からだ》」を幻視する三吉の眼差しは、彼が囚われて来た〈観念〉の質を明らかにしていると言えよう。高橋昌子は、三好行雄がこうした『家』の「眼付」という言葉に注目しつつ「あらゆる抽象的な観念が、つねに即物的な事実にたくして表現」[15]されている方法を看取したのを受けて、その「虚無感に抵抗しようとするモメント」[16]とのせめぎ合いの中に、〈家〉の空間性の成立を読み取っているが、まさに三吉は〈家〉を崩壊へ導いた、その眼差しによって「家の内を眺め廻し」（下ノ一〇）、あたかも〈家〉を常に心の内に再生しようとするかの如くである。

自然な生活を模倣し続けた眼差しは、またその自然さをモノに転化し、肉体と自然を切り裂く眼差しでしかなかったわけだが、こうして三吉はその同じ眼差しによって常に〈家〉の「屋内」の空間を回復することを夢想し続けるのである。「家を壊しかけて居る」（上ノ一）人間がいる一方で、「家を支へ」（上ノ七）、「家を背負」（下ノ八）い、また「家を夢み」（下ノ九）て生きねばならぬ現実――この〈家〉いう一語に託された象徴性の中に、「屋外」をめざしつつ、常に「屋内」によってその空間を内部的に再構築し続けたこの作品の潜在的な虚偽も、自ずと暴かれているように思える。これまで家の内部を凝視することで、〈父〉や〈血〉をめぐって論ぜられてきたこの作品をめぐる文学研究の神話。〈家〉をこの様な父祖伝来の記憶や夢をかくまう場と捉えるなら、こうした〈家〉をめぐる象徴性の中に収斂するのではあるまいか。岩野泡鳴は、小説『家』の持つこの様な性質について「背景と内容の全部がその場に活躍するほど充実した観察をしていない[17]」と批判しているが、『家』の空間を構成している眼差しは、まさに〈家〉そのものを創りつつまた壊し続ける「思想」の形成であったように思えるのだ。三吉の「事業」が、一つの近代という時代の〈観念〉の中に回収されるとみる所以も、実はそこにある。〈血統〉を解体する端緒もここにあるだろう。

注

(1) 「藤村覚え書」(『改造』一九四三・一〇)
(2) 「家の教訓」(『島崎藤村』筑摩書房　一九四七・八)六九頁
(3) 『島崎藤村』(有信堂　一九六三・八)六六頁
(4) 「『屋内』と『屋外』」(『島崎藤村』筑摩書房　一九八〇・一二)一二八頁
(5) 「大家族と小家族」(『家閑談』鎌倉書房　一九四六・一二)一一三〜一四五頁。ここで柳田の言う仕事は農業に力点がおかれている。
(6) 福沢は同書(博文館　一八九三・五)で「乱世に居て家を保ち業を営むの要は家政の整理商法の改良商機の視察如何」にあるとして、「士流学者」の奮起を促している。
(7) 柳田国男「生産と商業」(『明治大正史世相篇』『定本柳田国男集』二四巻　筑摩書房　一九七〇・五)
(8) 実業雑誌としては『実業之日本』(一八七七〜)を筆頭に『実業評論』(一八九九〜)、『実業之世界』(一九〇六〜)、『実業世界』(一九〇八〜)、『実業界』(一九一〇〜)、『実業倶楽部』(一九一〇〜)など目白押しに創刊されている。
(9) 例えば堀内新泉は『立志小説　全力の人』(東亜堂　一九〇八・六)、『立志小説　汗の価値』(成功雑誌社　一九一一・一)をはじめとして、『実業少年』誌上などに多くの実業・立志小説を掲載している。同様の点は幸田露伴「供食会社」(『実業少年』一九一二・一)や米光関月『立志小説　礦山王』(成功雑誌社　一九〇八・九)などにもうかがえる。こうした〈実業〉と〈少年〉を結ぶパイプとなった実業小説の役割にも注意が必要である。

(10)「日露戦争後における新しい世代の成長（上）」（『思想』一九六七・二）。また小仲信孝は、こうした成功ブームを『破戒』の背景として分析している。（「〈戒〉の時代」『文芸と批評』一九八六・三）

(11)『実業世界』（一九一一・二）の記事。同時例えば「如何にして家庭の平和を保つべきか」（『実業之日本』一九〇九・一〇）あるいは、阿部長咲著『健全なる家庭』（実業之日本社　一九〇八・一）といった言葉が出版界でことのほか目に付く。

(12) 今和次郎「郷土建築」（『アルス建築大講座』四巻　アルス　一九二六・八）

(13)「名望家層の歴史意識」（坂口吉雄編『明治維新史の問題点』未来社　一九六二・四）

(14) このモデルをめぐっては、森本貞子『冬の家――島崎藤村夫人冬子』（文藝春秋社　一九八七・九）が詳細に論じている。

(15)「『家』のためのノート」（『島崎藤村論』至文堂　一九六六・四）二〇〇頁

(16)「『家』の叙述」（『名古屋近代文学研究』一九八四・一二）

(17)「小説家としての島崎藤村氏」（『早稲田文学』一九一一・七）

第十三章 血統の神話――『家』の〈エイズ〉論――

一、血と〈エイズ〉論

「僕も勇気を奮ひ起して、是非もう一度叔父さんに御目に掛ります……」

と言ひながら、堅く〳〵叔父の手を握りメた。一度に込上げて来るやうな涙が正太の暗い顔を流れた。

「オヽ、左様だとも……」

側に居たお種は吾児を励ますやうに言つて、思はず両手で顔を掩ふた。次の部屋には、幸作が坐つて、頭を垂れて居た。長い廊下の突当りには消毒する場所があつた。三吉はそこで自分の手をよく洗つて、それから姉にも別れを告げた。

（下ノ一〇）

『家』の末尾、「一獲千金を夢みる株屋」（下ノ四）となった三吉の甥正太が、〈事業〉に敗れ、名古屋の病院で「結核」に蝕まれつつ死んでいく場面である。どこかものに憑かれたようなその生涯を思い慟哭する三吉が、一方で無意識にもせよ「消毒」のため病室を出ると即座に「自分の手をよく洗つて」いるこのシーンは、彼の悲しみの裏側に潜む〈病い〉に対する歴史的心性の所在を、我々に突き付けて来るかのようだ。それは近代における〈病い〉が、人間関係において対象との間の〈距離〉の認識を調整する機能を持つ事実をさりげなく暴いてもいるだろう。粉川哲夫は「エイズと〈伝染〉メディアの終焉」（『現代思想』一九八六・九）の中で「疾病は、他者および自己の身体に対して距離をとらせる文化装置としては極めて効率が高い」として、血、エイズそしてメディアの問題にも言及しているが、こうした点を参照してみると、『家』という小説が夥しいまでの〈病い〉の痕跡によって埋め尽くされ、同時にそれは極めて現代的なテーマを持つことが理解される。それはさながら衰弱と消耗を繰り返す病者の巣窟の如き感さえ抱かせる。いやむしろ家というトポス自体が、〈病い〉と不可分の関係の中で成立していると言っても過言ではあるまい。それは旧家にせよ、新しい家庭にせよ、近代社会における人間集団をナショナルなものとして等質に規定する感性の如きものを醸成するだろう。〈病い〉が文化の産物でもある以上、それが〈外部〉から侵入して来るといった恐怖感は、関係性そのものに微妙な陰影を投げかけるはずだ。〈血〉と〈病い〉と人間の〈距離〉という問題系、それはまさにエイズを象徴していないか。

まず『家』の病者を挙げてみれば、先の正太以外にも「血気壮んな時代」（上ノ三）の「流浪」の中で「横浜あたりで逢つたある少婦《おんな》」から梅毒を背負い込み、今は橋本家の厄介者となっている宗蔵がいる。あるいは「夫の放蕩の結果」（上ノ八）長年「持病」を患い、時に興奮して「頭脳《あたま》の内部が錯乱」するお種がいる。そしてその夫達雄の「放蕩」自体も「橋本の家に伝はる病気」（同）として、言わば〈病い〉のメタファーの中で説明されもする。日常生活や社会そのものが、「病気」という言語によって語られる現代をそれは予見するかのようだ。他にも「子供の時分に一度煩」（上ノ二）って「精神《こころ》の発育が遅れた」橋本のお仙、また山国での三吉・お雪の新婚生活に一つのドラマを招来する音楽家の曾根にしても、医師から「歇私的里《ヒステリー》」（上ノ六）と診断され、それに抗うようにこの地を訪れたのであった。そして言うまでもなく三吉の〈事業〉の結果、その「犠牲」として次々に病み、死んでいく子供達の存在がある。こうした累々と蓄積される〈病い〉の叙述の根源には、むろん「御病気」（下ノ五）のため「座敷牢へ運ばれた」小泉忠寛が控えていることも自明であろう。すべてはこうした父の「放縦な血」（下ノ一）のなせるわざとして作中では言及されていくこととなるわけだ。

一方ここで考慮すべきは、小説『家』がこれまでどのように研究されて来たかである。それは「血族結婚による血の頽廃――その結果としての底知らぬ淫蕩性」に起因した「血縁ののっぴきならぬ宿命[1]」（瀬沼茂樹）として、あるいは逆に「『血の遺伝』を発見することで、自己の『家』からの疎外感を解消し、失われた『家』との紐帯感を回復[2]」（関良一）しようとする意図が読み解かれて来たはずだ。ここでは、〈病い〉同様〈血〉が一つの隠喩として解釈の枠組みを決定している事実が分かる。藤村の作品、生涯を語る上で、こうした〈血統の神話〉とでも呼ぶ他ない言説の呪縛力は大きい。藤村は言ってみるなら「汚れた血」というフィクションを文学的言説の中で創出することで、それを聖なる血へと反転させたと言えるだろう。父を論じつつやがて国家や歴史というナショナルな位相へと飛躍していく戦間期に向けての展開――そうした壮大なフィクションの原点に『家』がある。したがって現在『家』を論ずる者は、こうした隠喩としての〈血統の神話〉をいかに解体するかが課題となるはずだ。そこで〈エイズ〉の問題が一つの視角を我々に与えてくれるのではあるまいか。むろん「固有な疾病、宿痾」のみにこだわることで、その背後にある「存在の病気[3]」を軽視するものではない。不可視のものを隠喩として語り、言語が人々の〈距離〉を操作する形で流通していく状況をこそ、我々はこの小説から学ばねばならぬと言うことである。こうした〈病い〉によって作り出される関係の〈遠さ〉と、一方〈血統〉という強い紐帯が導く〈近さ〉――この〈遠隔〉と〈近接〉を軸にしつつ、『家』を照射することは出来ないか。そして同時に「もともと医学的な理論[4]」から発している、リアリズムの問題とも当然それは通底するだろう。本章では一つの手続きとして、こうした言葉を活字として流通させることで、他者や自己の身体の間に〈距離〉を編成したメディアの力に着目したい。具体的には同時代の女性誌の中で〈病い〉はいかに語られたか、また逆に女性や病者は〈病い〉をいかに語ったか――病気について多弁と言われる近代社会の中、日々増殖していく医療的言説に飲み込まれつつ、彼女らの紡ぐ物語に耳を傾けることは、〈血統の神話〉の陰に隠れた『家』の病者たちに肉声を与えることになるのではあるまいか。

またこうした検討を通じて見えてくるもう一つの課題は、近代における〈病い〉が、実は〈資本〉の論理と骨絡みになっている事実である。私は本書十二章の中で、従来外部に向けて閉じられているとされながらも、実は登場人物の意識を深層において規定する〈事業〉への関心について論じた。「兜町へ入つ」（下ノ一）て相場師となっていく正太は言うまでもないが、「先祖から伝はつた仕事」（上ノ二）があるにもかかわらず、「束縛されることを潔しとしな」いで出奔していく達雄にせよ、「都会へ出て種々な事業に携るやうに成つてから、失敗の生涯」（上ノ三）を続けている三吉の兄実にせよ、また「貿易事業に手を出した」（上ノ四）り「故郷の山林事件」に奔走する森彦にもせよ、「家業」を振り捨てて彼らを突き動かしていく〈事業〉の力は圧倒的である。次節では『家』の〈病い〉が、こうした男たちの欲望と不可分の関係にある事実を検証しつつ、それにしばられていく女性たちの視点を取り出していくこととしたい。

二、『家』と病い

『家』における〈病い〉が、欲望と性に密接に関わっている事実は重要である。例えば宗蔵の背負う「花柳病」[5]自体が言わばこうした欲望の〈病い〉であり、反面「禁欲」の意識を社会に強いる力ともなったことは注意すべきであろう。一九〇六年三月の雑誌『人性』には、「花柳病予防会講演会」の詳細が掲載されているが、そこでは「戦後に花柳病の盛なること」、そして「小児に及ぼす毒の惨憺たる」点において「国家の被る損害」の甚大さが縷々報告されている。また一方個人の不用意な行動が戒められ、「厳しく検黴を施行するの法」の整備が緊要とされてもいるのである。こうした言説を踏まえると、家人の宗蔵に向けられた視線の質も理解されてくるだろう。

「宗さんですか。」とお倉はさも〳〵厄介なといふ風に、「世話して呉れてる人がよく来て話します。まあ心は何程御強健《ぢやうぶ》なものか知れませんなんて……斯ういふ中でも、貴方、月々送るものは送らなけりや成りません。森彦さんも御大抵ぢや有りませんサ。」

「彼は小泉の家に付いた厄介者です。奈何してまた彼様な者が出来たものですかサ」「もう少し病人らしくして居ると可いんですけれど、我儘なんですからねえ――森彦さんは彼様いふ気象でせう、真実に宗蔵のやうな奴は……獣《けだもの》でもあらうものなら、踏殺して呉れたいなんて……」（上ノ九）

「病人らしく」ない行動を咎められた宗蔵は、一家の中で「踏殺し」ても惜しくない「獣《けだもの》」として扱われている。それは「廃人」（下ノ五）と見做されながらも、その「病躯《からだ》には実に強い力」（同）が漲っている事実こそが家人達の不快感の源泉なのであった。そして一方で彼の存在は、家族にとって常に「月々送るもの」――「金」の問題に還元されていることにも注意したい。「もう二円ばかりも月々増して頂かなければ、御世話が出来かねる」といった「病人の世話料」をめぐる苦情は常に家族の中でやり取りされ、公然とその死が願われるのである。こうした『家』の〈病い〉の内実が常に欲望と性に関わり、その背後に「金銭」が隠されている事実は、先に見た如く達雄や正太の場合にも敷延し得る。お種の背負い込む「持病」が、達雄の「放蕩」の結果であることは指摘したが、正太の「喀血」にしたところでその「胸に巣くふ可恐《おそろ》しい病毒」（下ノ一〇）も、「過労から発した」ものとして言及されてもいるわけだ。事実こうした「相場師生活」（下ノ五）が正太を「歓楽の世界」へ誘ったことは疑いもないし、彼自身喀血し、医者の「十年の生命は引受けた」（下ノ九）という診断を受けることで、却って事業への情熱を燃やしてもいる。つまり〈病い〉を医療的言説のレベルで認識することが正太の仕事への意欲を一層刺激し、結果として彼の死期を早めるのである。

以上見て来た如く、「花柳病」や「結核」といった〈病い〉をめぐる認識は、事実とは裏腹に言説の中で組織されることで人々の価値観を微妙に操作するわけだ。そしてこうした『家』に浸透する〈病い〉の言説は、男たちを〈事業〉へと駆り立てる欲望と常に相関的な問題系にあることが重要であろう。この様な〈資本〉の論理とでも呼べるものが家庭に持ち込まれた時、それはまた新たな相貌を示すはずだ。


「叔母さん、私も子供でも有つたら……よく左様思ひますわ。」と豊世が言つた。

「豊世さんの許でも、御一人位御出来に成つても……」とお雪は茶を入れて款待《もてな》しながら。

「御座いますまいよ。」豊世は萎れた。

「医者に診て貰つたら奈何です。」と言つて、三吉は種夫を膝の上に乗せた。

「宅では、私が悪いから、それで子供が無いなんて申しますけれど……何方が悪いか知れやしません。」

「俺は子供が無い方が好い。」と正太は何か思出したやうに。　（下ノ五）

三吉夫婦と正太夫婦を大きく分かつものは何か。それは右の記述にも明白な如く、子供の有無ではあるまいか。「子供でも有つたら」という豊世の嘆きは、即座に「医者に診て貰つたら奈何です」という三吉の遠慮ない発言を導く。それは家庭の中に、そして女性の身体に否応なく医療の言説が侵入していく状況を示唆してもいよう。これに対する豊世の「私が悪いから、それで子供が無いなんて申しますけれど……何方が悪いか知れやしません」といった言葉も、夫正太への抗議であると同時に、そうした医療の言説への抜き難い不審感を示してもいるだろう。後には豊世の理解者であったはずのお種までもが、「子供があると無いぢや、家の内が大違ひだ」（下ノ六）といった不満を彼女の前で口にするようになる。子供をもうけることが社会における至上の価値となり、それは性に関する認識を変え、家庭における新たな育児思想さえも創り上げていく。子沢山の三吉夫婦の存在自体が暗黙のうちに正太夫婦を抑圧し、医療の形をとりながら妻の豊世に降りかかっていくのである。しかし一方の三吉夫婦にしても、こうした問題に無縁で居られたはずがない。それは当然のことながら相次ぐ子供の死を契機として彼らを見舞うことになる。「長い労作」（下ノ二）の後、新開地での「新しい家の楽み」を待ち受けていたものは、子の〈病い〉と死という現実であった。引っ越しの混乱に追い打ちを掛けるように、「三番目のお繁——まだ誕生を済ましたばかりのが亡くなつた。丁度それから一年過ぎた。復た二番目のお菊が亡くなつた」——そして今また長女のお房も「熱が出たり退《ひ》いたり」の状態が続いている。「いかにしてもお房ばかりは救ひたい」と念じる三吉は、今度は早くから「医者にも診て貰ひ」、日々の投薬にも神経を尖らせずにはいられない。しかし突然の高熱による入院で判明した病名は、不治の「脳膜炎」（下ノ二）であった。結局彼らの献身的看護は水泡に帰し、三吉は「子供の死体」を抱いて空しく帰宅することとなるが、ここで留意したいのは打ち続く〈病い〉と死の現実が、三吉の認識のみならず彼ら夫婦をとりまく状況をも微妙に変化させていく点である。三吉の留守中訪れた森彦は「どうもこゝの家は空気の流通が好くない」と顔を顰めるし、夫婦の「信心」不足を「不幸」の原因としてあけすけに糾弾する会話さえもが近所で囁かれる。そしてこれを契機に、夫婦は残された「見た目で弱い種夫」の「発育」に細心の注意を寄せていくわけだ。それは「ひよツとかすると、斯の児も」という「無言の恐怖」が彼らを捉えていたからに他ならない。こうした育児をめぐる様々の言説や、家庭における〈健康〉と〈病い〉に関わる問題、果ては「家相」（下ノ四）や信仰にまで至る諸言説が容赦なく家庭内に浸透し、三吉やお雪の意識を掻き乱していくのである。

さらに考慮すべきは、こうした〈病い〉や死と明確な対峙を強いられることで、〈健全な身体〉といった新たな思想が生成されて来る事実である。三吉自身、「吾儕《われわれ》が豊世さんから羨まれるやうなことは何にも無いサ——唯、身体が壮健だといふだけのことサ」（下ノ一〇）と述べているし、新婚当初やはり「壮健《ぢやうぶ》な身体」（上ノ四）を持ち合わせていたお雪が、出産を繰り返しながら次第に衰弱し死を意識するに至る過程も看過し得ない。石原千秋は

「〈家〉を相対化する契機」ともなるはずの「お雪と勉との『恋』」が封印され、作中「性の排除[6]」が進行していると指摘しているが、『家』において私がなによりも注視したいのは、言わば〈良き身体〉と〈悪しき身体〉とでも言うべき残酷な二分法[7]がその深層に巣くっている点である。そうした〈良き身体〉を代表するものこそ、お雪の父――実業家の「名倉の父」の存在であろう。彼の「強い烈しい気象、実際的な性質、正直な心――左様いふものは斯の老人の鋼鉄のやうな額に刻み付けてあつた」（上ノ五）という。また「ありあまる精力は老いた体躯《からだ》を静止《じつと》さして置かなかつた」ともあり、その「疲れるといふことを知らな」（下ノ八）い、「若い時から鍛へた身体」に三吉は憧憬の念を隠くそうとしない。そしてさらにそれは「儲けること」（下ノ一）を度外視した生きざまや、「質素」な人柄へも向けられていくわけだ。こうした理想化された実業家――「名倉の父」の身体と対置されるのは、例えば暗い墓地の下で次第に「腐つて」いく三女お繁の身体や、三吉夫婦が暗闇の中で想起する正太の「死体《からだ》が壮んに燃えて居」（下ノ一〇）る場面、さらには「萎びた乳房」（下ノ九）を三吉に示しつつ「旧い家の内へ響けるやうな大欠伸」をするお種の身体であろう。また「壮健」なはずの三吉自身が次第に「蒸されるやうな体躯《からだ》」（下ノ二）を意識し、姪にその体を打たせている事実も留意される。

例えば一九〇七年五月の『婦人衛生雑誌』には医学士渡辺房吉による「活ける家」と題した一文が掲載されているが、そこで渡辺は「我々の人体」そのものを一つの「活ける家」という隠喩で表現することで、「その組織構造の巧妙絶美なる点」を称揚しているが、この時代〈病い〉をめぐる言説の中で人間の身体に関する日常に大きな断層が生じたのではあるまいか。身体そのものを対象化する〈距離〉の認識が、ここにも深く浸透している事実が分かる。さらに問題とすべきは、こうした〈良き身体〉と〈悪しき身体〉という残酷な二分法を支えている〈資本〉の論理の実態である。森彦は常々「博愛、忍耐、節倹などの人としての美徳であることを語り聞かせた」（下ノ二）というが、こうした儒教的エートスが彼の実業家としての意識の基盤となっている事実は紛れが無いだろう。それは先の「名倉の父」の生きざまとも呼応しつつ、「儲けることばかり」に専心する正太の振る舞いへの露骨な批判に転化していくわけだ。こうしたエートスによって隠蔽されてしまった〈金銭〉の問題が(8)、実は『家』の〈病い〉と〈身体〉に根深く絡み付いている事実は看過し得ない。それはこの病み、退化していく家の中で密かな排除と差別が進行している点からも検証し得るだろう。例えばお仙の失踪事件をめぐる対応がそれである。夫に去られ、手のかかるお仙を伴って上京したお種は、周囲の冷ややかな視線の中で次第に孤立していく。そこに降って湧いたのがお仙失踪事件である。手を尽くして捜し回る家族を尻目にお種は、「みんな彼の娘が持つて生れて来たのだぞや。奈何なことが有らうとも、私はもう絶念《あきらめ》めて居ますよ。それよりは、働けるものが好く働いて、夫婦して立派なものに成つて呉れるのが、何より」(下ノ六)と述べている。それに呼応するかの様に正太も「事業と成ると、奈様《どんな》にでも働けますが」、こういった「人情のことには、実際閉口だ」と言って憚らないわけだ。実際先に見たお房の死に際しても、母のお雪は「白痴児として生き残るよりは、あるひは斯の方が勝《まし》」(下ノ一)と断言してもいたのである。ここに避けようのない「金」の問題として、「一家の団欒」(上ノ三)を侵犯し忌避された宗蔵の存在を加えるなら、先の「名倉の父」を理想化する眼差しの裏側に隠された排除の論理が見えて来るだろう。それは〈事業〉に至上の価値を与えながらも、同時に外部から侵入するものや弱者を容赦なく切り捨てることで、〈健全〉な家の秩序保全を図ろうとする認識を生み出す。〈血統〉の裏面に潜むこうした原理を見逃すべきではあるまい。次節ではこの様な『家』の諸問題を、当時のメディアの言葉の中に探っていくことにしたい。

三、「女性誌」の中の病い

〈病い〉が一つの文化である以上、それは情報として時代の中で組み立てられた面のあることは否定し得ない。

それは〈エイズ〉という病いが、社会の中で、様々な意味を付与されて流通した事実からも明らかだ。ここでは当時の女性雑誌を通じて、〈身体〉・〈健康〉・〈子供〉等の問題は言説としてどう組織されたか、また病者や女性はそれをどう語ったかを検証しておきたい。例えば一九一〇年五月の『婦人世界』には当時の著名な「令嬢」による罹病体験や家事衛生の実際が、「実験」という名で掲載されている。一例を挙げるなら「閨秀作家尾島菊子令妹」の手になる「少しの不注意より病気に罹りし実験」と題された文章がある。

私は、生まれて二十年この方、殆んど病気らしい病気に罹つたことはございません。ところが、今年の三月、突然急性多発性関節リウマチスといふ長たらしい名の病気に取りつかれました。初めは少々風気味でございましたが熱もございませんので、平素の健康にまかせて家の人の止めるのもきかず、お湯に入つたり薄着をしたりして、平気でをりました。

ここではまず前提として、「生まれて二十年この方、殆ど病気」知らずの状況――言わば無防備な「健全さ」が繰り返し指摘され、それが災いの根源として記述を枠づけている。以下「足はすつかり腫れ上」がり、「黄疸」まで併発して「身体中の皮膚が黄色」くなっていく状況が克明に語られ、読者の恐怖心を煽っていくわけだ。この一文は最終的には「平素壮健だからというて決して、油断はできない」こと、常に自己の身体への観察を怠らないことが強調され結ばれている。また医者の命名による「急性多発性関節リウマチス」なる、まさに医療的言説によって、自己の身体は明確に定義づけられもするのだ。川村邦光は当時「女性身体のメカニズムが生理学的、医学的なディスクールによっておおわれ」ることで、「病いの器」[9]として組織されていった状況を詳細に論じている。まさに彼女らは自己の身体を一つの「実験」材料として社会に提供したのである。そう考えるなら「長たらしい名」という引用中の一節も、こうして張り巡らされていく言葉の網の目への彼女自身のささやかな抗いとも読めて来るだろう。これは女性特有の〈病い〉として「憂鬱病やヒステリー」が喧伝されていく状況とも呼応する。『家』の登場人物の曾根が「懇意な医者」（上ノ六）の勧めで三吉の住む土地を訪れたことは先にも触れたが、彼女自身は「医者？　医者の言ふことなぞが奈何して宛に成りませう。女の病気とさへ言へば、直ぐ歇私的里《ヒステリー》……」と述べてもいたわけだ。

さて同誌の一〇月号には女子師範の女性教諭の手になる「子供の病気を未発に防ぐ家庭の準備」なる一文が掲載されている。ここで強調されているのは、「婦人は早晩看護婦」たるべきものであり「一般主婦たる人の責任として、生理、衛生の知識と病理」の不可欠なること、即ち「病気を早く知つて、手当を誤ら」ぬことの重要性である。女性はここで自己の身体のみならず、家族全体を管理し個々の身体を注視することが要請されているのである。こうした問題を代表するものとして次に指摘したいのは、一九〇九年八月の『婦人世界』掲載の国木田治子の手記がある。「肺病に罹りし良人を看病したる当時」と題されたこの文章は、独歩の罹病から死までの経緯を妻の眼差しで追跡する形式をとっている。ここでもまず描写されるのは夫の異様な「咳」の様子であり、続けて「毎日のやうに発熱」を繰り返す〈病い〉の兆候が押さえられる。さらに医者嫌いの独歩に無理やり診療を受けさせることで、当初は「気管支カタル」と診断され安堵した状況も詳述されている。まさに医療的言説に翻弄される様が語られていくわけだ。また「喀痰の検黴試験」を頑なに拒否する独歩の姿には、見えざる病原体への恐怖が滲み出ている。そして病名を知って却って「非常な意気込」を抱くあたりの状況は、そのまま『家』の正太の場合を想起させもするだろう。さらに注目したいのは、〈病い〉がこうした病原体の問題である以前に、何よりも「金」の問題として扱われている点である。ここで〈病い〉の主因として治子が強調し、また後悔して止まぬのが「社にゴタゴタ」が続いて「身体を無理」した点であり、「お金さへあれば、こんな無理をしなくてもよいのに」と結ばれているのである。医療の問題は、常にこうした〈金銭〉問題を隠しながら女性誌の中で議論されていた点が重要であろう。健全な身体を仲立ちとしつつ、そこではさらに健全な家庭と健全な労働とが表裏の関係で認識されていたわけだ。こうした言説が、言わば一種の夢想にすぎぬ以上、そこにはやはり排除と差別が隠蔽されていることも自明であろう。一九一一年五月の『婦人画報』は「児童研究号」と銘打っているが、中の「精神薄弱の児童」(三宅鉱一)なる一文では、病者を将来「社会国家を害する」恐れのあるものと断定し印づけた上で、さらにその原因として「親に大酒の癖があつたり、又黴毒などを患つた」ケース、あるいは「血族結婚」や遺伝の問題が強調され、「統計の上からも解剖の上からも明白なる事実」と指摘されている。そこでなによりも求められているのは、「健全な者との結婚」による円満な家庭なのである。ここでも家庭の中に〈病い〉を対象化する医療の眼差しが浸透することで、それは一方で印づけられた者を排除する〈距離化〉の言説を生成した事実が読み取れよう。さらにこうした言説が、統計や科学の衣装をまといつつ、最終的に「血族」や「遺伝」といった〈血〉の問題を突出させるに至る事実にも注意したい。即ちそこでは病者を排除することで、より〈聖なる〉ものを招き寄せる言説も創り上げられていたわけだ。排除や隔離――〈遠隔〉への認識が、実は逆説的に血統という〈近接〉性を招き寄せずにはおかない事実がここには隠されているだろう。

最後に見ておくべきは、こうした女性誌が作り出す〈健全な家庭〉の内実である。『家庭之友』一九〇八年九月には「質素」(炉生)なる一文が見えるが、ここでは「質素な生活は物質的の理由からばかりでなく、精神的の意味に於てもまた我々を幸福に誘ふ」として、それが「家人に及ぼす感化」が語られている。また「我家の簡易生活」(一九〇八・三)という文章では、「我々の日常生活の上からあらゆる『見え』を取り去」ることで、「健康の著しく良好になつた」事例が報告されてもいる。雑誌『家庭之友』では同時期「家庭と言語」「家庭と読書」「家庭と娯楽」等の特集が次々と組まれ、あらゆる日常生活の場面にこうした〈質素〉で〈健全〉な生活思想が送り込まれていったのである。またこうした女性誌には必ず巻末に読者投書欄が設けられ、各界の専門家によって健康相談に応じる体裁をとっている。一九〇八年八月の『家庭之友』には次のような投書が見える。

失敗者の妻――私は失敗者の妻で御座います。どうすれば夫を慰め、また私も安心することが出来るでせうか。私共の始めて家を持つたのは十二年前で、夫は会社に勤めて僅かの給料をとる身の上でありましたが、その時分は三円五十銭の借家に住んでゐても、両人ともこれぞといふ不満もなしに、まづ〳〵楽しく暮らして居りました。（中略）夫が金の自由になるまゝに、夜遅く仲居に送られて帰つたり、いやしい婦人をつれて帰り、酒よ肴よと家中を騒がす時もあつたからで御座います。

ふとして摑んだ「金」に溺れ、今では「手違ひより少からぬ損失」までこうむった夫の行状を告白する女性が、自身を〈健全〉なる家庭創出の「失敗者」として規定している点は重要であろう。これに対して回答者は、「あなた自身まづ修養」して「唯々働くことを楽」しむ工夫が必要とアドバイスしている。〈修養〉や〈質素〉といった徳目のもと「働くこと」を聖化し、一方家庭内の女性に告白という手段を提供しつつ、巧みにその感情を慰撫し回収する投書欄の健康言説が、ここに早くも確立している事実が見出だせるだろう。同年七月の投書欄には「夫の堕落」と題した一文も見える。ここでも「聞くにも堪えぬ」「夫の不身持」を告白する女性が、自己を一重に「賤《しず》の女」と呼び続けている事実が注意される。お種や豊世の意識にも通じるこうした言説を、卑俗な議論として笑うことは容易であろう。しかしこの様なメディアの言葉が、家庭の背後にある〈金銭〉の実質と、その中の関係性の有り様を示唆している事実は考慮されるべきではないか。

最後にこうした問題を踏まえつつ、今一度小説に立ち返ることで、『家』における〈距離〉と〈血統〉の問題を追尋しておきたい。

四、病いと身体性

「何故そんな風に成つて来たか――それが僕によく解らなかつたんです。Sさんとは何事も君、お互に感情を害したやうなことが無いんだからネ。不思議でせう。実は、此頃《こなひだ》、ある友達の許へ寄つたところが、『小泉君――Sさんが君のことをモルモットだと言つて居ましたぜ、』斯う言ひますから、『モルモットとは何だい』と僕が聞いたら、大学の試験室へ行くと医者が注射をして、種々な試験をするでせう。友達がモルモットで、僕が医者だそうだ――」（下ノ四）

三吉の視線が、比喩にもせよ「医者」のそれに重ねられている点は看過し得ない。元来ゾラが生理学者C・ベルナールの『実験医学研究序説』（一八六五）を踏まえた如く、リアリズム・医療・遺伝は相関的な位相にある。そこには縷説したように、対象を〈距離化〉する視線が働いていたわけだが、さらに重要なのはその視線の秘める排除の力学であったはずだ。関谷由美子は『家』における「異族」(10)を排除する言説の問題に論及しているが、〈異物〉を駆逐することで健全なる内部――身体を維持するのが医療の言説とするなら、『家』はそうした二元論的思考が一つの夢想に帰する事実をも暴露しているだろう。「お種は肩を怒らせて、襲つてくる敵を待受けるかのやうに、表座敷の方を見た」（下ノ九）――庭は掘り崩され、「新設の線路」が横断する。使用人たちは皆、「月給を取る為に通つて来」る一介の雇い人に変貌した。瓦解していく家の中で、見えざる〈外敵〉との戦いを続けるお種の姿は、むろん「眼に見えない敵の為に悩まされ」（下ノ五）狂死した父忠寛の物語を反復している。〈外敵〉を創り出し〈距離〉を生成するこうした軍事的隠喩とでも言うべきものは、いわば虚構の内部（身体／家／国家）を夢見ることともつながるだろう。しかしこうした〈距離〉が、絶えざる不安と恐怖を呼び寄せることも確かである。それは見えざる〈病原体〉を外部に発見することで、その侵入による〈健全〉な内部の崩壊に脅え続けた近代的な医療の眼差しと通底するものだろう。旧家の伝統という幻想に支えられ、ひたひたと忍び寄る近代化の波に抗い続けることでその精神や身体をも狂わせていくお種や忠寛の認識は、実はこうした医療の浸透による〈距離〉の問題のアナロジーなのではあるまいか。

その意味で「医者」の視線を身体化した三吉が、後半兄弟達の「借金」依頼に答え、「金」を払い続けることで俄に家父長的相貌をあらわにしていく事実は象徴的だ。〈病い〉への恐怖——それは閉じられた内部が侵蝕され崩壊していくことへの根源的な脅えに他ならなかったはずである。ここに親から子へと伝承される普遍的な血統の神話が、遺伝学という科学的衣をまとって浮上する所以もあったはずだ。〈距離〉が不安を増殖するなら、それを埋める身体的連続性——〈近接〉が召喚されるのは必然であろう。ここでも〈遠隔〉と〈近接〉は表裏の関係にあるわけだ。しかし正太や実や達雄の行為を規定するものが「事業」への飽くなき欲望であり、そのつけをまた「金」で贖っていくのが三吉であったとするなら、〈エイズ〉というファクターを通じて今考慮すべきは、こうした〈金銭〉というウィルスさえも飲込む、血統の神話のフィクショナルな内実に他なるまい。今、文学研究に求められるものは、そうした血統の解体でこそある。

注

（1）『評伝島崎藤村』（筑摩書房　一九八一・一〇）二〇五頁

（2）「家」（『島崎藤村必携』学燈社　一九六七・七）

（3）佐々木雅發「『家』序説――橋本家の人々」（『島崎藤村『春』前後』審美社　一九九七・五）二三一頁。また血統に言及した論には小仲信孝「『家』の治癒力」（『日本近代文学』一九九五・一〇）がある。

（4）柄谷行人「病という意味」（『日本近代文学の起源』講談社　一九八〇・八）

（5）A・コルバン「性病の脅威」（『現代思想』一九九二・六～七）は「性病」を通じての性管理の歴史を詳述している。また『衛生局年報』は明治四十年末の状況として、「健康診断ヲ受ケタル延人員ハ二百五十八万七千九百五十九人ニシテ其中有病ナリト認メラレタル者八万一千三百五十六人アリ」と「遊郭」での「性病」の実態を報告している。

（6）「〈家〉の文法」（『テクストはまちがわない』筑摩書房　二〇〇四・三）二六七頁

（7）当時、海野幸徳らによって所謂「優生学」が導入されて来る問題は重要であろう。

（8）拙稿「〈小諸〉という場所――島崎藤村における金銭と言説」（本書第六章）でもこうした「簡素」の徳目と「金銭」について論じた。

（9）「女の病、男の病」（『現代思想』一九九三・七）

（10）「換喩としての『家』」（『漱石・藤村』愛育社　一九九八・五）二〇二頁

第十四章 『新生』における〈読み書きの技術《リテラシー》〉――手紙と短歌――

一、手紙の機能

読者へ。
創刊号は御覧のごとく大部分を手紙の読物にあてました。手紙の形式は自由で好ましいものですから、先づ一同手紙から出発することにしました。わたしたちはこの自由な形式に基調を置きたい考へです。

一九二二年創刊の雑誌『処女地』巻頭言の一節である。ここに手紙の機能への重大な着目があることは、繰り返すまでもない[1]。それは何よりも「長い世紀の間の沈黙に慣らされた」女性達が、「自由」にその自己を表現できる手段であり、本来極めて個人間に取り交わされる閉鎖的メッセージであるはずの手紙が、実は有力な表現装置として機能しうるという認識が表明されている。手紙においてこそ偽らない自己を告白しうるという意識――そこにはダイアローグを想定つつ、実はなによりも表現者の内なる他者とのモノローグである手紙という虚構性を持った様式への独自の信頼がうかがえる。これは一つの〈読み書きの技術《リテラシー》〉の問題だろう。こうした手紙形式の採用は、『処女地』に限定した問題ではなく、『青鞜』をはじめとした大正期の多くの女性誌にも共通する特質である。また、一方そうした閉ざされた自己を語る表現装置の機能を考慮する上では、こうした女性誌の多くに短歌欄が設けられていた事実も同様に注目してみる必要がありそうだ。

冒頭から贅言に紙数を費やしたのは『新生』という小説が、実は岸本捨吉と節子をはじめとした同族間で交わされる夥しい量の手紙や短歌によって構成されているという事実に、改めて着目してみたいからである。それは『新生』に秘められた真のメッセージの所在を考慮する手がかりとなる。平野謙の著名な批判(2)以来、〈学問史〉の上でも、〈芸術〉か〈倫理〉かという不毛な二項対立の中でのみ語られがちであった『新生』の、そのメッセージの中に、実は時代の〈恋愛〉という形式を借りて自己を表現するという、一つの制度的な〈読み書き《リテラシー》をめぐるドラマ〉が浮き彫りにされてくる事実を看過すべきではない。ステレオタイプ化された二項対立の淵源を探ること、それをおいて今、『新生』は論じ得ないはずなのである。それは〈血統〉として差別化され権威化されて来た問題を解体する、文学研究の課題でもある。

二、岸本の頽廃

一巻、とりわけ岸本――節子の世界は、濃密な近世以来の伝統的価値観によって染め上げられている事実がまず注意される。岸本の住む隅田川沿いの一角は、「筋向ふには一中節の師匠の家があり、その一軒置いて隣には名高い浮世画師の子弟にあたるといふ人の住む家があり、裏にはまた常磐津の家元の住居《すまひ》」(一ノ四)が点在している。それはまた、「むづかしい書籍《ほん》」を読み、次第に「学芸」の魅力に引き入れられていく節子の存在と、常に対比されるものである。このような事実は、節子が一方で豊国筆の「錦絵」(二ノ一四〇)にたとえられるという矛盾した問題とも相関する。こうした節子が岸本のパリ行を通じ、第二巻において一人の「聖母」(二ノ一二四)へと置き換えられていく問題を、我々は見落とすべきではないだろう。こうした変貌はなによりも岸本との間で交わされる、濃密な手紙の言葉を通じて果たされていくことになるのである。冒頭部における岸本――節子の関係は、例えば岸本が足繁くかよう待合で聞く上方唄の一節を背景にしている。「みじか夜の／ゆめはあやなし、／そのうつり香の

／悪くて手折ろか／ぬしなきはなを、／何のさら〳〵、／更に恋は曲者」（一ノ一九）――「生きたいと思ふ心」を岸本に呼び起こすのは、不思議にもこうした「俗謡を聞く時であつた」。妻の死を経ることで、一人の「女性嫌悪症患者」として登場する岸本像に言及したのは先の平野であったが、〈恋愛〉に裏切られた岸本を襲うデカダンスとは、実はこうした隠微な情緒空間への退行だったのである。冒頭部においては節子も、この様な岸本の認識世界の住人であると言わねばなるまい。彼女が一つの明瞭な〈穢れ〉をおびた存在として描かれていることに、ここでは留意したい。

節子は勝手口に近い小部屋の鼠不入《ねずみいらず》の前に立つて居て、それを答へた。何となく彼女は蒼ざめた顔付をして居た。

「奈様《どう》かしたかね。」と岸本は叔父らしい調子で尋ねた。

「なんですか気味の悪いことが有りました。」

岸本は節子が学問した娘のやうでも無いことを言出したので、噴飯《ふきだ》さうとした。節子に言はせると、彼女が仏壇を片付けに行つて、勝手の方へ物を持運ぶ途中で気がついて見ると、彼女の掌にはべつとり血が着いて居た。それを流許《ながしもと》で洗ひ落したところだ。斯う叔父に話し聞かせた。（一ノ一〇）

こうした出来事は、岸本にとって「一概に笑」ってしまえない「前兆」としてあるのだ。これは亀井秀雄の指摘(3)にもあるように、後半節子の手の機能が奪われていく事実の伏線でもあるわけだが、そうしてみると一巻には死や病いを暗示する実に多様なイメージが伏在していることがわかる。顕著なものとして、岸本が日課の散歩中に出くわす水死する女のエピソードがあげられる。

六年ばかり岸本と隅田川に近く暮して見て、水辺に住むものの誰しもが耳にするやうな噂をよく耳にしたことはあるが、つひぞまだ女の死体が流れ着いたといふ実際の場合に自分で遭遇《でつくは》したことはなかつた。偶然にも、彼は左様した出来事のあつた場所に行き合はせた。

「今朝…」

砂揚場の側《わき》に立つて眺めて居た男の一人それを岸本に話した。

両国の附近に漂着したといふ若い女の死体は既に運び去られた後で、検視の跡は綺麗に取片付けられ、筵《むしろ》一枚そこに見られなかつた。唯、入水した女の噂のみがそこに残つて居た。（一ノ三）

こうしたイメージは、読者にとって当然節子の存在自体へも重ねられていく。しかしこの箇所を誇張してみることで、節子を〈世紀末の女〉に加えることは当面本章の目的ではない。ここで私が注目したいのは、岸本はけして水死者そのものを目撃したのではないという事実である。つまり彼は遅れてこの現場に辿り着き、そこにある「噂」を聞き頽廃したイメージのみを増殖させて生きてしまう人間であるということなのだ。私が『新生』第一巻から読み取りたく思うのは、なによりも岸本がこうした出来事の〈事後のイメージ〉の中に生きているという事実なのである。それは恐らく岸本の脳裏に去来する、妻子の死の記憶を起源とするものであるはずだ。初出本文には次のような一節さえ見えている。「長雨が降り続いた後の黄に濁つた泥水の中から、墓守の掘出す三つの小さな髑髏と、離れ〴〵の骨と、腐つた棺桶の破片《こはれ》とを見たことがある」（前ノ三五）――こうした鮮烈な頽廃の記憶の中から岸本も読者も容易に逃げ出すことは出来ない。以降、続く髑髏の生々しいイメージ、まさにそれこそが彼をして「女性嫌悪症患者」たらしめ、ひいては妻の肩代わりとしてこの家を訪れた節子との間に絶望的な関係を導く契機ともなったわけだ。彼は常に妻の「幻の墓」（一ノ二六）を見、「啜泣くやうな声」を聞く。それは判断さえもつきかねるような幻聴として、彼の不安を次々と増殖させていくのである。第一巻において岸本はまさに言葉のない沈黙の世界の中で、こうした肉親の様々な声を「頭脳《あたま》の内部《なか》」(二ノ二六)で聞く外はない。岸本はその意味でも、事後の声とイメージの世界の中に佇む者としてあるのだ。

これは序の章における時間構造とも対応する。学友の葬儀に参列した帰途の述懐の中で、岸本は「皆一緒に学校を出た時分——あの頃は、何か面白さうなことが先の方に吾儕を待つて居るやうな気がした」(序ノ四)と言う。しかし現在の彼を拘束してやまぬものは、「生々しいほど」の「談話の記憶」・「光景の記憶」・「出来事の記憶」・「心の経験の記憶」(同)であるわけだ。こうした〈記憶〉に縛られた不可避の時間軸の中で、彼はいずれ来る「強い嵐を待受け」(序ノ五)ねばならない。[4] ここに対置されて来るのは、中野の友人からの手紙であろう。それは「友人のは生々とした寛いだ沈黙で、自分のは死んだ沈黙である」(同)という両者の〈沈黙〉の質の認識であり、言わばイメージに対するスタンスの問題であると言えよう。[5] こうした時間軸の延長上に死が控えていることは自明であり、岸本におけるパリ行は共同体とつながるべき言葉を見失った人間が、一切のものを疑うことで一人の「異人」(二ノ五七)として沈黙の中に生き、こばむことの出来ない「声」[6]に耳を傾けることであったはずなのだ。

未分化な〈穢れ〉の世界を浄化するのが、象徴としての言葉の持つ機能であるとするなら、[7]〈新生〉と名付けられた物語は、そう命名されることで当初から、沈黙する岸本が〈言葉〉を通じて共同体の枠組みの中へといかに回収され、帰還していくかというプロセスとしてたどりうるはずだ。吉本隆明が、日本において近親相姦は常に世間に対する思惑として存在すると指摘したように、[8]〈穢れ〉は制度に許容されるコードを見つけ出すことによって、はじめて〈告白〉の言語たり得る。そしてそれは岸本自身を救済することはもとより、同時に「節子をも。又た泉太や繁をも」(二ノ二八)救うものでなければならない。つまり社会を想定すると同時に、家の中の子供たちへも伝えられねばならないわけだ。こうした『新生』に内在するメッセージの構造を解読していく上で、次節ではその

〈手紙〉の持つ機能についてさらに検討していくことになる。

三、『新生』と手紙

あれほど便りをするのに碌々返事も呉れない叔父さんの心は今になつて自分に解つた、と節子は力の籠つた調子で書いた手紙を送つてよこした。長い冬籠りの近づいたことを思はせるやうな日が来て居た。ルュキサンブウルの公園にある噴水池も凍りつめるほどの寒さが来て居た。部屋の暖炉には火が焚いてあつた。岸本はその側へ行つて、節子から来た手紙を繰返し読んで見た。叔父さんはこの自分を忘れようとして居るのであらうと彼女は書いてよこした。そんなら、それでいゝ、叔父さんがそのつもりなら自分は最早叔父さんに宛て、手紙を書くまいと思ふと書いてよこした。あれほど自分が送つた手紙も叔父さんの心を動かすには足りなかつたのかと書いてよこした。叔父さんのことを思ひ、自分の子供のことを思ふ度に、枕の濡れない晩は無いと書いてよこした。そんなに叔父さんは沈黙を守つて居て、この自分を可哀さうだと思つては呉れないのかと書いてよこした。（一ノ一〇九）

「異人」として、様々な眼差しにさらされて生きることを余儀なくされたパリの岸本は「恐ろしい町の響」（一ノ六三）にとりまかれ、ひたすら沈黙を守り「耐へがたい無聊と戦」い続ける。こうした中、たえず寄せられてくるのは日本からの節子の手紙なのである。それは常に岸本の中で消えることのない体験の〈記憶〉につながる。言わば不快な〈声〉でもある。従って、「兄が黙つて居て呉れ、節子が黙つて居て呉れ、自分もまた黙つてさへ居れば、どうやら斯の事は葬り得られさう」（一ノ八五）にさえ岸本には思えるのだ。彼はひとえに沈黙の中で、時の経過だけを待つ。その間寄せられる節子の手紙は「焼捨てるとか引裂いてしまふとか」（一ノ八七）、あるいは自己の論理の中で強引に解釈しつくすことが求められるのである。〈恋愛〉を、他者との間の避けがたい「解釈」のやりとりと「堰を切ったような、あわただしいイメージ」[9]のゆきかいに認めたのはR・バルトだが、ここはそれに留まるものではない。つまり一方で、彼は手紙に沈黙の中に回収しつくせぬ「最後の精一杯の音」（一ノ一〇九）を聞きつけてもいるからである。これは常に彼の解釈をすり抜けて逸脱していく、整除しつくせない節子の肉声を示唆しているだろう。事実、彼女の手紙は常にいくつかの「疑問」（一ノ八七）や「腑に落ちないふし〴〵」を岸本の心に残すのである。それは恐らく節子の手紙の中には、けして触れてほしくない「あの事」（一ノ八六）が常に書かれてあるからだ。つまり手紙そのものが、否応なく過去の「あの事」——岸本における沈黙の領域に踏み込み、彼の意識を過剰に刺激するのである。下宿先の留学生からたまたま聞いた言葉が、「英語の incest を意味」（一ノ八六）していただけで岸本は狼狽する。あらゆる言葉は常に彼の語らない過去の一つの体験へ向けて収斂し、その記憶を刺激しつつイメージを増殖させていく。まさに先にふれた序章の構造そのものが、ここでも反復されているのだ。つまり岸本においては、すべての日常世界は一つの〈意味〉を構成してしまう。しかも「あの事」があくまで「あの事」に留まる以上、それは他者にうけ渡す言語メッセージとはなり得ない。岸本は〈世界〉との結び目を断ち切られた出口のない空間の中で、言語さえ奪われた狂気に身を任す外はない。このような岸本の解釈のもとで、手紙の中の節子は時には「悔恨を知らない人」（一ノ八七）であったり、また「あはれさを感」じさせる人ともなり得る。これもまた手紙から紡ぎ出される彼の「想像」にすぎないのであって、常に最後に岸本はそこから節子に対する「言ひあらはし難い恐怖《おそれ》」を意識せざるを得ない。

同様の問題は、例えば兄義雄の手紙の中で、節子と書くことが敢えて回避され「例の人」（一ノ五四）とされている事実とも符合する。「あの事」と「例の人」——まさに閉ざされた家庭内の隠微な符牒が、手紙の中でやりとりされ、それはかえって「普通《たゞ》ならぬ身《からだ》」である節子の姿を生々しく岸本の脳裏に呼び戻すのだ。隠しごとのない信頼関係で結ばれているはずの家族の中に、むしろ言葉にするさえはばかられる秘められた事情が常に存在しているという事実を、手紙は否応なく暴きたててしまう。『新生』が、家族間で交わされる夥しい手紙によって構成されているという事実は冒頭でもふれたが、節子――岸本、義雄――岸本、節子――義雄といった具合に全編にわたってカウントし得るだけでもその数は有に三〇通を超えている。これに冒頭の中野の友人の手紙や、散歩中に知り合った青年からの手紙(一ノ二)、あるいは「ビヨンクウルの書記」の母の間で交わされる手紙などをも加えるならば、その総数はさらに増大する。岸本が「あの事」を兄に告白したのもまた手紙であった。こうした家族の中にあっては、究極的な問題をめぐって対話そのものが回避され、常に手紙の符牒を通じて意志のやりとりをはたす外ない。岸本の営む家庭はそもそも虚妄であった。

一方、手紙の持つ今一つの機能として、相互の時差と距離を指摘し得る。岸本が「あの事」を兄に告白するに際して、神戸で書けず、上海で書けず、香港への船上に至ってようやく筆を執ることが出来たのも、そうした問題を裏付けている。また、第一次大戦の開始とともに自ずと「交通は既に断絶し、鉄道も電線も不通」(一ノ九一)になる。こうした断絶の中、日本からの一切の情報を切られた岸本は、フランスの片田舎リモージュで、あらゆる彼の意識がかつてのあの「眼の眩《くら》むやうな生きながらの地獄の方へ。あの不幸な姪と一緒に堕ちて行つた畜生の道の方へ」(二ノ一〇二)と収斂し、不可思議な幻覚にとらわれるのである。

不思議な幻覚が来た。その幻覚は仏蘭西の田舎家に見る部屋の壁を通して、夢のやうな世界の存在を岸本の心に暗示した。曾ては彼が記憶に上るばかりでなく、彼の全身にまで上つた多くの悲痛、厭悪、畏怖、艱難なる労苦、及び戦慄――それらのものが皆燃えて、あだかも一面の焔のやうに眼前《めのまへ》の壁の面を流れて来たかと疑

はせた。（一ノ一〇一）

例えば笹淵友一はここに「焼き尽されて死灰に帰した状態[10]」を読み取り、岸本の懐疑からの「脱却」を見出している。しかし本文に則すかぎり、これを「死灰」へ転義する必然性は認められない。家族内に深く秘められた「あの事」からもっとも距離を置いた異国において、かえってそれが生々しく蘇生したという事実のみを私はこの一文から読み取っておきたい。岸本をこうした絶望的な「幻覚」の内部から救出するのは、彼の中の〈閉じた言葉〉そのものを組み替えることでしかないだろう。それは同時に節子や家族をも救う、残された唯一の道と考えられていたはずなのだ。

四、「あの事」とメッセージ

岸本がパリ流謫を通じて得たもの、それは一つには共同体への自覚ではなかったか。先にも触れたごとく、異国にあって彼は「旅人であるばかりでなく同時に異人」（一ノ五七）でもあったわけだ。多くの他者からの容赦ない視線の中で、「顚倒」した位置を自覚した岸本は、戦時にあってそれまで常に距離をとり続けてきた日本人旅行者のグループの中に飛び込み、様々な情報の中継役に奔走したりもする。またドイツ軍の侵攻を前に激しい高揚を見せるパリの住民や、戦火に身を投じた若者達の噂が人々の口を通じて広まっていく閉ざされた異様な空間の中で、次第に〈言葉〉への認識が彼の中で明瞭な形をとっていくことになる。「新しい言葉」（一ノ一〇八）を学ぶことは、常に彼の脳裏に去来するあのイメージの連鎖の中から岸本自身を解き放つはずのものであった。それは言うまでもなく、言葉を通じて社会の中に開かれたコードを見出すことに外ならない。沈黙するしかすべのない「あの事」を、より世の中に流通しやすい共同体の言語に置き換えること、それこそが岸本の真の意味での帰還となり得るのである。パリに帰った岸本は、ふと一冊の書籍をひろげ「何時の間にか意味が釈《と》れるやうに成つて居」（一ノ一〇八）る事実に驚いている。それは彼に「ラテン民族の学芸の世界」を開示し、ひいては「アベラアルとエロイズの事蹟」（一ノ一二八）を「愛の涅槃」として語り伝えていく、一編の「お伽話」をイメージさせるのだ。言葉がイメージを組み替える瞬間がそこにある。

同時にこうした言葉への認識は、かつて恐れ続けてきた父との対話の契機をもつくり出す。彼はあたかも「少年の時のやうな心」（一ノ一一三）をいだいて、父の「たましひ」と語らうのである。ここでも彼が思い描く父とは、具体的には故郷から上京する際に餞別として受けとった短冊の「几帳面な書体で書いて呉れた文字」（一ノ一一五）や、その後も彼のもとにたびたび寄せられた手紙の中の「父の手蹟」としてあるのだ。岸本はその肉筆の一画一画を「あり〳〵と眼に浮べる」ことで、「彼の内部《なか》に一層よく父を見つけ」（一ノ一一六）出していく。岸本にとって「新しい言葉」を得ることは、家族の中に隠されたこうした絶望的な拘束力からの脱出をも同時に意味する。それはまさに他者には語り得ぬ、父の肉筆の呪縛からの解放でもあったはずなのである。

こうした方向にそって、第二巻——帰朝後の世界は開かれてくる。家にたどり着いた岸本を待っていたのは、子供らが大切に保管していた、かつて彼がパリで投函した「絵葉書」（二ノ二七）であった。前節において手紙の機能に言及したが、ここでさらに付言するなら作中において岸本自身の手紙はほとんど登場することがない。岸本はここでふたたび、残されていたかつての自己の手紙の中から旅の記憶を再生させてしまう。こうして岸本において、過去をしるし留めるものはすべて現在において〈異物〉として残存し、彼の今を鋭く刺激し脅かすのである。それはパリ滞在中の次のさりげない挿話とも符合する。「今だから白状しますが、岸本君の詩集では随分僕も罪をつくりましたねえ。考へて見ると僕も不真面目でしたよ。君の詩をダシに使つて、何程若い女を迷はしか知れませんよ」。

客の残して置いて行つた斯の声はその人が居ない後になつても、まだ部屋の内に残つて居た。岸本が若い時分に作つた詩を幾つとなく暗誦したといふ客の顔はまだ岸本の眼前《めのまへ》にあつた。その人はそよ〳〵とした心地《こころもち》の好い風が顔を撫でゝ通るやうな草原に寝そべつて岸本の旧詩を吟じて居る若者を想像して見よとも言つた。花でも摘まうとするやうな年若な女学生がよくその草原へ歩きに来ると想像して見よとも言つた。風の持つて行く吟声は容易に処女《をとめ》の心を捉えたとも言つた。そして其処女が何事も世間を知らないやうな良い身分の生まれの人であればあるだけ、岸本の詩集が役に立つたとも言つた。客が清《すゞ》しい、ほれ〴〵とするやうな声を有つて居ることは岸本もよく知つて居た。斯の無邪気とも言へない、しかし子供のやうに噴飯《ふきだ》したくなるやうな告白は岸本を驚かした。（一ノ七七）

かつての率直な肉声が、文字として書物として残ることによって、どのようにも解釈され利用されることへの驚きと幻滅。それは物質であることによって、生きつつある現在の自己を脅かし続けるのだ。岸本にとってこうした問題はけして他人ごとではない。むしろ「感じて貰ふより外に仕方の無い」（二ノ一三〇）、かぎりなく沈黙の領域に属す「あの事」を、他者に伝達可能な言葉として残すことでしか岸本の再生はあり得ないのだ。

こうした背馳する言葉の力を、岸本は今度は目前にいる生身の節子に向けていくことになる。それは言葉によって仮構された、両者の〈愛情〉の物語の構想以外になかったはずである。しかし〈愛情〉とよぶにはいかにもそれは性急だ。彼は何よりもまず、意識的に節子に「自分の仕事を手伝はせ、談話を筆記することなぞを覚えさせ」（二ノ三八）ていくのである。それはむしろ〈教育〉と呼ぶべきだ。こうした節子の〈読み書き《リテラシー》〉による〈自立〉のプロセスを、表現上読者に端的に知らしめる装置となるのもまた手紙である。第一巻においてあくまで地の文と一体化され、岸本の解釈というフィルターがかけられていたものが、二巻においては手紙本文そのものの引用という形式がとられている。ここに節子の言葉の〈自立〉を読むことは容易だが、それはまたあまりにも早計であろう。読者はここでむしろ手紙という形式によってそのように読まされているのではあるまいか。つまり日々寄せられる手紙の文面に、岸本は明らかな節子の〈成長〉を見届けていくという〈訓育〉のドラマが、さりげなく読者のもとに届けられていることに注意したい。次の引用を見よう。

斯の返事を受取つて見ると、岸本は何よりも先づ節子の率直な告白をうれしく思つた。「創作」といふ言葉でもつて二人の間の結びつきを言ひ表さうとしてあるのにも心を曳かれた。岸本は幾度となく節子の返事を読み返して、彼女が書いてよこした短い言葉の間にはいろ〳〵な心持の籠つて居るのを見つけた。彼女に言はせると、自分等の関係は最初こそあんなで有つたけれども、間もなく彼女が長い間求めて居たものであることを見出したとある。斯の言葉は、長いこと岸本に疑問として残つて居た彼女からの以前の手紙に、神戸で受取り巴里で受取りしたかずかずの腑に落ちなかつた手紙に、彼女自身裏書きして見せたやうなものであつた。

（二ノ五四）

岸本はこうして節子の手紙の中に「率直な告白」を認め、深い「心持」を読み取っていく。それは言ってみれば二人の関係を「創作」という言葉に置き換えることでの一体化幻想と見てもよいだろう。その言葉は、両者の〈真実〉によって保証されている限り、以前感じ取られた「疑問」や「腑に落ちな」い事実を帳消しにしてしまう。こうして二人の手紙の中には、次々と再び「隠し言葉」（二ノ六〇）が生成されていくのだ。それは先の「創作」であり、あるいは濃厚な「葡萄酒」であり——いずれにしても「宗教上の儀式の言葉から意味だけを借りて来た」（二ノ六〇）ものであるという。こうしたものは「隠し言葉」でありながら、先の「あの事」や「例の人」といった家族内言語とは自ずと質を異にしている。つまりそれは過去の時間や地縁・血縁のくさびから解き放たれた、あくまで「借りて来た」ものなのだ。そしてこれはなによりも、「本当に自分の身体に成れた」（二ノ九三）という岸本の実感によって支えられている。それと同時に、言葉を通じて節子の「内部《なか》の生命《いのち》」（二ノ三五）に触れようとする岸本は、それゆえに「創作」による一体感においてのみ節子を救い得るといった認識に至るのである。岸本にとってこれ以外の行為は、「嘘」（二ノ九五）という外はない。冒頭でも言及したごとく、手紙がダイアローグを仮構したモノローグでしかない事実をここでも想起したい。手紙を通じ、二人は自己が描くあるべき他者像と対話しているにすぎぬのであり、さらに言えばこうした言葉の中に定着された他者像に突き動かされることで、はじめて岸本は一つの行動——「創作」に踏み出し得るとも言えよう。〈告白〉という〈読み書きの技術《リテラシー》〉を節子に与えることは、言わばこうした戦略の中で、着実に準備されていくことになるのだ。

五、『新生』の短歌

——先づ申上げたきは親子の間に候。親の命に服従せざるごときは人間ならずとは仰せられ候へども、そは余りに親権の過大視に候はずや。斯く言へばいたづらに親を軽視するものとの誤解も候はんなれども、決して〱さる意味にて申上るにはこれなく候。何事も唯々諾々としてその命に従ひ、あるひは又、内部に反感等を抱きながら表面には唯これに従ふごときは、わが望むところにはこれなく候。生命ある真の服従こそわが常の願ひに候。思想の懸隔に加へて、平生の寡言のため、これらを言ひ出づる機会もなく今日に至りしものにこれあり候。

（二ノ一一九）

節子が父義雄につきつける手紙の一節である。家族内の「服従」関係への違和感に、節子の〈自立〉を読み取ることはいかにもたやすい。しかし「生命ある真の服従」とは、藤村らしい奇妙な言い回しと言うべきだろう。ここで注意したいのは、これが当時の『青鞜』などの女性誌にしばしば見られる書簡の文章と奇妙に類似している点である。例えば次のような。

私は一つの家庭の只一人の到底調和し得ない人のあるといふことはその人自身はもとよりその家庭内の総ての人の不幸だと泌々と思ひます。それに今一つ——尤もこれも以上申し述べましたことの中に或は含まれてゐるので、多少それを概括的に云ひ表したまでのことかも知れませんが、私の最も自ら堪へられなく思ふ所は私の思想や主張と私の今の実生活との間の矛盾、不一致と、その矛盾や不一致から貴重な時間や精力を比較的価値のないことに多く消耗せねばならぬやうになつて来たことの苦痛となのでございます。で、私もこれ迄もう幾度か、今度こそ御両親から別れ、この家から離れやう、独立しやう、新しい生活を始めやう、そのためには今迄躊躇してゐた生活問題にも臆せず飛び込んで行かうと決心してお母さん迄申出て御相談いたしましたこともあつたのでした。

（平塚らいてう「独立するに就いて両親に」『青鞜』一九一四・二）

大正期——それはまさに〈家庭〉に対して〈恋愛〉が鋭く対置された時代でもあった。(11) 当時広く読まれた厨川白村『近代の恋愛観』（改造社　一九二二・一〇）の一節を見ると、「欲望は浄化せられ純化せられ詩化せられて、そこに恋愛といふ至上至高の精神現象を生ずる」に至る旨の論が開陳されている。そしてそれはなによりも「自我と非我とのぴつたり一致する所に、同心一体と云ふ人格結合の意義」を発現するというのだ。大正期のこうした議論に対し、例えば南博は、「自由恋愛の議論」がいつしか「家庭文化の中へ、逆流してくる面」[12]があった事実を指摘している。白村の恋愛観が大枠において大正期の人格主義・教養主義を基盤とし、エレン・ケイ等を引きつつ「母性愛や近親愛」をその至上の姿として措定した事実にも留意せねばなるまい。いずれにしても節子における〈読み書きの技術《リテラシー》〉とは、〈自立〉を歌い上げながらも言ってみればこうした時代の言説に骨がらみになっていたのではないか。それは「同心一体」という〈恋愛〉のタームの中に、そのまま取り込まれてしまう面のあった事実に留意しておきたいのである。

　こうした〈恋愛〉をうたう上で、ここでやはり当時の女性誌にしばしば採用された短歌形式について言及せねばなるまい。というのも『新生』第二巻には、夥しい数の和歌の贈答がみられるからである。試みに節子が詠むそのいくつかをピックアップしてみよう。

夕ぐれの窓によりては君おもふ
　われにも似たる春のあめかな
君をおもひ子を思ひては春の夜の
　ゆめものどかにむすばざりけり
君まさむ船路はるかにしのびつゝ
　聞きし雨ともおもほへるかな
春さめにあかき椿の花ちりて
　主なき家はさびしかりけり

はる〴〵と空ながめつゝ君こひし
　その日おもへば胸せまるかな
ゆめさめて夜ふかくひとり君おもふ
　まくらべちかき春のあめかな
ものまなぶ我にさゝやく春さめは
　君がもとにも斯くやありなむ

これは恐らく虚構ではなく、実際に「島崎こま子」が詠んだ歌々と考えるのが妥当であろう。物語はこうして一つの相聞の性格を帯びる。しかしその表現に眼を向ければ、上・下句における〈君〉――〈雨〉、あるいは〈夢〉の対応関係が目を引く。別の歌において例えば「鴛鴦《おし》」に、あるいは「とり」に置換されることはあっても、そこには詠み手の内なる〈君〉への一貫した歌いかけが貫徹されていることに違いはない。それはいずれも先の「隠し言葉」同様、〈恋愛〉という基盤の上でいくらでも量産可能なものであり、同時にまた驚くほど単純な〈声〉によって支配されてもいるのである。現代における短歌のメルクマールとして〈喩〉に着目したのは先の吉本隆明[13]だが、ここに掲げた歌々には言わば根源的な意義の転換をはらんだイメージ自体が欠落している事実は明瞭であろう。短歌における〈喩〉の機能について永田和宏は、歌の持つ自明の「共同性、了解性」の地盤を掘り崩し、「アモルフな体験の現場[14]」へと読者を誘い出す事実に注目している。その意味でなら、逆に節子の歌におけるメッセージは岸本に向けて発せられつつ、同時に不特定多数の読者に「最大公約数的な意味内容」を伝える「共同性」の確立をこそ逆に目指したものではなかったか。言ってみればそれは手紙と同様に、〈君〉との擬似的対話を仮構し、自己の〈真実〉を告白する道具としての短歌の機能を最大限活用していたのである。多くの女性誌が、手紙や短歌の表現に着目したのも理由の無いことではない⑮。これらの歌には、受け手に混乱を創り出す言葉の機能が、実は周到に回避されていたのであり、〈新しい言葉〉とは、個人の肉声を表現するようでいて、むしろ不特定多数の読者が一様に解釈する時代のコードを生産することに外ならないのではないか。こうした〈教育〉において、はじめて岸本は閉じられた手紙の言葉を社会に向けて開くことが可能となるのだ。

岸本において〈書くこと《リテラシー》〉、それはまたあの父の肉筆の呪縛からの解放も意味していたはずである。いわば書物としての『懺悔』——これは最終的にどこへ向けられていたのか、岸本のメッセージの行方を追尋することで、ひいては作品『新生』の〈倫理〉を軸とした文学研究を根本から解体する可能性も見えてくるはずである。

六、〈告白〉の戦略

ここでは岸本の〈告白〉の契機をつくったものの一つが、またしても手紙であった事実が注意される。それは次の節子の姉輝子の発するささいな一言に端を発するものである。

「知つてました。お母《つか》さんも知つてましたし、私も知つてました。ホラ、私は一度浦潮から帰つて居たことがありませう。節ちやんが何処かへ行つて居たことがありませう。ひよいと戸棚かなんか開けて、お母さんの許《ところ》へ来た節ちやんの手紙を見ちまひました。何かの用で、叔父さんのことが書いてありました。あの時、私は知りました。その前から節ちやんの居るところを誰も私には教へないんでせう——をかしい、をかしいと思つて居たんですよ」

（二ノ一二九）

閉じられている、秘匿されているということは同時に常に開かれ得るということを含意している。それがまた手紙の持つ機能でもある。義雄・岸本・節子の間にのみ意味を持ち得たはずの「あの事」や「例の人」といった符牒も、手紙を盗み読むという行為によつて、その中身をあっけなく他者に露呈してしまうのだ。永久に閉ざしておくことが困難である以上、逆に公開することによってそれを広く受け入れ得る読者を創造出来るという、一種の逆説も生まれてくる。

　未だ岸本は一切をそこへ曝《さら》け出してしまふ程の決心もつきかねて居たが、自分の苦しい出発点に遡《さかのぼ》つて根本から考へ直して掛らうとするには、どうしてもその心の声を否むことが出来なかつた。それをするには、いろ〳〵な人が懺悔を書いた例に倣《なら》つて、自分も愚しい著作の形でそれを世間に公《おほやけ》にしようと考へるやうに成つた。「あの事」を書いたら。そんなことは以前の彼には考へられもしなかつたのみか、成るべく「あの事」には触れまいとして節子から来た手紙は焼捨てるとか引裂いて捨てるとかした以前の彼の眼から見たら、まるで狂気の沙汰であつた。斯様なところへ岸本を導いたものは節子に対する深い愛情だ。　（二ノ九三）

「あの事」を書くこと――岸本にとってそれは沈黙の領域に言葉を与えることに他ならない。彼はその為に、節子宛てにかつて出した手紙の一切を、ひとまとめにして送り返させている。それは同時に秘匿されていた手紙をすべて公開する絶対的立場――〈作家〉の特権を得たことを意味する。岸本は二人の間の「創作を護るため」（二ノ一三八）にこそ、それを「著作の形」で世間に問うことが要請されているのである。そして著作は世間に向けてのメッセージでありつつ、今一つの隠された私的動機を秘めていたことに注意せねばなるまい。

ここで岸本がパリから一冊の〈書物〉を携えて帰朝していた事実が、あらためて想起される。それは息子の泉太や繁に与えるために買い求めた、「お伽話の本」（二ノ二六）であった。「二人とも大切にして納《しま》つて置くんだぜ」という父の言葉に、繁は「なんだか斯の本はむづかしくて読めやしない」とたちまち投げ出してしまう。英語で記されたその〈書物〉の価値は、子供等にとって時を待つ外受け入れ難い代物なのである。だが、岸本にとってはパリで言葉の力を通じて「学芸の世界」に触れ得た遺産でこそあったはずだ。そして父から子へ受け渡される、今一つの〈書物〉がある。「この子供が大きくなつて皆の読むものでも読んで見ようといふ日に、もし父の書いた愚しい書物なぞを開いて見たとしたら——もし其の中に父と節子との関係を読んだとしたら」（二ノ一〇〇）——この〈書物〉の読者として確実に我が子がいるという事実、まさに岸本は社会に向けて書くと同時に、家族内の子に向けても一つの重要なメッセージを送っていたのだ。そしてそれはどのようなものであったのか。

もし彼が旅から帰つて来て節子を愛するといふ心を起さなかつたら、あるひはこゝまで眼がさめるといふことも無いかも知れなかつた。その心から、彼は言葉を継いで、「俺は自分の子供が大きく成つたら読んで貰ふつもりサ。下手に隠すまいと思つて来たね。阿爺《おやじ》は斯ういふ人間だつたかと、ほんたうに自分の子供にも知つて貰たいと思つて来たね…」（二ノ一〇二）

かつて節子からの手紙を解釈する者だった岸本は、この時点において解釈を読者に委ねる一人の書き手として存在している。しかも子に向けられたこのメッセージの基盤を成すのは成長物語という〈教育〉であろう。子は父を知り、父から与えられた〈書物〉を通じて成長していく——そこで「あの事」[16]は、もはや子の成長を促す一編の物語に転化しているのだ。[17]解釈を他者に委ねつつ、岸本はその他者の読みを巧妙にコントロールするすべを見失ってはいない。それはかつての自己の詩集がこうむった、あの多義的な解釈のあり方を抑制する方法でもあったはずなのだ。その意味で岸本が見出したのは真実の告白ではなく、自己と社会をつなぎとめる一つの〈解釈〉に他ならなかった。したがってこうした告白行為へのプロセスを倫理的に糾弾する文学研究は、ここではほとんど無意味に等しい。むしろ疑問をさしはさむとすれば、成長という名の下に消し去られた今一人の〈子供〉の存在であるはずなのだ。泉太も繁も君子も知らない「腹違ひの弟」(二ノ一〇〇)の存在。生後すぐこの家族の中から放逐され、消し去られた子へのメッセージは作家岸本の言葉の中に繰り込まれることはついにないのだ。岸本の「鈍感性[18]」の中に、母としての節子が隠蔽されている事実に鋭く言及したのは平野謙だが、文学研究はその肝心な部分を見落としたのではあるまいか。それは節子との関わりを未来に生きるべく約束された子供にたくすというこのメッセージが、あくまで家族の論理を逸脱するものではあり得ない事実を語っている。そこにこのメッセージに隠された排除の力学を、我々は見ることもまた可能であるだろう。

かくして岸本の小説は公開され、義雄との義絶を経て、節子との別離が訪れることになる。帰朝後も常に手紙を通じてその一体感を確認しあってきた両者が、最後の場面において手紙以外の媒体を通じて接触することになるのである。

「叔父さんでいらつしやいますか…」

母屋の電話口で聞くこの声は、復た何時聞くことの出来るかと思はれるやうな懐かしい声であつた。互に見ることの出来ない大きな扉の内と外とで別離《わかれ》を告げるやうな声であつた。

「え――え――え」

混線した電話の雑音が途切れた後で、復た節子の声が彼の耳に伝はつて来た。

「台湾の伯父さんにお前のことを頼んで置いた――これから先の方針の話でも出た時にだね、お前の意志だけは重んじるやうにツて、俺の方でよく頼んで置いた――無論それはお前の自由に任せるツて、返事をして呉れた――」

「え――台湾の伯父さんがさう言つて下さいましたか――」と節子の声で。

周囲の人の出入《ではいり》のある電話口で、岸本はそれ以上の心を伝へることが出来なかつた。

誰が聞いても差支のないやうな、極くありふれた言葉に託して、言はうとしても言へない言葉を送るの外はなかつた。

（二ノ一三七）

この後執拗に住所や電話番号を尋ねてくる節子に対し、岸本は「もうそれには及ぶまい」と一息に電話を切る。その瞬間、岸本の耳には彼を「探すやうな節子の声」のみが残る。相互に他者の期待する自己を演じ得る手紙における言葉が、声が生々しく触れあう電話という場で十全に機能し得ない事実[19]が、この一節にも如実に現われている。これは言葉を伝えつつ同時にその外にある「言はうとしても言へない」何かの存在を、再び明瞭に照らし出してしまうことになる。言葉によるメッセージを模索しつつ、言葉によって隠蔽され排除されるもの、言葉から脱落していく何かの存在を、鋭くそれは暗示している。岸本は旅立つ節子の実在を秋海棠を植えなおすという行為によって確かなものにしようとする。しかし彼は一方でその根の中に「毛髪でも生えたやうに気味の悪い」（二ノ一四〇）何かを発見してしまうのだ。こうした違和感の中に、岸本が見出した〈物語〉を自壊させる要因を我々は指摘しておくこともまた可能であるだろう。

そして『新生』の〈学問史〉をめぐる〈倫理〉と〈芸術〉の二項対立も、こうした岸本の告白行為の虚偽性を、〈倫理〉をもって裁断することの是非であったと言い得る。そしてそれは制度を制度で批判する不毛さを隠していたと言わなければならない。沈黙の領域を言語化すること、その力に〈新生〉の意義を見るとするならば、作者藤村においてもまた世の様々の批評の言語に掛かること自体に、重要な意義があったと言えなくもないのだ。語り得ぬ「あの事」を、社会の〈倫理〉において論議すること——さしずめ従来の文学研究の言説は、『新生』のメッセージを最も正当に受け入れた、予定された読者の範疇にあるものと言うべきだろう。藤村の戦略はここにある。

注

（1）『処女地』創刊号には、冒頭の三木栄子の「ある夫人におくる手紙」をはじめとして一四編の書簡文が掲載されている。

（2）「新生論」（『島崎藤村』筑摩書房　一九四七・八）

（3）「虚の読者」（『文学』一九八九・三）ここで亀井は作中の節子を一人の「虚の読者」として捉え、読書論的視点から『新生』を照射している。

（4）序の章の時間とイメージを分析した論に、岩見照代「〈序の章〉論・『新生』の方法（一）」（『弘前大学国語国文学』一九八四・三）

（5）藪禎子は「中野の友人の手紙」に着目し、後半岸本と節子が到りつく地点を示唆するものとして、『新生』の芸術性に言及している。（「『新生』の基本構造」『透谷・藤村・一葉』明治書院　一九九一・七）一〇八頁

（6）水本精一郎は『新生』における「声」に、作者の「意識の流れ、生命」を捉える読みを提出している。（「『新生』論」『島崎藤村研究——小説の世界』二〇一〇・一二）三五〇頁

（7）久米博は『象徴の解釈学』（新曜社　一九七八・七）においてP・リクールに言及しつつ「物質的な穢れ、あるいは洗浄が、倫理的な穢れ、浄めに象徴化されるのは、祭式や禁止の掟によってである。そしてその時に、ことばが介入してくる」（五五頁）と指摘している。

（8）『書物の解釈学』（中央公論社　一九七五・四）三八頁
（9）『恋愛のディスクール・断章』（みすず書房　一九八〇・九）九四～九五頁
（10）「藤村『新生』新論」（『小説家島崎藤村』明治書院　一九九〇・一）三八二頁。またこの箇所に関して十川信介は、ボードレール等を引きつつ「ヨーロッパの世紀末思潮」の影を見出してもいる。（「『新生』のまぼろし」『島崎藤村』筑摩書房　一九八〇・一二）一六五頁
（11）大正期の思潮との関連については、高橋昌子「大正期の両性問題・恋愛論と『新生』」（『島崎藤村　遠いまなざし』和泉書院　一九九四・五）一七二～一八九頁に詳しい言及がある。
（12）南博他『大正文化』（勁草書房　一九六五・八）二六二頁
（13）「短歌的喩について」（『短歌研究』一九六〇・六）他。
（14）「喩と読者」（『解析短歌論』而立書房　一九八六・二）七二頁
（15）大正期の女性と短歌の問題について、折口信夫が「女流の歌を閉塞したもの」（『短歌研究』一九五一・一）の中で、アララギ流の現実主義を批判した点は周知の事実である。これは島木赤彦の『歌道小見』において比喩歌の否定なども関連し得る。
（16）父子に関する成長の観念については、拙稿「方法としての〈老い〉――『嵐』の戦略」（本書第十五章）でも言及した。
（17）ゲーテの『ウィルヘルム・マイステル』を代表とするように所謂教養小説の中で書簡が有力な機能をはたしている事実にも留意したい。
（18）節子のモデル島崎こま子の手記「悲劇の自伝」（『婦人公論』一九三七・五～六）をめぐる様々な議論については梅本浩志『島崎こま子の『夜明け前』』（社会評論社　二〇〇三・九）に、あるいは「こま子問題」に対する平野謙の認識に

関しては中山和子『平野謙論』（筑摩書房　一九八四・一一）に詳細な言及がある。

（19）電話の機能について渡辺潤は、沈黙の不安と「演技的な関わり」の重要性について言及している。（『メディアのミクロ社会学』筑摩書房　一九八九・一二）四六頁

第十五章 方法としての〈老い〉――「嵐」の戦略――

一、〈仮構〉としての子供

「嵐」という小説を論ずる場合、例えばそれを作家藤村の実生活の側面から照射し、その仮構性の中から『夜明け前』へと至る作家の「〈身を起す〉ひとつの姿勢」[1]（三好行雄）を見出すという〈学問史〉の傾向が一つある。しかし本章では、そうした論法はとらない。逆にテクストの構造の中から、それが社会へと開かれていく道筋を探り出してみたい。

「嵐」をめぐって例えば宇野浩二は、それが当時の社会の中で一種「神聖視」され、「近頃批評界に好評の『嵐』を捲き起した」[2]事実を指摘している。実際宇野の文中にも見える『新潮』合評会をはじめとして、『不同調』一九二六年一〇月の「創作採点合評」欄でも、概ね「嵐」に高得点が集中していることからも、その評言は充分に裏付けられるだろう。これは確かに先の三好が言うところの、作品を一つの作家の「忠実な生活記録」に還元していく認識方法の成立とも見て取れるわけだが、ことはそこに留まるものでもない。問題はむしろその「好評」――「神聖」の内実にこそあるはずだ。宇野は続けてこうしるしている――「その『私』が、殊に今度の作などは、普通にいふ道徳的な意味から見ても、小学読本的に襟を正させるやうな人格者であることである。それと共に、小説の主人公が直に作者と見られて、そのことが読者に是認せられる徳がある。『藤村読本』といふ叢書があるやうだが、この小説などその最後の巻を飾るべきものだろう」。小説「嵐」が、ここにもあるように「小学読本的」な効用を生み、作中の「私」に「人格」を付与する形で享受されたというこの証言は、私小説に秘められた効能を我々に示唆しているのではあるまいか。それは広範な読者のイメージの中に、「襟を正させるやうな人格者」の像を形成していくものであったのだ。晩年の藤村は、そうした「人格者」としてイメージされ、アカデミックな〈学問史〉もそれをサポートした。『夜明け前』への道である。

それではここで言う所の「人格」とは何か。例えば南部修太郎は「子供を愛しきつてゐる父の慈愛深き心」に接し「瞼裏が熱くなつた」[3]と述べているし、また青野季吉は「『嵐』のなかの父親は、温かい。慈愛のこもつた、細かい注意のゆきとゞいた人の子の親の眼で、その子供たちの生長を凝視してゐる」[4]と指摘している。こうして見てくれば明らかな如く、「嵐」は子に対する老父の、普遍的な情愛の〈物語〉として、世に広く流通していった事実が浮かび上がってくるはずだ。ここに言う〈父〉の実態こそ、我々は捉え直してみねばならないのではないか。

ここでは少々の迂回を厭わず、「小学読本的」とも称されたその実態を追求すべく、まず同時代に集中して書かれた藤村童話を瞥見しておくことから始めよう。藤村童話は、これまでの文学研究の中で童話故に小説作品と切断された所で論じられて来た。私はむしろ〈童話〉ゆえに、主体的評価の中に組み込まねば成らないという意欲を禁じ得ない。藤村童話の教訓性（説教性）に対する否定的な見解は確かにある。しかしそれは一九一三年の「眼鏡」より始まり、最晩年の「力餅」に至るまで、不断に継続されていくルートであった。それは創作童話の範疇を越えて、著名な『藤村読本』（一九二六）を皮切りに、『藤村いろは歌留多』（一九二七）の作成や、アルス版『日本児童文庫』の編集への参画にまで裾野を広げ、さらに『藤村田園読本』（一九二九）、『藤村少年読本』（一九三〇）、『藤村女子読本』（一九三二）といった形で、確実に一つの水脈を形成していたのである。こうした〈読本〉の形式に関して滑川道夫は、「当時の文学教育は、脱教科書的で、副読本による『鑑賞指導』が童謡音楽と共に全国に普及していった」[5]事実を指摘し、それまでの国定教科書一辺倒からの転換を時代の側面から概説している。そう考えるなら藤村童話に指摘される教訓性とは、こうした時代性に逆行した明治期の修身読本の残滓なのか。

ここで例えば、鳥越信が藤村童話の中に「常に子どもたちに何かを語りかけている」[6]機能の存在を見出している事実を想起してみたい。これは『幼きものに』〈はしがき〉の中では、次のような形で表現される——「父さんは自分の子供等のことを思出す度に、何か外国の方で見たり聞いたりしたお話を書いて、それを太郎や次郎に送りたいと思つて居ました」。ここに見られる「父さん」という言葉、まさにこれが藤村童話を一種の〈父性の文学〉[7]として捉えるレールを敷いたように思える。しかしそれを教訓性に結びつけ否定してみた所で、なぜ〈父〉なのかの解答にはなっていない。逆の問いを発するなら、なぜ〈子供〉なのかという疑念にもそれは直結する。確かに藤村童話が「太郎・次郎・三郎・末子」（それは「嵐」の登場人物名と同様）への一種の語りかけの形態に終始していることは見やすい。『幼きものに』冒頭の「驢馬の話」は、次のように始まっている——「太郎もお出。次郎もお出。さあ父さんはお前達の側へ帰つて来ましたよ」。母を失った子供達に語りかけるという父性の情愛が、露骨なまでに顕示されている。しかしこれらの童話が、作家自身の「愛児」に向けての実用的な作用、言ってみれば自家用性のみに終始しているかと言えば、問題はそれほど単純ではない。[8]むしろここで我々は、言ってみれば〈仮構された子供〉を、告白の読者として設定することで、あえて擬制的な〈父〉を演出してみせる、その語りをこそ注視すべきなのではないか。[9]従来から「告白小説」といった表現は、文学研究の中でも使い古されてきた。しかしここにあるのは一人称的な告白形態を〈童話〉という一つのフィルターを通すことで、受け手である〈子供〉の存在を予定調和的に準備した、聖化された物語への変換装置なのではないか。例えば藤村童話の今一つの重要な特質に、「対話形式」ということがあげられる。『ふるさと』の中の「榎木の実」の一節を見てみよう。

父さんは榎木の実の紅くなるのが待つて居られませんでした。爺やが止めるのも聞かずに、馳出して木の実を拾ひに行きますと、高い枝の上に居た一羽の橿鳥《かしどり》が大きな声を出しまして、

「早過ぎた。早過ぎた。」と鳴きました。
父さんは、枝に生つて居るのを打ち落とすつもりで、石ころや棒を拾つては投げつけました。その度に、榎木の実が葉と一緒になつて、パラ〳〵パラ〳〵落ちて来ましたが、どれもこれも、まだ青く食べられないのばかりでした。

以降、幼児時代の「父さん」に橿鳥はたびたび警告を発し、物語内の「父さん」は次第にそれに向けて心を開き呼応していくのである。自然との交渉の中で、やがて子供の世界は形成される。しかしこうした語りの中には、あらかじめ一つの〈倫理〉と〈美談〉が控えていることも見落としてはなるまい。自然との交渉の形を装った物語内の対話は、語りによって次第に一つの方向へ予定調和的に収斂していくのである。つまり「私」が「父さん」とその呼称を変えた時、この「父さん」と橿鳥との対話は、明らかにそこに今一つ別次元の対話の可能性を孕んでいる。言うまでもなく、「父さん」とそれを聞き取るべく用意された〈子供〉とのそれである。「父さん」と「ふるさと」との関係が、文字通りその記憶の中で美しいものとして完結する時、そうした回想は聞き手としての〈子供〉を暗黙裡に用意することで、はじめてその語りを外部に向けて開いていくことが可能となるのだ。つまりここでの〈子供〉は、「美しさ」を父の生から学び取り、それを再度生き直すことをあらかじめ要請されていることになる。これはまぎれもない〈倫理〉であり、一つの〈教育〉ではあるまいか。何よりも回想の中で美しく装われた記憶を、「父さん」の立場で語り出すこと、それによって藤村童話が一貫性を示していた事実に注目したいのだ。「教訓性」の内実もそこにこそ求められねばなるまい。こうした〈倫理〉によって支配された、ある意味で残酷とも言える聖化された物語の方法によって、小説「嵐」も実は準備されていたのではあるまいか。つまり「嵐」とは紛れもなく父と子の物語であり、それはこうした童話と表裏の危うい均衡の上に成立しているものと私は見るのである。(10)

こうした「嵐」における〈父・子〉の問題を今少し検証する上で、次節ではさらに少々の迂回をせねばならない。それは老父が子に残す〈遺書〉としての機能である。

二、近松秋江の「遺書」

お父さんは、お前達が、学校に行くやうになつて、自分で日記が書けるやうになる時分まで、お前達の日記を書いて置いてやらうと思つてゐたが、ついに、そのことを怠つてしまつた。でも、お前達が、もつと大きくなつて、本当の性根が附くまで、お父さんが生きてゐたら、お前達の記憶にない時分——丁度今時分のことを話して聴かせようと思つてゐるのだが、どうも今の有様だと、私はもう此の先あんまり長く生きてゐられさうもない。

近松秋江晩年の「遺書」（『中央公論』一九二八・四）の一節である。驚くほど藤村に似ている。以下、子の将来のこと、財産のこと、母のことなどが綿々と吐露されている。「子の愛の為に」（一九二四）から「苦海」（一九三三）へ——痴情にあけくれた秋江の晩年に、一転してこうした子への盲愛と、残された家族への執着を赤裸々に綴った作品群が存在したことは余り知られていないが、これらの作品の多くが〈父親〉による一人称の語りかけであった事実は注意すべきであろう。例えば今一つ「児病む——子供に書き遺す一節」（『中央公論』一九二七・九）の場合はどうか——「私の母、お前達のお祖母さんになる人が、生前よく、子を持つて知る親の恩といふことをいつてゐた。（中略）子を育てる親の労苦は、いづれの親も同じであらうと思ふが、私達もお前たちの為には随分骨を折つてゐる」。最後の一節にも明らかなように、「親の労苦」の有様を子に直接語りかけるスタイルは、ここでもやはり踏襲されている。しかもそれが「子に書き遺す一節」・「遺書」という形態を冠している場合、事情はさらに複雑化しよう。

例えば一人称の告白形態という機能に注目するなら、それは既に秋江の初期作品から存在する。女を引き留めるためにあらん限りの痴態を、語りを通じて演出してみせたあの「別れたる妻に送る手紙」をみれば明白であろう。「お前」と呼びかける対象は、ここで巧みに女から子供へと変貌した。しかし事はそれに留まるものではない。「男」は「お父さん」になり変わることで、〈別れたる妻に送る手紙〉は、そのまま〈遺書〉へと反転する。なによりも重要なのは、こうした語りの様態の変化にともなって、その内実までもが擦り替わってしまった点である。ここにはむろん男の痴態は必要ない。いやそれは、〈老父〉たることであまねく社会に許容され得るそれなのだ。ここに言ってみれば「私小説」と従来括られてきたものの、一つの見落とせない機能がある。

「遺書」の中で繰り返し語られる〈父〉としての「私」の〈老い〉と〈病い〉への過剰な関心も、それを背後で支える「親の労苦」を巧みに演出する形で機能する。それならこうした語りによって何が獲得されたのか。小説は、我が子に送る極めて閉鎖的なメッセージのスタイルをとりながら、同時に子供は守り育てるものという家族的育児法とでも言うべき社会通念の圏内に子供を取り込んで、そこにあるべき〈父親像〉を構築しようとする認識が働いている。父から子へという閉鎖的なメッセージは、こうした社会通念と巧みに折り合うことで、より普遍的なものに変換されてしまうのである。かつての愚かしい男の〈告白〉が、同じ一人称の語りの中で見事に父性愛の物語に転換するのはまさにこの瞬間なのである。母なき子を育てる父の情愛が、「雄鶏」と「母鶏の役目」を兼ねた形で言挙げされねばならなかった「嵐」の問題も、そこに関わってくるはずである。しかもそれが小説という形態をとりつつ、対社会的に開かれたメッセージとなる時、小説「嵐」に秘められた方法ははじめて見えて来るように思える。〈老い衰えた父〉として描出された一人の男が、子に向けてのメッセージを通じて蘇生していく、皮肉な逆説が可能となるのだ。

父と子という極めてありきたりながら、同時に強固で普遍的な役割関係だからこそ、それは社会に広く流通し得る「神聖」な物語たり得る。我々はここではじめて「嵐」の入り口に立ち得たように思う。以下、作品の構造を具体的に検証しつつ、この物語の実態を見極めていくことにしたい。

三、「嵐」の構造

私が早く自分の配偶者《つれあひ》を失ひ、六歳を頭に四人の幼いものをひかへるやうになつた時から、既にこんな生活は始まつたのである。私はいろ〳〵な人の手に子供等を託して見、いろ〳〵な場所にも置いて見たが、結局父としての自分が進んで面倒を見るより外に、母親のない子供等をどうすることも出来ないのを見出した。不自由な男の手一つでも、どうにか吾が児の養へないことはあるまい、その決心に到つたのは私が遠い外国の旅から自分の子供の側に帰つて来た時であつた。

「嵐」冒頭付近の一節である。この一文からして、既に作品の持つ性格を如実に知ることが出来る。即ちこれは「配偶者《つれあひ》」を失った一人の男が、「遠い外国の旅」を経て、「父としての自分」に目覚めていく物語なのである。ここに先にも触れた「母親のない子供等」の前で、雄々しく振る舞う「雄鶏の役目と、羽翅をひろげて雛を隠す母鶏の役目」とを兼ねた「私」の役割が、鮮明に浮き上がってくることになる。事実、作中の「私」は、仮住まいの下宿に、親類にあずけていた末子を引き取ることで、あえて困難な父子共同生活に踏み切るのである。「父」は「子供でも大きくなつたら」という期待だけを胸に、むしろ意図的にこの「父」の役割を負うことで、自己を厳しく戒めるのである。つまり「私」は「末子を引取り、三郎を引取りするうちに、眼には見えなくても降り積る雪のやうな重いものが、次第に深くこの私を埋め」はじめていることを確実に自覚している。あたかも「私」はここで、強いて一家を構えてみせる演技に賭けているかの如くなのだ。

また「私」は、常に子供との意志の疎通が欠如することに過剰な不安を抱いている。この不安の内実は、子は母に帰属するものであり、父はそこを通過する「旅人」にすぎないのかという疑念に帰着するだろう。ここにこそ、恐らくこの作品の秘密が隠されているはずだ。すなわち〈母〉の意図的な消去といった事実がある。藤村童話が、いずれも〈母〉の存在を巧妙に消し去った閉鎖的な父子コミュニケーションとして成立していた事実[11]は先に指摘したが、こうした問題はむろん作家の伝記上の事実のみに還元し得ない。つまりここでも、作中の「私」が「母鶏の役目」まで兼ねようとしていた事実が再度注意される。〈子を守る〉強迫的意識がここに浮上する。つまり母性を父性の中に回収することによって、「私」の父性はかろうじて維持されているということなのだ。いわば擬制的なまでの役割意識がその背後に透けて見えるのである。

したがって子を失うことで崩壊してしまう、この危うい認識を維持し続けていく方法はただ一つ――〈老い〉という今一つのファクターを導入することであろう。「父さんは知らないんだ――僕等の時代のことは父さんには解らないんだ」――新しい芸術を求める三郎の叫びは、一見「私」の存在を脅かすように見える。しかし「私」は、現実には自己を〈老人〉として拘束することで、この叫びを実は巧妙にはぐらかしたのではないか。ここでの〈父〉は、確かに子に向けて規範を押しつけてくる、あの強靱な〈父〉ではない。〈老い〉のベクトル――この視点が導入されたことで、むしろ「私」は、「自分等から子供を叛かせたい」という意欲をも抱くようになるのである。次の一文を見よう。

めずらしく心持の好い日が私には続くやうになつた。私は庭に向いた部屋の障子をあけて、兎角気になる自

分のつめを切つてゐた。そこへ次郎が来て、

「父さんは何処へも出掛けないいんだねえ。」

と、さも心配するやうに、それを顔にあらはして言つた。

「どうして父さんの爪は斯う延びるんだらう。こなひだ切つたばかりなのに、もうこんなに延びちやつた。」

と私は次郎に言つて見せた。貝爪といふやつで、切つても、切つても、延びて仕方がない。こんなことはずつと以前には私も気付かなかつたことだ。

「父さんも弱くなつたなあ。」

と言はぬばかりに、次郎はやゝしばらくそこにしやがんで、私のすることを見てゐた。丁度三郎も作画に疲れたやうな顔をして、油画の筆でも洗ひに二階の梯子段を降りて来た。

「御覧、お前達がみんなで嚙るもんだから、父さんの脛《すね》はこんなに細くなつちやつた。」

私は二人の子供の前へ自分の足を投げ出して見せた。病気以来肉も落ち痩せ、ずつと以前には信州の山の上から上州下仁田まで、日に二十里の道を歩いたこともある脛とは自分ながら思はれなかつた。


ここに〈老いた者・病んだ者〉としてかたくなに自己規定する「私」の認識は顕著であろう。不可解な生命力の象徴である「爪」を切るシーンは、作中しばしば反復される。しかしここで注意したいのは、むしろ「爪」を絶えず切り続けねばならぬ「私」の認識であろう。つまり先の引用に限らず、作中現れる病後の老衰した肉体表現や、肉の落ちた脛を子の前に突き出して見せることで「父さんも弱くなつたなあ」と子に慨嘆させる部分などを、先の「熱狂」する三郎の叫びと対置してみた時、はじめてこの方法としての〈老い〉の持つ意味が理解されてくるのではないか。つまり「私」は〈老い〉ることで、子が摑みかけていた反抗の言葉を回避したのではなかったか。そし

て「私」は、「それ〴〵に動き変りつゝ」ある三人の子供を、最後には「私の話相手」と規定していくことになる。「嵐」にあって、一見伸びやかに成長をとげていく子供達は、実は〈老い〉ていく〈父〉の語る物語の中に巧みに回収され、〈家〉という空間の内部で宙吊りにされているように私には見えるのだ。すなわち「子供でも大きくなつたら」という「私」の唯一の期待は、同時に「もう動けないやうな人になつてしまふかと思ふほど、そんなに長く坐り続けた自分を子供等の側に見出」すことでもあったわけだ。そして「私」があえて「母鶏の役目」まで引き受けることで、一家を構えてみせた真の理由も、つまりは「私」にとっての「過ぐる七年」の「嵐」の総体を、既に過ぎ去った物語として語り得る、文字通りの「話相手」――聞き手としての〈子供〉を暗示的に仮構する為に他ならなかったのではないだろうか。その為にこそ、〈私〉はあえて己の生命力をストイックに刈り込んでまで、〈老い〉る必要があったのだ。前節で私が指摘した「遺書」の戦略も、この点から理解される。〈子〉は象徴としての〈父〉を学ぶことで、「新しい家」を建設していく[12]。しかし『嵐』における語りは、実はこうした〈父〉の機能を逆転させた所にこそ成立し得たと言えなくもない。ここにあるのは、言わば〈子〉にとって自己同一化の対象となる〈父〉である。作品後半で現れる一郎の「新しい家」が、同時に「父の家」の再建に直結し、そこに「『私達』への道」が開かれていくといった、いささか強引な論法が自然に見える所以も、まさにそこに秘められていた。聴き手としての〈子供〉が要請される瞬間がそこにある。

一郎の新居完成を祝う宴の席で、「私」が思わず「若者、万歳」とその感興を露わにする時、それはまさに〈老い〉が〈若さ〉とリンクし得たという実感の表明でもあったはずだ。鎌田東二は、老・若の連環構造に関して「子供と老人は、死としての誕生、および誕生としての死という逆対応の世代として位置しながら、そのスピリチュアルな次元との関わりにおいて相補的な協同性を示している[13]」とし、そこに近代的な均質時間とは異なる時の存在を見出している。こうした関係は、翻って考えてみれば、あの『破戒』において〈父〉の〈子〉に向けられた〈戒め〉のメッセージが破られた時、それが〈子〉の社会的破綻を招来する事実と遠く呼応しているようにも思われるのだ。

こうした語りによって形成された、方法としての〈老い〉が、「嵐」という一語に託してその物語を完結させていくプロセスは、時間構造の問題とからめて次節でさらに追求していかねばならない。過酷な「嵐」を伝達可能な物語に変えるために、なぜ〈父〉は〈老い〉ねばならなかったか。そこにこの作品の機能をめぐる最大のポイントも隠されているはずである。

四、方法としての〈老い〉

作中しばしば繰り返される「嵐」という象徴的な一語の解釈をめぐって、戦後の文学研究は混乱する。例えば平野謙は、それは「読んだだけではなんのことやらわかるまい[14]」と断定し、また猪野謙二もそれが置かれた時代性に言及しつつ、「藤村自身の見解は必ずしも明瞭でない[15]」と指弾している。確かに作中の「嵐」は語られざる空白として残されている。しかしそうした「嵐」の用語法が必ずしも一様でない点が、むしろここでは重要ではないか。『子供でも大きくなつたら。』長いこと待ちに待つたその日が、漸く私のところへやつて来るやうになつた」――その実感を胸に「私」はふと「強い嵐が来たものだ」とつぶやく。この一文を捉え、例えば笹淵友一は「嵐は子供達の成長のしるしである[16]」と言う。「嵐」を生命力の象徴と見る点に異議はない。しかし同時に次の一文にも目を転じてみたい欲求を私は感ずるのである。

私は子供等に出して見せた足をしまつて、何気なく自分の掌を眺めた。いつでも自分の掌を見てゐると、自分の顔を見るやうな気のするのが私の癖だ。忌々しいことばかりが胸に浮かんで来た。私はこの四畳半の天井から沢山な蛆の落ちたことを思ひ出した。それが私の机の側へも落ち、畳の上へも落ち、掃いても〳〵落ちて来る音のしたことを思ひ出した。何か腐り爛れたかと薄気味悪くなつて、二階の部屋から床板を引きへがして見ると、鼠の死骸が二つまでそこから出て来て、その一つは小さな動物の骸骨でも見るやうに白く曝《さ》れてゐたことを思ひ出した。私は恐ろしくなつた。何か斯う自分のことを形にあらはして見せつけるやうなものが、しかもそれまで知らずにゐた自分の直ぐ頭の上にあつたことを思ひ出した。

その時になつて見ると、過ぐる七年を私は嵐の中に坐りつゞけて来たやうな気もする。私のからだにあるもので、何一つその痕跡をとゞめないものはない。髪はめつきり白くなり、坐り胼胝《だこ》は豆のやうに堅く、腰は腐つてしまひさうに重かつた。

ここで注意すべきは、「私」が子供の前で「肉も落ち痩せ」細った脛を出した場面の直後にこの「忌々しい」回想がくる点である。成長をとげた子の前に、老廃していく身体を対置してみせた「私」は、回想の時間の中で、自己の〈老い〉の裏側に横たわるもう一つの闇——生々しい生命力の存在を実感していたはずだ。さもなくばこの「私は恐ろしくなつた」という一文はどうにも説明がつかない。〈老い〉ることでかつての「忌々しい」生命力を消し去ったと信ずる「私」は、ここで自家撞着に突き当たったことになる。「私」はここで「それまで知らずにいた自分の直ぐ頭の上」にあるものに気がつく。それこそ、手に入れかけていたあの豊饒な〈老い〉の時間を、根底から揺さぶる生命の蠢きでなくて何だろうか。言ってみるならこの死と生の危うい両義性の中に、「私」の存在もあったはずだ。だからこそ「私」は、七年の「嵐」をやりすごした下宿を「墓地」、「地下室」に喩えたのである。これを単に父子の対立による「私」の孤立感の表明と読んだのでは、生命の底にあるものを明らかにしたことにはならないだろう。「私」が切っても伸びてくる爪に、得体の知れぬ「恐怖」の念を覚えながら、それでも切り続けねばならなかった意味をここであらためて想起したい。つまり〈老い〉こそが再生を約束するという、まさに倒立した認識は、「私」の生命が常にかたわらにある死の影を触発し続けていることをも含意していたはずなのだから。

ここで再度先の「忌々しい」回想の一文に帰るなら、「私」が耐え続けた「過ぐる七年」の「嵐」を、現在の地点において明瞭に過ぎ去ったもの——一つの「痕跡」とする記述があったことが、何よりも注意をひく。現在の「私」の肉体に刻印されているもの——「髪はめつきり白くなり、坐り胼胝《だこ》は豆のやうに堅く、腰は腐つてしまひさうに重」いというこの〈老い〉の現実を、「嵐」——生命の「痕跡」と捉える認識が、ここには働いている。未来に開かれた〈子供〉を措定したことで、それは「寂しい嵐の跡」——過去形へと推移してしまうのだ。ここでは「嵐」の内実への言及は何ら必要なく、むしろ一つの象徴的な言葉に対する時間的なスタンスこそが究極の意義を持つ。「私」が仮り住まいの「下宿」を「墓地」と呼びつつも、度々の転居要請を忌避し続けねばならなかった理由も、まさにこの点に関わる。つまり死は再生とリンクする時にのみ意義を持つのである。すなわち「嵐」を過去の存在として捉え出すことで、その中から抜け出ていく「私」の現在だけが、ここに鮮やかに蘇って来るのだ。従って「自分は偶然に子供の内を通り過ぎる旅人に過ぎない」という述懐も、単に「私」の喪失感や孤絶の表現とのみ規定することは出来ない。むしろ〈父〉は〈子〉を得ることで蘇生する。「私」の暗い生命が〈子〉の未来へ向けて開かれた時、はじめて方法としての〈老い〉も完結する。この作品が〈老い〉と自己の「嵐」を、美しい過去の物語として語り伝える聴き手としての〈子供〉をめぐる、時間のドラマである理由もそこにあったはずなのだ。

ここに不可思議な家族神話が浮上する余地がある。「私は又、水に乏しいあの山の上で、遠い吾が家の祖先の遺した古い井戸の水が太郎の家に活き返つてゐたことを思ひ出した」——新しい太郎の家に祖先の水脈が復活している事実を発見する「私」の認識は、そこに新しい物語——父と子の絶えざる時間の連環を約束することになる。

〈老い〉が再生に転ずるというこの戦略は、まさにこうした聖なる家族の時間によって守られていたことになるだろう。冒頭で見た、作品に向けられた「神聖」な眼差しの内実も、そこにあったはずである。

こうした時間という問題に関して言えば、作中に配されたあの象徴的な二つの「時計」がやはり想起される。古い時計と新しい時計――この二つは同じ現在を刻みながら、やがて一方は家に残され、他方は旅立つ次郎とともに太郎の待つ新しい家へと運ばれていく。そしてそこで新しい生命を刻みはじめるはずだという実感が、作品の終結部には漲っている。この時、「私」はもはや新たな転居先を探す必要のないことを悟るのだ。それは言うまでもなく、「下宿」が定住の場――〈家〉に化し、それが遠い故郷の太郎の〈家〉と「虹」によって架橋されたからに他ならない。子の家の中に父の家が蘇る瞬間である。「墓地」のような書斎が、故郷の山々を見渡す太郎の家の二階とはるかに呼応した時、それは二つの時間の対話が成立したことを意味しよう。まさにそれは、「私」の内部に新たな物語が生動しはじめる豊饒な時の訪れであった。〈血統〉の浄化と歴史への転回が従来はそこに読まれて来た。その要因となったのが〈老い〉である。しかしこの豊饒さは、作家藤村の人間的〈成熟〉としてのみ意味を持つに留まるだろう。文学研究における作品論は、そうした地点に作家との回路を見出してきた。そこには、擬制的な虚偽が隠れていることも、もはや自明であるはずだ。文学研究はある人間的な教育論とリンクし得た。本章はその〈老い〉を、一つの文学的戦略として論じた。この中で〈家〉は再生されるのかもしれない。しかしこうした認識の中では、生身の肉体を備えた子供の姿はついぞ捉えられることはないだろう。子供はむしろこの輝かしい家族神話の犠牲者のようにさえ、私には思えるのである。

注

（1）三好行雄「『嵐』の意味――青山半蔵の成立」（『島崎藤村論』筑摩書房　一九八四・一）二五二頁

(2) 「文芸時評　小説道管見」(『新潮』一九二六・一一)
(3) 『読売新聞』一九二六・九・五
(4) 「新批評時代へ」(『東京朝日新聞』一九二六・九・二〜五)
(5) 「児童文学と国語教育」(『日本児童文学名著事典』ほるぷ出版　一九八三・一一)
(6) 鳥越信「藤村の童話」(『島崎藤村必携』学燈社　一九六五・七)八七頁
(7) 坪田譲治は「テンケイ的な父親の童話である」(『新修児童文学』一九六七・一)と規定している。八六頁
(8) 『新生』においても、パリ行を通じてその内なる父性に目覚めていく岸本捨吉が、日本において現実に現実に四人の子の父であるという役割を積極的に引き受けることで、我が子に節子との来歴を「昔話」として伝えていくプロセス(二巻ノ一〇二)が注意される。
(9) 藤村自身、「童話の形式を取るより外に、どうしても表はせないもの」(「童話」『飯倉だより』)として、その表現の特質に注目している。
(10) 高橋昌子が『嵐』の父子関係について、「個と他との共感への希望」という観点から、その家族共同体の有り様に言及している点は注目される。(「藤村『嵐』における転換」『島崎藤村　遠いまなざし』和泉書院　一九九四・五)一九三頁。またホルカ・イリナ「島崎藤村『嵐』論」(『阪大近代文学研究』二〇〇九・三)も「父性」の有り様を家族論的視点から詳述している。
(11) 藤村童話の中で、母が主体的に描かれるのは最晩年の『力餅』第二章を待たねばならない。例えば『ふるさと』においてさえその回想は断片的であることに留意したい。
(12) T・パーソンズは子供が社会の複雑な「パタン・システム」を学習する上で、父親が一つの「シンボル」となることが、「重要な発達に門戸を開くもの」だとしている。(『社会構造とパーソナリティ』第一部第二章　新泉社　一九八五・

四)

(13)「老いのトポス」(『現代思想』一九八六・一)。こうした認識は、越智治雄が「老年への憧憬と童心のよみがえりとは表裏をなす」(「老年と青春」『藤村全集』第五巻月報　一九六七・三)と捉えた点とも呼応し得る。

(14)『嵐・ある女の生涯』新潮文庫解説(一九六九・二)

(15)猪野謙二「『嵐』のあとさき」(『島崎藤村』有信堂　一九六三・九)八六頁

(16)「藤村『嵐』の考察」(『小説家島崎藤村』明治書院　一九九〇・一)四〇五頁

初出一覧

序　論「〈学問史〉としての文学史」
『日本近代文学』九〇集　平二六・五（『ハンドブック日本近代文学の研究』（ひつじ書房）再録）
第一章「〈藤村記念堂〉というフォルム――谷口吉郎の建築と意匠――」
『国文学研究』一七九集（早稲田大学国文学会）平二八・六月
第二章「丸山静の藤村論――国民文学論と作品論の狭間に――」
『徳島文理大学文学論叢』三一号　平二六・三
第三章「〈底辺〉から歴史を見る――田村栄太郎の『夜明け前』批判――」
『島崎藤村研究』四三号　平二七・九
第四章「三好行雄と〈学問史〉――作品論と「国民文学」論――」
書き下ろし

※

第五章「『若菜集』の受容圏――〈藤村調〉という制度――」
『国語と国文学』七〇巻七号（東京大学国語国文学会）平五・七
第六章「〈小諸〉という場所――島崎藤村における金銭と言説――」
『日本文学』（日本文学協会）平五・七
第七章「〈小説〉の資本論――神津猛のパトロネージ――」

第八章　「〈談話〉の中の暴力――『破戒』論――」
『文芸と批評』七巻十号（文芸と批評の会）平六・十一
第九章　「「水彩画家」の光彩――〈ローカル・カラー〉をめぐって――」
『日本近代文学』五十一集　平六・十
第十章　「『千曲川のスケッチ』の読者――〈中学世界〉という媒体――」
『文芸と批評』七巻五号　平三・四
※
第十一章　「『春』の叙述――〈透谷全集〉という鏡――」
『文芸と批評』七巻五号　平六・四
第十二章　「『家』の視角――〈事業〉と〈観念〉――」
『国文学研究』一〇七集　平四・六（『日本文学研究論文集成　島崎藤村』（若草書房）再録）
第十三章　「血統の神話――『家』の〈病い〉論――」
『国文学研究』九八集　平元・六
第十四章　「『新生』のメッセージ――手紙と短歌――」
平岡敏夫編『島崎藤村　文芸批評と詩と小説と』（双文社出版）平八・十
第十五章　「「嵐」の機能――方法としての〈老い〉――」
『媒』七号　平三・七
『早稲田大学文学研究科紀要』一六集（早稲田大学）平二・四

あとがき

文学の研究論文の「賞味期限」について、本書をまとめながら常に考えていた。むろん一口には言えまいが、文学研究の価値が大きく揺らぎ、思考の移りゆきが激しい昨今では、うかうかすると空しい思い入れが残ることにもなりかねない。というのも、このところ自分のやってきたことに絶対「決着」をつけたい強い欲求に駆られるのだ。文学の研究や教育への「疑い」が、自分の中で急速に強まっているからであろう。四国で文学研究や教育に携わってきたことのゆきづまりや疲労に、今直面している。だからこそ、ここで自分の研究の総括をしたいという思いに突き動かされた。文学研究に総括など今や不要との声もあるが、私にはそうもいかない。私が大学ではじめて教壇に立った時のことを覚えている。教室に入りきれない学生が廊下に溢れていた。けしてそんなに昔のことではない。「近代日本文学」の授業を開けば、どこもそんな光景が見られた。それが文学研究そのものから、学生も社会も大学も急速に冷淡になった。むろん自分自身にもその責めは大いにあるだろうが、これは文学研究に関わる大多数の人間が抱えている切実な課題とも言えるはずなのだ。後ろ向きに過ぎるのかもしれぬが人文科学不要論さえ声高に叫ばれる昨今、文学研究にはたして将来はあるのかとすら、率直に思えてしかたがない。

そもそも作品論やテクスト論を並べただけでは、何を論じたことになるのか分からない。だからといって文化研究に流れて、その周辺をさまよっても、自分にとっては収穫が乏しいような気がする。時代に流されたくもない。若い頃、一生に絶対三冊単著を出したいと思った。これは地方で文学研究をしてきた人間として、あるいは内向きで家族や知友の少ない私の頑迷な意地であり、夢と受け止めてもらってかまわない。

そこで自分の出発点であった「島崎藤村」に戻って考えてみた。そんなに立派な出会いもない。大学三年の卒論選びで、私は国木田独歩を選んで、指導教授のところに相談に行った。その場で怖ず怖ずと大学院進学を口にしたところ叱られた。所詮モラトリアムだろうと見透かされ、そんな了見ではろくなものにならないと突き返された。最後に研究室を出る時、「幹の太い作家を選べ」と言われたのを覚えている。それで改めて考えて、藤村の『家』をやることにした。都会育ちの私にとって、藤村はどことなく鬱蒼としていて、その「血」とか「土」とかいったテーマになにがしか魅力を感じたのだろうと記憶する。なぜ『破戒』でなかったかと言えば、当時学部生であった私にとって、『破戒』は政治的にも怖かったはずだ。まだ、そんな時代であった。そのことを忘れたくない。そして同時に、藤村の存在が、言わば暗くいびつな内面の発露として、自分の文学幻想と関わっていた事実も書き添えておきたい。これも本書で少なからず言及した文学をめぐる一つの読みの問題である。

爾来、四半世紀以上も大仰だが「島崎藤村」の周辺ばかりをうろうろしてきた。前著としてまとめた「第一次大戦」も「戦間期」も、藤村から流れ出たものであった。言わばこれで三部作の形となった。これまでも藤村を論じた魅力的な作家論や作品論ならいくらでもある。いや、むしろ私は作家島崎藤村の言説よりも、一時代前の多くの論文に魅せられて歩いてきたのかもしれない。藤村はそれほど、近代文学研究の中核として、多くの論文を生み出したのは周知の事実だ。

三好行雄の『島崎藤村論』に出会ったのも、学部生の頃、国会図書館でだ。文学研究というものにはじめて強い魅力を感じた驚きは今でも覚えている。本書に今さらながら作品論を解体するような論攷を収めたのも、そんな自身の出発点を再考してみたいからである。どうしてもやっておきたい切迫感を書きながら覚えた。大学院に入るとたちまち都市論やテクスト論の洗礼も受けた。私が初めて活字にした論文はやはり『家』論で、本書にも修正して収めたが、狭いといわれる『家』の世界を、多くの論文はさらに閉ざしているように感じ、それを社会に向けて開くことを試みた。いかにも素朴なものだが、私が藤村と関わってきたのも、この自閉した文学研究の歩みを、いくばくか変えてみたい欲求であったように、今は感じている。本書の中にも、そうした精神は生きていると思う。

文学研究は、今、確実に終焉と解体の時期に来ている。あるいは悲観的にすぎると叱られるかもしれない。しかしこの問題を等閑視して、文学をめぐる論文や著書を、ただ「生産」することに、素朴な疑念を持つ。自分の歩みをたどりながら、しかしそれを従来の「藤村研究」の枠の中に終わらせたくは絶対になかった。「研究史」とよくいうが、それが押し隠してしまう時代の断面がある。むしろ今の私にとって、なぜそのように「読《リ》ま《テ》れ《ラ》た《シ》か《ー》」のほうが重要だ。昨今は、「藤村研究」がどのようにはじまり、どのように時代の中で熱く支持され、消えていこうとしているのかが気にかかるのだ。これは近代文学研究の始発とリンクする。その経緯こそが今大切ではないのか。アカデミズムの現場を問う〈学問史〉という言葉にそれを託した。

本書の構成にここで触れておけば、特に第一部におさめたものは、皆、そうした近代文学研究の起源を問う試みである。それを従来の「研究史」ではなく、敢えて〈学問史〉と命名した。古い研究はうち捨てられがちだが、根源的な知のありかたとして、これまで人間が志向してきた営みを振り返り、メタの視点から政治的な意味も含めて、その立ち位置を明らかにすることが「人文知」の基本なら、〈学問史〉はその根幹に関わる問題と考えている。〈学問史〉とは偉そうに聞こえるかもしれぬし、藤村研究をもってそれを代表させるのは、あるいは不遜のそしりを受けるやもしれない。しかしそうでもない。近代文学研究の始発期、藤村こそが重い存在として、まさに「待たれていた」のである。「文学史」、「文学館」、「国民文学論」、「文学全集」、そして「作品論」という文学研究の支柱をそれぞれテーマにして論じてみた。

次に考えたいのは〈読み書きの技術《リテラシー》〉――表現行為の問題である。後半、特に第二部の「初期藤村とリテラシー」に掲げた論攷によって、これは少しく明らかにしたつもりだ。藤村は時代の中で迎えられ、その表現や文体を模倣されてきたのだ。歴史的存在で時代からズレた藤村を、今アクチュアルで、若い人にも手渡せるものとして世の中に出すには、こうした〈学問史〉と〈リテラシー〉というコンセプトがどうしても必要だと考えている。第三部は、自分の始発点を再考しつつ、後期の藤村のキータームとして、神話化された〈血統〉という、ナショナリズムともリンクする強い紐帯を検討することを試みた。この文学研究の終末期にあって、藤村を、そして近代文学研究を時代の中に開いて、解体してみる作業を自分に課したいというのが、大仰に言って本書の目論見であり、「溶解する文学研究」と命名したゆえんなのである。文学研究はこれからどこへ向かっていくのかは分からないが、近代文学とアカデミズムの核と関わる藤村研究の歩みは、その一つの里程標になり得ることは確かだと思う。

なお、藤村と世界戦争の関わりについては拙著『第一次大戦の〈影〉』（新曜社）に、また私の『夜明け前』観については、『戦間期の『夜明け前』』（双文社出版）にも関わりのある論を収録した。御参照頂ければ幸いである。

本書に形を与えるのに長い歳月を要してしまった。しかし〈学問史〉と〈リテラシー〉をコンセプトとすることに狙いを定めてからは早かった。また本書のカバーは研究書のスタイルを避け、あえてポップアート調をねらってみた。最後に突然のお願いにも関わらず、刊行を快くお引き受け下さった翰林書房の今井肇、静江両氏に心よりお礼申し上げる。

九月末日

中山　弘明

ら

わ

な

は

索引

【著者略歴】

中山弘明（なかやま　ひろあき）

1961年、東京都生まれ。早稲田大学教育学部国語国文学科卒業。

早稲田大学大学院文学研究科博士後期課程単位取得退学。

博士（文学）。

現在、徳島文理大学文学部教授。

主な単著に『第一次大戦の〈影〉―世界戦争と日本文学―』（新曜社）（2012年12月）、『戦間期の『夜明け前』―現象としての世界戦争―』（双文社出版）（2012年10月）がある。

溶解する文学研究
――島崎藤村と〈学問史〉――

発行日	2016年12月７日　初版第一刷
著　者	中山弘明
発行人	今井　肇
発行所	翰林書房
	〒151-0071 東京都渋谷区本町1-4-16
	電 話 (03)6276-0633
	FAX (03)6276-0634
	http://www.kanrin.co.jp/
	Eメール●Kanrin@nifty.com
装　釘	島津デザイン事務所
印刷・製本	メデューム

落丁・乱丁本はお取替えいたします

ISBN978-4 87737-407-5